독립지사 박용만과 그의 시대

칼의 길

독립지사 박용만과 그의 시대

칼의 길

이상묵 장편소설

문학나무

절벽을 사랑한 사람

대한제국이 멸망하는 날 그 사실을 박용만에게 제일 먼저 전화로 알린 사람은 제니다. 그녀는 한국에 선교사로 나갔다가 남편이 죽자 고향인 네브래스카주의 헤이스팅스시로 돌아와야 했고, 박용만이 그곳에서 한인 최초의 군사학교인 소년병학교를 세워 훈련을 시킬 때 도움을 아끼지 않았다.

박용만은 이승만, 안창호와 함께 미주 3대 독립운동가의 한 사람.

이승만은 외교(말의 길), 안창호는 교육(글의 길), 박용만은 무력(칼의 길)으로 독립운동의 노선들이 달랐다. 어느 노선이나 과실을 맺지는 못했으나 묘목의 연명에는 나름 기여를 했다.

1905년 미국으로 건너간 박용만은 네브래스카주립대학 정치학과를 졸업, 재학 중 샌프란시스코의 '신한민보' 주필을 맡았고, 졸업 후 하와이에서 '국민보' 주필을 지냈다.

이승만보다 6살 아래인 박용만은 한성감옥에서 결의형제를 맺은 그를 공경했고 하와이로 초청한다. 박용만은 대한인국민회 지방총회의 기틀을 탄탄히 다지고 하와이 정부로부터 특별경찰권까지 허가받았다. 그러나 이승만파의 테러가 빈번해지자 특별경찰권은 취소되고 말았다.

당시 영자신문에 난 기사는 테러의 정도를 극명하게 드러낸다.

"지난밤 박용만파인 이홍기가 중상을 당하고 경무청에 와서 고발한 고로 그를 난타한 회원 19명의 포착령을 발했는데 순검의 말을 들은 즉 이홍기는 타곡하는 기계로 짓이기는 것같이 되었는데…."

그런가 하면 박용만파의 하와이 지방총회장 두 사람이 이승만파의 고소로 권총 자살을 하거나 미수에 그치기도 했다.

"이승만이 글로는 민주를 주장하고 실제에는 작당과 몽둥이질을 교촉하며 동포를 대하여 죽도록 싸우자 하고 파쟁을 기탄없이 조장하니 망운을 초래하게 하는 행위이다. 후일에 학자가 있어서 하와이 한인사회 실정을 기록하면 보는 자 누구나 책상을 치면서 질책할 것인데 행여나 이것이 우리 민족 장래에 거울이 되기를 바라는 바이다."

박용만이 하와이의 '연합회 공고서'에 올린 글은 이승만이 우리 민족의 장래에 어떤 영향을 끼칠 것인지를 우려한다.

해외의 독립운동이 태동되는 혼돈 속에서 박용만은 전공한 정치학의 학식과 언론인의 명석한 논리로써 투쟁의 방향과 이념의 기반을 제공하는 데 당시 그 누구보다도 큰 기여를 했다.

해외에서 최초로 각지의 한인 대표들이 모여 독립운동의 방향을 모색하는 애국동지대표회를 소집한 사람도 박용만이다.

대한제국이 망하자 해외 한인의 자치기관을 가정부(假政府)의 형태로 설립할 것을 주장했고, 이는 상해에 임시정부가 수립되기 8년 반 전의 일이다.

해외 최초의 사관학교인 소년병학교를 네브래스카주에 설립했고, 하와이로 옮겨간 다음에도 대조선 국민군단을 조직해서 군사훈련을 실시함으로써 무장 투쟁의 노선을 질주했다.

상해임시정부의 외무총장으로 선임될 만큼 신망을 얻었으나 무력항쟁 기반 조성을 위해 북경에서 독립운동을 계속하던 중 변절자라는 누명을 쓰고 1928년 부랑자 같은 흉한의 손에 암살됐다.

그가 생애 마지막으로 추구한 것은 내몽고지역에 한인들을 집단 이주시킨 다음 둔전병을 양성해 무장투쟁을 지속적으로 전개하는 것이었다.

제니는 한국에 가 있는 동안 한국을 이해하기 시작했고 한국의 독립에 대해서 용만과 고뇌를 나누었다. 시대적으로 완고한 때여서 두 사람의 접촉은 제약이 많았다. 1917년 10월 약소국동맹회의에 용만이 대표로 참석하게 되자 몰래 뉴욕에 나타난 제니는 이렇게 말한다.

"이 세상엔 두 종류의 사람이 있는 거 같아요. 절벽을 무서워하는 사람과 절벽을 사랑하는 사람. 절벽을 보고 절벽을 떠나지 않는 용만도 절벽을 사랑하는 사람이에요. 가세요. 어디든. 주저하지 마세요. 조선의 독립을 위해 싸울 수 있는 곳이라면 어느 곳이든…" 그리고 밤을 같이 보낸다.

이 소설(팩션)은 망국 후 혼돈 속에서 선지자처럼 이정표를 제시하고 일생 무장독립투쟁의 활로를 모색했던 박용만을 기리고 헌정하기 위해 써졌다.

감사해야 할 사람들이 한둘이 아니다.

고등학교 문예반 시절의 실력 정도로 이민을 떠난 사람을 문학의 변방에서나마 일으켜 세워 주려고 몇 십 년 동안 매달 모국의 문예지를 부쳐준 친우 곽광수 교수에게는 일생 빚진 마음이다.

책을 읽지 않는 세상에 이 책의 탄생을 주문하고 재정적인 도움도 아끼지 않은 뉴욕 거주 서정식 장로에 대한 고마움은 이루 말할 수 없다. 마음속 깊이 존경하는 독립지사 박용만에게 헌정하는 이 팩션은 그가 아니었으면 세상에 나오지 못했을 수도 있으니 내겐 아찔한 행운이 아닐 수 없다.

　책이 나올 때마다 함량미달인데도 굳이 다량 구입을 해서 배포해준 친우 이철주와 서천식, 주영기 님에게도 뒤늦은 감사를 전한다.

　책 출간에 대해서 주저 없이 동의한 아내에게도 감사하고 이곳서 자란 애들이라 내용도 모르면서 도움을 아끼지 않는 두 아들들에게도 감사한다. 출판을 맡아주신 '문학나무'와 편집주간 황충상 님에게도 고마움을 전한다.

　박용만이 뒤늦게나마 한국 현대사의 일부로 밝게 조명될 수 있기를 소망한다.

2018년 4월 캐나다 토론토에서

이상묵

칼의 길

차례

004 _ 작가의 말 | 절벽을 사랑한 사람

013 _ 제니의 전화
022 _ 한성漢城 1899년
027 _ 동방의 아일랜드
036 _ 크리스천 이승만
041 _ 덴버의 애국동지들
045 _ 루즈벨트의 미소
051 _ 밀사 이상설
056 _ 수치당한 나라
061 _ 한인 밀정
067 _ 애국동지대표회
072 _ 저 원수 하나 없이 할 공부
076 _ 칼날에서 나는 소리
080 _ 해외 최초의 사관학교
087 _ 미국의 독립
091 _ 아메리카 촌놈들
095 _ 국민이 다 군사 되는 교육
100 _ 박용만을 찾아가라
104 _ 화륜선을 타고
108 _ 쿠바의 인삼장수
112 _ 초등학교 2학년에 입학한 26세 청년
116 _ 스쿨보이 정한경

121 _ 기업 성공모델 유일한

125 _ 두만강을 넘어

129 _ 전명운과 시베리아 열차를 타고

135 _ 칼을 찬 시인

141 _ 무형국가론

145 _ 사회적 조직과 정치적 조직

149 _ 산정호수 레이크 타호에서

154 _ 지명시知命詩

159 _ 낙원에 도착한 사람들

165 _ 카니발과 광무군인들

171 _ 한국 언론사의 큰 별

176 _ 야욕의 발톱

180 _ 집집마다 태극기를

183 _ 희망이 창자마다 가득하도다

188 _ 대조선국민군단 창설

193 _ 산넘어 아희들

198 _ 병영을 준공하고

203 _ 용암의 불길

209 _ 권총을 든 이승만

215 _ 결의형제

218 _ 분란의 씨앗

223 _ 신성불가범

226 _ 사진신부들의 꿈

230 _ 서로 붙들고 대성통곡

235 _ 약소국동맹회의

242 _ 절벽의 높이

247 _ 국민회를 소란케 하는 사람은 바로 이 사람

252 _ 타곡하는 기계로 짓이기는 것같이

257 _ 이승만의 고발이 또 기각되다

261 _ 이승만의 다른 얼굴

266 _ 풍경마차

271 _ 영원한 결별

275 _ 대조선독립단

279 _ 미국을 떠나면서 제니에게

284 _ 블라디보스토크로

288 _ 체코 여단과 청산리전투

293 _ 한인비행학교와 '백미대왕Rice King'

300 _ 폭격 목표는 일본 도쿄

305 _ 이승만의 생존경쟁 수단

310 _ 군사통일주비회

314 _ 신채호와 한국 고대사

320 _ 국내 잠입

326 _ 중국 고위층과의 친분

331 _ 거듭되는 사업 실패

337 _ 발상의 대전환

343 _ 반공 파트너

349 _ 마지막 승부의 염원

354 _ 중국의 밀사로 서울에

359 _ 미국정부를 설득하려 했으나

367 _ 북경으로 돌아오다

371 _ 아름다운 독립운동

375 _ 돈을 요구하더니

379 _ 횡설수설하는 암살자

386 _ 이미 예비한 일평생 노정기路程記

390 _ 아시아의 세 선각자

394 _ 칼을 어루만지며 길게 노래함이여

399 _ **참고문헌**

제니의 전화

전화기는 수위실 책상 위에 놓여 있었다. 용만은 이마의 땀을 손등으로 밀어내며 전화기를 들었다. 제니다.

"용, 당신에게 나쁜 소식이 있습네다. 오늘 날짜 트리뷴 봤습네까?"

트리뷴은 헤이스팅스 데일리 트리뷴을 말한다. 인구 겨우 1만을 넘는 시골 도시 헤이스팅스이지만 트리뷴은 일요일을 빼놓고 매일 발행된다.

"제니, 무슨 나쁜 소식?"

용만이 영어로 묻자 제니가 이번에는 떠듬떠듬 조선말로 대답한다.

"용, 먼저 쇼크를 이겨낼 준비부터 해야 합네다."

잠시 두 사람 사이에 침묵이 흐른다. 자주 만난 건 아니지만 언제부터인가 제니는 용만을 용이라고 부르기 시작했다. 그런 호칭이 듣는 편도 덜 어색하다.

"한국이 일본에 합병됐다는 기사입네다. 지난달 29일."

제니가 푹 가라앉은 소리로 말하자 용만은 순간 숨이 막혀 어떤 대꾸도 할 수 없다.

두 사람 사이에 다시 침묵이 흘렀다. 오늘이 9월 3일 토요일이고 내일이면 새 학기가 시작돼 네브래스카주립대학이 있는 링컨시로 떠날 참이었다.

"뭐라고 해야 위로가 되겠습네까?"

제니의 음성이 나직이 다시 이어졌다.

이미 5년 전 을사늑약이 맺어져 외교권을 빼앗긴 대한제국은 언제 꺼질지 모르는 바람 앞의 촛불이었다. 그 조약의 체결로 명목상으로는 보호국이지만 실질적으로는 일본의 식민지가 된 지 오래다. 하지만 발밑이 무너지면서 갑자기 나타난 시커먼 낭떠러지 앞에서 용만은 가슴이 철렁했다.

"제니, 기사를 읽어주시겠어요?"

"그렇게 하겠습네다. 신문 3면에 작게 나왔습네다. 영어로 읽겠습네다. 8월 29일 미카도는 코리아를 합병함으로써 법적 통치영역으로 3천만 인구와 8만 5천 평방 마일의 영토를 늘렸다. 코리언들의 저항이 있을지 모르나 강대국들이 일본의 코리아 합병을 무효로 하지 않는 한 별다른 성과는 없을 것이다. 열강들이 그렇게 할 확률은 극히 적다. 이것이 기사입네다."

누가 기사를 썼는지 일본 천황 대신 미카도라는 별칭을 쓴 모양이다.

"생큐, 제니. 방금 생도들과 야외에서 사격훈련을 하던 중이었습네다. 저녁식사 후 생도들에게 이 사실을 발표하겠습네다. 시간이 있으면 7시경 기숙사 식당으로 와 줄 수 있겠습니까?"

"물론입니다. 그리로 가겠습네다."

잠시 머뭇거리더니 제니가 다시 말을 잇는다.

"용, 당신의 충격이 너무 클 겁니다. 모임이 끝나면 집에 와 기다릴게요. 모두 다 끝난 다음 제 집에 방문 와 주시겠어요? 아무리 늦더라도…."

그렇게 말하고 전화를 끊었다.

생도들의 학과가 끝나려면 아직 2시간 남았다. 오늘은 마지막 집총조련을 실시하는 날이다. 다시 건물 밖으로 나가자 뜨거운 지열이 코 속으로 밀고 들어왔다. 그러자 가슴속이 금방 불덩이라도 삼킨 듯 후끈 달아오른다.

네브래스카주는 나무도 별로 눈에 띄지 않는 미국 중부의 대평원이다. 직사광선에 달궈진 대지는 화덕처럼 불더위가 이글거린다.

용만이 훈련장인 풀밭으로 다가가자 생도들이 자기 위치에 돌아가

사격훈련 중인 소년병학교 생도들. 맨 뒤에는 지휘관 박용만

집총 자세를 취한다. 오늘은 실탄을 열 발씩 지급하여 서서 쏴, 앉아 쏴, 그리고 엎드려 쏴를 실습함으로써 이번 학기를 마무리하는 시간이다.

용만은 주머니에서 호루라기를 꺼내 불었다.

"동작 그만. 각자 탄피들을 주머니에 넣고 2열 종대 집합."

어깨에 총을 메고 26명의 생도들이 대열을 이루자 다음 구령을 내린다.

"기숙사를 향해 앞으로 갓. 행진 중 군가를 부른다. 군가는 '소년병학교'. 군가 시작. 하나 둘 셋 넷!"

1
이 몸 조선 국민 되어
오늘 비로소 군대에 바쳐
군장 입고 담총(擔銃)하니
사나이 놀음 처음일세.

이어 후렴을 잇대어 부른다.

종군악(從軍樂) 종군악
청년 군가 높이 하라
사천년 영광 회복하고
이천만 동포 안녕토록
종군악 종군악
이 군가로 우리 평생.

후렴이 끝나자 곧장 제2절로 넘어간다.

2
군인은 원래 나라의 번병(藩屛)
존망과 안위를 담당한 자
장수가 되나 군사가 되나
나의 직분 나 다할 것.

여기서 번병이라는 단어는 막아주는 병풍이라는 뜻이다. 군가를 몇
번 이어 부르는 동안 대열은 기숙사 앞에 당도했다. 군가는 용만이 작
사한 것인데 그의 글 솜씨는 당대 조선의 국내외를 통틀어 정상급이다.
정연한 논설문은 물론 숭무(崇武)의 기상을 시조로 읊어내는 운문 역시
남보다 탁월하다.

제니는 한국에 파송된 선교사 남편을 따라갔다가 남편이 급성폐렴에
걸려 죽는 바람에 3년 전 고향인 헤이스팅스로 돌아와야만 했다. 거기
서 태어난 딸 헬렌을 데리고 7년 만에 귀국한 그녀는 네브래스카주에
와 있는 한인들에게 관심이 많았다. 소년병학교가 헤이스팅스시로 옮

겨온 것도 그녀의 도움이 컸다.

원래 학교는 처음 커니시에 문을 열었다. 조진찬과 임동식이 운영하는 개인 농장에서다. 그런데 커니시에서 동쪽으로 약 80킬로미터 떨어진 헤이스팅스시의 헤이스팅스대학이 뜻밖의 제의를 해온 것이다.

학교 건물을 무상으로 사용할 수 있게 해주고 20에이커의 농장도 임대해 줘 소득을 올릴 수 있게 해준다는 거다. 대학의 재무이사였던 존슨 씨가 일부러 커니시까지 용만을 찾아와 제의를 했을 때 첨엔 믿기지 않았다.

헤이스팅스시에는 한국에 선교사로 나갔다가 남편은 죽고 부인만 돌아와 있다는 소문이 있었다. 혹시 그녀가 주선을 하지 않았다면 이 같은 행운이 하늘에서 저절로 떨어졌을 리 없지 않은가.

헤이스팅스대학은 미국의 북장로교회 교단이 세운 대학이고 제니의 남편은 그 교단이 파송한 선교사였다는 사실도 차츰 알게 됐다.

"생도 여러분, 조금 전 눈앞이 캄캄해지는 소식을 들었소. 대한제국이 지난달 29일 일본에 합병되고 말았다고 하오. 이 어찌 통탄할 일이…."

용만은 더 이상 말을 이을 수가 없었다. 막 저녁식사를 끝낸 생도들은 일제히 얼어붙기라도 한 듯 침묵에 쌓였다.

"방학 때면 군사훈련을 해 왔던 것은 이런 일이 있을 줄 알았기 때문이요. 지금 세계는 약육강식의 제국주의 시대요. 무력이 약한 국가는 무력이 강한 국가에 잡아먹혀서 그 식민지가 되고 마는 세상이요. 이제 나라가 멸망하고 말았으니 앞으로 우리는 어떻게 했으면 좋을지 한 사람씩 나와서 소감과 의견을 말해 보시오. 먼저 연장자인 조진찬 어르신부터 시작하기 바라오."

조진찬은 진해 출신으로 1904년 사탕수수 노동자로 하와이에 도착했다.

그 후 샌프란시스코로 건너왔고 일자리를 찾아 네브래스카주까지 오게 된 것이다. 1905년 가을 용만은 그를 링컨시 외곽에 있는 철도공사장에 취직을 시켰다. 나중 커니시로 옮겨가 시 중심부의 재판소에서 약 2킬로미터 떨어진 곳에 있는 농장을 임대하여 농사를 짓기 시작했다. 멀지 않은 곳에 임동식의 농장도 있었다.

조진찬의 농장에 소년병학교의 깃발이 처음 펄럭이기 시작한 건 1909년 6월 초. 이때 그의 나이는 50세. 그의 아들 조오홍은 10살의 어린 나이였지만 부자가 함께 군사훈련에 참가했다. 그 아들이 장성해서 결혼한 며느리가 김매리인데 유명한 동요 '학교종'을 작사 작곡했다.

조진찬은 농장관리자로 학교 운영을 자기 일처럼 도왔고 올여름에도 아들 또래들의 생도들과 함께 소총 사격 연습에 참가했다. 누가 덤벼도 넘어뜨릴 수 없는 다부진 체격을 이끌고 앞으로 나왔다.

"다 늙은 사람이 삽자루 대신 총자루를 쥐었던 것은 오늘과 같은 날이 올 줄을 알았기 때문이요. 이미 엎질러진 물이니 슬퍼만 하고 있을 순 없소. 앞으로도 이 늙은 목숨이 다할 때까지 나라를 찾는 일이라면 물불을 가리지 않겠소. 작년에도 말했지만 왜놈을 향해 총을 쏘면 늙은이의 총알도 젊은이의 총알처럼 뜨건 맛을 보여줄 것이요."

다음으로 앞에 나와 입을 연 사람은 박처후다. 그는 용만보다 두 살 어리고 평안도 출신으로 생도들에게 영어 문법과 작문을 가르쳤다.

후에 용만이 하와이로 전출하게 되자 교장직을 맡았다. 그 역시 1905년 사탕수수 노동자로 하와이에 왔다가 다시 본토로 건너왔다. 커니시의 사범대학을 다녔는데 짐꾼으로 노동일을 하며 학비를 벌었다.

"우리의 자유를 빼앗고 우리의 생명을 끊는 이 원수들을 없애려면 어떻게 해야 하겠소? 원수를 없앨 공부는 다른 것 아니라 곧 무학(武學)이오, 무기요, 무육뿐이오. 무기가 아니면 강토를 회복할 수 없고 무기가 아니면 생업을 임의로 할 수 없고 무기가 아니면 이 세상에 살 수 없소. 무기 없는 나라요. 무기 없는 백성들이 총 한 번 써보지 못하고 이같이 된 것은 사천년 이래 처음이요. 천하만국에 조선은 한 나라이라 오늘이라도 늦었다 말고 우리가 배우고 또 배워 원수를 물리치고 맙시다."

박처후는 주먹을 쥔 손을 높이 쳐들고 힘차게 내질렀다. 이어서 생도들이 차례로 나와 떨리는 목소리로 소감과 다짐의 말을 한마디씩 외쳤다.

"하늘이 무너지고 땅이 꺼지는 거 같아 앞이 캄캄합니다. 군사훈련을 더 열심히 해서 왜놈들을 기필코 몰아내고야 말겠습니다."

한 생도는 그렇게 말하면서 주먹을 들어 책상을 내리쳤다.

"속담에 호랑이에게 물려가도 정신만 잃지 말라는 말이 있지 않소. 정신을 차리면 살 것이요, 정신을 잃으면 아주 여망이 없을 것이외다. 정신만 잃지 말고 피 흘려 싸울 것을 하루 속히 준비해 나가야 할 것이외다."

대략 생도들의 말이 끝나자 용만은 제니를 불러냈다.

"오늘 이 자리에 평소 우리를 아낌없이 후원하는 제니가 와 계십니다. 부끄러워 얼굴조차 들 수 없는 이 치욕스런 사태에 대해 한마디 해주시기를 부탁드립니다."

용만의 말이 끝나자 제니가 앞으로 나왔다.

"어떻게 위로를 해야 할지 모르겠습네다."

그렇게 말문을 연 그녀는 조선말과 영어를 섞어가면서 말을 이어갔다.

"조선은 내 두 번째 고향입네다. 저의 남편은 조선에서 일하다가 죽었습네다. 양화진 외국사람 묘지에 묻혔습네다. 조선은 멸망하지 않았습네다. 역사와 문화가 있는 나라는 멸망할 수 없습네다. 희망을 잃지 않으면 언젠가 반드시 일어날 수 있습네다. 정몽주의 시조를 잊지 말아야 합네다. 저도 조선에 있을 때 외었습네다."

그렇게 말한 제니는 잠시 숨을 멈췄다가 기억을 더듬으며 느릿느릿 시조를 읊기 시작했다.

"이 몸이 죽고 죽어 일백 번 고쳐 죽어, 백골이 진토 되어 넋이라도 있고 없고, 임 향한 일편단심이야 가실 줄이 있으랴. 조선 사람들이 그런 마음을 가진다면 다시 나라를 찾을 수 있을 것이라고 믿습네다."

제니가 정몽주의 시를 떠듬떠듬 외우는 동안 생도들의 뺨에는 어느새 눈물이 흘러내렸다.

마지막으로 용만이 발언에 나섰다.

"우리가 잠깐 망극한 눈물을 거두며 원통한 한숨을 멈추고 한번 생각해 볼 것이 있소. 우리의 옛 한국은 몽매하고 나태한 옛 습관의 죄악으로 이미 망했거니와 이제 새로운 한국을 장차 어떻게 건설하겠는지를 지금부터 당장 연구해야겠다는 것이요. 옛 한국이 가고 새 한국이 오지 못하면 우리는 아메리카의 인디언 꼴이 되고 말 것이요. 한번 망하고 다시 흥함과 한번 성하고 다시 쇠함은 세계 역사에서 흔한 일이 아니겠소. 우리 한국도 망함만 있고 흥함이 없으며 저 원수 일본도 성함만 있고 망함이 없으리라는 법은 없소."

용만은 잠깐 숨을 내쉬고 가슴을 진정시켰다.

"타락하고 부패한 옛 한국이 망한 것만 원통히 생각해 낙심하지 말고 강대하고 신선한 새 한국이 흥할 것을 기뻐하고 나아가야 하오. 어제까지 잠자던 마음과 부패한 사상과 나태한 습관은 멀리 전별하고 오늘부터는 강직한 마음과 신선한 사상과 활발한 행동으로 새 한국 건설에 심력을 다하면 쇳덩어리도 뚫을 수 있다고 보오."

그동안 늘 고민하고 연구해 왔던 과제여서 막힘없이 말을 이어갔다.

"새 한국을 건설하느냐 못하느냐는 외국에 나와 있는 우리 수십만 동포의 손에 달렸다고 보오. 우리가 독립의 목적을 굳건히 세우고 때가 이르러 총을 잡고 독립전쟁을 시작하는 날이면 내지의 동포는 춤추고 일어나서 내응을 할 것이요. 새 한국을 건설하는 데 있어 우리는 처지도 살피지 말고, 생명도 아끼지 말고, 금전도 아끼지 말고, 명예도 아끼지 말고, 무엇이든지 내게 귀한 것이 있거든 새 한국 건설에 바침으로써 마침내 우리의 목적을 달성할 수 있다는 말이요."

용만이 말을 마쳤는데도 식당 안은 모두들 돌부처가 된 듯 무거운 정적에서 헤어나지 못하고 있었다.

한성(漢城) 1899년

제니가 조선에 발을 디딘 것은 1899년 이른 봄이다.

조선 선교사로 나간 남편 폴을 결혼 후 일 년 만에 따라나선 것은 그녀 역시 신심이 깊었기 때문이다. 헤이스팅스시의 한 중학교에서 역사를 가르치던 교직은 따라서 그만둬야 했다.

그녀에게 교회는 어려서부터 생활의 중심이었다. 성가대는 물론 주일학교 선생으로 아이들에게 성경을 가르쳤다. 성경도 여러 번 통독해서 안수받은 목사 이상으로 가르치는 데는 막힘이 없었다.

서울에 도착한 지 일 년쯤 지나 아쉬운 대로 조선말을 할 수 있게 되자 샘골교회에서 여성 성경반을 열었고, 주일학교를 꾸려 어린아이들까지도 가르칠 수 있었던 것은 그 때문이다. 그것 말고도 제니는 아이들에게 일반 학과도 가르쳤다.

중학교라고 이름을 붙이긴 했지만 남편이 가까스로 끌어 모은 학생은 열 명도 되지 않았다. 교사는 샘골교회의 부속 건물이었다. 매주 두 반을 운영했는데 남자반과 여자반 사이에는 휘장을 걸고 서로 볼 수 없게 했다.

"지금부터 대략 1백 30년 전 합중국에서 큰 사건이 일어났습네다."

제니는 세계 역사와 지리를 맡아 가르쳤는데 그날은 '보스턴 티 파티'가 주제였다. 미국이 어떻게 독립하게 됐는지를 학생들에게 알리자면 그것은 빼놓을 수 없는 역사다.

"보스턴에서 영국의 차세(茶稅)가 너무 비싸서 사람들이 들고 일어난 것입네다. 차세는 합중국에 차를 배로 들여와 팔면서 붙인 세금입네다. 영국의 군주 조지 3세가 왕이었을 때, 정직한 사람은 물러가고 간신이 조정에 많았다고 합네다. 소털(牛毛) 같은 가혹한 정치로 식민지의 백성을 학대했습네다. 영국 수입품만 허락하고 다른 나라의 수입품은 금지했습네다."

조선말이 부족한 제니는 교안을 또박또박 읽어 내려갔다. 그러면서 보스턴은 아메리카의 동북 해안에 있는 항구라고 칠판에 지도를 그려가며 설명했다.

"차를 실은 영국 배들이 아주 높은 이익을 착취하고자 하니 식민지 사람들 화 많이많이 났습네다. 1773년 12월 차를 실은 배가 한 척 보스턴에 들어왔습네다. 그때 5천 명 사람들이 일제히 모였습네다. 여론이 개미떼처럼 일어나고 이 차를 하선하지 않고 다시 돌려보내자는 의론이 정해졌습네다."

생전 듣도 보도 못한 조선 땅에 큰 맘을 먹고 왔지만 제니에겐 하루하루가 하나부터 열까지 고통의 연속이었다. 그중에 조선말을 익히는 것은 고통 중의 고통이었다. 아무리 똑똑한 선교사도 단어 하나씩을 끄집어 내 토막말을 잇기란 쉬운 일이 아니다.

제니 역시 때로는 엉뚱한 단어를 갖다 붙이는 실수를 저질렀다. 듣고 있던 사람들이 웃음을 터뜨리면 수치심에 가슴이 무너졌다. 어른이 마치 어린아이로 전락하는 수모를 참아야 하니 견디기 어려웠다.

그럴 때마다 조급한 마음을 누르고 겸손한 태도를 가져야 하겠다고 다짐을 해 보지만 그게 쉽지 않았다.

폴과 제니는 교회에서 멀지않은 곳에 살 집을 마련하여 동네 사람들과 직접 부딪치면서 조선말을 익혔다. 열심을 다 하다 보니 6개월 정도가 지나자 일상생활의 대화는 물론 주일 예배에서 조선말로 기도를 할 수 있었다.

폴은 전도여행을 갔을 때 시골 장터와 사랑방, 아니면 길에서 처음 만난 사람들에게 조선말로 복음을 전했다. 웃지 않고 진지하게 들어주면 그것보다 기쁜 일은 없다는 게 그의 고백이었다.

"그때 상인은 사람들의 결정을 참고하지 않고 자기를 살찌게 할 마음으로 이같이 돌려보냄을 가벼이 해서는 안 된다고 했습네. 배의 물건을 내려 창고 안에 쌓고 영국 정부의 명령을 기다림이 심히 좋다 했습네. 사람들이 분을 이기지 못해 말하되, 지금 우리의 자유가 이 한가지 일에 있으니, 이 일을 끝을 내지 못하면 해산하지 못한다고 했습네다."

교안을 작성할 때는 몰랐는데, 강의를 하다 보니 학생들이 '자유'라는 말을 이해할 수 있을까 의문이 들었다.

"12월 16일 날이 저물고 달이 밝았습네. 어떤 사람들이 홍인(紅人)의 옷을 입고 홍인의 말을 하며 배에 올라가 3백4십 개의 차궤(茶櫃)를 물 가운데 던져버렸습네. 미합중국의 독립은 보스턴의 사건으로 시작됐습네다."

제니가 말을 끝내자 한 학생이 입을 열었다.

"미리견이라는 나라가 아메리카인지요?"

"그렇습네다. 아메리카를 조선에서는 미리견이라고 하고 있습네. 실은 미합중국이라고 해야 합네. 식민지가 여럿 합치어 붙인 이름입네다."

"홍인은 어떤 사람들인가요?" 다른 학생의 물음이었다.

"홍인은 원래 아메리카에 살던 토인들입네. 백인들이 홍인처럼 꾸미면 영국 정부 사람들은 그들이 누구인지 알 수 없습네다."

"그러면 독립은 언제 되었는지요?"

또 다른 학생의 질문이었다.

남들과 달리 뭔가 배워 보겠다고 나선 학생들이어서인지 그들은 조선의 시국과 관련 돼 있는 강의에 관심이 높았다.

몇 년 전 명성황후가 일본 낭인들에 의해 피살되고 조정이 점점 일본에 의해 꼼짝도 못한 채 끌려가고 있음을 그들이 모를 리 없었다.

"아주 좋은 질문입네다. 그로부터 3년 후 독립전쟁이 일어났습네다."

선교회가 조선에서 지향하는 교육의 목표는 교회 봉사를 위한 기독교 교육이 먼저다. 서양의 발전된 교육을 보급하는 것이 목표가 아니었다. 어떤 선교사는 영어를 일부러 가르치지 않았다. 영어를 조금 배우면 항만이나 광산의 통역으로 가버린다는 거다. 선교부의 교육정책은 동포들에게 복음의 진리를 간증할 전도인과 교사를 양성하는데 초점을 두었다. 그러나 샘골교회가 시작한 교육은 방침을 달리했다. 기독교 교육 대신 서양식 일반 교육을 시키기 시작한 것이다. 지리와 역사, 산술, 물리와 화학 등 기초지식을 가르치는 서양의 교과과정을 도입한 거다.

남편 폴은 현지인에게 들어가서 같이 먹고 같이 엉켜 살면서 현지인이 되는 것이 진정한 선교사라고 믿는 사람이다. 또한 현지인의 생활을 조금이라도 개선해 주는 것이 주님의 가르침인 이웃사랑이라는 것을 믿고 있었다. 그러자면 교육을 통해 새로운 지식을 넣어주는 것이 먼저가 아니겠는가.

전혀 모르는 나라에 처음 도착했을 때 제니는 모든 것이 낯설었다. 아니 하나부터 열까지가 견디기 어려웠다.

세상에 이렇게 더러운 도시가 다 있는지 믿어지지가 않았다. 집들은 흙과 지푸라기로 지어져 사람들이 살 거 같지 않고 마치 움막들 같다. 서울에서 가장 번잡한 거리라는 종로에도 어두컴컴한 초가집들이 줄지어 서 있었다.

집들 사이로 좁은 골목이 구불구불 돌아가고 골목 양쪽으로는 구정물이 흘렀다. 개숫물들을 집 앞에 내다버리니까 그 시궁창에서 썩는 냄새가 코를 찌른다.

큰 길도 불결하기 그지없었다. 길에다 눈 똥들이 여기저기 무더기로 있어 보기만 해도 구역질이 났다.

조선 사람들에게 제일 무서운 건 호랑이라고 했다. 하지만 제니에게 제일 무서운 건 노상에서 사람의 똥을 보는 일이다. 외출하고 돌아오면 메스꺼워 음식을 입에 넣을 수가 없다. 더 질겁한 것은 개들이 그 똥을 먹고 치워준다는 사실이다. 개가 먹는 밥이 따로 있는 미국에서는 상상도 할 수 없는 일이다.

서울에 공중변소를 처음 만든 건 1904년. 하지만 제니가 조선을 떠날 때까지 구역질나는 그 광경은 바뀌지 않았다.

남편을 따라 교인의 집에 처음 심방을 갔을 때 제니는 조선 음식을 처음 대했다. 미국처럼 사람이 식탁에 가는 것이 아니라 식탁이 사람에게 오는 것이 희한했다. 방 안에 앉아 있으면 부엌 쪽의 문이 열리면서 밥상이 들어왔다.

천장에 매달려 있는 메주에는 파란 곰팡이가 덮여 있고 역겨운 냄새가 났다. 밥상에는 밥과 국 그리고 김치며 까만 콩조림과 시금치나물이 나왔다. 된장국은 냄새가 퀴퀴했다. 김치에선 생선 썩는 냄새가 났다. 김치를 한쪽 입에 넣었다가 너무 매워 입안이 화끈거렸다. 식사를 잠시 멈추고 입을 조금 열어서 내색하지 않고 가쁜 숨을 쉬기도 해야 했다.

하지만 인간은 환경의 동물이 아닌가. 시간이 지나면서 조선의 생활 방식이 몸에 배기 시작했다. 현지인이 되는 것이 진정한 선교사라고 믿는 남편 폴과 생각을 같이 하다 보니 이따금 대하는 된장국 냄새도 구수해졌다.

동방의 아일랜드

동(東) 5번가에 있는 제니의 집에 도착한 것은 밤 10시가 넘어서다.

한인 학생들이 하숙하는 기숙사에서 걸어서 15분 정도 거리다. 용만은 양쪽 바지 주머니에 두 손을 꽂은 채 고개를 숙이고 천천히 걸었다. 그믐밤이어서 그림자도 묻힌 어둠이다. 마음도 그만큼 어둡고 발길도 무거웠다. 제니를 처음 본 것은 작년 여름 7월. 조진찬의 농장에서 소년병학교를 처음 열고 얼마 지나지 않아서다.

"안녕하십네까?"

하얀 블라우스와 주름진 스커트를 입은 젊은 여인이 조선말로 인사를 하며 손을 내밀었을 때 용만은 눈이 번쩍 떠지지 않을 수 없었다. 갸름한 얼굴에 목선이 곧아 단정하게 핀 목련꽃 한 송이를 보는 거 같았다.

"제니입네다. 북장로교단에서 파송한 조선 선교를 나갔다가 2년 전 돌아왔습네다."

용만은 시선이 굳어지면서 잠시 말문이 막혔다.

"이분은 헤이스팅스대학의 재무이사인 존슨 씨입네다."

제니는 곁에 있는 신사를 소개했다. 키가 큰 그는 유난히 깊숙한 두 눈에 머리는 가마를 가운데로 가르고 있었다.

"제니는 조선을 자기 나라처럼 사랑합니다. 당신들의 사정을 제일 먼저 나하고 의논한 사람입네다."

인사가 끝나자 존슨은 찾아온 용건을 꺼냈다. 커니시의 한인농장에서 한인들이 여름방학 동안 군사훈련을 시작했다는 소식을 들었다는 것이다.

헤이스팅스시는 거리가 2백리 정도밖에 되지 않아 소문은 교회를 통

1910년 헤이스팅스 대학 건물 앞에 도열한 생도들. 중앙이 박용만

해 진즉 퍼졌던 모양이다. 마침 제니가 같은 교회에 출석하고 있어 서로 얘기를 나누게 됐고 자기 대학에 와서 학교 시설을 써도 좋다는 제안을 하기로 했다는 것이다.

이 사실에 대해 용만은 나중 샌프란시스코에서 발간되던 '신한민보'의 주필이 됐을 때 '소년병학교의 역사'라는 제목으로 다음과 같은 기사를 올렸다.

'소년병학교가 헤이스팅스대학을 빌려 쓴다 함은 이미 말한 바이어니와 그것은 원해 빌려 달라 하여도 안 될 일이고 세를 내고자 하여도 안 될 일이나 다만 그 학교를 주장하는 존슨 씨가 우리 학생들이 공부를 사랑하고 무예를 숭상하는 것을 아름답게 여겨 자기가 병학교 주무원(용만 자신을 가리킴)을 찾아보고 스스로 허락한 것이라. 그 학교를 빌려줄 때에 다만 집만 허락한 것이 아니라 침상과 책상과 식단 제구와 주방 제구와 일반 기명을 일일이 빌려주어 우리 학생은 수저 하나도 사지 않게 하였으며 또 풍금까지 쓰기를 허락하여 학도들이 능히 풍류도 공부하게 하더라.'

소년병학교는 1년 전 7월 '애국동지대표회'에서 결정했던 군사훈련을 실시하기 위해 설립됐던 것이다. 당시 용만은 덴버에서 대학준비과정을 공부하는 한편 하와이에서 본토로 건너오는 한인들의 직장을 알선하며 동시에 그들이 머물 숙박업소를 운영 중이었다. 해외 여기저기 흩어져 있는 독립운동가들의 연대를 구축하고 독립운동의 진로를 설정하는 것이 무엇보다 시급하다고 생각한 용만은 보스턴에 있는 이승만과도 의견을 교환한 후 '애국동지대표회'를 덴버에서 열기로 주선했다.

　애국동지대표회가 끝난 후 네브래스카주 링컨시에 있는 네브래스카 주립대학에 편입한 용만은 그해 겨울방학 기간 중 박처후, 임동식과 회합하여 소년병학교 설립을 상의했다. 마침 커니시의 일간지인 '커니 데일리 헙'에는 장총을 판매한다는 광고가 났다. 남북전쟁 때 사용됐던 것들로 스프링필드회사가 제조한 것인데 제조원가의 10분의 1인 1.95달러에 판다는 것이다. 미국은 총기의 개인 소유가 허용돼 성인이면 누구나 살 수 있는 나라다.

　용만은 우선 20정을 구입했다. 교관들이 착용할 군도도 샀다. 이 역시 미군들이 사용하는 것으로 거의 1m 길이다. 교관과 생도들이 입을 군복과 군모도 장만했다.

　커니시에 있는 고등학교 학생들은 교련을 할 때 군복을 입었다. 정부에서 불하 처분한 군복은 미군이 스페인 전쟁 때 입었던 것으로 저고리의 가슴께에 달린 두 주머니가 유난히 크다. 군모에는 용만이 도안한 모표도 붙였다. 장총 두 개를 가로지른 것으로 거기에 소년병학교의 약자를 표시한 것이다.

　커니시와 주정부의 허가를 받은 다음 개학식을 연 것은 1909년 6월 7일 아침 9시. 조진찬의 농장에서다. 마당에 세운 장대에는 태극기도 매달았다. 생도 13명이 그 앞에 일렬 횡대로 늘어섰다. 교관과 후원자

합해 봐야 모두 스무 명도 안 되는 인원이다.

"지금부터 소년병학교의 개학식을 시작하겠소."

교관 박처후의 약간 떨리는 목소리였다.

"먼저 애국가를 같이 부르겠습니다. 제가 하나 둘 셋 넷 하면 일제히 시작해 주십시오. 하나 둘 셋 넷."

성자신손 5백년은 우리 황실이요
산고수려 동반도는 우리 본국일세
무궁화 삼천리 화려 강산
대한사람 대한으로 길이 보전하세
충군하는 열성의기 북악같이 높고
애국하는 일편단심 동해같이 깊어
무궁화 삼천리…

애국가를 부르는 생도들의 목소리는 우렁찼다. 그리고 떨렸다. 조국을 위하는 일이라면 한몸을 바쳐도 아깝지 않다는 결심이 가슴속으로부터 끓어올랐다.

이어서 교장인 용만이 훈시 겸 인사말을 했다.

"기울어져 가는 나라를 다시 일으켜 세우기 위해 오늘 우리는 이처럼 군사학교를 시작하는 것이오. 지금 세계는 무력이 강한 나라가 무력이 약한 나라를 잡아먹는 시대요. 우리 스스로 무력을 기르지 않으면 이 세상에 그 누구도 우리를 구제해 주지 않는다는 사실을 명심해야 하오. 서양의 최신군사교육을 하루속히 배운 다음 나중 만주나 연해주 등 조국과 인접한 지역으로 가서 아무 때고 일본과의 전쟁을 준비하는 게 우리의 목적이오. 그때 여러분들은 우수한 핵심장교들이 되어서 병사들을 지휘할 수 있어야 하는 것이오."

이어서 용만은 독립전쟁에서 정규군인 영국군을 마침내 물리친 미국의 민병대인 미니트맨(Minutemen)에 대해 설명했다.

"미국의 독립전쟁을 할 때 그 4분의 1의 병력이 미니트맨이었다고 하오. 그들은 각자의 마을에서 생활을 하다가도 나팔소리가 나면 총을 잡고 뛰어나왔던 것이오. 미니트맨은 분(分)이라는 뜻의 미니트와 남자들이라는 뜻의 멘을 합친 단어요. 나팔소리가 나면 몇 분 내로 즉각 전투에 나선다고 해서 붙여진 이름인 것이오. 여름방학 세 달 동안 농장에서 농사일을 하면서 군사훈련을 같이 받는 이 군사학교는 바로 미니트맨이나 다름없는 것이 아니겠소? 무더운 여름 석 달 동안 노동과 훈련을 견뎌내려면 그 고통은 말할 수 없을 것이오. 그렇지만 그 인내심이 없이는 독립군 장교들이 될 수 없소. 또한 형편없이 뒤떨어진 조국의 근대화를 앞장서서 이끌어 나갈 수 있는 지도자가 되겠다는 각오도 잊어서는 안 될 것이오, 인내심을 가지고 준비하고 있다가 언젠가 조국이 부를 때 독립군 장교로 나서겠다는 굳은 결심으로 임해 주기 바라오."

1년 후인 1910년 8월 일본이 곧 한국을 집어삼킬 것이라는 징후가 짙어지자 헤이스팅스시의 신문 트리뷴지에는 다음과 같은 기사가 실렸다.

'깨어나는 한국, 한국인들은 일본이 강점해도 실망하지 않는다'라는 제목이다.

"많은 시민들은 한국인과 일본인을 구별 못할 것이다. 한인들은 요즘 미국에서 서양 교육을 받고 싶어한다. 작년 여름 헤이스팅스대학에서 기숙사와 교사를 제공하여 13명이 군사훈련을 받았다. 규율은 엄격했고 각자 할 일을 충실히 이행해서 주어진 기회를 최대한 활용했다."

이 기사를 본 지 열흘도 되지 않았는데 지금 용만은 무거운 가슴을 주체하지 못하며 제니를 만나러 가고 있는 것이다. 작은 단층집의 현관에는 외등도 켜 있지 않다. 노크를 하려고 보니까 문이 한 뼘 정도 열려 있어 조심스럽게 밀고 들어갔다.

"어서 와요. 용."

제니는 거실의 소파에서 일어나 몇 발자국 다가왔다.

말없이 두 팔을 용만의 목 뒤로 감싸더니 가슴을 대고 한동안 움직이지 않는다. 그녀의 포옹이 왜 주저 없는가는 침묵의 길이가 답이었다. 부드러운 촉감이 용만의 무거운 마음을 솜눈처럼 누그러뜨려주는 거 같았다.

둘은 거실의 다이닝 테이블에 마주보고 앉았다. 거실의 한구석에 촉수 낮은 스탠드 램프가 겨우 방 안만 어슴푸레 밝히고 있다.

"용, 다시 위로합네다. 얼마나 절망했습네까?"

"제니. 고마워요. 벌써 예측하고 있어서 크게 절망은 하지 않았어요. 이런 날이 올 것을 생각하고 소년병학교를 시작했으니까요. 하지만 단 몇 사람의 배신자에 의해 인구 2천 만의 나라가 맥없이 멸망했다는 게 너무 분통하지요."

"용, 조선은 나라 자체가 너무 힘이 없었어요. 일본과 중국, 그리고 러시아 세 강한 나라가 서로 조선을 삼키려고 했고요."

제니는 용만이 영어를 어느 정도 숙달했으니까 서툰 조선말 대신 영어로 대화를 이어갔다.

"선교사들도 조선의 장래에 대해 비관적이었어요. 어떤 선교사는 조선 사람들은 스스로 정부를 세우는 훈련을 받지 못했고 자주적으로 방어하는 기술능력도 없는 민족이라고 했어요. 또 다른 선교사는 조선인들은 마치 질병이 이미 자연적인 치유의 단계를 벗어난 상태의 인체와 같이 구제 불능이라고 말하기도 했고요."

제니는 잠깐 말을 멈췄다. 비방의 말을 계속 늘어놓기가 껄끄러운 모양이다.

"선교사들이 보기에 조선보다 뇌물과 부패가 심한 나라는 세상에 없을 거라는 거예요. 관리들은 돈으로 자리를 사고 그 다음에 그 돈을 되찾기 위해 백성들을 착취한다는 거예요. 뼛속까지 썩은 정부라고들 말했어요. 그런데 그걸 고칠 생각조차 안 하고 있으니 한심스럽다는 거예요."

"제니. 당신 말이 옳아요. 조선은 멸망할 단계의 왕국이었지요. 일본처럼 서양의 발전된 문명을 받아들여 근대화를 하지 못했던 것은 그런 사회구조를 재빨리 고칠 수 없기 때문이었지요."

"조선에 있을 때 일본 사람들이 이렇게 말하는 것을 들었어요. 조선 사람은 망국의 운명에 처한 민족이다. 1천 년 전 잠든 바로 그 자리에 아직도 머물러 있다. 더 나쁜 건 잠든 그 자리에서 깨어나려 하지 않는다는 점이다. 될 수 있으면 강한 나라의 보호를 받으며 살기를 바라고 단지 평화스럽게 살기를 원할 뿐 독립하라는 말은 공포와도 같다."

"제니. 그 말이 맞아요. 민족성이 그러니 그걸 개조하는데 얼마나 많은 시간이 걸릴지 나도 알 수가 없어요. 따라서 지도자들이 할 수 있는 일은 먼저 국민부터 계몽시키는 일이라고 할 수 있지요. 그게 어느 세월에 될지 알 수 없지만요."

"그래서 이렇게 말하는 선교사도 있어요. 조선의 젊은이들은 인생을 거꾸로 살아가고 있다. 세계사의 진보에 대처하기보다 과거의 영광이라고 하는 환상을 아쉬워하며 보다 나은 미래의 출현을 기대하지도 않고 퇴보하고 있다. 조선인들은 진정한 교육의 혜택을 얻을 때까지는 스스로 통치할 희망이 전혀 없다. 하지만 나는 그렇게 절망적으로 보고 싶지 않아요."

그리고 제니는 부엌으로 가서 차 주전자와 찻잔을 쟁반에 챙겨 왔다.

"용. 카모밀레 차예요. 설탕을 넣을까요?"

용만이 고개를 끄덕이자 제니는 각설탕 두 개를 찻잔에 넣었다.

"일본이 조선을 지배하는 것은 동아시아의 평화를 위해서뿐만이 아니라 조선의 문명화를 위해서도 좋은 것이라고 생각하는 선교사들이 많았어요. 중국보다 일본을 좋아한 것은 조선의 보수정권이 중국과 가깝고 선교를 금하기 때문이었고요."

제니는 찻잔을 들어 한 모금 마시더니 다시 이어갔다.

"그렇지만 동의하지 않는 사람들도 있었어요. 비록 소수이지만요. 조선은 비록 중국처럼 장사에 능하지 못하고 일본처럼 전쟁을 잘 하지도 못하지만 사람들은 선량하고 문화적 유산이 그 어느 나라에도 뒤떨어지지 않기 때문에 동방의 아일랜드라고 볼 수 있다는 거예요. 저도 조선이 언젠가는 일본의 지배를 벗어나리라고 믿어요. 비록 북장로교단도 조선에 나가 있는 선교사들에게 일본을 묵인하라는 지침을 보냈지만요."

"제니. 고마워요. 나도 아일랜드에 대해 알아봤지요. 그들은 영국의 통치를 받으면서도 독립운동을 멈추는 일이 없었지요. 몇 년 전 신페인당이 나타나 과격한 운동을 벌이고 있지요. 미국에 와 있는 수백만의 아일랜드인들은 '무형 정부'를 조직해서 세금까지 내면서 힘을 축적하고 있어요. 일본의 보호통치를 옹호하던 대한제국의 외교고문이었던 스티븐스가 2년 전 샌프란시스코에서 저격당했을 때 총을 쏜 한인들의 변호를 무료로 맡았던 사람은 아일랜드 출신이었지요."

"맞아요. 아일랜드 사람들이 영국 사람들이 될 수 없듯이 조선 사람들은 일본 사람들이 될 수 없어요. 조선은 언젠가 독립할 수 있는 문화와 역사를 가진 민족이에요. 일본이 철도를 놓고 공장을 지어 조선 사람들에게 이익을 준다고 해도 일본화가 안 될 거예요. 그것은 선교사들이 병원을 짓고 학교를 세우고 영어를 가르친다고 해도 조선 청년들이 서양화가 되지 않는 거나 마찬가지이니까요."

제니는 농부의 집에 태어났지만 중등학교 교사가 되기 위해 네브래스카주립대학을 졸업했다. 한 교회에서 만난 폴이 조선으로 선교 사역을 떠나지 않았다면 조선이 어디 있는지조차 알 필요가 없는 삶을 살았을 것이다.

"조선이 독립하는 것은 하루 이틀에 되지 않는다는 것을 알지요. 그래서 우리도 미국에 와 있는 아일랜드 사람들의 본을 따라 장기적으로 독립운동을 해야 합니다. 조선 안에서는 일본에 저항하기가 쉽지 않아요. 그래서 우리도 여기 있는 동포들이 일종의 망명정부와 같은 가정부를 세워 일 년에 3달러라도 세금을 내면서 운영해야 한다고 생각해 보았지요. 각 지역 대표들이 모여 동포들 전체를 통솔하는 기관을 만들고 헌법 같은 것도 제정해 동포들은 국민으로서의 의무와 권리를 갖게 하자는 것이지요. 이제 왕조가 멸망했으니 새로운 국가를 언젠가는 세워야 하는데 갈 길이 멀기만 하군요."

더 길게 얘기를 하자면 밤을 새도 모자랄 거 같았다. 그동안 마음의 충격도 진정이 됐고 내일이면 주립대학이 있는 링컨시로 떠나야 하니까 정리할 것도 있었다.

"제니. 어떻게 감사해야 할지 모르겠소. 우리들의 아픔을 진심으로 같이 아파해주니 말로 다 표현할 수가 없어요. 하지만 이제 가봐야겠소."

"용, 그런 말 하지 마세요. 나에게 조선은 특별한 나라에요. 계속 연락하기로 해요. 어려움이 있으면 언제든지 내게 알려요. 최선을 다할 테니까요. 잘 가요. 건강을 잘 지키고요."

"당신을 고마움을 잊지 않을게요. 다시 한 번 감사해요. 잘 있어요. 제니."

현관에서 제니는 용만을 다시 포옹했다. 서로의 체온이 스며들 때까지 둘은 포옹 속에서 나오지 않았다.

크리스천 이승만

여름학기가 시작돼 정상적으로 일과가 실시되자 6월 20일 용만은 서부로 떠났다. 약 두 달 동안 동포들을 찾아다니며 소년병학교 기금을 모우기 위한 거였다.

교장직과 군사훈련은 김장호에게 맡겼다. 그는 구한말 군인 출신으로 네브래스카주 링컨시에서 멀지 않은 미주리주의 메콘시에 있는 블리스군사고등학교에 수학했다.

미국 본토에는 당시 1천여 명의 한인들이 거주했다. 하와이 사탕수수 노동자로 왔다가 본토로 건너온 사람들, 중국을 거쳐 입국한 탄광노동자들, 소수의 유학생들이다.

용만은 한인이 있는 곳을 두루 찾아가 소년병학교를 알리고 후원을 요청했다. 소년병학교를 모델로 해서 군사훈련을 할 수 있는 지역도 알아보았다.

LA 인근 리버사이드를 방문했을 때는 한인 농부들에게 장총 사용법을 보여 주기도 했다.

용만이 여행에서 돌아온 것은 지난 8월 25일. 그러니까 한국이 일본에 합병됐다는 제니의 전화를 받기 9일 전이다.

여행을 통해 모금한 돈은 6백 달러. 그 돈으로 군복과 야구팀의 유니폼을 구입하고 교사들에게 약간의 사례금을 나눠줬다. 또 방문 온 이승만에게도 여비를 지불했다.

이승만이 헤이스팅스에 도착한 건 용만이 돌아오기 사흘 전이다. 프린스턴대학에서 박사학위를 받고 귀국길에 들린 것이다. 일주일 머물다가 떠났는데 있는 동안 하루 너댓 번씩 기도회를 열었다. 찬송과 기도를 번갈아하는 부흥회 스타일이었다. 찬송을 할 때는 몸을 심하게 떠는 율동도 했다.

그 자리에서 그는 엉뚱한 말도 했다.

"샌프란시스코에서 스티븐스를 총질한 장인환과 전명운은 나쁜 사람입네다. 하얼빈에서 이등박문을 총살한 안중근도 마찬가지입네다. 우리가 가면 미국 사람들이 이상하게 봅네다. 조선의 명예를 먹칠해서 우리 한인들이 미국에서 얼굴을 들 수 없습네다."

거기서 그치는 게 아니다.

일본과 군사적으로 싸운다는 것은 망상이라는 소리도 했다. 이것은 조국의 독립을 위해 땀을 뻘뻘 흘리며 군사훈련을 받고 있는 학생들에게 염장을 지르는 발언이었다.

"한국은 사실상 일본의 영토가 된 지 오래였고 황제가 있다고 하나 허수아비일 뿐 모든 중요한 결정은 통감부에서 내렸다."

헤이스팅스 트리뷴 신문과의 인터뷰에서 그는 그렇게 말했다.

1908년 3월 23일 의사 장인환과 의사 전명운은 샌프란시스코에서 일본의 한국 침략을 옹호하는 스티븐스를 권총으로 저격했다. 장인환은 대동보국회 소속이었고, 전명운은 안창호계의 공립협회 소속이다.

청년 이승만의 자서전에도 스티븐스 사살에 대한 얘기가 나온다.

"하얼빈(1909년 10월 26일 안중근 의사의 이등박문 저격)과 샌프란시스코에서 있은 이 두 살해사건은 일본의 선전기관들이 한국 사람들을 흉도들이고 최악의 악당들이라고 묘사하는데 대대적으로 이용됐다. 나는 그때 캘리포니아주에 갈 일이 있었는데, 일본의 선전에 영향을 받은 모든 사람들은 한국에서나 교회에서나 한국 사람들을 대하는 것을 두려워했다."

자서전의 이 구절을 보면 한국 사람들의 분노와 복수심은 뒷전이라는 여운을 남긴다. 그로 인한 나쁜 이미지를 외려 우려하는 인상이다.

그리고 재판이 자주 연기되고 가을학기가 시작되자 이승만은 학교가

샌프란시스코 신문에 난 스티븐스 저격사건 기사

있는 동부로 떠나고 말았다. 두 의사는 생명을 던졌지만 이승만은 공부를 던질 사람이 아니었다. 휴학을 해서라도 두 의사의 의거를 뒷바라지할 성의가 그에게 있을 리 없었다.

대한인국민회의 조직을 꾸려내고 '신한민보'의 주필을 맡기 위해 용만은 다니던 대학을 6개월 휴학까지 했다. 중부 내륙에 있는 링컨시를 떠나 기차를 타고 서부 해안의 샌프란시스코로 거주지를 옮겨야 했다. 뜻이 있는 사람들은 만사를 제쳐두고 조국의 독립운동에 몸을 바치는데 이승만의 태도는 달랐다.

'스티븐스저격사건'은 잠자던 미주 거류 한인들을 강타했다. 유능한 변호사 세 사람을 선임하고 미주, 하와이, 조선, 만주 할 것 없이 너도나도 주머니를 털어 재판비용 7390달러를 모금했다. 미국 변호사 중 아일랜드 출신 카그린은 두 의사의 무료변호를 자청했다.

당시 샌프란시스코에는 안창호계의 공립협회와 장경계의 대동보국회가 있었다.

"공립협회와 대동보국회는 합쳐야 합네다. 한 단체에서는 나에게 회장이 돼 달라고 혈서까지 보냈습네다. 그러나 두 단체가 통합한 다음 회장을 부탁하면 맡겠습네다."

이승만의 이 말은 두 단체 모두로부터 거센 반발을 받았다.

"이번 사건의 통역을 하는 것은 신사의 체면을 깎는 일입네다. 비천한 짓이라고도 할 수 있습네다. 왜냐면 크리스천으로서 살인자를 옹호할 수 없기 때문입네다."

이런저런 어깃장을 놓다가 결국 그는 중도에 동부로 돌아가고 말았는데 그것은 공판 기일이 연기된 것도 그 이유였다.

그의 뒤를 이어 통역을 담당한 사람은 LA에서 올라온 신흥우다. 그는 남가주대학을 다니고 있었다.

용만이 이승만과 접하게 된 건 남대문에 있는 상동교회에서다. 1902년 독립협회에서 활동하던 전덕기가 상동교회의 전도사가 돼 전도와 구국개화운동을 펼쳐나갔다. 1899년 12월 독립협회가 해체되자 이승만, 박용만, 정순만, 남궁억, 이동휘, 이준 등이 그에게로 모여들었다.

또한 이동녕, 조성환, 김구, 노백린, 신채호, 이회영, 최남선, 양기탁, 주시경 등 나라를 걱정하는 지식인들도 상동교회를 찾았다.

이들은 나중 미주와 소련의 연해주, 중국 각지에 흩어져 살아도 서로 연락하며 통신을 주고받았다. 그중 이승만, 박용만, 정순만은 이름의 마지막 글자의 발음이 같아서 '3만'이라고 불렸다.

1904년 8월 용만은 보안회(輔安會)사건으로 체포돼 투옥됐고 이승만은 출옥을 앞두고 있었다. 보안회는 1904년 전국토의 3할이 되는 황무지의 개척권을 일본이 달라고 강요하자 그 저항운동으로 같은 해 7월 서울에서 조직됐다.

감옥에서 만나 두 사람은 결의형제를 맺었다. 용만은 6살 연상의 이승만을 깍듯이 공경했다. 그해 11월 4일 이승만이 먼저 미국으로 떠났다. 3개월 후엔 용만도 배를 타고 미국으로 향했는데 이승만의 아들인

4살 반짜리 태산을 데리고 갔다.

　이승만이 감옥에서 쓴 책 '독립정신'도 트렁크에 챙겨 갔다. 이후 미국에서도 이승만이 사람들의 눈 밖에 나거나 구설수에 오를 때도 감싸는 데 주저치 않은 사람이 용만이다.

　서울로 들어간 이승만이 YMCA에서 1년쯤 교사로 활동하다가 다시 미국에 온 건 1912년 4월. 미니어폴리스에서 열린 국제감리교회대회에 조선 평신도 대표로 참석하기 위해서였다.

　그 이후 이승만은 그냥 미국에 남아 해방이 될 때까지 한국으로 돌아가지 않았다.

덴버의 애국동지들

로키산맥 쪽에서 기적소리가 들린다. 들릴락 말락 가냘픈 휘파람소리다. 기차는 아직도 산속을 빠져 나오지 않은 모양이다. 약 이십 분쯤이면 기차는 유니언역에 들어설 것이다. 용만은 대합실에서 그를 둘러싸고 있는 사람들에게 입을 열었다.

"동지들, 벌써 말씀은 드렸지만 샌프란시스코에서 오시는 이승만 씨는 현재 보스턴의 하버드대학에 재학 중이십니다. 스티븐스저격사건으로 구속된 장인환, 전명운 두 의사의 법정통역 일 때문에 그간 샌프란시스코에 계셨지요. 이번 회의를 위해 잠시 틈을 내 들리시게 된 겁니다. 올해 춘추가 서른셋, 그러니까 저보다 여섯 살 연상이지요. 조국에서 독립협회 활동을 하시다가 오래 동안 감옥에서 고생하신 분입니다. 제게는 옥중 동지이자 형님뻘이지요. 예를 다해 환영해 드리도록 합시다."

그러고서 한참 서성거리고 있는데 고막을 찢는 기적소리와 함께 열차가 플랫폼으로 들어오고 있었다. 용만을 둘러싼 사람들은 마치 헤쳐모여 구령이라도 받은 듯 대합실 한쪽에 즉각 일렬횡대의 대열을 만들었다. 그중에는 군복을 차려 입은 사람도 몇 있었다. 미국의 대학생들이 군사훈련을 받을 때 입는 교련복과 같은 것이었다.

이승만은 많은 승객들이 내린 다음 나타났다.

"어서 오십시오. 우남(雩南) 형님." 용만은 다가가 머리를 숙였다.

"우성(又醒), 이게 몇 년 만이요? 그동안 애 많이 썼소."

이승만은 덥석 용만의 손을 잡았다.

용만은 그를 대열 앞으로 인도해 나왔다. 군복을 입은 장정 한 사람이 구령을 외친다.

"이승만 동지를 향해 경례!"

그러자 한줄로 똑바로 서 있던 20여 명의 장정들이 일제히 거수경례를 했다.

"이승만 동지를 환영합니다!"

대합실이 떠나가게 고함이 터져 나왔다. 이어 요란한 박수소리도 터졌다. 뜻밖의 환영에 이승만은 상기된 얼굴이다.

"동포 여러분. 참 반갑습네다."

약간 서양 선교사의 한국 말투처럼 더듬거리듯 떨리는 목소리다.

이승만은 대열의 맨 왼쪽부터 악수를 나누기 시작했다. 용만은 그 옆에서 차례로 소개를 했다.

"네브래스카에서 오신 김장호 씨입니다."

군복을 입은 그는 구한말 군인 출신이라 절도 있게 거수경례를 했다.

김은 네브래스카주 커니시에 있는 군사고등학교에 적을 두고 있었다. 이승만은 두 손으로 그의 손을 잡았다.

"이분은 캔자스에서 오신 이명섭 씨입니다."

차례로 소개가 끝나갈 즈음 앞으로 나서는 사람이 있었다.

"또 이렇게 뵙게 되는군요. 정말 반갑습니다."

"오우, 미스터 윤이로군요. 나도 정말 반갑습네다."

윤병구였다. 그는 같은 날 뉴욕으로부터 왔지만 이승만보다 먼저 도착했다. 윤병구도 역시 대합실 안에서 이승만처럼 군대식 환영을 받았다.

이승만이 1904년 11월 29일 호놀룰루에 내렸을 때 부두에 마중 나온 사람이 윤병구다. 또 3년 전 이승만과 함께 당시 미국 대통령 시오도어 루즈벨트를 찾아가 면담한 사람이다. 미국이 주선한 러일강화회담에서 한국의 독립을 보장해달라는 청원서를 가지고서였다.

환영 나온 한인들의 고함과 박수소리는 대합실의 풍경을 순식간에

그레이스 감리교회 앞에서 찍은 애국동지대표회 대표들

바꿔놓았다. 말없이 키스를 하거나 조용히 악수를 나누는 게 서양식 풍경 아닌가.

취재를 위해 대합실에 나와 있던 덴버타임스 기자도 그 시끌벅적함이 무엇을 뜻하는지 알아차리는 것 같았다. 그 인상의 강렬함 때문이었든지 기자는 그 날짜(1908년 7월 11일자) 기사에 강도 높은 제목을 붙였다.

'Korean Patriots Gather in Denver to Prepare for War'
'한국의 애국자들이 전쟁을 준비하기 위해 덴버에 모이다'

그 제목 밑에 박용만의 얼굴을 크게 실었다. 그리고 사진 밑에 '한국의 대표적인 언론인이자 정치가인 이승만'이라고 설명을 붙였다. 박용만을 이승만으로 혼동한 엉뚱한 착오를 일으킨 것이다.

"지난 9일 도착한 이승만 씨는 한국과 미국에 잘 알려진 애국투사 지도자이다. 그는 언론인이었는데 하버드대학을 졸업하고 지금은 구국운동 주동자 가운데 한 명으로 주목받고 있다."

덴버타임스의 이승만에 대한 기사내용이다. 비록 혼동을 일으켜 이승만 대신 박용만의 사진을 크게 실었지만 어쨌든 이승만은 '애국동지 대표회'의 간판스타로 집중조명을 받은 것이다. 기사는 더 이어진다.

'오늘 오전 그레이스 감리교회에서 열린 대표자회는 일본의 한국 점령을 비난하는 애국적 연설들이 특징이다. 이들 연설에 따르면 한 국을 구할 수 있는 유일한 길은 일본을 한국에서 축출하는 것이다. 토론 내용의 대부분은 그 방법론으로 채워졌다. 연설은 모두 한국어 로 이루어져 참석한 동포들의 애국심을 북돋웠다.

다음 월요일의 회의는 오전 10시에 영어로 열릴 것이다. 미국과 캐나다에서는 그 지역 대표자들과 더불어 다른 나라 동포들을 대리 하는 대표자들이 참석했다.'

이번 대표자회에는 해외 한인 거주지에서 온 50명 가량의 대표자들 이 모였다. 마땅히 참석해야 할 일부 유력인사나 단체들이 이런저런 핑 계를 대고 회의에 참석하지 않았다. 샌프란시스코를 중심으로 한인들 의 두 단체가 태동됐는데 하나는 안창호계의 '공립협회'와 장경계의 '대동보국회'다. 이승만과 용만이 보국회와 가까운 편이어서 공립협회 측에서는 대회에 참석하지 않았던 것이다.

루즈벨트의 미소

"저… 태프트 장관님, 루즈벨트 대통령을 좀… 만나게…해 주십시오."

떠듬거리는 윤병구를 태프트는 이윽히 쳐다보았다. 인자한 인상은 아니지만 그렇다고 쌀쌀한 표정도 아니다. 1901년서부터 1903년까지 그는 필리핀 총독을 지냈다. 그래서인지 동양인에 대해 나름의 이해심을 가진 듯했다.

바람 앞의 등잔불 같은 조국의 운명을 생각하면 가릴 것이 무엇 있겠는가. 윤병구는 모자란 침을 삼킨 다음 나머지 말을 이어갔다. 엉뚱한 영어 단어가 튀어나와도 가리지 않았다.

"포츠머스에서 러일강화회담이 열린다는 것을 들었습니다. 대통령을 한 번 만나게 해 주십시오. 한국의 독립청원서를 대통령께 전달할 수 있도록 소개장을 하나 써주십시오."

태프트의 표정에는 변화가 없다. 알 수 없는 계산이 그의 두뇌 속에서 이뤄지고 있는지도 모른다. 무엇보다 자기는 일본에 가고 있지 않은가. 아무리 한가한 여행객 차림이지만 국방장관으로서 천황도 예방하고 총리도 만나게 되는 것 아닌가. 러일강화회담에 대해서도 대화를 나눌 것이 아닌가.

"그래요? 대통령이 워낙 바빠서 면담을 허락할 수 있을지 의문이군요. 면담을 할 수 없다면 그 먼 길을 가는 게 헛수고가 아닐까요?"

두 사람 사이에는 잠시 무거운 침묵이 흘렀다. 윤병구는 그 침묵을 깨뜨릴 기력마저 없었다.

"We can't…just sit back… and do nothing.(우리는… 주저앉아… 있을 수만… 없습니다.)"

띄엄띄엄 윤병구는 같은 말을 두 번 계속했다. 떨리는 목소리였다.

애국동지대표회에서 영문 문서 작성 서기를 맡은 윤병구는 독립운동을 위해 누구보다 동분서주한 사람이다. 그가 하와이에 건너간 것은 1903년 10월. 이민 배를 탄 것은 통역으로서다. 한인들이 처음 떠난 것은 그해 1월 13일. 연이어 약 2년 반 동안 65차에 걸쳐 7천여 명이 태평양을 건넜다.

사탕수수밭에서 노동하는 동포들에게 그는 복음을 전도했다. 반년 후에는 부인과 아들도 하와이에 도착했다.

처음 하와이에 이주한 한인들은 감리교 신자들이 많았다. 한국 최초의 감리교회인 인천의 내리 감리교회의 목사인 선교사 존스가 이민을 권유했기 때문이다. 첫 이민자 121명 중에는 내리 감리교회 교인이 50명이나 됐다.

윤병구 역시 그 교회에서 권사로 봉사했다. 하와이로 건너오자마자 호놀루루에서 다음달 첫 주 한인 감리교 선교회(Korean Methodist Mission)의 이름으로 예배를 볼 수 있도록 주선했다. 1년 먼저 온 같은 교회의 안정수가 추진하는 일에 힘을 보탠 것이다.

많은 독립운동가들이 가정에 등한했듯이 그 역시 사명이 주어지면 처자식을 떠나 객지를 떠돌았다. 며칠 정도가 아니라 몇 달이고 떠나 있기도 했으니 이건 처자식을 버린 것이나 같다고 볼 수 있지 않은가.

미국 대통령을 면담하기 위해 대양을 넘고 대륙 끝까지 찾아가야 했으며 독립운동가들의 운동 거점을 찾아 덴버며 뉴욕이며 가리지 않고 떠돌았다.

감리교 감리사 피어슨을 보좌하며 전도활동을 하던 그는 일본에서 16년 동안 선교사를 지냈던 와드만이 피어슨의 후임으로 감리사가 되자 그의 통역이 돼 일했다.

윤병구가 미국 국방장관 태프트를 만날 수 있었던 것은 와드만 감리사 덕분이다. 와드만 감리사가 하와이 총독대리 앳킨슨에게 줄을 대서 성사를 시킨 것이다.

1905년 7월 7일 태프트를 태운 배가 호놀룰루에 기항했다. 배에는 루즈벨트 대통령의 딸 앨리스도 타고 있었다. 딸을 맡길 만큼 두 사람의 사이는 친밀했다. 실제 루즈벨트는 태프트를 후계자로 밀고 있었다. 덕분에 그는 차기 대통령에 힘 안 들이고 당선됐다. 태프트는 일본을 좋아하는 사람이다. 앨리스도 마찬가지다. 두 사람은 한가한 여행객 차림으로 일본을 향하고 있었다.

태프트의 몸집은 곰 중에서도 백곰 크기다. 실제 그는 미국 대통령 중 가장 근수가 나간 사람이다. 나이도 아버지뻘이어서 이래저래 윤병구는 주눅부터 들었다.

'사후로 대조선국 군주와 대아미리가합중국(大亞美理駕合衆國) 백리새천덕 (伯理璽天德, President) 및 그 인민은 각각 영원히 화평우호를 지키되 만약 타국이 불공경모(不公輕侮)하는 일이 있게 되면 일차 조지(照知)를 거친 뒤에 필수 상조(相助)하여 잘 조처함으로써 그 우의를 표시한다.'

이것은 1882년 조선과 미국 사이에 체결된 조미수호통상조약 제1조다. 조선이 구미 국가와 맺은 최초의 수호통상조약의 제1조에서 이는 일본과 같은 타국이 조선에 압박을 가할 경우 우호적인 조정을 해 상조하는 것은 필수적이라는 것을 명시한 것이다.

7월 15일 한인들은 호놀룰루 인근의 에와 사탕수수농장에 모였다.

윤병구가 태프트 장관의 소개장을 받았다는 소문을 듣고서다. 회의에서 그를 하와이 동포 7천 명을 대표하는 총대로 뽑았다. 그리고 당장 주머니를 털어 5백 달러를 모았다.

그들에게 '독립'은 거의 모든 것이다. 그 신앙을 위해서 주머니 속의 동전까지 아낌없이 털어낸 것이다. 그것은 담뱃값마저 줄여야 하는 고통을 의미했다.

윤병구는 '하와이 거주 한인들이 루즈벨트 대통령에게 드리는 청원서(Petition from the Koreans of Hawaii to President Roosevelt)'를 움켜쥐고 장장 2만 리나 되는 먼 길을 떠났다.

그 먼 길을 마다않고 떠난 윤병구나 또 지푸라기 같은 희망 때문에 5백 달러의 큰 돈을 모아준 동포들이나 비장한 결심은 마찬가지다.

"독립청원차 대통령 공동면담 추진 워싱턴서 상면 요망"

기일이 너무 촉박해서 윤병구는 워싱턴에 있는 이승만에게 전보부터 쳤다. 물론 영문으로 작성된 전보문이다. 7월 31일 두 사람은 워싱턴에서 만났다. 다시 필라델피아로 가 서재필을 만났고 셋은 청원서의 문장을 다듬었다. 루즈벨트는 뉴욕 롱아일랜드의 오이스터 베이에 있는 자택에 머물고 있었다.

그 역사적인 저택에 두 사람이 발을 디딘 것은 대낮의 열기가 채 식지 않은 8월 4일 저녁. 일국의 대통령을 면담하는 자리여서 두 사람은 턱시도에 검은 실크 모자를 빌려 쓰고 고급마차를 대절해서 당도한 것이다.

대통령의 비서인 로이에불 씨에게 소개장을 전한 후 여관에 돌아오니 그날 밤 대통령 비서로부터 전보가 오기를 내일 아침 9시에 대통령 사저로 오라는 거다.

한편 일본에 도착한 태프트는 7월 29일 동경에서 일본 총리 가쓰라를 만난다.

"태프트 각하. 일본은 필리핀에 진출할 의사가 없소이다. 러일전쟁은 한국 정부의 친러정책 때문에 일어난 거지요. 한국을 일본의 통치 아래 두지 않으면 또 유사한 사태가 벌어질 것을 일본 정부는 우려하고 있지요."

가쓰라의 말에 태프트가 대답했다.

"알겠소이다. 한국이 일본의 보호령이 되는 것이 동아시아의 안정에 좋을 것이라는 말에 동의합니다. 일본 정부의 방침에 루즈벨트 대통령도 수긍하리라 믿소이다."

태프트는 국무장관이 아닌 만큼 두 사람은 조약 대신 각서를 교환했다. 이승만과 윤병구는 이튿날 아침 루즈벨트를 만났다.

"먼 길을 오느라 수고했소. 이런 청원서는 외교적인 경로를 통해서만이 접수가 가능합니다. 워싱턴에 있는 귀국 공사관을 통해 국무성에 제출하면 공함이 됨으로 내가 공식으로 받아 중국서 온 글과 합해 평화회의에 제출해 주겠소."

루즈벨트가 미소를 머금은 채 한 말이다. 두 사람은 희망의 무지개를 본 것 같았다. 대기실에 있던 신문기자들이 다가와 대성공이라고 치켜줬을 때 곧 독립이라도 찾게 되는 기분이었다.

그날 밤 기차로 워싱턴에 되돌아온 두 사람은 대리공사 김윤정을 찾아갔다.

"어허. 이거 무슨 해괴망측한 망동이요? 대한제국의 운명이 경각에 달렸거늘 그 활로를 찾겠다는 이 청원서를 접수하지 못하겠다니요?"

이승만은 책상을 내리치며 고함을 질렀다.

"본국 정부에서 명령이 내리지 않으면 공문서가 아닌 이런 사사로운 편지는 제출할 수가 없단 말이외다."

고개를 저으며 김윤정이 하는 말이다. 그는 이미 대한제국의 당당한 외교관이 아니었다. 언제 외교권이 일본으로 넘어갈지 모르는 판국이어서 허수아비에 불과했다.

그 다음날도 또 그 다음날도 둘은 공사관을 찾아갔다.

"한 국가의 외교관을 이렇게 협박하면 경찰을 부르겠소이다."

김윤정의 말이다.

"맘대로 하시오. 그러면 공관을 확 불 질러버릴 테요."

이승만이 그렇게 고함을 치는데도 김윤정은 요지부동이다. 수륙 2만리를 달려온 윤병구의 노력은 허무하기 짝이 없는 물거품이 되고 말았다. 톱날 같은 사탕수수 잎에 얼굴을 찢기며 모은 노동자들의 피땀 어린 돈도 몽땅 공중에 날리고 말았다. 그보다도 지푸라기 같은 독립의 꿈이 암흑 속으로 사라지고 만 것이 더 절통했다.

결국 일이 꼬인 건 태프트 때문이 아닌가. 국무장관이 아니고 한가한 여행객 차림이었지만 대통령과의 각별한 친분이나 각료의 일원으로서 이미 국제정세를 파악하고 정책의 흐름도 훤히 꿰고 있지 않았겠는가. 이미 속셈이 끝났으니 즉흥적으로 각서를 주고받을 것도 아니지 않는가. 그런데도 친절하게 소개장을 써줌으로써 윤병구를 결과적으로 우롱하고 만 것 아닌가.

소위 태프트 가쓰라 밀약이 7월 29일 이뤄지자 태프트는 전보를 발신했다. 루즈벨트는 이틀 후인 31일 재가한다. 그러고서 그 나흘 후인 8월 4일 찾아온 이승만과 윤병구에게 청원서를 국무부에 제출하라고 천연덕스럽게 권유한 것이다. 태프트와 루즈벨트의 친절은 가면이었다. 순진한 두 사람은 그 친절의 덫에 걸려 쓰러지고 말았다. 시어도어 루즈벨트는 일본과 러시아의 강화조약을 주선함으로써 동양평화의 업적을 이뤘다고 나중 노벨평화상을 받았다.

"한국민족은 가장 문명이 뒤진 미개한 인종이고 자치하기에 전적으로 적합치 않으며 장래 자치하기에 적합하게 될 아무런 징조도 없다."

누가 그런 정보를 제공했는지 루즈벨트는 한국에 대해 그렇게 말했다.

미국 사우스 다코타주와 와이오밍주에 걸쳐있는 산들 중의 하나인 러시모어 산에는 미국의 위대한 대통령 네 사람의 얼굴들을 조각해 놓았다. 조지 워싱턴, 토머스 제퍼슨, 에이브러햄 링컨과 함께 그의 얼굴도 끼어 있다.

밀사 이상설

"보재(溥齋) 대감은 어찌 된 거요?"

역 대합실에서 용만이 한 질문이다. 7월 11일 열리는 애국동지대표회에 참석하기 위해 뉴욕을 떠난 윤병구가 덴버역에 도착한 것은 이틀 전인 7월 9일. 같이 오기로 한 보재 이상설이 보이지 않는 거다.

"용만 형. 보재 대감은 같이 오시다가 샌프란시스코로 그냥 가시었소. 자신 때문에 대표회에 누를 끼칠까 염려해서요."

"누라니요? 연해주에선 대감을 대표로 위임하고 그곳 동포들이 경비에 보태라고 250원이라는 큰돈도 모금해 보내 왔어요. 그런데 어인 연고로?"

"대감은 작년 해아 밀사사건으로 일본의 추적을 받는 몸이 아니오? 심지어 일제는 작년 8월 궐석재판에서 사형까지 내리지 않았소? 그런 그가 나타나면 여기 나와 있는 일본영사관이나 미국 기관의 주목을 받을 수밖에 없다는 거요. 그렇게 되면 회의에 지장을 줄 수도 있다고 보신 거지요. 자기 때문에 회의가 외부에 잘못 보일까 봐 염려를 한 거외다."

이상설은 용만보다 열 살이 더 많은 어른이지만 그 역시 우국지사여서 상동교회에서 안면을 익힐 수 있었다. 더 가까워진 것은 '보안회사건' 때문이다.

1904년 일제는 '대한시설강령(對韓施設綱領)'이라는 것을 정해 가지고 전 국토의 3할에 이르는 황무지의 개간권을 강제로 빼앗으려고 했다.

이의 부당성을 들고 일어난 유생들과 전직관료들이 조직한 단체가 '보안회'다. 이상설은 상소를 올리고 반대 운동을 일으켰다.

용만도 보안회에 가입하였고 그 때문에 그해 8월 한성감옥에 갇히는 몸이 됐다. 반대 시위가 격렬하다 보니 일제는 황무지개간권을 결국 포기했다.

그렇다고 기울어져 가는 나라가 다시 회생에 나선 것은 아니다. 1905년 11월 17일 일제는 을사늑약을 강제로 체결했다. 의정부 참찬이었던 이상설은 상소를 올려 그 부당함을 성토했다.

'(전략) 대저 그 조약이란 인준해도 나라는 망하고 아니해도 나라는 또한 망합니다. 이래도 망하고 저래도 망할 바에야 나라를 위해 순사(殉死)할 것을 결의하시어 단연코 거부하시옵소서. 원하옵건대 성상께옵서 일본과의 조약 체결에 참여한 제 대신들을 모두 징계하시어 국권을 바로 잡으시고 조약 인준을 엄히 거절하시어 천하 만세에 성심이 있는 바를 바로 알게 함이 옳을 것입니다.'

그는 체결을 막기 위해 회의장으로 들어가려다 저지를 받았다. 막아서는 헌병지휘관의 어깨를 지팡이로 후려쳤다. 끝내 체결이 되자 사직하고 자결을 시도했으나 실패했다.

이듬해 봄 그는 블라디보스토크로 망명길에 오른다.

그는 용만의 결의형제인 정순만과 친밀한 사이다. 1906년 4월 이상설이 망명을 떠났을 때 정순만도 동행했다. 간도의 용정촌에 '서전서숙'을 세울 때도 힘을 합했고 정순만은 서숙의 운영을 맡았다. 나이는 이상설이 세 살 더 많았다. 이상설이 블라디보스토크에서 이준과 합류했을 때도 같이 가 뒷바라지를 했다.

정순만은 미국에 가 있는 용만과 수시로 긴밀한 연락을 취했다. 그의 아들 양필과 이승만의 아들 태산을 미국에 데려온 사람이 용만이 아니던가.

세 밀사가 헤이그로 가야 하는데 걸리는 게 많았다.

"양필 보육 백골난망. 보재 대감 이준 대감 화란 밀행. 미주 협조 요망. 열국 대표들에게 영어 통변자 필요."

정순만의 전보를 받고 용만은 미국에 있는 윤병구와 송헌주를 밀사 수행원으로 보내 돕게 했다. 세 밀사 중 이상설과 이위종은 헤이그에서 뜻을 이루지 못하자 8월 1일 미국으로 건너왔다. 그들은 윤병구와 송헌주를 만나 함께 다시 유럽으로 건너갔다.

반 년 동안 네 사람은 영국을 비롯 유럽의 현지 언론에 한국의 독립을 호소했다.

일본은 세 밀사가 만국평화회의장에 나타나 세계의 열강 앞에서 일본을 모욕했다고 특단의 가혹한 보복조치를 취했다. 일본 외무대신이 건너와 고종을 끌어내리는 만행도 주저치 않은 것이다.

1908년 3월 윤병구, 송헌주와 함께 뉴욕으로 돌아온 이상설은 스티븐스저격사건과 애국동지대표회의 진행과정과 1909년 2월 1일의 국민회의 창립과정을 지켜보았다. 어딜 가나 독립운동가들 사이에서 그는 어른으로 대접받았다.

샌프란시스코에 주로 머물면서 국민회 제1차 이사회도 참여했고 만주와 러시아에 국민회 지회를 확산하는 계획을 세워 그 실천에 들어갔다.

이상설은 원래가 조용한 사람이다. 아무 때나 나서는 사람이 아니다.

"동지들은 합심하여 조국광복을 기필코 이룩하라. 나는 광복을 못 보고 세상을 떠나니 어찌 고혼인들 고국에 돌아갈 수 있으랴. 내 몸과 유품을 남김없이 불태우고, 그 재도 바다에 버리고 내 제사도 지내지 말라."

이상설이 남긴 유언이다. 자괴의 흔적을 깡그리 지워버리고 싶은 게 그의 심정이었다. 1917년 그가 우수리스크에서 병으로 죽자 동지들은 화장한 재를 강물에 뿌렸다. 공중으로 흩어지고 강물에 흘러간 그의 영혼을 위로하기 위해 2001년 우수리스크의 수이푼 강가에 유허비가 세워졌다.

연해주에 있는 우수리스크는 1870년 이래 한인들이 이주해서 개척한 곳으로 이상설, 안중근, 이동녕, 이동휘, 박은식, 신채호 등 우국지사들이 자주 드나들었다.

이상설은 27세 때 성균관 관장에 오른다. 오늘날로 치면 국립대학 총장이 된 셈이다. 영어, 불어, 노어, 일어를 공부하고 국제정치와 법률을 연구했다.

그처럼 실력이 탄탄했기에 고종의 특명을 받지 않았을까. 그는 '산술신서(算術新書)'라는 한국 최초의 수학책도 펴냈다. 일본의 우에노 기요시가 저술한 '근세 산술(近世 算術)'을 번역 편집한 것이다.

'서전서숙(瑞甸書塾)'은 간도 일대에 독립지사가 세운 최초의 교육기관이다. 이상설이 5천 원, 이동녕이 3천 원, 정순만이 5백 원을 내 용정에 설립했다. 인근의 한인 청소년 22명으로 시작된 학교는 나중 70명으로 늘어났다. 이상설은 자기가 펴낸 '산술신서'를 가지고 산술을 가르쳤다. 그 외 역사, 지리, 국제공법, 헌법 등의 과목들을 가지고 근대교육을 실시했다.

학생들은 수업료를 내지 않았고 침식도 무상이었다. 교원들의 봉급과 학교의 운영자금은 이상설이 지급했다. 이듬해인 1907년 5월 그가 헤이그 밀사가 돼 떠나자 '서전서숙'은 10개월 만에 폐교됐다. 그러나 그 이후 이곳저곳에서 유사한 학교들이 세워져 민족의식이 들불처럼 번져갔다.

이상설이 블라디보스토크로 돌아간 건 1909년 4월. 국민회는 농지를 개간하고 독립운동 기지를 만들기 위해 그 전해 가을 블라디보스토크에 '아시아실업주식회사'를 설립했다. 한참 후인 1920년 캘리포니아주 윌로우스에 한인비행학교를 세우는데 큰 힘을 보탠 김종림도 이때 회사설립에 참여했다.

이 사업을 적극적으로 추진하기 위해 북미지방총회장 정재관이 해삼위로 가게 됐고 이상설도 동행했다. 한가닥 실낱 같은 희망이 보이면 땅끝까지 마다하지 않는 게 독립운동가들이었다.

이상설은 블라디보스토크에 가서 항카호 남쪽 봉밀산에 토지를 구입, 한인 1백여 가구를 이주케 했다. 최초의 독립운동 기지라고 할 수 있는 한흥동이 건설된 것이다. 그리고 노령과 만주에서 대한인국민회 인사들의 노력으로 13곳의 새로운 국민회 지회들이 탄생됐다.

수치당한 나라

'그윽히 생각하건대 오늘날 우리 한국은 세계에 수치당한 나라이오. 오늘날 우리 한인은 세계에 한을 품은 백성이라. 사천년 영광이 땅에 떨어졌으니 이것을 뉘 아니 회복코자 하며 이천만 생명이 하늘을 부르짖으니 이것을 뉘 아니 슬퍼하리오. (중략)'

이것은 용만이 쓴 애국동지대표회 발기취지서의 시작 문장이다.
그로부터 약 10년이 지나 작성된 기미독립선언문의 여운이나 호소력과 어쩌면 그렇게 유사한가.

'그러나 천백의 사람이 서로 흩어지고 수삼 년에 소식이 서로 격절하여 비록 비상한 사변이 이왕 있어서도 온 사회가 이미 공동한 의논이 없었고 또한 절대한 기회가 앞에 당하여도 매양 동일한 방책이 없었으니 이는 사회의 결점이요 국사의 방해라.'

용만의 문장은 어휘들의 별들이 밤하늘의 은하수를 이루며 광채를 뿜어낸다.

'이에 우리 덴버 지방에 있는 무리들의 의향이 이로부터 일어나고 의논이 이로조차 동일하여 어느 날이든지 기회 있는 대로 북미에 있는 우리 한인들이 한번 큰 회를 열고 매사를 의논코자 위선 이곳 동포께 물으매 열심히 상응하고 또한 부근 각처에 통하매 기쁨으로 대답하여 본년 1월 1일 하오 8시에 덴버에서 임시회를 열고 각 동포가 이를 의론할 새 첫째 회명은 '애국동지대표회'로 명하고 둘째 회기는 본년 6월 초 10일로 정한 후 그동안 약간 일을 정돈하고 이제 비로소 한 글장을 닦아 위선 태평양 연안과 미국 내지 각처와 몇 하와이 군도에 계신 각 동포에게 고하나니. (하략)'

용만은 주로 미국의 서부 지역에 알린 거로 적었지만 뉴욕에서도 김헌식이 달려왔다. 블라디보스토크에서 발행되는 해조신문(海朝新聞)은 4월 10일자로 보도했고 5월 14일자에는 회의 경비 후원금으로 67원 15전을 모금했다는 기사를 올린다.

이후 들어온 모금액을 합하면 자그마치 250원(불)으로 늘어난다. 대표로는 이상설과 이승만을 위임했다. 망해가는 나라의 국권을 회복시키려면 각 지역 운동단체의 연대가 먼저다.

해외에 산재한 운동세력을 한데 묶어내기 위해 용만이 구상하고 주선한 애국동지대표회는 연대를 내오기 위한 최초의 토론회였으니 그 의의를 어찌 과소평가 할 수 있겠는가.

끝없이 달리는 미국의 중부 평원은 대륙의 등뼈인 로키산맥에 발이 걸려 넘어지고 만다. 그 로키산맥의 동쪽 산자락에 한창 번성하기 시작한 도시가 콜로라도주 덴버다. 덴버는 19세기 중반 금을 찾으려고 로키산맥 쪽으로 몰려든 소위 골드러시 때 생긴 도시다. 그걸 기념하기 위해 주청사의 돔 전체를 순금 절편들로 입혔다.

인근엔 탄광이며 광산들이 많고 사탕무농장과 철도회사에서도 일손이 턱없이 딸리는 때였다. 하와이를 떠난 동포들은 샌프란시스코에 내려 다시 기차를 타고 로키산맥을 넘어 덴버에 몰려들었다.

1905년 2월 19일 사이베리아호를 타고 샌프란시스코에 내렸던 용만의 동선(動線)은 이렇다. 한 달 반쯤 있다가 로스앤젤레스로 먼저 와 있던 옥중동지 신흥우를 만나러 간다. 용만보다 2년 앞서 온 그는 남가주대학을 다니고 있었다. 한국에 왔던 선교사 셔먼부인이 주선해준 것이다.

"용만 형, 난 지금 셔먼 부인이 운영하는 한인전도관에서 전도사 일을 하고 있어요. 미국에서 우리가 택할 것은 기독교 공부를 더 할 것인가 아니면 조선이 필요한 공부가 무엇인지를 찾아서 그 방면의 공부를 하는 거라고 봐요. 용만 형은 무엇을 택할 생각인가요?"

"글쎄. 서울에서 상동교회를 부지런히 나가긴 했으나 우리 조선은 신앙보다 더 급한 게 사회의 개혁 아니겠소? 난 그런 분야의 공부를 할까 하오."

다시 샌프란시스코 인근의 오클랜드로 올라와 동포들과 면식을 트며 노동시장의 실태를 살폈다. 샌프란시스코에는 인천 내리(內里)교회의 전도사였던 안정수가 미국 북감리교의 도움을 얻어 한인전도관을 세우고 있었다. 용만이 나타나자 기다렸다는 듯 한인전도사로 임명하는 거 아닌가.

9월 27일 숙부 박희병이 조선에서 샌프란시스코에 도착했다. 그렇지 않아도 전도사 직은 맘에 없던 차 숙부가 도착하자 즉시 행동을 같이 하게 된다.

숙부는 여섯 살짜리 이관수, 열 살짜리 유일한, 열한 살짜리 이종희를 데리고 왔다. 유일한은 나중 귀국해서 기업의 투명경영과 사회공헌에 모범을 보인 유한양행을 설립하고 운영한 사람이다.

박희병은 미국을 이미 한 번 다녀갔고 이번이 두 번째다. 처음 온 것은 1900년 대한제국 국비유학생으로서 버지니아주 로노크대학에서 공부했다. 귀국한 뒤 운산 금광에서 통역으로 일했다. 그 역시 시대의 소명을 외면하지 않고 현지의 지방 유지들과 힘을 모아 선천에 사립학교를 열고 신학문을 가르쳤다.

숙부는 1871년, 용만은 1881년 두 사람 다 철원에서 태어났다. 나이 차가 10살밖에 되지 않은 숙부는 철이 들면서부터 큰형님처럼 따르는 존재다.

그는 관립외국어학교에서 영어를 공부했고 일본에 파견돼 게이오대학에서 2년간 수학했다. 용만도 숙부가 걸어간 길을 열심히 쫓아갔다. 숙부를 따라 서울로 가 관립외국어학교에서 일어를 배운 다음 국비장학생으로 일본에 가 중학교를 마쳤다. 이어 게이오대학에 진학해서 2년 동안 정치학을 공부하던 중 개화파의 거목인 박영효와도 친분을 쌓았다.

구한말 독립협회와 만민공동회에 희망을 걸었던 개혁의 열망이 좌절되자 국내에선 활빈당이 조직돼 저항운동을 계속했다. 자연 평등의 실현, 사회 빈부격차의 타파, 국가의 혁신에 목표를 둔 활빈당에 가입한 용만은 일본에서 귀국하자마자 체포돼 감금됐다.

다행히 숙부와 미국 선교사의 도움으로 수개월 만에 석방된 후 선천으로 가 숙부가 세운 사립학교에서 국어, 산술, 중국 고전을 가르쳤다. 용만이 결혼한 것은 1903년 즈음이고 딸 동옥이 태어났다.

"네브래스카주 오마하에 있는 유니온 퍼시픽 철도회사에 가면 일자리를 구할 수 있다는구나. 네브래스카주 출신 선교사들이 추천서를 써주었단다. 어떠냐? 같이 가 보겠느냐?"

도착 사흘 만에 네브래스카주의 커니시로 떠나는 숙부를 따라 용만은 기차를 같이 탔다. 네브래스카주는 철도회사의 일자리들이 많다. 대륙횡단열차의 선로가 완성된 것은 1869년의 일. 동부에서 오마하까지 있었던 기존의 선로에 샌프란시스코에서 출발한 선로가 이어진 것이다.

용만과 박희병은 구직을 위해 커니시로 오는 한인들에게 철도회사의 일자리를 쉽게 구해줬다. 그리고 고학을 하면서 공부를 하고 싶은 유학생들에겐 일자리와 함께 입학을 주선해주었다.

네브래스카주는 캘리포니아주와 달랐다. 동양 사람이 아직 적어 캘리포니아처럼 인종차별이 심하지 않았다. 기독교 전통을 잘 지키며 외지에서 온 타인종들을 전도의 대상으로 친절하게 맞이하는 곳이었다.

게다가 중고등학교까지는 학비를 받지 않았다. 빈 손 들고 미국에 온 젊은 한인들에겐 그야말로 천국이나 마찬가지다. 그 때문에 한인 유학생들 중 절반 이상인 60여 명이 네브래스카주로 몰려들었다.

다음해 봄 용만과 숙부는 덴버로 이주했다. 사람들이 일자리를 찾아 몰려드는 붐 타운이었기 때문이다. 우선 돈을 좀 벌어둘 필요가 있었다. 그들은 시내 중심 지역인 아라파호 거리에 방이 여럿 있는 건물을 전세 냈다. 몰려들 한인들을 대비해서 직업소개소 겸 숙박소를 차린 거였다.

동시에 덴버사범학교에서 실시하는 대학입학 준비과정에 등록해서 공부를 시작했다.

한인 밀정

그 숙박소는 애국동지대표회의 둥지 노릇을 톡톡히 해내었다. 숙소는 물론 마지막 날에는 회의장으로도 사용했다.

첫째 날인 7월 11일 토요일에는 그레이스 감리교회에서 아침부터 종일 회의가 열렸다. 덴버에는 '로키마운틴 데일리 뉴스'와 '덴버타임스' 두 영자신문이 있었다. 두 신문 다 회의 때마다 기자를 보내 취재했다.

7월 13일자 '로키마운틴 데일리 뉴스'는 '일본 통치로부터 조국을 해방시키기 위해 한인 애국자들이 이곳에 모이다'라는 제목과 함께 기사를 실었다.

'36명의 한국 애국자들은 세계 각지에 있는 한인들을 대표해 해외 한인 애국 단체들을 하나로 결속시켜 일본으로부터 자신들의 조국을 해방시키려고 노력할 것이다. 그들이 채택한 결의안 가운데 하나는 국내에서 교육을 장려하고 해외에서 한국의 사정을 세계에 알리는 것이다. 그들은 전쟁을 준비하지도 않고 원하지도 않으며, 세계 열강들이 자신들 편에 동참해주기를 바라고 있다. (하략)'

이 기사는 전날 덴버타임스에 나왔던 '한국의 애국자들이 전쟁을 준비하기 위해 덴버에 모이다'라는 기사 제목과는 사뭇 어조가 다르다. 좀 더 차분한 시각으로 관찰한 것이다.

"원근 각처에서 불원천리하고 참석하신 동지들에게 감사합네다. 지금부터 애국동지대표회를 시작하겠습네다. 우선 이 회를 발기하고 그

동안 준비를 해온 박용만 동지와 그를 도와 노고를 아끼지 않은 동지들에게 감사합네다."

회장으로 선출된 이승만이 개회를 선언한 것은 9시 반경이다.

"먼저 애국가를 부르겠습네다. 모두 기립했으면 합네다."

이승만의 말이 떨어지자 참석자들은 모두 자리에서 일어났다.

성자신손 5백년은 우리 황실이요
산고수려 동반도는 우리 본국일세
무궁화 삼천리 화려 강산
대한사람 대한으로 길이 보전하세
충군하는 열성의기 북악같이 높고
애국하는 일편단심 동해같이 깊어
무궁화 삼천리…

이역 만리 미국 땅에서 애국가를 부르는 심정들은 첫 구절이 끝나기도 전에 떨리기 시작했다. 노래를 이어 갈수록 주전자의 물이 끓기 시작하듯 목소리가 끓어올랐다.

애국가는 샌프란시스코에서 발간되던 공립신보 1908년 3월 11일자에 실린 가사다. 아직 한일병합이 이뤄지지 않아서 대한제국 시절의 애국가를 비장하게 부른 것이다. 언제 망할지 모르는 나라를 생각하면 뜨거운 덩어리가 목을 메우고 눈에 이슬이 맺히는 것을 막을 수 없다.

오후 2시 반에 열린 제2차 회의에서는 몇 개의 의안 제출이 있었다.

"저는 이 애국동지대표회를 여는 목적이 사방에 흩어져 사는 동포들을 하나로 묶는 방법을 연구하고자 함이라고 믿고 있소이다. 각 지방의 단체들이 서로 연합해 자기의 작은 일은 자치하되 우리 민국사와 한인 사회의 이익을 도모하는 큰일은 함께 힘써 나가도록 해야 하겠소이다."

김영욱의 제안이었다. 이어서 박처후는 다른 제안을 했다.

"저도 동감입니다. 그러자면 내외국을 물론하고 우리 동지가 있는 곳마다 통신소를 정해서 한 달에 한 번씩이라도 윤회통신을 하는 게 좋겠소이다."

7월 14일자 덴버타임스의 기사는 "한인들은 일본 첩자들을 피해 다녔다"는 제목과 "대표자회는 일본인들이 참가할 수 없는 비공개 집회를 가졌다"는 부제를 달았다.

'한국에서 한인들이 압박자 일본인들을 증오하고 두려워하는 것처럼 자유의 땅 미국에서도 한인들은 일본인들을 증오하고 두려워한다. 일본 정탐꾼이 일본에 저항하는 투쟁 연설들을 본국 정부에 보고하고 있다는 소문이 파다한 탓에 소수의 한인 애국자들은 그레이스 감리교회에서 모이는 것을 포기하기로 결정했다.'

일본 첩자 얘기가 나온 것은 장인환과 전명운 두 의사의 스티븐슨저격사건이 있었기 때문이다. 그 여파로 일본은 물론 미국도 한인들의 동태를 주목할 수밖에 없었다는 얘기다. 기사는 더 이어진다.

'어제 대회에 참석한 이들을 조심스럽게 지켜보았으나 일본 첩자 같은 사람은 찾을 수 없었다. 그러나 한인들은 불필요한 적대감을 피하고 안전한 진행을 하기 위해 오늘 아침 모임을 아라파호(Arapahoe)가에 있는 회관(용만의 직업소개소 겸 숙박소를 가리킴)에서 가졌다. 회의장 입구는 엄격히 통제됐고 증명서가 없는 사람은 출입이 금지됐다.'

'일본 첩자 같은 사람은 찾을 수 없었다'는 건 헛다리짚은 관찰이었다. 증명서가 없는 사람은 출입을 금지시키면 된다는 주최 측의 대책도 허가 찔렸다.

증명서를 가지고 회의에 참석한 밀정은 마치 녹음기처럼 모든 회의의 진행을 낱낱이 기록, 일본 측에 넘겼다. 바로 한인 밀정의 짓이다.

나라를 팔아먹는 사람은 이완용만이 아니다. 돈 몇 푼을 받고 샌프란시스코에 주재하는 일본 영사에게 국문과 일부 일문으로 자세한 보고를 보낸 자는 바로 한인 유학생이다. 그 자는 상항주재 일본영사관에서 쓰는 공문서 용지에 회의 때마다 누가 무슨 말을 했는지를 빼놓지 않고 기록했다.

당시 미국에는 1천 명도 채 안 되는 한인들이 있었는데 벌써 민족을 배반하는 밀정이 나타난 것이다. 한편 어찌 보면 그 밀정은 왕조의 실록을 기록한 사관에 빗댈 수도 있다. 그의 꼼꼼한 기록이 없었다면 애국동지대표회의의 회의록이 온전한 역사의 기록물로 전해질 수 있었겠는가.

'12일은 일요일이어서 휴식한 다음 월요일에 다시 회의를 열었는데 영어로 진행됐다. 이승만의 개회선언이 있은 다음 '됴선(조선)의 영광 잇난(있는) 과거사'라는 제목으로 박용만의 연설이 있었고, 오흔영의 '됴선과 일본의 관계', 리관영의 '물질 대 동양', 윤병구의 '동양에 대한 미국' 연설이 있었다. 초청 연사로 온 콜로라도주의 연방하원의원 얼 크랜스턴은 '정치와 모범시민'을 주제로, 감리교 감독 헨리 워렌은 '국가의 위대함'이라는 제목으로 연설했다.'

이처럼 누구보다도 회의 전 과정을 열심히 그리고 꼼꼼히 기록한 사람은 한인 밀정이다. 회의의 한 결과물이기도 한 하기군사훈련 실시라는 의결 사항도 빼놓지 않고 기록했다.

'(전략) 14일 오후에 제6차 회의를 열고 박처후, 이종철, 김사형 제씨의 건의서를 받아 무릇 네브래스카에 있는 청년들은 매년 방학에

커니로 모여서 여름학교에 공부하여 또한 기한을 정하고 운동 체조 조련도 연습하기로 가결하다. (중략)'

다행히 여름학교의 목적이 군사훈련이라는 것을 못 박아 표현하지 않고 운동 체조 조련을 연습할 거라고 한 것은 어떤 연유에서였는지 알 수 없다. 운동과 체조를 빼고 조련만 썼더라면 바로 군사훈련을 뜻하는 게 아닌가.

'개회하는 날에 각처 신문 탐보조에서 어찌하여 낭설이 생겼는지 지방에 전하기를 우리가 전쟁을 준비한다 혹 비밀한 운동이 있다 하여 정탐객도 무수하였으며 혹 자위병으로 쫓기를 원하는 자도 몇이 있었으니 우리는 소문과 같이 못한 것을 한탄하였으나 이 기회를 인연하여 본국의 정치상 정형을 무수히 설명하였으며 본회의 실상주의는 무슨 강경한 태도나 혹 폭동할 의사는 하나도 없고 다만 평화한 뜻으로 각처 한인의 사회를 조직하여 발달하기에 장래 이익을 안 본 자라도 도모할 따름이니 금번 대회가 이 뜻에는 실로 유익함이 많은 줄 믿노라.'

밀정이 작성한 보고서의 결론 부분이다. 강경한 태도나 혹 폭동할 의사는 하나도 없고 다만 평화한 뜻으로 각처 한인의 사회를 조직하여 발달하기에 목적을 둔 회의라고 안심시키는 결론을 맺은 것은 그나마 동족에 대한 양심이 남아 있었기 때문일까.

애국동지대표회는 구체적 성과물의 하나로 하기군사훈련 실시를 결의했다. 그것은 용만이 고대했던 것이다. 회의가 끝나자 직업소개소 겸 숙박소 사업을 윤병구에게 인계하고 그는 곧 네브래스카주의 링컨시로 떠난다.

네브래스카주립대학의 가을학기에 입학하기 위해서다. 또한 하기군사훈련을 즉시 추진하기 위해서다. 네브래스카주에는 유명한 군사고등학교들이 있었다.

이미 구한말 군인 출신 몇 명이 재학 중이다. 또한 고등학교와 대학마다 군사훈련을 실시해서 일반 시민들에게 익숙한 풍경이었으므로 하기군사훈련을 실시하기가 용이한 지역이다. 용만은 9월 15일 대학에 입학한 후 간부후보생(ROTC) 과목들도 등록했다.

덴버타임즈에 소개된 박용만

애국동지대표회

애국동지대표회가 지각변동을 일으키지 않고 끝나자 "후유!" 한 사람은 샌프란시스코 주재 일본 총영사다. 자칫 그의 관운이 위태로울 수도 있었다.

총영사는 적지 않은 돈을 주고 한인 유학생을 매수해서 밀정으로 회의에 침투시킨다. 그 소문이 어떻게 용만의 귀에까지 들렸다.

"광고 말씀을 하나 드려야겠습니다. 일본 스파이가 우리 회의에 몰래 들어와 일본영사관에 보고를 한다고 합니다. 그동안 이 감리교회에서

회의를 했으나 내일 아침부터는 숙박소에서 열기로 하겠습니다."

용만은 화요일 아침부터 회의장을 자신의 숙박소 건물로 옮긴 다음 입구에 경비원을 세웠다. 위임장이나 증명서가 없는 사람들은 출입할 수 없도록 조치했다.

회의에서 결정된 사항은 세 가지였다고 일본 총영사는 본국에 보고했다.

첫째 각 지방 각 단체가 일체가 돼 국사에 임할 것, 둘째 각지에 통신소를 설치해 각지의 상황을 지실(知悉)하도록 할 것, 셋째 국민교육에 필요한 내외서적의 저술 번역을 추진할 것이었다.

일본 총영사가 판단하기로는 애국동지대표회는 독립운동을 규합하기 위한 최초의 회의였지만 그 결과는 태산명동 서일필(泰山鳴動 鼠一匹) 격이었다.

그는 위에 언급한 사항들 정도이지 회합의 결과가 특별한 게 없다고 결론을 지었다. 쓸데없이 과격하게 나감으로써 외부의 반감을 살 게 아니라 먼저 한인들의 지식을 개발하여 실력을 배양함으로써 후일을 기약하고 교육의 보급과 애국심의 고무에 힘쓰며 한국의 존재를 세상이 망각하지 않도록 애쓰자는 극히 온건하고 일반적인 결의를 한 것으로 보고서를 꾸몄다.

그러나 그가 놓친 것이 있다. 군사훈련을 시키는 학교를 세우기로 한 것에 대한 의결 사항이다. 한인밀정의 표현이 온순해서 총영사의 판단을 잘못 유도한 거였다.

'네브래스카에 있는 청년들은 매년 방학에 커니로 모여서 여름학교에서 공부하며 또한 기한을 정하고 운동 체조 조련도 연습하기로 가결하다.'

밀정이 그렇게 보고했기 때문에 총영사는 학생들이 여름방학 중 모여서 운동이나 체조를 하는 정도로 알았지 실제 소총을 쏘며 군사조련을 하리라고는 꿈에도 생각하지 않았던 것이다.

애국동지대표회의 성과는 성과를 내지 않은 게 성과였다.

일본 총영사가 가뜩이나 주시하고 있는 판에 눈이 번쩍 뜨이는 성과를 내놓았다면 어떻게 되겠나. 밀착감시만 더 심해졌을 것 아닌가.

그 때문에 소년병학교는 다음해 여름방학에 개교를 했는데도 2년 동안 일본 측이 눈치를 채지 못했다. 들킨 것은 헤이스팅스에 최초로 복엽비행기가 나타나 시범비행을 하자 구경을 나왔던 인근의 일본인 농부에 의해서다. 소년병학교 훈련생들이 행사에 참가해 절도 있는 산병교련을 시범하는 것을 보고 농부는 소년병학교가 조선총독부를 타도하려는 무관학교라고 샌프란시스코의 총영사관에 긴급 보고했다.

어렵사리 어떤 회의를 조직하면 그 성과물로 새로운 조직체를 내오는 게 상례다. 그러나 애국동지대표회는 새로운 조직체를 결성하지 않았다. 그 또한 역설적으로 성과라면 성과가 아니겠는가. 당시 하와이에는 '한인협성협회'라는 큰 단체와 샌프란시스코에는 '공립협회'라는 큰 단체가 있었다.

만약 용만이 개인적인 야망으로 또 하나의 운동단체를 만들었다면 어떻게 되었을까.

'연합사건에 대해서는 각 대표 중 4분의 3은 일치한 의논을 가지고 모든 것을 완전히 조직하고자 하나 다만 리승만 씨와 몇몇 대표는 그렇지 않은 이유를 설명하여 오늘은 다만 베이비(Baby) 토론으로 하고 완전한 결론은 장차 공립협회와 자유회 참가의 모든 단체로 공동의논하자 함으로 마침내 그같이 결정돼 이번에는 다만 각처 통신소를 설치하고 매삭 1차씩 교통할 일과 일주년에 한 번씩 아무 곳에서

든지 총 의회를 열 일과 그 기회에 수삼 조건 긴요한 일을 가결하여 준비만 완전히 하였더라.'

이것은 새로운 단체는 공립협회를 비롯한 모든 단체와 협의를 통해서만 가능하다고 결의한 것을 밀정이 기록한 것이다. 당시 자유회라는 단체는 없었는데 대동보국회의 존재를 몰랐던 밀정의 착오다.

용만은 독불장군이 아니다. 애국동지대표회를 열기 전에 공립협회의 의사를 꾸준히 타진했다. 실제 회의가 열리기 2달 전 공립협회에 편지를 보낸 게 1908년 5월 6일자 공립신보에 기사화됐다.

'덴버에서 유학하는 박용만 씨가 금년 6월에 그 지방에서 미국 정당의 회집을 기회삼아 애국동지대표회를 조직하고 취지서를 광포함은 이미 본보에 게재하였거니와 (중략) 통합하는 것이 연합하는 것보다 승하겠기로 (낫겠기로) 본회에서도 대등한 중의를 종코저 (따르고자) 하오니 회기 (시기)와 회소 (장소)를 공의 선택하심을 바란다 하였더라.'

이 기사를 미뤄보더라도 용만은 공립협회의 의사가 통합에 있음을 사전에 파악하고 회의 참가자들의 이해를 구했던 것이다.

그로부터 반 년도 되지 않아 하와이의 한인협성협회와 샌프란시스코의 공립협회가 통합을 해 국민회가 탄생하게 된다. 공립협회는 도산 안창호 선생이 1905년 4월 5일 샌프란시스코에서 창립한 단체다.

그해 11월 퍼시픽가에 3층 건물을 사 회관을 마련하고 1주일 후부터 '공립신보'를 발행하기 시작했다. 활자가 없어 손으로 써서 등사한 신문이었다.

그 이듬해인 1906년 4월 18일 샌프란시스코에 대지진이 일어났다. 3천 명 이상이 죽고 인구의 절반인 22만 명이 집을 잃은 대참사다. 4

월 25일자 '공립신보'는 대지진의 참상을 이렇게 보도했다.

'상항의 한인공립관은 4월 18일 오전 5시 15분에 지동할 때에는 손해를 면했으나 종시 화재를 면치 못하고 전수히 소화가 되었더라. 지동할 때에 공립관에 있던 한인은 무사하나 한인 미순과 미국 집에 있는 한인들이 어찌 됐는지 몰라 김관유, 서정우, 리교담, 리원길 4씨로 하여금 각처에 탐지하고 각처에 있는 한인들도 회관으로 와서 안부를 물으니 상항에 있는 한인은 다 무고하더라.

그러나 각 찬관(식당)이 전폐되고 각 식물가게에는 식물이 절종돼 면보떡 한 치에 오십전으로 일원까지 하나 살 수 없고 또한 불 피우는 것을 금하는 고로 여간한 쌀과 물은 있었으나 밥도 지어먹을 수 없고 찾으러 다니다 못해 겨우 조그만 과자 40개를 사다가 한 갰기 먹고 그날 밤을 지날 때 청국 사람들과 일본 사람들이 불을 피해 공립관으로 찾아와서 같이 지냈더라.'

1910년 2월 대동보국회도 합류하자 5월 10일 국민회는 대한인국민회로 이름을 바꿨다. 2년도 되지 않아 그 조직이 확산돼 120여 지방총회들이 미국 본토, 하와이, 중국, 러시아, 멕시코 등지에 설립됐다.

그해 12월 대한인국민회 북미지방총회 회장에 당선된 문양목 씨가 그 이듬해인 1911년 1월 네브래스카주를 찾아왔다.

"우성 동지, '신한민보'의 주필을 꼭 맡아주셨으면 하오. 헌장도 손을 좀 보아 주시고요. 대한인국민회가 해외단체의 구심점이 될 수 있도록 말입니다."

그 간청을 뿌리치지 않은 용만은 6개월 휴학을 한 후 샌프란시스코로 떠난다.

저 원수 하나 없이 할 공부

'오인(吾人)의 급선무는 재숭무(在崇武)' 풀이하면 '우리의 급선무는 무력추구'

이것은 박처후가 쓴 논설의 제목이다.

그 글은 1909년 9월 22일자 '신한민보'에 실렸다. 제1기 소년병학 교의 졸업식이 끝나고 나서다. 그는 용만보다 2살 어리고 커니사범대 학을 졸업했으며 용만이 1912년 하와이로 떠나자 소년병학교의 교장 직을 맡았다.

'나의 지극히 사랑하고 믿는 여러 형제자매들은 이 세상에 금 같은 시간을 허비하여 이 글을 한 번 보시고 우리가 다 장래에 어찌해야 좋을 것을 생각합시다. (중략)'

미주 한인들의 진로에 대해 고민을 나누자면서 글은 시작된다.

'오늘날 우리의 급히 하고 먼저 힘쓸 것을 '철학'이라 하겠소? 아 니오. 나라가 이 지경이 됐는데 '철학'은 어느 곳에 쓰겠소? 그러면 '신학'이라 하겠소? 아니오. 시방 이 압제 중에 무슨 말로 전도하겠 소? 좋은 사람이 천당에는 나중에 갈지라도 목전에 심한 압제를 받 을 수 없소이다. 그러하면 '농업'이라 하겠소? 아니오. 저 악한 자들 이 사처에 편만하여 좋고 기름진 땅은 무리히 탈취하니 농업을 임의 대로 하겠소? (중략)'

진로의 우선순위를 어디다 둘 것인지 묻는 것으로 글은 이어진다.

'우리의 토지를 빼앗는 자 일인이요, 우리의 생업을 빼앗는 자 일인이요, 우리의 자유를 빼앗는 자 일인이요, 우리의 생명을 끊는 자 일인이라. 그러하니 오늘날 다른 공부와 사업을 다 할 생각하지 말고 다만 '저 원수 하나 없이 할 공부'만 하옵시다. 우리의 원수를 없이 할 공부는 다른 것 아니요. 곧 '무학(武學)'이요, '무기(武技)'요, '무육(武育)'이라. '무학' '무기' '무육'은 급히 힘쓸 것이요 또한 먼저 힘쓸 것이라. '무기(武技)'가 아니면 강토를 회복할 수 없고 '무기'가 아니면 생업을 임의로 할 수 없고 '무기'가 아니면 자유로 지낼 수 없고 '무기'가 아니면 이 세상에 살 수 없소이다. (하략)'

무기만이 답이라는 결론은 그 후 모택동이 한 말 '권력은 총구에서 나온다'와 같은 말이다. 망해가는 나라를 눈 뜨고 볼 수만 없어 무력항쟁으로 나아가야 한다는 주장은 한인들이 가 있는 곳마다 들불처럼 타올랐다.

무엇보다 단위부대를 통솔할 지휘관을 양성하기 위한 무관학교가 각지에 생겨나기 시작한 것이다.

심지어 미국 와이오밍의 탄광에서는 광부들이 고된 노동을 하면서도 지친 몸을 끌고 목총을 잡았다. 노예노동이나 다름없는 간고한 환경인 멕시코에서도 그리고 한인들이 대거 이주한 만주의 서간도에서도 당장 기약은 없지만 장래를 내다보며 서둘러 무관학교를 세웠다.

이러한 무관학교들 중 가장 먼저 세워진 학교가 바로 용만이 주도해 세운 '소년병학교'다.

'저 원수 하나 없이 할 공부, 즉 무육만 하옵시다'라고 주장한 박처후는 용만 못지않게 '소년병학교'와 운명을 같이 한 사람이다.

덴버에서 열린 애국동지대표회의에서 하기 군사훈련을 실시한다는 안을 제출해 의결을 이끌어낸 사람도 박처후다. 용만에 이어 후임 교장이 된 그는 일본영사관의 압력으로 폐교될 때까지 '소년병학교'를 두

해나 더 버텼다.

'소년병학교'의 첫 졸업생이었던 그는 동시에 교관으로서 훈련생들에게 수학과 영어를 가르쳤다. 하와이에 노동이민을 온 건 그의 나이 24세였던 1905년. 일 년쯤 머물다 용만이 있는 커니시로 이주했다.

보석상에서 심부름꾼으로 일하면서 네브래스카주립사범대학에서 수학과 영어를 공부했다.

1913년 6월 4일 미국에서 최초로 한국유학생회가 조직됐다. 소년병학교 출신들이 주동이 된 것이다. 시카고대학, 노스웨스턴대학, 네브래스카대학과 오마하와 링컨시 소재 고등학교 한인 학생들이 헤이스팅스시로 모였다.

그들은 회장으로 박처후를 선출하고 1년에 두 번씩 영문 잡지를 발행하기로 결의했다. 박처후는 소년병학교 교장을 맡은 외에도 네브래스카거류민회 총회장을 지냈다. 1916년 미국인 선교사 헐버트 웰치의 통역 겸 조수로 귀국한 그는 연희전문에서 수학을 가르쳤다. 3·1운동이 일어나자 다시 망명의 길에 올랐다. 블라디보스토크로 건너가 무장독립운동에 가담했다.

미주에서의 독립운동은 세 갈래의 노선이 있었다.

대략 안창호는 교육, 이승만은 외교, 박용만은 무력을 통해 목표를 달성코자 했다. 물론 세 노선 다 나름의 당위성이 없는 건 아니다. 그렇다고 그중 어느 노선 하나가 적중해서 독립이라는 과실을 맺은 것도 아니다.

세 노선 다 뜻을 같이 한 활동가들의 동력을 끌어내는 기관차 역할을 담당함으로써 나름의 공헌을 부정할 수 없다.

조국의 독립을 위해서는 군사력을 기르는 길밖에 없다는 용만의 확신은 어디서 비롯된 것일까. 먼저 그런 발상을 한 사람은 그만이 예외적인 존재가 아니라는 사실이다. 각처의 한인들이 다투어 무관학교를 세운 사실만 봐도 알 수 있지 않은가.

1909년 6월 처음 군사훈련에 들어간 '소년병학교'에 이어 다음해 2월에는 멕시코의 메리다 지방에 '숭무학교'가 설립됐다. 유카탄반도의 중심지인 메리다 일대에는 에네켄농장에서 일하던 동포들이 1천여 명 있었는데 그 절반 이상이 구한말 광무군 출신이다. '숭무학교' 역시 독립전쟁을 수행할 사관 양성을 목적으로 광무군 출신 이근영 등이 설립했다.

이회영, 이시영, 이동녕에 의해 만주의 서간도에 '신흥무관학교'가 설립된 건 1911년. 캔사스시와 와이오밍주의 슈퍼리어 탄광 등지에도 소규모 군사훈련 반이 있었고 이동휘는 1914년 북간도에 대전학교를 설립했다.

캘리포니아주 윌로우스에 한인비행학교가 설립된 것은 1920년 2월. 이들 중 소년병학교와 신흥무관학교, 그리고 한인비행학교는 독립운동에 뚜렷한 성과를 남겼다.

1912년 12월 하와이로 건너간 용만은 2년 반 후 또 다른 무관학교인 '대조선국민군단'을 창설했다. 가져다주는 독립이 아니라 싸워서 얻는 독립에 대한 의지는 장장 임시 정부의 광복군에까지 이어졌다.

칼날에서 나는 소리

용만의 꿈은 장차 중국이나 러시아에서 농사를 지으며 군사활동을 하는 둔전병(屯田兵)을 조직하는 것이다. 그 둔전병을 이끌 핵심 장교들을 양성하기 위해 '소년병학교' 설립에 열정을 쏟아 부었던 것이다.

용만은 일본의 경응의숙에서 정치학을 2년 공부했다. 그런 그가 조선의 독립이 과연 무력투쟁으로 가능하다고 확신할 수 있었을까. 외려 제국주의 열강들의 막강한 군사력 때문에 약소국인 조선의 앞길에 절망만이 가로놓였다고 좌절한 것은 아니었을까.

한편 제국주의의 생리는 오직 무력에 의해서만 작동된다는 것을 알고 오직 무력만이 유일한 대응임을 깨달은 것은 아닐까.

태프트와 가쓰라가 각서를 교환하면서 미국은 일본의 한국 지배권을, 일본은 미국의 필리핀 지배권을 암묵적으로 인정한 후 이승만의 외교 노선은 주저앉고 말았다.

용만의 집요한 무력양성이 통쾌한 결실을 맺지 못한 거나 이건 피장파장이다. 외려 하소연 대신 무력항쟁만이 유일한 방법이라는 용만의 고집은 임시정부가 광복군을 양성한 것처럼 궁극적으로 유효한 것 아닌가.

1912년 하와이로 가기 전 용만은 만주에 있는 손정도 목사에게 편지를 보낸다. 그 편지와 소년병학교 사진엽서를 하얼빈 주재 일본총영사가 불법 검열했다. 그걸 번역해서 일본 외무성에 보낸 게 현재 기록으로 남아 있다.

손정도 목사는 주로 중국에서 독립운동을 줄기차게 관여했고 상해 임시정부의 임시 의정원 의장을 맡기도 했다.

'(전략) 전번 하서(下書)에 논급하신 만주 식민책은 앞서 졸신(拙信)으로 다 말씀드렸습니다만 그 장소, 지질, 지가 및 적당하다고 생각되는 개소와 그 견적가격 등을 빨리 알려주시기 바랍니다. (중략) 현금 미국 서북 지방으로 향할 뜻을 가지고 있습니다. 그 소요(所要)의 첫째 목적은 형이 권고하신 식민책의 실현에 있습니다. 일의 성패를 감히 알 수 없사오나 오직 형의 원대한 계모(計謨)를 받아들여 이를 성취시키고자 하는 바입니다. (중략) 소생의 귀국은 어쩌면 1915년 이후가 될 것입니다.

1912년 10월 10일 손제(損弟) 박용만 배수(拜手)'

이 편지는 용만이 네브래스카주립대학 정치학과를 졸업한 후 아직 네브래스카주에 머물고 있을 때 쓴 것이다. 손정도 목사가 한인들을 만주에 이주시켜 독립운동의 기지를 삼으려는 구상이나 용만이 벌써 품고 있던 구상이나 같음을 알 수 있다.

용만이 중국에서의 식민책에 대해 알아보는 것은 하와이에서만 둔전병 개념의 국민군단을 시도하는 것에서 그치는 것이 아니라 1915년 후에는 중국으로 가 역시 둔전병을 도모하겠다는 끈질기면서도 원대한 계획을 엿보게 하는 대목이다.

무력으로 원주민을 제압한 미국은 무력을 언제나 가까이 두는 습성이 있다. 1860년대에 남북전쟁이 있었고 1889년 스페인과의 전쟁이 있었다. 그 화약 냄새를 잊지 않고 있는 미국 시민들은 군사훈련도 열심이었다.

대학에서는 모든 남학생들이 사관후보생 훈련과정(Reserved Officer Training Course)을 2년 동안 의무적으로 받게 했다.

전문적으로 군사훈련만 시키는 군사고등학교도 있었다. 일반 고등학교에서도 군사훈련을 실시했다. 커니고등학교에는 여군대대도 있었다. 여학생들이 목총을 메고 남학생들과 같이 훈련을 받았다.

용만이 세운 '소년병학교'는 군사교육 과목들과 훈련시간을 따지면 군사고등학교 수준이다. 처음 '소년병학교'를 세운 1909년경 커니시는 인구 6천 명 미만의 작은 도시다. 그런데도 군사문화는 일상생활의 일부가 돼 있었다. 군복을 입고 군사훈련을 받는 고등학교 학생들이 군악대를 앞세우고 행진하는 게 빈번했다. 그래서 난데없이 동양에서 온 청년들이 '소년병학교'를 세우고 군사훈련에 들어간 것을 이상하게 여기지 않았다.

용만은 1908년 가을 학기에 네브래스카주립대학에 들어간 다음 ROTC 훈련도 받았다. 무력양성이 코앞의 목표였던 그에게 그거야말로 고기가 물을 만난 격이 아니었을까.

ROTC 훈련과정에는 야전에서의 전투훈련도 포함된다. 이듬해 링컨시와 오마하시 사이의 애쉬랜드(Ashland)에서 야전훈련을 받을 때 용만은 그 감상을 한시(漢詩)로 표현했다.

從軍行(종군의 노래)
己酉夏從美軍在艾蘇蘭城作(기유년 여름 미군을 따라 애소란성에 있을 때 지음)

十里平郊一片城	십리 들판에 작은 성이 외롭고
人家斷續路縱橫	인가는 드므드믄 길들이 종횡으로 났네
夕陽下寨分相守	석양에 경계를 나누어서 지키는데
特地安危卽我兵	특별지역의 안위가 아군에게 달렸네
野營杖劍獨巡軍	야영에 칼을 잡고 홀로 순찰하니
殘月疎星夜己分	달은 기울고 별은 듬성하니 한밤중이네
一步徘徊三步立	한 걸음 내딛고 세 걸음에 멈춰 서니
烽烟處處盡疑雲	곳곳의 봉화연기는 모두 구름인 듯하고나

마지막 구절의 봉화연기는 야영장의 보초들이 피운 모닥불로 추정된다.

정치학을 전공하면서도 말과 글에 관심이 많았던 용만은 '신한민보' 와 '국민보'의 주필로서 명문의 정치논설을 썼을 뿐 아니라 마음속에 스민 느낌이나 생각을 아름답고 선연하게 표현할 줄 알았다.

그는 선비로서 문학적인 소양을 타고 났으나 시대가 급박하게 요구 하는 것은 군사적인 대응이었기에 그의 집념은 점점 문(文)보다 무(武) 에 더 기울어갔다.

決志修兵學(병학을 공부하기로 뜻을 정하다)이라는 한시(漢詩)는 그의 결심을 단적으로 드러낸다.

決志修兵學(병학을 공부하기로 뜻을 정하다)

壯志平生好讀兵	장한 뜻으로 평생에 병서 읽기를 좋아하며
蒼磨一劍捧秋聲	칼날을 푸르게 가니 가을에 나는 소리 같고
亙千萬古丈夫業	천만 년 예부터 장부의 사업이란
文武兼全然後成	문무를 아울러 갖춰야 이뤄지는 것이니라

소년병학교의 군복을 단정하게 입고 찍은 사진에 그의 단호한 결심 을 드러낸 한시(漢詩)를 곁들인 용만.

'칼날을 푸르게 가니 가을에 나는 소리 같고'라는 구절이 서릿발 같 기만 하다. 용만은 중요한 행사가 있을 때는 소년병학교 군복을 입었 다. 대학에서 ROTC 훈련생으로 입었던 군복과 다르다. 행사에서 사 진을 찍은 군복은 소년병학교 군복이다.

교정에서 열병식을 하는 소년병학교 생도들

해외 최초의 사관학교

끝이 안 보이는 대지는 대장간 안의 열기처럼 후끈거린다. 야산도 눈
에 띄지 않는 네브래스카주의 대평원. 하늘 끝이 곧 땅 끝이다.

1911년 7월 18일 원근 각처의 주민들이 헤이스팅스대학 운동장으
로 몰려들었다. 사정없이 내리꽂는 불볕 때문에 파라솔을 든 여인들도
많다. 헤이스팅스시 고등학교 악대들이 높은 음조의 행진곡들을 다투
어 연주한다. 그들이 트럼펫을 치켜 들 때마다 악기의 놋쇠는 햇볕을
한 줌씩 공중에 내던지고 있다. 헤이스팅스 데일리 트리뷴 신문에 의하
면 그날 4천 명의 군중이 모였다는 것이다.

학교 운동장에는 말은 들었지만 생전 보지 못했던 비행기 한 대가 군
중의 시선을 온통 휘어잡고 있었다. 라이트 형제가 노스캐롤라이나주
의 바닷가 키티호크 인근 모래사장에서 인류 역사상 최초로 비행기를
타고 하늘을 난 건 1903년 12월. 그러나 그것은 그들만의 실험이었다.

미 육군과 계약을 맺고 대중 앞에서 공식적인 시범비행을 한 것은 그로부터 5년 후인 1908년 9월. 다시 3년도 안 돼 한적한 시골도시 헤이스팅스에 비행기가 나타난 것이다. 수십 마일 떨어진 농장의 농부들마저 농사고 뭐고 내팽개치고 몰려들었다.

비행기는 위 아래로 날개가 둘 달린 복엽기다. 뉴욕주 버펄로에 있는 커티스 사에서 제작됐다. 비행기 주위엔 비행복을 입은 조종사와 작업복을 입은 장정들이 서너 명 서성거리고 있다. 비행기의 엔진이 폭음을 뿜어내기 시작한다. 동시에 날개 뒤에 붙은 프로펠러가 돌아가기 시작한다.

그러자 작업복을 입은 장정들이 날개 끝을 붙잡고 밀면서 달리기 시작했다. 이내 비행기가 운동장을 박차고 공중으로 치솟는다.

"아, 믿을 수 없어!(Wow, unbelievable!)"

"후라, 후라. 완전 환상이군!(Hurrah, Hurrah. What a fantastic thing!)"

사람들은 일제히 고함을 지르며 박수를 쳤다. 하늘로 치솟은 조종사는 마치 자전거를 탄 자세다. 날개 앞에 앉아 조종간을 쥔 채 오른쪽 팔을 흔들며 고도를 높이기 시작한다.

그날 모여든 구경꾼들 가운데는 헤이스팅스시에서 30마일 북쪽에 있는 그랜드 아일랜드(Grand Island)에서 농사를 짓는 일본인 농부들도 있었다. 그들이 놀란 건 커티스 복엽기만이 아니다.

"저건 또 뭐야?"

자신들과 생김새가 비슷한 동양인들이 군복을 입고 총을 메고 군중 앞에서 행진을 벌이고 있지 않은가. 한 50명 가량의 그 군인들이 지휘관의 구령에 따라 질서정연하게 산병교련 시범을 보이자 구경하던 군중들은 박수를 치며 환호하는 것이었다. 하지만 지휘관이 외치는 그 구령은 분명 일본말이 아니다. 일본인 농부들은 수소문 끝에 그들이 한인들이고 헤이스팅스대학에서 여름마다 군사훈련을 받고 있다는 사실을 알아냈다.

그것은 '소년병학교'로서는 재앙의 시작이었다. 그들은 샌프란시스코 일본총영사관에 그 사실을 고자질했다. 보고에 접한 총영사관은 직원 이누이를 파견해서 헤이스팅스대학 학장을 만나게 했다.

"학장님, 한국은 작년 8월 일본에 합병됐습니다. 한인들은 일본 국민이며 일본법을 지켜야 합니다. 미국과 일본이 동맹관계에 있는 이상 한인들의 군사훈련을 미국이 허용한다는 것은 있을 수 없는 일입니다. 샌프란시스코 주재 총영사의 항의서한을 받아 주십시오."

대학 측은 '소년병학교'에 더 이상 학교 시설을 빌려주지 않겠다는 결정을 내리지 않을 수 없었다. 이것은 등록 학생 수의 감소 원인도 있었지만 '소년병학교'가 1914년 여름방학을 마지막으로 폐교하지 않으면 안 되는 원인이 됐다.

1909년 6월 조진찬의 농장에 '소년병학교'의 군기를 세우고 처음 훈련이 시작된 지 5년 만이었다. 미국 헌법은 외국인의 군사훈련을 허용하지 않는데도 용만은 네브래스카 주정부와 교섭하고 정한경은 커니 시청과 교섭하여 묵허를 받았던 것이다.

이 '소년병학교'는 독립운동사에 있어 해외에 최초로 설립된 사관학교이자 또 용만이 조국의 독립을 위해 공개적으로 벌인 첫 사업이기도 했다. '소년병학교' 생도들은 목총이 아닌 장총을 가지고 실제 사격훈련을 받았다.

그해 7월 생각지도 않았던 행운이 찾아왔다. 헤이스팅스대학의 재무이사 존슨이 제니와 함께 불쑥 나타난 것이다. 자기 대학의 기숙사와 학교 시설 일부를 무상으로 빌려주고 농지도 임대해 주겠다는 거였다.

헤이스팅스시는 커니시에서 동남쪽으로 약 200리 떨어진 소도시. 그래서 붙잡는 커니시를 뒤로 하고 '소년병학교'는 헤이스팅스시로 옮겨갔던 것이다.

헤이스팅스대학이 '소년병학교'에 관심을 가지게 된 것은 외국인 유학생들을 받아들여 학생 수를 늘리고 기독교도 전도하고 싶었기 때문이다.

존슨 부부는 신앙심이 깊은 장로교 신자다. 그의 부인은 선교사로 극동을 다녀왔다. 만주 선교를 다녀온 로이스 목사도 있어서 '소년병학교' 과목의 하나인 성경을 가르쳤다. 헤이스팅스 데일리 트리뷴 1910년 7월 1일자 신문은 '한인 학교는 잘 자리 잡았다'는 제목의 기사를 실었다.

'한인소년병학교는 헤이스팅스대학에서 제자리를 찾은 듯 안정되고 있다. 매일 오후 4시부터 6시까지 군사훈련을 위시하여 대학 준비과정 학과들이 짜진 이 학교에는 30여 명의 학생들이 공부를 하고 있다. 흥미로운 것은 학생들의 군사훈련을 맡고 있는 김장호 교관이 대한제국 군인이었으며 블리스 군사 고등학교를 졸업했다는 사실이다. 학교 책임자들은 이번 여름의 훈련생 수에 만족하며 내년 여름에는 더 많은 훈련생들이 등록할 것이라고 기대하고 있다.'

1911년 5월 10일자 '신한민보'에 실린 '소년병학교 학생들의 생활'이라는 글에서 용만은 학생들의 일과를 다음과 같이 밝혔다.

'소년병학교 학생은 고생하며 공부하는 학생이라 일찍이 모아둔 돈도 없고, 남의 도움도 없이 3년 동안을 자기들이 벌어먹고 자기들이 공부하는 학생이니 대개 그 정형을 말하면 아침 6시에 기상나팔이 불면 일제히 일어나 5분 후에 검사를 치르고 또 연하여 세수하고 아침을 먹은 후 각각 시간 일을 농장에 나가 한 시간에 20전이나 25전을 받고 일하되 만일 시간 일이 학생의 수대로 다 되지 못하면 그 남은 학생들은 학교농장에 들어가 일을 하여 누구든지 12시 15분에 회식나팔을 불면 일제히 대열을 지어가지고 식당에 들어가 점심을

먹으며.'

여기까지는 오전 일과를 말한다.

'점심 후 한 시간은 운동을 하거나 놀이를 하거나 자기의 마음대로
하고 그 후에는 공부를 시작하여 두 시간을 허비하고, 또 그 후에는
취군나팔에 응하여 군복 차려 입고 군기 가지고 조련장에 들어가 각
양 조련을 연습하며, 6시에 다시 식당에 들어가며, 그 후에는 공치
기, 달리기, 씨름, 총쏘기와 풍류치기와 나팔 불기와 여러 가지로 각
각 소창하고 밤에 또 공부시키는 과정이 있어 각각 정한 시간대로 교
과실에 들어오며, 만일 자기의 공부 시간이 아니면 방에 앉아 공부를
복습하다가 저녁 검사를 치르고 소등나팔을 불면 일제히 취침하더
라.'

이것은 오후의 시간 별 일과를 드러내준다. 오전에는 농장에서 농사
를 짓고 오후부터 학과 공부를 했다는 애기다.

'위에 말한 바는 병학생들이 여름을 지내는 정형이며 8월 그믐이
되면 또 각각 자기들이 살던 곳으로 돌아간다. 흔히 스쿨보이로 들어
가 한 주일에 2원이나 혹은 3원씩 받고 일하여 이것으로 지필(紙筆)
도 사고 의복도 마련하니 그 구차한 것이 자못 많으나 그 자격은 장
차 독립전쟁의 지휘관이라. 이렇게 지내는 것은 소년병학도의 생활
이요, 이렇게 견디는 것은 소년병학도의 참는 힘이요, 또 이렇게 살
고 참는 것은 소년병학도의 풍속이라…. (하략)'

소년병학교의 영어이름은 'Young Koreans, Military School' 이다.
번역하면 '한인청년군사학교' 가 된다. 소년병학교에서 가르치는 과

목들은 다양했다. 과목수가 무려 10개나 된다. 한글은 물론 영어, 중국어, 일어까지 가르쳤다.

한글은 김현구와 함께 시베리아 횡단열차를 같이 탔던 홍승국이 담당했다. 문법과 작문을 가르쳤으며 어린 나이에 건너 온 생도들이 부모에게 편지 쓰는 법까지 배우게 했다.

중국어 시간에는 한문을 가르쳤는데 슈피리어 탄광에서 광부로 일하던 한학자 박장순이 와서 가르쳤다. 그는 중국 고전인 사서(四書)를 번역한 실력가다. 그런 실력가가 탄광에서 힘겨운 노동을 했으니 그 의지가 예사롭지 않다.

역사시간에는 구한말 군인이었던 이종철이 교사로 조선역사, 미국역사, 그리고 열국혁명전사(列國革命戰史)를 가르쳤다. 조선역사를 가르침으로 조선의 얼을 찾게 하고 미국역사를 가르침으로 조국의 미래상을 그려보게 하며 또 열국의 혁명전사를 배움으로써 독립전사의 앞길을 가늠케 했다.

지리(地理)는 정희원이 맡아 만국지리, 조선지리, 군용지리를 세분해서 가르쳤고 과학은 이용규가 교사로 식물, 동물, 물리, 화학을 가르쳤다.

수학은 한때 '신한민보'의 주필이었고 대한인국민회 총회장을 지낸 백일규가 대수와 기하를 교수했다. 성경도 과목의 하나였는데 로이스 목사가 구약과 신약을 가르쳤다.

군사학은 이종철과 정희원이 담당했다. 훈련과 학술로 구분해서 가르쳤다.

훈련에는 도수훈련, 집총훈련, 소·중대 전투훈련, 야전실습, 사격연습이 있었다. 학술에는 보병훈련, 군대내무수칙, 군대예절, 군인위생, 군법, 명장전법(名將戰法)을 체계적으로 가르쳤다.

이렇게 짜임새 있는 군사훈련을 받은 결과 네브래스카주립대학에서는 소년병학교 출신 학생들에게 군사훈련을 면제해 줬다. 세 번의 여름방학에 걸친 훈련을 받았으니 두 해 동안의 군사훈련을 새로 받을 필요가 없다는 거였다.

다른 대학에서도 소년병학교에서 이수한 '변론'과 '성경공부' 그리고 '윤리'를 정식 과목으로 인정했다.

이것은 소년병학교의 교관단이 미국의 군사교육을 체험하면서 그 수준에 맞는 가장 적절한 훈련과정을 도입했음을 드러내준다.

기상나팔이 생도들의 잠을 흔들어 깨울 때면 대평원은 이미 햇빛으로 가득찬다. 아침식사가 끝난 7시 그들은 대열을 지어 농장으로 행진했다. 오후 3시 다시 나팔이 울린다. 대열을 지어 그들은 훈련장으로 향했다. 한여름의 태양은 그들의 땀 한 방울까지 남김없이 불사르고 만다.

미국의 독립

"게쓰 왓.(알아 맞춰보세요.)"

전화기 속의 음성은 제니다.

"링컨에 왔습네다. 여기 제일장로교회의 로이 목사님이 저의 아저씨입네다. 주일날 예배를 여기서 보려고 합네다."

1월 둘째 주 금요일 저녁 창문을 흔드는 바람소리가 요란했다. 제니의 밝은 목소리 때문에 그 바람소리가 순간 멎는 것 같다.

"오, 제니! 한겨울인데 어떻게 집을 떠날 생각을 했어요? 딸은 잘 있나요?"

"같이 왔습네다. 아직 방학 중입네다. 다음주 학교가 다시 시작합네다."

그러면서 내일 점심초대를 한다는 거다. 로이 목사가 용만의 얘기를 듣고 싶어한다고 했다. 당시 목사들은 미국의 북장로교단이 조선은 물론 만주에도 선교사를 파송하고 있어 동양이라면 관심이 많았다. 목사 사택에서 점심을 준비하니 12시까지 오라는 거다.

제일장로교회는 대학에서 멀지 않은 13번가에 있다. 다음날 용만은 꽃다발을 사들고 교회를 향했다. 바지도 다려 입고 구두도 윤을 낸 것은 물론이다.

"하이, 용!"

로이 목사 부부가 보는데도 제니는 주저 없이 가슴이 맞닿는 포옹을 했다. 용만이 오히려 무안할 지경이다.

"인사하세요. 이 사람은 장차 코리아의 조지 워싱턴이 될 용만입니다."

"로이입네다. 여긴 제 아내 매기입네다. 제니로부터 고막이 터질 정도로 당신 얘기 많이 들었습네다."

점심은 큼직큼직하게 썰어서 만든 감자샐러드와 로스트비프가 나왔다. 후식으로 나온 커피와 치즈케이크를 든 다음 용만과 제니, 그리고 로이 목사 부부는 거실의 소파에 앉아 대화를 나눴다.

"용만 씨, 링컨에서의 생활이 어떻습네까?"

"여기 있는 한인들은 어떻게 감사해야 할지 모르지요. 우선 학비를 거의 내지 않고 공부할 수 있는 곳은 미국에서 네브래스카주뿐이니까요."

"한인들이 안심하고 공부를 하고 있다니 기쁩네다. 대부분의 학교들이 기독교 교단에서 세웠기 때문에 학비가 적은 겁네다. 교단에서는 한인들이 열심히 공부한 다음 코리아에 돌아가서 하나님의 복음을 전파해 줄 것을 바라고 있습네다."

그런 분위기 때문에 네브래스카주에는 캘리포니아나 다른 지역처럼 인종차별도 거의 없었다.

"용, 학교생활은 재미 있습네까?" 기다렸다는 듯 제니가 묻는다.

"요즘 미국 독립전쟁에 대해 원고를 쓰고 있어요. 내년 졸업논문으로 제출할 계획이지요. 코리아도 언젠가 독립을 해야 하는데 미국이 걸어간 길을 공부함으로써 많은 교훈을 얻을 수 있다고 믿지요. 연구할수록 배울 게 너무 많군요."

"그렇군요. 어떤 책들을 참고하고 있습네까? 그 방면 책들이 아주 많습네다."

로이 목사도 흥미가 솟는 눈치다.

"네. 참고 서적들은 무척 많지만 피스크, 프로팅햄, 팬크로프트의 책들이 좋더군요. 다만 그런 역사서처럼 딱딱하게 쓰지 않고 코리아의 일반 사람들도 이해하기 쉽도록 소설식으로 재미나게 쓰고 있지요. 나중 책으로 만들면 조선 사람들이 만든 최초의 서양 역사 연구서가 될 거 같아요."

"용, 엄청난 작업을 시작했군요. 정말 조선의 장래에 요긴한 작업입네다."

제니는 문득 조선에 있을 때 자기가 샘골교회 학생들에게 미국독립전쟁의 도화선이 됐던 '보스턴 티(차) 사건'을 설명했던 추억이 떠올랐다.

"미국독립전쟁은 단순한 전쟁이 아니고 인류 역사의 대혁명이라는 사실을 알고 놀랐지요. 모든 나라들이 왕에 의해 통치되는 전제정치였는데 전 세계 최초의 공화정치를 실현시켰으니 위대한 혁명이 아닐 수 없어요."

"용, 놀라운 우연의 일치네요. 조선의 왕조가 쓰러지고 앞으로 공화제의 국가로 독립을 해야 하는데, 지금부터 약 140년 전 미국이 걸어간 그 길을 이제 용이 공부하게 됐으니…."

제니는 미소와 함께 기도할 때 하듯 자신의 두 손을 맞잡고 흔들었다.

"그리고 제가 분명하게 이해한 것은 미국은 기독교의 나라라는 것입니다. 미국은 기독교로 시작되고 기독교로 성장하고 기독교로 번성한 나라입니다. 미국의 헌법이나 인민의 도덕은 기독교를 기반으로 했기 때문에 건전한 사회의 발전이 가능했다고 봅니다."

용만이 소감을 자신 있게 말하자 로이 목사가 나섰다.

"지나친 찬사입네다. 그땐 교인이어야 투표권도 주어졌지요. 기독교 내에서 교파끼리 분쟁도 많았습네다. 교세가 센 교파는 청교도와 장로교, 침례교였습네다. 천주교인들 투표권 없었습네다. 거주 이전의 자유도 없었습네다. 거주지에 예배당도 지을 수 없었습네다."

제니도 대화를 거들었다.

"맞아요. 독립 후 제정된 헌법에는 종교의 자유가 보장됐지만 19세기말까지 가톨릭은 박해를 받았지요."

"제가 조사를 해 보니까 독립전쟁에도 목사님들이 공헌을 많이 했더군요. 뮐렌부르그 목사는 독립선언서가 발표되기 전에 강단에서 영국의 학정을 비방했다고 합니다. 강단에서 목사의 가운을 찢으니까 속에 입었던 군복이 드러났다고 합니다. 예배당 앞에서 민병대원을 모집하기 위해 북을 치니까 4백 명의 장정들이 즉시 호응했다고 하는군요."

"용, 자세히도 공부했군요. 목사들은 교육에도 공헌 많이 했습네다. 미국 최초의 대학인 하버드는 하버드 목사의 이름을 딴 것입네다. 원래 주립대학이었는데 그 목사가 기부를 많이 해서 이름이 바뀐 것입네다. 독립전쟁이 일어나기 백년도 훨씬 이전에 그 학교가 세워졌습네다."

"제니, 당신 말이 맞아요. 교육이 없었다면 미국의 독립은 불가능했을 거예요. 식민지인들은 정치와 법률을 많이 공부했다고 하는군요. 영국에 대항할 때 법률로 싸워야 했으니까요. 하버드나 에일대학이 그런 교육 많이 시켰겠지요. 또 봇짐장사들이 좋은 책을 돌아다니며 팔았다고 합니다. 우리 조선도 백성들이 교육을 먼저 받아야 한다고 생각합니다."

화제가 깊이를 더 해 갈수록 세 사람의 호흡도 뜨거워졌다. 마치 교수와 학생이 과외수업에 열중하듯 토론에 빠져들었다.

미군 민병대

아메리카 촌놈들

"독립전쟁은 미니트맨(Minutemen)이 없었다면 승리하지 못했을 거예요. 조선의 독립도 미국의 미니트맨처럼 민병대 조직이 꾸려질 때 가능하리라고 믿게 됐지요. 평소에는 생업에 종사하다가도 적군이 나타나면 일제히 총을 잡고 싸우러 나서는 민병대의 활동은 정말 위대했습니다."

"그렇습네다. 독립전쟁이 처음 일어난 곳은 보스턴 근처의 콩코드였습네다. 거기 민병대가 4백 명 있었습네다. 영국군 8백 명이 쳐들어왔는데 강변에 숨었다가 기습공격을 했습네다. 영국군 사망자가 2배나 많이 나고 민병대의 첫 승리였습네다. 워싱턴도 원래 버지니아 민병대의 정령 출신입네다."

로이 목사가 설명하자 이어 제니가 덧붙인다.

"보스턴이 영국군에 의해 봉쇄되자 각 지역의 민병대가 구하러 왔습네다. 어느 민병대가 영국군의 대포를 빼앗아 높은 산 위에 두고 공격을 하니까 영국군이 캐나다로 도망갔습네다. 제대로 훈련을 받지 못한 민병대는 게릴라전을 해서 영국군을 이길 수 있었지요."

"그 후 영국군이 캐나다에서 뉴욕 쪽으로 밀고 내려 왔지요. 하우 장군이 3만 2천 명의 병사들을 데리고 말입니다. 그때부터 워싱턴은 후퇴의 연속이었지요."

용만이 그렇게 말하자 로이 목사가 이어받는다.

"자세히도 기억하고 있군요. 그해 12월은 워싱턴에겐 최악의 순간이었지요. 델라웨어강을 건너 프린스턴까지 후퇴했는데 병력이 3천 명도 남지 않았습네다. 3만 명 가량의 병력이 그렇게 줄어든 거지요. 워싱턴 자신도 더 이상 희망이 없다고 생각했습네다. 12월 25일 그는 마지막 큰 결심을 했습네다."

"얘기에 열중하다 보니 차가 다 식었습네다."

그러면서 제니는 찻잔들을 부엌으로 가져갔다. 잠시 후 차를 다시 만들어 티팟에 넣어 가지고 왔다.

"그날 밤 얼어 있는 델라웨어강을 건너가 새벽 4시 트렌턴에 있는 영국군을 기습했습네다. 포로 1천 명을 잡아오는 큰 승리를 했습네다. 더이상 가망이 없는 군대가 기사회생한 것입니다. 그 전투에서 적으로부터 많은 물자를 빼앗아서 병사들이 더 싸우기로 했습네다. 그리고 두번 더 강을 건너가 새해 3일에는 영국군에게 결정적인 타격을 가했지요. 패전한 영국군은 캐나다로 철수했습네다."

여기까지 말하다가 로이 목사는 뜻밖의 제안을 했다.

"곧 어두워지기 전에 두 사람은 나가서 산책이나 하는 게 어떻겠소? 난 설교 준비를 해야 합네다."

얼어붙은 강은 눈에 덮여 반짝이고 있었다. 사방 어디에도 인적은 없다. 강가의 오솔길은 두 사람만의 발자국을 말없는 문장으로 적어 나간다. 제니는 용만의 팔에 팔짱을 꼈다.

"제니, 워싱턴은 하늘이 미국에 준 선물 아닌가요?"

"용도 그렇게 생각합네까?"

"그럼요."

"맞아요. 그는 이기는 때보다 지는 때가 더 많았어요. 또 그를 대륙군 총사령관에서 끌어내리려고 비방하는 사람들도 많았습네다."

"천하에 가장 무서운 자는 백 번 패했어도 다시 일어나고 만 번 비방을 들어도 마음을 움직이지 않는 사람인데, 그게 워싱턴이라고 내 책에 썼어요."

"용, 잘 지적했어요. 당시 아메리카는 조직적인 정부도 없고 군대도 제대로 조직되지 않았습네다. 세금 부과를 할 수 없어 군대를 재정적으로 뒷받침할 수 없었습네다. 스스로 지원한 민병들이어서 영국군은 그들을 '아메리카 촌놈들'이라고 불렀습네다. 눈 위를 맨발로 걸어가니까 피가 흘러 길이 붉게 됐습네다. 누더기도 걸칠 게 없고 밤엔 야영을 하는데 너무 추워 잠을 못 잤습네다. 동사자가 너무 많아 전투를 제대로 할 수 없었습네다."

"연구를 해 보니 미국의 독립도 하루아침에 이뤄지지 않았더군요. 식민지 13개 주가 힘을 합해 독립을 하기까지는 대략 50여 년이 걸렸더군요."

"용, 맞아요. 조선도 마찬가지일 거예요. 그래서 용도 워싱턴처럼 인내심이 많은 사람이 돼야 합네다."

"제니, 자꾸 나를 워싱턴에 비교하지 마세요."

"하지만 난 워싱턴이 용의 마음에 살아 있을 거라고 믿습네다. 조선의 독립이 이뤄지는 날까지…"

"제니, 고마워요. 그렇게 가슴에 새길게요."

그러면서 용만은 오른팔을 뻗쳐 제니의 장갑 낀 손 위에 자기의 손을 얹었다.

"독립전쟁을 연구할수록 우리도 민병대 조직이 필요하다는 생각이 굳어지지요. 헤이스팅스에서 소년병학교를 운영하는 것은 민병대 핵심 장교들을 양성하려는 거지요. 그런데 조선 영토 안에서는 민병대를 조직할 수 없어요. 일본군이 전국을 감시하고 있기 때문이지요. 민병대가 가능할 수 있는 곳은 조선 사람들이 많이 이주한 만주 지방일 거 같아요. 언젠가 나도 그쪽에서 민병대를 조직했으면 해요."

"용, 길이란 한 번 걷기 시작하면 언젠가 목표에 도달하기 마련입니다. 아까 이 연구서가 졸업논문이기도 한다고 했는데 그때 물어보지 못한 질문이 있습네다."

"그게 뭔가요? 제니?"

"졸업논문은 작성자의 결론이 있어야 하는데 독립전쟁은 왜 일어났다고 결론을 지었나요?"

"제니, 그 점에 대해 연구를 많이 해 보았지요. 내 결론은 정치적인 원인보다 경제적인 원인이 더 컸다는 것이지요."

"사람들이 그런 주장을 전에 들어보지 못했을 거 같군요. 용은 왜 그런 주장을 하는 겁네까?"

"보스턴 티 파티도 수입하는 차에 세금을 부과하니까 폭동이 일어났지요. 그 이전에는 영국 정부가 설탕 조례를 발표해서 설탕 수출에 세금을 물게 했지요. 그다음엔 인지조례를 실시해서 모든 서류에 인지를 사서 붙이라고 직접 세를 매겼지요. 또 영국 의회는 식민지에서는 무슨 철물이든지 만들지 못하고 철물점도 열지 못하게 법을 만들었어요. 그처럼 식민지의 공업과 상업을 못하게 하니까 독립해야겠다는 생각을 모든 사람들이 갖게 됐어요."

"용, 많은 사람들이 정치적인 원인을 꼽고 있습네다. 용의 주장은 새로운 거 같습네다. 담당교수가 특별히 주목을 할 거 같아요. 용이 자랑스럽습네다."

얼굴을 돌려 용만을 쳐다보는 제니의 뺨은 갓 익은 능금빛이었다.

국민이 다 군사 되는 교육

용만이 '국민개병설(國民皆兵設)'을 저술할 때는 제국주의가 절정에 달할 때다. 제국주의는 무력주의의 동의어이기도 하다. 약육강식이 너무 살벌하다 보니 브레이크를 걸어야겠다고 나온 게 1차 세계대전 직후에 발표된 민족자결주의다. 산업혁명 이후 영국은 5대양 6대주를 영국 깃발로 덮었다.

유럽 몇 나라에 이어 미국과 일본도 서둘러 제국주의 대열에 뛰어들었다. 이들 열강들에 의해 에티오피아와 태국 등 몇 나라를 빼놓고는 세계 모든 나라들이 정복되고 그들의 식민지가 됐다. 그 시대 정황을 용만은 '국민개병설'에서 이렇게 묘사했다.

'국민이 다 군사 되는 교육은 옛적 희랍의 스파르타에서 행했으나 지금은 세계열강이 다 스파르타 국이라. 대저 우리가 이 경쟁하는 세계에 서서 우리가 남을 침노치 않으면 남이 장차 우리를 침노할지라. 대개 형제간에 서로 다투면 그 부모가 능히 심판해 주고 백성이 서로 다투면 그 국법이 능히 심판해 주되 만일 나라와 나라가 서로 다투면 세계 중에 원래 누가 가장 높은 권리를 잡아 이것을 재판해 줄 사람이 없은즉 이때를 당해서는 오직 강한 권세뿐이라.'

1912년 8월 샌프란시스코 소재 대한인국민회 총회장 앞으로 블라디보스토크 북쪽에 위치한 우수리스크로부터 편지가 왔다.

곧 무관학교를 설립하려고 하는데 '소년병학교'의 교과서들과 '국민개병설', '독립정신' 그리고 '국민독본'을 부송해 달라는 부탁이었다.

대학 재학 중 용만은 군사훈련에 필수적인 교재의 필요성에 주목했다. 그것은 시급을 다투는 일이었다. 방학 때나 아니면 잠을 줄여가며 '아메리카혁명(亞美里加革命)'과 '국민개병설' 그리고 '군인수지(軍人須知)'를 연달아 저술했다. 군사교범이 전무하던 시기 그의 역작들은 해외에서 독립군을 양성하는데 아주 유용한 길잡이가 됐다.

그의 대표적인 저서인 '국민개병설'은 1911년 신한민보사를 통해 출간됐다. '군인수지(軍人須知)'는 미국 군사훈련 교재를 참고해서 역술한 것인데 이 역시 다음해 신한민보사에서 인쇄했다.

'군인수지'는 군인들의 병영생활 요령과 군인들에게 필수적인 지식을 엮은 수첩 크기의 작은 책이다. 신한민보사는 신문을 발간하면서 한편 조국에서 수입한 여러 서적들을 주문판매하고 있었다. '국민개병설'도 광고에 냈는데 판매가는 13센트.

'국민개병설'은 근대의 전쟁은 국가 간의 총력전이어서 국민 모두가 병역의 의무를 가지며 병사의 자질을 갖추려면 어떤 교육이 필요한지를 설명한다.

표지에 '청년인 박용만(靑年人 朴容萬)'이라고 표기한 건 전쟁을 두려워하지 않는 청년용사(勇士)의 결기(決氣)를 드러낸 것이다.

'군사를 양(養)할 일은 국민의 빚진 것이요 나라를 방비하는 것은 국민의 의무니 오늘날 전쟁은 국민 전체의 전쟁이요 한 조정이나 한 임금의 전쟁이 아니다. 그런고로 그 이김엔 국민이 그 복리를 누리고 그 패함엔 국민이 그 화를 받고 결단코 국민 이외에 다른 물건이 있어 그 사생과 화복을 대신하여 맞지 않는 바라. 그런즉 오늘 천하에 국민이 되어 그 이(利)와 화(禍)를 자기가 친히 받으며 가로되 이 일이 나의 책임이 아니라 하면 가하뇨?'

이것은 '국민개병설'을 열면 맨 처음 나오는 대목이다. 누구나 쉽게 이해할 수 있도록 그의 논조는 설득력을 갖고 다가온다.

'이제 군인교육을 대강 말하건대 나폴레옹이 말하기를 형용 있고 형용 없는 두 가지 긴요한 것이 있다 하니 형용 있는 것은 각종 병기를 가리킴이며 형용 없는 것은 군인의 정신이라. …… 그 첫째는 애국심이요, 둘째는 공덕심, 셋째는 명예심, 넷째는 자격과 참는 힘을 말함이라. …… 이런 정신적 교육은 가정과 학교와 사회에서 배양되어야 하노라. (중략)'

그러나 군사훈련이나 교육만으로 '형용 없는 군인 정신'이 거저 얻어지는 것은 아니다. 이에 대해 용만은 다음과 같이 덧붙인다.

'형용 없는 정신은 반드시 형용 있는 물건으로 말미암아 감동되어 사람의 마음에 들어감이 깊은 고로 신문, 광대놀음, 미술품, 영화, 문학작품(소설과 운문), 음악 등이 그러하니라. (중략)'

'형용 있는 물건'임에 틀림없는 '연극'을 소년병학교는 무대에 올렸다. 1912년 제1회 졸업식 때다. 공연된 '안중근 의사전'은 해외의 단체로서는 최초로 올린 연극이다. 17명이 출연한 연극은 대학예배당에서 1시간 반이나 이어졌다. 막간에는 정한경 생도가 연설을 하고 조규섭 생도가 바이올린 독주를 했다. 약소국의 비애를 잘 묘사한 장면들은 150명의 청중들을 때론 눈물에 젖게 했다.

4막으로 된 연극은 헤이스팅스고등학교에 다니던 정태은의 작품으로 대학 예배당에서 1시간 반 가량 공연됐다.

1913년에는 역시 정태은이 각본을 쓴 '박과 바바라'라는 창작극을 공연했다. 연극은 대중을 감동시키며 결심을 새로이 하게 하는 데는 그만이다.

'형용 있는 물건'으로 또한 쓸 만한 것은 야구다. 야구반은 해외에서가 아니라면 적어도 미주에서 최초로 조직됐다. 야구는 미국의 국기(國

技)나 다름없다. 그 본바닥에서 소년병학교 팀의 실력은 뒤지지 않았다. 다른 팀들과 시합을 여러 번 가졌는데 예상을 깨고 승리했다. 체격이나 체력이 딸리는데도 결코 지지 않겠다는 군인정신의 단호한 투지 때문이다. 야구는 또한 군인정신에 필수적인 단결심을 기르는데 그만이었다.

'우선 아메리카와 하와이 동포에게 특별히 고하며 또한 다른 나라에 있는 동포들에게 부탁하노니 첫째 시방 북아메리카와 하와이는 우리 동포가 각처에 거류지를 정하여 한곳에 각각 수십 명으로 백여 명의 사람이 있은즉 만일 여기서 각각 군대의 형식을 조직하고 무예 숭상하는 풍기를 열어 일하거나 공부한 나머지 시간에 조련도 하고 사역도 시험하여 소대 조련 중대 조련까지만 가면 대개 군대의 활동하는 법을 알지라.'

용만은 당대의 상황에 맞게 '국민개병설'의 요지를 밝혔다.

'둘째 개인의 군사교육이니 만일 단체로 군사교육을 베풀지 못할 경우에는 가히 개인이 공부할지라. 매일 한두 시간의 결을 빌어 손에 병서를 들고 벽상에 칼을 걸고 외로운 등불 앞에 조용히 앉으면 그 흥취가 응당 호기스럽고 쾌할 뿐더러 만일 병학의 재미를 차차 들어가면 자연 감개가 마음 창자를 흔들어 나의 한몸으로 하여금 구차히 살기를 생각지 않을 것이요 또는 청천백일 하에 어찌 나의 원수와 함께 살리오 하는 마음이 동할지라. (하략)'

'국민개병설'은 정상 국가가 아니고 식민지가 된 조국의 독립을 위해 이처럼 개인이 가져야 할 무력대응의 마음가짐에 대해서도 언급한 것이다.

1918년 11월 용만은 편지 한 통을 받았다. 멀리 시베리아의 하바로 브스크에 있는 보문사(普文社)에서 온 거였다. '아미리가혁명'을 보내달 라는 내용이다. 그런데 시베리아 동포들은 가난하므로 가격을 에누리 해서 보내줄 수는 없느냐는 거였다.

'아메리카혁명(亞美里加 革命)'은 1915년 6월 호놀룰루의 '국민보'사 에서 292쪽의 책으로 출간됐다.

'이제 이 글을 만들어 세상에 전함은 곧 우리 동포로 하여금 소위 자유를 알고 소위 독립을 알아 혁명의 뜻과 혁명의 일이 어떠한 것을 깨닫게 하고자 함이라.'

책의 서문에 나오는 말이다.

처음 신한민보사를 통해 출간하려 했으나 출판비 부족으로 포기했 다. 용만이 하와이로 건너 와 활동할 때인 1914년 1월 국민보사가 모 험적으로 출판을 시작했다. 그러나 기계는 낡고 활자도 부족해서 겨우 상권 하나를 찍어내는데도 1년 반이나 걸렸다.

서재에서 공부 중인 박용만

박용만을 찾아가라

　용만이 이승만과 다른 점이 있다면 주위는 아랑곳하지 않고 자기 혼자만 공부에 몰두하는 사람이 아니라는 사실이다. 물론 자기의 전공과목도 열심히 했다. 졸업논문으로 작성한 '아미리가혁명'은 연구도 충실했고 분석과 판단도 정확도가 높다.

　독립운동은 무력항쟁이어야 한다는 확고한 주관 때문에 무력양성을 위한 '국민개병설'이며 '군인수지' 등 당시로는 당장 필요한 군사학 책들도 저술했다.

　또한 해외 한인들 전체를 아우르기 위해 최초로 결성된 대한인국민회의 헌장을 다듬고 중앙총회결성선포문을 작성하는 등 독립운동의 진로를 개척하는 데 앞장서기도 했다. 구체적인 방법론을 수없이 제시한 그의 논설들은 단 한 편의 어설픈 논문으로 박사학위를 받는 어떤 경우와 차원이 다르다.

그러면서 용만은 실생활에 있어 늘 주위에 있는 동포들의 손을 잡아주는 것을 잊지 않았다. 당시 미국 본토에는 약 150명의 한인 학생들이 있었는데 그중 60여 명이 네브래스카주에 몰려 있었다. 네브래스카의 한인 수 분포를 보면 오마하에 24명, 링컨시에 15명, 커니시에 15명, 헤이스팅스시에 20명이었다.

링컨시에는 네브래스카주립대학과 웨즐리언대학이 있다.

1908년 가을 네브래스카주립대학 정치학과에 편입한 그는 졸업할 때까지 링컨시에서 거주했다. 여름방학이 되면 헤이스팅스시로 가서 소년병학교 생도들과 함께 새벽부터 밤중까지 호흡을 같이 했다.

학기가 시작되면 링컨시로 돌아가 대학에 등록을 해야 했지만 혼자 따로 방을 얻어서 공부를 하지 않았다. 대신 대학에서 두 블록 떨어진 곳에 집 한 채를 통째로 빌렸다. 이 집에 12명의 학생들과 함께 살았다. 일종의 기숙사를 운영한 셈이다.

"한두 사람이 아니고 여럿이 생활하는 만큼 질서를 지키는 게 최우선이다. 그러자면 어떻게 해야 하겠는가? 규칙을 정해 놓고 그 규칙을 엄수해야 한다. 이 기숙사는 소년병학교의 막사와 다르지 않다. 따라서 군대의 내무반처럼 군대식 규칙을 시행하려고 하니 협조해 주기 바란다."

그렇게 훈시를 한 용만은 정한 규율에 따라 생활하도록 매일의 일상을 원만하게 관장했다. 그들의 공부는 물론 행동거지와 예의범절이 어긋나면 충고도 아끼지 않았다.

미국 생활에 익숙하지 않은 학생들이 오면 현지 백인들의 풍속을 가르쳐 주고 학교에 잘 적응할 수 있도록 학습 방법도 지도했다. 학생들은 그를 형처럼 따랐다.

토요일엔 모두 모여 시사문제를 토론하는 시간을 가졌고 일요일에는 예배를 보았다. 그 기숙사는 단순히 현지에서 공부하는 학생들만의 거처가 아니다. 인근의 헤이스팅스시나 오마하시는 대략 기차로 1시간 반 걸리는 거리이다. 거기 있는 학생들도 동포들이 그리우면 수시로 찾아와 주말을 보내고 가기도 했다.

유일한은 용만의 숙부인 박희병을 따라 1905년 9월 샌프란시스코에 도착했을 때 10살밖에 되지 않은 어린 나이였다. 5년이 지나자 헤이스팅스시에서 기차로 1시간쯤 가는 커니에 살면서 커니공립고등학교를 다니고 있었다.

이승만에 이어 미국에서 두 번째로 박사학위를 받은 정한경도 유일한이 다니는 학교를 다녔다. 그는 1905년 봄 15살의 나이로 혼자서 배를 타고 태평양을 건넜다.

유일한은 너무 어려 처음 몇 년 용만의 보살핌을 받았다. 정한경은 처음 로스앤젤레스로 갔다가 거기서 적응하기 어려워 용만을 찾아 네브래스카주로 왔던 것이다.

둘은 오래 동안 용만의 그늘에서 같이 지내면서 소년병학교도 함께 졸업했다. 이 두 사람 역시 시간이 있을 때는 기차를 타고 링컨시로 와 기숙사에서 주말을 보내곤 했다. 오마하에 사는 방사겸도 마찬가지다. 평양 출신인 그는 오마하에서 친구와 식당을 운영 중 여름방학에는 소년병학교의 생도로 참가했다.

알고 보니 교장인 박용만은 29세로 그와 나이가 같았다. 사겸이 소년병학교에서 만난 또 다른 사람은 이노익이다.

"이노익 씨, 이런 데서 다시 만나게 되다니요?"

"오, 사겸 씨, 이거 정말 뜻밖이외다. 6년 전 밴쿠버의 입국자 구치소에서 만났던 게 엊그제 같은데…."

"여하튼 반갑수다레."

이노익은 링컨시에 있는 웨즐리언대학을 다니고 있었다. 하와이 이민 배를 탔을 때 통역 노릇을 하던 이노익은 사겸보다 3살이 더 많다.

교장인 용만보다 많은데도 생도생활을 열심히 했다.

1914년 웨즐리언대학을 졸업했는데 그의 나이 36세였다. 하와이를 거쳐 캘리포니아로 건너가 농장 일을 하다가 그 역시 용만을 찾아간 건 1906년 9월. 그의 도움으로 웨즐리언대학 예비과에 입학할 수 있었다.

1915년 귀국한 이노익은 연희전문에서 화학을 가르쳤다. 1927년 이후의 행적은 알려지지 않고 있다.

"이노익은 독한 약 공부를 해가지고 요긴한 데 뿌려서 모두 결단을 낼 결심을 하고 평양 쪽에 가서 뭘 좀 하다가 잡혀 죽었습니다."

하와이의 임준호 목사는 회고했다.

소년병학교 출신으로 귀국해서 연희전문과 평양의 숭실전문에서 가르치던 4명의 교수들은 1927년 이후 일제히 교단에서 쫓겨났다.

이 중 숭실전문에서 화학을 가르치던 리용규도 미국에 있을 때 용만에게 신세를 진 사람이다. 그가 덴버로 처음 찾아왔을 때 용만이 데리고 가 초등학교에 입학시켰다. 초등학교 2학년으로 편입이 됐는데 그때 그의 나이는 자그마치 26살이다.

용만을 찾아온 사람들은 이처럼 부지기수다. 미국 내에서만이 아니다. 한국에서 블라디보스토크로 탈출한 김현구와 홍승국도 지구를 거의 한 바퀴 돌다시피 해 용만을 찾아왔다.

블라디보스토크에서 그들은 돈이 떨어져 오도 가도 못하는 신세가 됐다. 다행히 그곳서 만난 정순만이 여비를 마련해주면서 덴버에 있을 박용만을 찾아가라고 했다. 그 말 한마디만 믿고 시베리아와 대서양과 미대륙을 거쳐 마침내 목적지에 도착한 것이다.

그때 블라디보스토크에는 '스티븐스저격사건'의 주인공이던 전명운이 피신해 와 있었는데 실제 저격했던 장인환의 재판이 끝났기 때문에 미국으로 돌아갈 참이었다. 넷은 시베리아 횡단열차를 타고 용만이 있다는 덴버를 향해 무작정 출발했다.

화륜선을 타고

　방사겸은 16세에 장가를 들었는데 마누라에게 정이 가지 않아 안채 방에서 자지 않고 사랑방에 나가 잠을 잤다.

　아버지와 형수들은 처를 두고 사랑방 잠을 자는 것은 도리가 아니라고 타일렀다. 그러나 마음이 원치 않는 것은 황제자리라도 사양하는지라 사겸은 따르지 않았다. 자연 집에 있기 싫은 생각도 일어났다. 외국으로 달아나버릴 마음이 종종 생겼다.

　청일전쟁이 일어나자 평양은 전쟁터였다. 전쟁이 끝나고 1년 후 사겸은 평양으로 돌아갔다. 열다섯의 나이였고 큰형이 하는 객주사업에서 금전출납을 맡아 보았다.

　정월 초하루 설날에 세배를 다니다가 어느 전방에서 벌어지는 투전판에 껴들었다. 판이 커지자 연홍이라는 기생이 사는 집으로 자리를 옮겼다. 두 주일 동안 투전을 하다 보니 한 3천 냥을 잃고 말았다. 그 사이 어여쁜 연홍이와 친절한 사이가 돼 시간만 있으면 찾아갔다. 하루는 만나러 가니 연홍이가 서울로 갔다는 것이다.

　마음이 더 들떠서 집에 있고 싶지도 않고 앞집에 사는 조지수를 떠보기로 했다.

　"지수 씨, 우리 데물포 구경을 한번 가는 게 어드렀소?"

　"내레 돈이 있어야 가디."

　"노비는 걱정 마시라우요."

　"데물포에 가면 미리견국에 가는 길이 있다고 합네다."

　둘이서 약조가 돼 사겸은 거래처로부터 수금한 돈으로 제물포 가는 배표를 두 장 샀다. 대동강의 조포라는 포구에까지 나갔는데 큰형님이 보낸 사람들이 들이닥쳤다.

그 후 2년 동안은 꼼짝없이 객주에 묶여 있어야 했다. 조지수와는 그 후 별로 접촉이 없었다. 한 5년쯤 후 뜻밖에 콜로라도주의 덴버시에서 다시 만나게 될 줄이야.

하루는 매부 되는 차종호를 만나서 미국으로 갈 상의를 했다. 그동안 모아둔 5천 냥을 노자로 두 사람은 대동강가 만경대에서 화륜선을 탔다.

인천에 내려 하릴없이 한 반 년을 지냈다.

"처남, 드뎌 됴은(좋은) 소식입네. 뎨물포에 개발회사가 생겼지비."

하루는 매부가 어디 나갔다 오더니 하는 소리다. 개발회사는 하와이 군도에 동양인 이민을 주선하는 회사란다. 미국 사람이 주관하는 밑에 일인들이 많이 사무를 본다고 한다. 두 사람은 득달같이 이민신청을 하고 눈 검사를 받았다.

매형은 문제가 없었으나 사겸은 눈이 나빴다. 여러 날 치료를 받고서야 간신히 일본 고베로 가는 배를 탈 수 있었다. 고베에서는 눈 검사가 더 철저했다. 매부는 70~80명의 동포들과 함께 먼저 떠났다. 미국은 눈병이 있는 사람은 입국을 시키지 않았다. 한 달 동안 일본 의사에게 눈병을 치료받은 다음 50~60명과 함께 하와이를 향해 떠났다.

그 배에는 나이가 26세인 이노익이라는 사람이 타고 있었다. 통역이라고 하는데 겨우 알파벳이나 깨우친 듯싶었다. 이노익은 그 후 사겸이 본토로 가기 위해 밴쿠버항을 거칠 때 세관 구치소에서 다시 만난다.

맨 처음 하와이섬 길노이라는 농장으로 일자리가 나 찾아갔다. 일은 험하고 고됐다. 한국의 수숫대처럼 키 큰 사탕수수들을 꺾어서 눕히는 작업이다.

비를 맞으면서 일을 하면 신발에 온통 진흙이 달라붙었다. 그 무게가 수십 근이 되니 발을 옮겨 놓기가 힘들다. 사겸은 반나절만 일하고 숙소로 돌아오고 말았다.

당장 하와이섬을 떠나 오하우섬에 있는 호놀룰루로 가는 배를 탔다. 호놀룰루에서 사겸은 신민회관을 찾아간다. 마침 신민회는 회의를 하고 있는 중이어서 의사진행을 구경하게 됐다.

"지금 세계는 황제가 다스리는 나라가 차츰 멸해 가고 있는 중이요. 언젠가는 우리 조선도 여기 미국처럼 공화정치를 하게 될 듯싶소이다."

무슨 말 끝에 회장이 던진 말이다. 이어서 그는 "만약 조선도 공화정치를 하게 된다면 독립협회를 했던 사람들 중에서 대통령도 나올 것 같소." 회장의 말이 끝나기도 전에 벌떡 일어나는 사람이 있었다.

"이 무슨 해괴망측한 소리요? 이건 역모를 꾸미는 회의가 아니요?"

광대뼈가 불거진 사내가 얼굴을 붉히더니 벌떡 자리에서 일어나 퇴장했다. 사겸은 일찍이 사회에서 단련 받은 바도 없고 교회에 다녀보지 못하다가 회의에서 변론하는 것을 보니 여간 흥미롭지 않다.

신민회에서 수소문해보니 매부께선 마우이섬에 있다고 한다. 매부를 찾아가 그의 사탕수수농장에서 하루 일해 봤는데 힘이 들어 도저히 할 수 없다.

그런데도 모두들 루나(십장)가 휘두르는 우레바(채찍)에 마치 노예들처럼 찍 소리도 못하고 있었다.

통역의 월급은 25원, 노동자의 월급은 15원. 월급이 너무 적어 먹고, 입고, 용돈을 쓰면 부족해서 어떤 사람은 간장국에 밀떡제비만 해 먹어 얼굴이 퉁퉁 부었다.

그런 사람들의 별명은 밀가루 부대다. 또한 사탕수수농장주들은 농장 내에 잡화점을 차려 놓고 일상용품을 사가게 함으로써 이중으로 잇속을 채우고 있었다.

"이거야 어디 사람이 살 데인가. 하루 빨리 본토로 건너가 공부를 해야겠구만."

하와이에서 5~6개월 지내는 동안 노동은 두어 주일 하고 이럭저럭 친구에게서 얻어먹고 지내다가 본토로 건너온 게 1904년 여름. 본토로 일찍 떠나게 된 건 돈이 있어서가 아니다. 에와 농장에 있는 여러 친구들이 본토로 공부하러 간다고 하자 어떤 이는 양복을 사주고 어떤 이는 구두와 갓을 사주고 어떤 이는 돈을 50~60원씩 줘서 배표도 살 수 있었다.

쿠바의 인삼장수

배표는 캐나다의 밴쿠버항을 거쳐 미국 시애틀로 가는 거였다.

밴쿠버항에서는 세관 구치소에 3개월 동안이나 갇히게 됐다. 하루는 이노익이 눈앞에 나타났다. 하와이 이민 배를 탔을 때 통역 노릇을 하던 그 이노익이다.

"이노익 씨, 어케 된 일입네까?"

"미국 세관에서 소지금이 적다고 붙잡는군요."

"내래 사정이 같수다레."

"샌프란시스코에 있는 친구에게 돈을 보내라고 편지를 했으니까 돈이 오면 내가 사겸 씨도 편의를 봐 줄게요."

"고맙수다레. 내레 그 은혜를 잊지 않갔시요."

50원을 송금 받아 두 사람은 비로소 미국행 배를 탈 수 있었다. 샌프란시스코에서 안창호 선생도 만나 뵈었다. 장경 선생을 알게 돼 그의 권유로 LA로 옮겨갔다.

장 선생은 만나기만 하면 사업상이나 세상 다른 욕심에 대한 말은 일체 없다. 틈만 나면 오직 나라가 망해 가는 것을 어떻게 해야 바로잡을까 하는 것만 말한다.

사겸은 1907년 3월 창립된 대동보국회의 초대총무를 맡았다. 대동보국회는 공립협회와 마찬가지로 조국의 독립과 회원 간의 친목 및 복지를 위한 단체인데 2년 후 대한인국민회에 합류했다.

사겸은 한인들이 사는 곳을 찾아다니며 열심히 회원가입을 권유했다. 차츰 하와이에서 본토로 이주하는 동포들이 수십 명씩 밀려오기 시작했다. 그들에게 포도 농장, 철로 공사장, 탄광에서 일할 수 있는 자리를 주선해줬다.

콜로라도주 덴버시 근처에 탄광이 있어 박용만 씨도 찾아 뵐 겸 약 50명 되는 동포들과 덴버행 기차를 탔다. 그를 알게 된 건 대동보국회의 기관지인 '대동공보'를 발간할 때 간곡한 서문을 써 보내줬기 때문이다.

그는 초면인데도 다정하게 대해준다. 보국회 영수 장경 씨와의 친분 때문인 모양이다. 그가 운영하는 숙박소에서 한 달여 동안 유숙했다. 공부를 하기 위해 시카고로 떠나려던 며칠 전 뜻밖에 조지수를 만난다. 평양에서 처음 같이 도망치려 했던 조지수다. 너무 뜻밖이다 보니 가슴이 벌떡거린다.

"사겸 씨 아닙네까? 이게 어케 된 겁네까? 뎡말 반갑수다래."

"지수 씨, 이게 몇 년 만입네까? 여긴 언제 왔습네까?"

"한 3년 됐시오. 내래 그간 철공장에서 쎄가 빠지게 일을 했습메."

사겸이 시카고로 간다 하니까 다음날 만나 노자나 하라고 50원을 준다. 50원은 자그마치 두 달 치 월급에 맞먹는 큰돈이 아닌가.

사겸은 그 돈을 샌프란시스코의 중국인 약국에 보내 홍삼을 부치게 했다. 시카고로 가는 도중 중국인들이 있는 마을들을 찾아다니며 홍삼을 팔았다. 여비를 빼고도 150원을 남겼다. 당시 미주에서 인삼행상을 하던 한인들은 한국산 인삼이라는 것을 드러내기 위해 일부러 상투를 하고 짚신을 신었다.

몇 안 되는 중국식당들을 두고 서로 다투는 경우도 있었다. 그럴 때면 상투를 붙잡고 노상에서 싸우기도 했다. 사겸은 시카고에서는 학교에 가기 전 중국식당에서 쿡으로 일하면서 경험을 쌓았다.

사겸의 학습능력이 중학교 2학년 수준이어서 나이가 서른이 다 돼가는데도 대학 예비반 중학과에 다녔다.

원래 그의 부모는 어곽전과 돈변놀이를 하는 평양의 알려진 부호다. 자식들이 많아 5세까지는 양육을 유모에게 맡겼다. 6세가 되자 사겸은 서당에 입학했다. 청일전쟁 때문에 한 4년 동안 시골에 피난을 가느라 기실 서당 교육도 착실히 받지 못했다. 기초가 없다 보니 학교 공부가 쉽지 않아 반 학기만 다니고 다시 중국식당에서 쿡으로 돈을 벌었다.

그때 보국회 회장 장경이 시카고로 이주해 왔다.

"사겸 씨, 독립운동을 하려면 자금이 해결돼야 하오. 어디 좋은 돈벌이가 없겠소?"

"제가 시카고로 올 때 중국인들에게 인삼을 팔아 재미를 보았지요. 무겁지도 않고 값이 높아 이윤도 많이 나오지요. 그걸 해 보는 게 어떨까요?"

"그거 좋은 생각이요. 그럼 중국인들이 많은 곳부터 찾아가 보도록 합시다."

사겸은 먼저 쿠바로 건너갔고 장경은 까마득하게 먼 오스트레일리아로 떠났다. 쿠바에는 중국에서 온 노동자들이 수만 명 있었다. 여기저기서 너도나도 사겠다는 바람에 인삼을 몇 달 팔고 나니 경비 제한 후 4천 불이라는 큰돈을 쥐게 됐다. 자메이카도 건너가 봤는데 재미를 못 보고 뉴욕을 경유해서 시카고로 돌아왔다.

중국인 노동자들이 있는 곳이면 불원천리하고 찾아나서는 것이 인삼장수의 행보다. 1910년 멕시코 동부 유카탄 반도로 갔던 인삼장수는 많은 한인들이 그곳 에네켄(선박 용 밧줄을 만드는 용설란) 농장에서 일하고 있는 것을 발견한다. 놀라운 것은 그들이 반 노예상태로 혹사당하고 있는 참상이다.

1905년 약 1천여 명의 한인들이 멕시코로 이민했는데 인삼장수가 샌프란시스코의 국민회에 그 참상을 전함으로써 본국에까지 알려지게 됐다.

하루는 네브래스카주 오마하에 있는 고성태 씨로부터 사겸에게 연락이 왔다. 운영하는 식당이 잘 안되니 도와달라는 거다. 오마하에 내려가 식당일에 매달리다 보니 시간을 잘 낼 수 없었지만 그리 멀지 않은 링컨시와 헤이스팅스시를 찾아가 한인들을 만났다. 용만도 다시 만날 수 있었고 그가 소년병학교를 운영하고 있어서 사겸도 훈련생으로 참가했다.

초등학교 2학년에 입학한 26세 청년

리용규가 덴버로 용만을 찾아온 것은 그의 나이 26세 때. 용만은 자기보다 한 살 더 많은 그를 와이머초등학교로 데리고 갔다.

데리고 간 사람이나 따라간 사람이나 얼굴에 철판을 깔지 않았다면 어찌 그리 무모할 수 있을까. 리용규의 나이는 초등학교 다닐 아이들의 아빠 나이가 아닌가.

그야말로 돈키호테와 산초처럼 상식파괴의 모험을 벌였으니 비장한 생각마저 든다.

당시 '신한민보' 기자였던 홍언이 그의 학업과정을 장문의 기사로 실감나게 보도했다.

'리용규는 하와이로부터 건너온 농민이니 이전 사적은 알기 어려울 뿐 아니라 또한 기록할 필요도 없는 사람이라. 그가 미주에 건너온 후 캘리포니아로부터 점점 굴러 걸음이 덴버에 이르니 때는 1906년인데 당년 26세요, 키가 6척 이상이요, 중량은 160여 근이니 한 건장한 농부라. 그의 친구(박용만을 가리킴)의 권함을 입어 영어를 공부하기로 결심하고 현지 와이머라는 초등학교를 찾아가니 이때의 모양은 남들이 볼 만했다.'

학부형 나이의 사람이 초등학교 학생이 되겠다고 하니 교장은 말문이 막혔을 게다.

'이 학교 교장은 동양을 유람한 사람이라 동양 사람을 그리 무시하지 아니하여 초등학교 제2학년에 붙여주는지라. 독본 제1권을 끼고 교실로 들어 가니 병아리들 틈에 타조가 한 마리 섞인 듯하다. 키가 커서 모든 학생을 내려다보는데 모든 학생은 학년이 높아서 어른으로 자처하니 실속 없이 키만 큰 것이 도리어 귀찮은 것을 이때에 확실히 깨달았다. 그러므로 허리를 구부정하고 맨 끝자리를 찾아 들어가 앉으니 다리가 책상과 걸상 틈에 끼어서 동작을 임의로 못하니 모든 학생이 입을 가리고 웃는다.'

책상과 걸상이 한데 붙어 있는 어린 학생용이었다는 얘기다.

'그러하니 얼굴은 화끈하고 가슴은 울렁거린다. 키가 큼으로 교사가 칠판에 써놓는 과정을 남보다 먼저 보겠으나 글자마다 처음 보는 터이라 미처 받아 쓸 수가 없고 교사의 설명하는 말이 한마디도 귀에 들어오지 않으니 처음에는 등에서 땀이 흐르더니 나중에는 이마에서도 땀이 흐른다. 곁에 앉았던 학생이 민망히 여겨 자세히 일러주며 또 기록해 주니 그가 비로소 마음이 즐거운 것은 항상 부끄럽던 끝자리를 면한 것이로다.'

그래도 곁에 앉았던 학생이 차별하지 않고 친절했다니 다행이다. 하지만 참는 데도 한계가 있다. 이렇게 한 주일을 다니다가 도저히 견딜 수 없는 지경에 이른 리용규는 용만을 찾아갔다.

"용만 씨, 키가 남같이 작을진대 오히려 남같이 참아볼 수 있을 것을 육척 장신 이 몸이 애들 틈에 끼여서 땀을 흘리는 것은 심히 부끄러운 일이니 내 돌아가 다시 호미를 잡을까 하오."

"용규 씨, 그 사정을 낸들 어찌 모르겠소? 그러나 참아야 하오. 이 고비를 참지 못하면 어찌 사내대장부라고 할 수 있겠소? 조선이 독립하려면 여기서 새로운 학문을 배워야 하오. 배워 가지고 돌아가서 몽매한 백성들을 가르쳐야 할 거 아니겠소?"

"하루하루가 가시방석이니 낸들 어찌 참을 수 있겠소? 학교 가는 게 죽기보다 싫으니…."

"눈 딱 감고 한 번 더 노력해 보는 게 어떻겠소?"

용만은 간곡히 타이른 다음 교장에게 데리고 가 사정을 설명했다. 이해심이 깊은 교장은 용규를 4학년에 올려줘 일 년을 더 공부하게 됐다. 일 년 후의 리용규는 일 년 전 리용규가 아니었다.

이듬해 가을 이번에는 대학에 들어가겠다는 결심을 하고 덴버대학교를 찾아갔다. 담당자 백텔은 첫 마디로 거절했다.

"초등학교 4학년에서 어떻게 대학을 온단 말이요? 8년을 더 공부하고 오시오."

이 말에 물러설 리용규가 아니었다. 백텔은 리용규를 총장 하욱에게 데리고 갔다.

"이 학생은 초등학교 4학년에서 공부하며 묻는 말도 잘 대답지 못하는 사람인데 대학에 들어오고자 하니 총장은 어떻게 생각하시오?"

총장은 잠시 생각에 잠겼다.

"저 학생은 나이 27세라 하니 사람의 지식은 말하는 데만 있지 아니하고. 아는 데 있으니 우리가 쉬운 문제로 대강 시험해 봅시다."

총장은 첫 질문을 칠판에 적었다.

"그대는 무슨 이유로 대학을 찾아왔소?"

"공부하러 왔소."

"여기 A와 B 두 학생이 있소. A는 B 보다 공부가 2년 앞서 있소. B가 A보다 3배나 공부를 더 열심히 하면 언제 A를 따라잡아 한 학년에서 같이 공부할 수 있겠오?" 리용규는 잠시 눈을 끔벅거리더니 대답했다.

"2년이요"

"이 학생이 영어는 능치 못하나 영문은 알고 또 쓸 줄을 알며 산수에

능하니 대학과정을 너끈히 치러나갈 것 같소."

총장의 말이다.

리용규는 덴버대학에 입학이 됐지만 중학과정과 대학과정을 섞어서 수업을 받았다. 중학과정으로는 영어, 라틴어, 대수를 수업했고 대학과 정으로는 생물학 하나만을 공부했다. 겨울방학 전에 4과목의 시험을 치른 결과 모두 70점 이상을 받았다. 다음 학기부터 리용규는 화학, 물리학을 공부할 수 있게 됐다.

리용규가 사탕수수 노동자로 하와이에 도착한 건 1904년 3월 그의 나이 24세 때다. 1년쯤 일한 후 본토로 건너와 캘리포니아의 농장에서 일하다가 덴버로 갔다.

용만은 리용규를 미국인 교회 지하실에 살면서 청소와 정원을 돌보는 일을 하며 학교에 다니게 했다.

덴버대학의 기록에 의하면 리용규는 1907년 가을학기부터 봄학기까지 다닌 것으로 돼 있다. 1908년 네브래스카주립대학 가을학기에 등록하기 위해 용만이 덴버를 떠나 네브래스카주 링컨시로 떠났는데 그때 같이 갔을 게다.

용만이 헤이스팅스시에서 여름방학 동안 소년병학교를 운영할 때 그는 물리와 화학을 가르치는 과학교사로 봉사했다. 1916년 리용규가 네브래스카주립대학을 졸업, 학사학위를 받았는데 그의 나이 36세 때다. 그러나 졸업앨범에 그의 사진은 올려 있지 않다. 한인 유학생들은 일본 경찰의 감시 대상이 되기 때문에 졸업앨범은 물론 모든 발간물에 사진을 내는 것을 꺼려했다.

졸업 후 리용규는 조용히 한국으로 돌아가 숭실전문에서 화학을 가르쳤다.

1927년 소년병학교 출신 교수 네 사람이 연희전문과 숭실전문에서 쫓겨날 때 그도 교단을 떠났다.

스쿨보이 정한경

'평화회의에 모인 연합군 측이 장차 한국의 완전한 독립을 보장하는 조건 하에 한국을 국제연맹의 위임통치 하에 두고 현 일본의 통치 하에서 해방하는 조치를 취할 수 있도록 저희들의 자유원망을 평화회의의 탁상에서 지지하여 주시기를 간절히 청원하는 바입니다.'

이것이 유명한 '위임통치안' 문서의 한 구절이다. 이 청원서는 이승만과 정한경이 서명해서 미국 윌슨 대통령에게 전달됐다. 당시 이승만은 44세, 정한경은 28세. 2년 후 정한경은 아메리칸대학에서 박사학위를 받음으로써 한인으로 미국에서 이승만을 이어 두 번째 박사가 됐다.

'위임통치안'은 상해 임시정부의 불같은 반발을 불러 일으켰다. 그것은 '독립'을 선언한 임시정부의 존재 자체를 부정하게 되는 망언이다.
임시정부는 3·1운동이 일어난 즉후인 1919년 4월 13일 중국 상해에서 선포됐다. 이승만과 정한경이 청원서를 작성한 것은 바로 그 얼마전인 2월 25일. 실제 이들이 백악관 비서에게 서류를 건넨 것은 3월 3일이다.
지금처럼 통신이 실시간이었다면 3월 1일 본국을 뒤흔든 독립만세의 함성을 듣고 청원서를 찢어버릴 수도 있었을 것이다. 그러나 둘의 생각은 달랐다.
3월 1일 서울에서 독립을 선언했다는 소식을 듣고 이승만은 워싱턴에서 3월 16일 기자회견을 가졌다. 거기서 '한국위임통치청원서'를 각 신문사에 돌려 기사화하게 했고 일제의 가혹행위를 미국과 영국이 막아줄 것을 요구했다.

3월 20일자 뉴욕타임스에 한국은 자치능력이 없고 일본의 통치가 마땅하다는 소퍼 선교사의 기고문이 실렸다.

정한경은 그다음 날짜 신문에 반박문을 싣고 일본은 한국에 자치권을 허용해야 할 것이라고 주장했다.

소위 이 '자치론'도 '독립론'과는 거리를 둔 거였다. '아세아(Asia)'라는 잡지 5월호에 정한경은 '오늘의 한국'이라는 글을 실리면서 버젓이 '위임통치청원서'를 첨부했다. 만세를 부른다고 독립이 굴러 떨어지지 않는다는 게 이승만이나 정한경의 판단이었던 모양이다. 그러나 여기서 문제되는 것은 이승만과 정한경에게 '위임통치안'을 발설할 권한이 있느냐는 것이다. 대표성이 있는 단체의 합벅적인 절차를 거쳐 인준을 받았느냐도 문제가 아닐 수 없다.

임시정부 수립에 참여한 독립운동가요 사학자인 신채호는 그해 8월 이승만이 대통령으로 선출되자 고함을 지르고 회의장을 박차고 뛰쳐나 갔다.

"이완용은 있는 나라를 팔아먹었지만, 이승만은 없는 나라를 팔아먹으려 하오."

1918년 11월 독일이 항복함으로써 세계 제1차 대전이 끝나고 다음 해 1월 18일 파리에서 만국평화회의가 열렸다. 미주의 대한인국민회 중앙총회에서는 평화회의에 이승만 박사, 민찬호 목사, 정한경을 파견 하기로 했다. 그러나 그들은 미국 시민이 아니므로 여권을 얻을 수 없 었다. 이들은 일본 국민인 까닭에 마땅히 일본대사관에서 여권을 받아 야 한다는 게 국무부의 해명이었다. 하는 수 없어 대안으로 청원서를 월슨 대통령에게 보내 한국의 지지를 끌어내려고 했고 그 속에 '위임 통치안'을 끼워 넣은 것이다.

평안도 선천에서 숙부인 박희병이 세운 사립학교에서 용만이 국어와 산술 그리고 중국고전을 가르치고 있을 때 정한경은 그의 학생이었다.

1905년 봄 15살의 나이로 그는 혼자 태평양을 건넜다.

"그때 한국 사람들은 '민듀듀의'를 들어본 적이 없었디요. 외국을 다녀온 사람들은 됴선 왕실의 운명이 다 됐다는 것을 알았디요."

훗날 정한경이 한 말이다. 개화파 인사들은 밑에서부터 개혁을 해야 한다고 생각했다. 그래서 선천의 박희병이 지방 유지들과 새 학교를 세우고 신학문을 가르쳤다.

학교생활 수개 월 만에 학생들은 일본 뒤 바다 건너 큰 대륙이 있다는 것을 처음 배웠다.

샌프란시스코에 도착한 정한경은 한국에 나왔던 선교사를 만났다. 당시 일본인에 대한 미국 백인들의 배타심은 극에 달하고 있었다. 거리에 나가는 것조차 위험했다. 동양인 아이들은 학교에 오는 것도 막았다.

"너희 소년들은 빨리 로스앤젤레스로 가는 게 좋겠다. 샌프란시스코는 동양인 배척의 마지막 아성이다."

선교사의 말에 그들은 다시 길을 떠나야 했다.

로스앤젤레스에는 이층집으로 방이 여럿 있는 한인전도관이 있었다. 셔먼 부인이 운영하고 있었는데 일자리를 찾아주고 성경과 영어를 가르치며 방세는 얼마 되지 않았다. 고학생들이 손쉽게 시작하는 게 '스쿨보이'일이다. 부유한 집에 들어가 잡다한 집안일을 해주고 숙식을 해결하는 일자리다. 그것도 만만한 게 아니다. 정한경은 한 달 만에 쫓겨났다.

네브래스카주 커니시에 가 있는 박희병에게 편지를 했더니 '스쿨보이' 자리를 구했다면서 기차표를 보내줬다.

네브래스카주는 캘리포니아와는 전혀 딴판이다. 동양 사람이 극히 적었고 주민들의 신앙심이 깊었다. 하나님을 모르는 이방인들에게 전도해야 한다는 것을 당연한 의무로 알고 있었고 동양 여러 나라에 이미 많은 선교사들을 파견했다.

제 발로 찾아와 미국의 교육을 받는 한인들은 그들에게 좋은 전도 대상이다. 그들을 전도해서 본국으로 내보내면 더 쓸모 있는 선교사가 될 것 아닌가. 그래서 친절과 호의를 아끼지 않았다. 다른 곳의 한인 유학생들이 너나없이 네브래스카로 몰려들게 된 연유다.

정한경은 지도를 들고 밤새도록 기차를 탔다. 솔트레이크시에서 바꿔 탄 다음 커니시 역에 도착했다. 어디로 가야 할지 몰라 우체국을 찾아갔는데 도시가 작아 누가 어디 사는지를 다 알고 있었다.

"내가 보기에 당신은 한국인 같은데…."

그러면서 한 중년 남자가 어디로 찾아가라고 하는 게 아닌가.

"한경아, 잘 왔다. 오느라고 고생 많았구나."

1년 반 전쯤 선천에서 헤어진 스승 용만이 그의 두 손을 덥석 잡았다.

용만은 그 작은 도시를 구경시킨 다음 미국인 가정에 데려갔다. 그때가 1906년 4월. 몇 달 기다렸다가 9월에 초등학교 4학년으로 입학했을 땐 정한경은 그 학년에서 제일 키가 큰 학생이었다. 1909년 6월 용만은 네브래스카주 커니시 인근 농장에 '소년병학교'의 기를 내걸었다.

그로부터 세 여름학기를 계속해서 군사훈련을 받은 학생들이 1911년 8월 졸업을 하게 됐는데 정한경은 그중 한 사람이다. 정한경은 한집에서 9년 동안이나 스쿨보이 노릇을 하면서 학교를 다녔다. 인내심이 많았다는 얘기다. 그는 커니고등학교를 다니는 동안 학생신문 편집위원이었으며 변론반원이기도 했다. 1911년 발행된 교지에 그에 관한 인물평이 실렸다.

'헨리 정(정한경)에 관해 뭐라고 말할 수 있을까? 단어로 그림을 그리는 화가라고나 할까? 그는 어느 연애소설가가 책 한 권에 넣을 수 있는 꿈을 단 한 문장에 집어넣을 수 있는 재능을 가졌으니, 독자 여러분들은 그의 미덕을 말로 표현하지 못함을 알지어다.'

정한경은 1910년 3월 버펄로 군내 웅변대회에서 아이티를 프랑스로부터 해방시킨 흑인장군 오버처에 대한 연설로 일등을 차지했다.

고등학교 3학년 때 학생대표로 선출됐고 1등으로 졸업했다. 졸업식에서 그는 영예의 대표연설을 했다. 정한경은 네브래스카대학에서 정치학 학사와 석사 과정을 끝냈다. 1921년 워싱턴에 있는 아메리칸대학에서 정치외교학 전공으로 박사학위를 땄다.

그의 학위논문 제목은 '한국 문제(The Case of Korea)'였다.

1919년 8월 워싱턴에 상해임시정부의 외교임무를 맡은 구미위원부가 설치됐다. 정한경은 대학의 직장을 그만두고 구미위원부에서 4년 동안 봉사했다.

기업 성공모델 유일한

"그래 오죽 할 게 없으면 사내자식이 숙주나물 장사를 한단 말이냐?
그건 아녀자들이나 할 짓이 아니냐?"

"그게 아니에요. 아버지. 숙주나물 사업은 돈을 많이 버는 큰 사업이
에요."

북간도에서 다시 상면했을 때 부자지간에 주고받은 대화다.

미시간주립대학을 다닐 때 유일한은 미국친구 윌리 스미스와 숙주나
물을 유리병에 키운 뒤 건강식품으로 판매했다. 졸업 후 1921년에는
상하기 쉬운 숙주나물을 통조림으로 만드는데 성공했다.

두 사람은 '라초이(La Choy)' 주식회사를 설립했다. 숙주나물은 미국
인들이 선호하는 중국음식 '찹수이'에 많이 넣는 재료다. 통조림화함
으로써 각지의 중국음식점에 대량공급을 가능케 했다. 유일한이 부사
장이었던 라초이 회사는 4년 만에 자그마치 50만 달러의 매상을 올렸
다.

그 후 라초이를 그만두고 보유주식을 팔아 5만 달러로 유한주식회사
를 설립했다. 중국에서 손수건, 타월, 식탁보 등을 수입했는데 한인이
세운 무역회사로는 가장 컸다. 그는 사장에 서재필, 부사장에 정한경을
영입했다.

유일한이 미국에 건너온 건 겨우 열 살 때다. 용만의 그늘에서 소년
기를 보냈다. 그의 일생은 용만이 세운 소년병학교 출신의 한 성공사례
다. 용만의 숙부인 박희병을 따라온 그는 곧 네브래스카주 커니시로 가
함께 살다가 용만이 덴버로 이주해서 직업소개소 겸 숙박소를 운영할
때 덴버로 같이 옮겨갔다.

커니시로 다시 온 게 13살 때였고 그때서야 '스쿨보이'로 일자리를 구할 수 있었다.

그는 만능 운동선수였고 성격이 활달했다. 구김살 없는 태도로 교내의 여러 그룹활동에 참가했다. 변론반 반원, 미식축구 선수, 육상, 야구 등 커니 공립학교에서 수학한 어느 학생보다 활발한 과외활동을 했다.

1914년 헤이스팅스공립고등학교를 졸업하고 2년 후 미시건주립대학으로 진학했다. 1909년서부터 여름방학 동안 군사훈련을 받는 '소년병학교'를 3년 마친 유일한은 1911년 제1회 졸업생으로 졸업했다.

"정치적 자립도 '독립'이지만 경제적 자립도 미리 준비해야 할 '독립'의 한 기반이 아닌가. 그러자면 본국에 가서 경제활동을 함으로써 토대를 마련하는 것도 그 한 방도가 아니겠는가?"

유일한은 정치적 투사의 길 대신에 상공인으로서 식민지 조선에 뛰어들 결심을 굳혔다.

30세의 젊은 비즈니스맨 유일한이 북간도에서 부모를 만난 것은 1925년. 태평양을 건너간 지 무려 20년 만이다. 아버지는 자기가 보낸 1백 달러로 논을 사서 생계에는 큰 어려움이 없었다. 그러나 많은 한인들이 만주 벌판에서 기아와 질병으로 고통받고 있음을 목격했다. 그로 인해 사망하는 경우도 셀 수 없이 많았다.

유일한은 귀국하면 동포들의 질병 퇴치를 위해 제약사업에 뛰어들 것을 결심했다. 중국인이었던 부인이 의사였기 때문에 그런 결심을 더 쉽게 했을지도 모른다.

1927년 그는 서울에 들어가 YMCA 안에 미국식 약방을 차린다.

"미국에서 우리는 풍족한 생활을 하지만 백인들과 어울리는 데는 한계가 있다. 그 때문만은 아니고 조국에 가서 사업을 내 힘으로 일으켜 조국에 보탬이 되고자 한다."

송별파티에서 유일한이 남긴 말이다.

처음에는 염색약, 위생용품, 의약품을 미국에서 수입 판매했다. 차츰 결핵약, 진통소염제(안티플라민), 혈청 등 국민보건에 직결되는 약품들을 우선적으로 공급했다. 모르핀을 취급하자는 부하직원의 건의는 호통을 쳐 물리쳤다. 3년 후 유한양행을 설립해서 한국 최초로 종업원 지주제를 실시했다. 미국 제약회사들의 대리점이 됐고 주요 제약회사의 하나로 발전했다.

일제의 견제로 중국에 벌인 사업이 어려워지자 유일한은 가족들을 데리고 1938년 미국으로 돌아갔다.

진주만 폭격 후 재미 한족연합회는 캘리포니아주 향토방위군의 요청으로 한인 대대 '맹호군'을 결성했다. 한인 장정 50여 명이 지원했다. 소년병학교 출신인 김용성이 대대장을 맡았고 유일한은 후원자가 됐다.

소년병학교 출신인 백일규와 유일한은 맹호군의 여름군복 일체를 기부했다. 미국과 함께 일본을 공동의 적으로 대처하게 됐을 때 최고의 교육을 받았고 독립정신이 투철한 소년병학교 출신들이 각지에서 앞장서게 된 것은 30여 년 전 용만이 추구했던 꿈을 일부나마 이뤄내는 결과물이다.

유일한과 함께 소년병학교 제1회 졸업생인 구영숙은 남한 정부 수립 후 초대 보건부 장관을 지냈다.

한국전쟁이 끝난 1953년 한국으로 돌아온 후 유일한은 미국의 투명한 경영기법을 실천했다. 한국사회의 관행이기도 했던 정치자금을 제공하거나 검은 돈은 일체 거래하지 않았다. 대신 세금은 어김없이 납부했다.

정직한 납세는 미국 같은 곳에서는 비교적 일반화 돼 있으나 한국에서는 미련한 짓일 때가 있었다. 그래서 그의 얘기가 교과서에까지 실린 적이 있다.

그는 한국에서 기업인으로 성공했다. 자산 면에서가 아니라 윤리 면에서 성공 모델이 된 것이다. 한국의 최고경영인들과 경제학 박사들을 대상으로 한 조사에서 그는 가장 존경받는 기업인으로 뽑혔다.

소년병학교에서 용만은 생도들이 독립군 장교로서의 자질을 기르고 조국 근대화에 헌신할 것을 새기게 했다. 그런 정신교육을 이미 소년기에 철저하게 받았으니 유일한이 가장 존경받는 기업인으로 뽑힌 것은 우연의 산물이 아니지 않겠나.

그는 기업의 이윤을 교육사업에 투자했다. 유한실업학교, 유한공업고등학교, 유한전문대학을 설립해서 7천여 명의 학생들이 공부할 수 있게 했다.

또한 죽기 전 자신의 지분 주식을 모두 유한재단에 기증했다. 가지고 있던 부동산은 YWCA(한국여자기독청년회)에 기증함으로써 모든 사유재산을 사회에 환원했다.

해방이 되자 유일한은 1947년 귀국했다. 그리고 몇 달 후 한국에 투자할 미국 회사들을 알아보기 위해 다시 미국으로 갔다. 그런데 미국에서 한국으로 들어오는데 문제가 생겼다. 1948년 대한민국 정부가 수립되면서 이승만은 유일한을 상공부장관에 임명하려고 했다. 그것을 거절했다고 해서 입국이 거부된 것이다. 꾹 참고 미국에 머물다가 1953년에야 귀국할 수 있었다.

두만강을 넘어

"어르신, 인사드립니다. 고향에서 사촌형으로부터 존함을 익히 들었사옵니다."

세 청년은 즉시 바닥에 무릎을 꿇고 큰절을 올렸다. 블라디보스토크에 도착했을 때 그들은 돈이 떨어져 오도 가도 못할 신세였다. 김현구는 정순만을 찾아 나섰다. 그의 이종 사촌형인 범재 김규홍으로부터 그에 관해 들은 적이 있기 때문이다. 정순만은 블라디보스토크에서 잘 알려진 인물이다. 그는 현지 신문 '대동공보'에서 업무를 보고 있었다.

"그런가요? 어인 일로 나를?"

"네 저희 셋은 미국을 가기 위해 국경을 넘었사옵니다."

"미국이라… 미국은 무슨 일로?"

"네. 미국에 가서 신학문을 배우려는 욕심 때문이지요."

"보아 하니 믿음직한 청년들이오. 미국의 어느 쪽으로 가려는 게요?"

"미국을 가는 게 보통 어려운 일이 아니어서 자세한 계획은 세울 수가 없었답니다. 아무도 아는 사람이 없으니까 아무 데나 가서 무조건 부딪쳐 보겠다고 결심을 했지요."

"저런. 내 아이놈도 지금 미국에 가 있긴 하지만 거기 간 동포들이 적수공권으로 고생이 말이 아니라오."

"저희도 각오를 단단히 하고 있습니다. 일본의 압제에서 벗어나는 일이라면 어떤 고생도 마다하지 않을 생각입니다."

"내 아이놈은 열한 살 적 나의 의형제 동생인 박용만이 미국으로 데려갔소. 지금은 네브래스카주에서 고등학교를 다니는데 고학을 하고 있는 중이오."

"어르신, 저희들을 그쪽으로 소개해 주실 수 없을까요? 아무도 아는 사람이 없으니 갈 길이 너무 막막하기만 하답니다."

순종이 즉위한 그 이듬해 12명의 젊은이들이 한패가 돼 미국 유학의 기회를 엿보고 있었다. 나라의 지붕이 언제 무너져 내릴지 모르는 두려움은 개화파에 속했던 젊은층을 더 압박했다. 일본의 손아귀에 나라가 완전히 넘어가면 외국으로 가는 길은 영영 막힐 게 뻔했다.

부모들과 헤어져 그들은 일본으로 건너갔다. 외교 업무가 이미 일본으로 넘어갔기 때문이다. 일본 관리들은 미국행 여권 발급을 거부했다. 한인들은 유럽이나 미국으로 갈 수 없다는 법규가 새로 생겼다는 것이다.

그들은 일본에서 돌아와 국제항인 원산으로 가 외국행 선편을 노렸다. 그러나 곧 일본 경찰의 추적으로 절반은 체포됐다. 남은 사람들은 핫바지 차림의 촌사람으로 변장하고 원산을 빠져 나왔다. 혹독한 추위가 그들을 기다리고 있었다. 높은 산을 넘고 황량한 들판을 걸을 때 귀는 얼고 손은 감각을 잃었다. 그들은 강만 건너면 유럽행 기차를 탈 수 있는 북방의 국경에 도달했다.

국경은 경계가 삼엄했다. 시베리아까지 자동차를 타고 갈 여비가 없는 것도 문제다. 비밀리 부모들께 연락해서 여비를 보내달라고 했다. 그사이 일본 경찰의 추격을 받아 3명이 체포됐다. 이제 남은 사람은 김현구, 홍승국, 송진헌 셋이었다.

그때 홍승국의 나이 24세, 김현구의 나이 20세였다. 둘은 충청도 옥천 출신으로 먼 친척관계다. 홍은 배재학당을 나왔고 김은 양정의숙을 다녔다. 1909년 초 여러 번 도강을 시도하다 실패했지만 다행히 어느 날 밤중에 두만강을 건널 수 있었다.

정순만은 독립운동이 몸에 밴 사람인지라 중국이나 러시아 혹은 미국으로 유학이나 망명을 떠나온 사람들에게 안내와 도움을 아끼지 않고 있었다. 그는 초면인 청년들에게 여비를 마련해주면서 미국 콜로라도주에 있는 박용만을 찾아가라고 했다.

정순만이 이승만과 박용만의 결의형제가 된 것은 1904년 한성감옥에서다. 그때 정순만의 나이가 31세, 이승만은 29세, 용만은 23세였다. 그는 충북 청원 출신으로 윤치호, 이승만과 함께 독립협회 창립에 참여했다.

1904년 가을 기독교 전도를 내걸고 서울 남대문 근처의 상동교회에 상동청년회가 조직됐다. 이것은 독립협회가 해산된 후 모여든 회원들이 조직한 단체다. 전덕기 목사를 회장으로 이동녕, 이승만, 정순만, 이희간, 박용만, 조성환, 이동휘 등 청장년들이 간부를 맡았으며 민영환, 이시영, 이상설 등의 대관들이 후원했다. 그 회원은 4만 명에 달했다.

이 단체의 간부들이 후일 독립운동의 주역들이 된다. 러일전쟁 때 이희간은 고등군사탐정으로 종군해서 6만 8천 원을 벌었는데, 그중 1만 3천 원을 미국행 유학생의 여비로 활용케 했다.

이민 개발회사와 짜고 노동이민으로 가장해서 유학생을 보내면서 여비를 선불해 줬는데 미국에 도착한 후에 갚도록 했다. 용만도 그 혜택을 받은 사람이다.

1905년 11월 보호조약이 체결되려 하자 상동청년회는 조국의 위기를 절감하고 긴박하게 대응했다. 당시 외무대신 박상순이 유약한 인물임을 알고, 정순만과 이희간은 비수를 품고 찾아갔다. 박상순에게 조약에 조인하지 말 것과 일본공사가 강요할 경우 관인을 연못에 던지고 자살하라고 협박했다.

당시 블라디보스토크에서는 출신 지역에 따라 파가 갈려 분쟁이 심했다. 보다 못해 구한말 법무대신을 지낸 이범진은 1911년 1월 13일 밧줄로 목을 맨 다음 권총 3발을 머리에 쏘고 자결했다.

"원동 각처에서 당파의 형세가 한인과 일인 사이보다 더 심하다 하니 더 큰 일이므로 차라리 죽는 것만 못하다."

이것은 그가 쓴 유서다. 이범진은 헤이그 밀사로 간 이위종의 아버지다.

1895년 주미 공사로 워싱턴에 부임했는데 거리에서 그의 수염을 보고 '염소'라고 놀리는 애들이 줄줄 따라다녔다.

블라디보스토크에서는 서북파(평안도 지역) 출신으로 거류민단장을 지낸 양성춘과 기호파(경기도 그 이남 지역) 출신 정순만 사이에도 파벌로 인한 갈등이 있었다.

여러 사람들이 모인 자리에 권총을 들고 간 사람은 정순만이다. 하지만 양성춘을 처음부터 죽이려고 벼른 건 아니다. 본국에 있을 때 독립협회를 창립하기까지 한 지사 중의 지사가 한낱 무모한 자객으로 나서겠는가.

"이렇게 사사건건 의견대립만 하느니 차라리 내가 죽어버리겠소."

정순만은 저고리 안쪽에서 권총을 꺼내 자기 왼쪽 가슴에 갖다 댔다.

"아니 이게 무슨 짓이요?"

기겁을 한 양성춘이 그의 손에서 권총을 빼앗으려 하자 발사된 총알이 엉뚱하게도 양성춘을 쓰러뜨렸다.

그게 1910년 1월 20일경. 그러나 재판에서 그의 무죄가 입증돼 다음해 2월 7일 석방됐다.

그러나 서북파는 양성춘의 가족에게 복수하라고 부추겼다. 석방된 지 4개월 후쯤 정순만이 근처 중국인 상점에서 된장을 사가지고 돌아가는 길이다.

"저, 시아주버님이 저희 집에서 잠깐 뵙자고 하는데요."

양성춘의 처였다. 그가 순순히 따라간 것을 보면 자기가 계획적으로 양성춘을 죽이려고 하지 않았고 또 그게 법정에서 밝혀졌기 때문에 안심했기 때문이다. 그녀의 집에 들어서자 숨어 있던 양성춘의 형 양득춘이 도끼로 내리쳤다. 정순만은 목숨을 잃고 말았다.

전명운과 시베리아 열차를 타고

　김현구 일행이 블라디보스토크에서 전명운을 만나게 된 건 하늘이 도운 행운이다. 그는 '스티븐스저격사건'의 한 주인공으로 유명한 사람이다. 스티븐스는 미국인으로 구한말 대한제국의 외교 고문이었지만 일제의 앞잡이였다.

　일제의 침략을 정당화하고 선전하기 위해 귀국한 그를 장인환과 전명운이 1908년 3월 23일 샌프란시스코에서 사살했다. 전명운이 먼저 권총을 쏘았으나 발사가 되지 않았다. 그는 총자루로 스티븐스를 내리쳤다. 둘이 엉겨 붙어 있을 때 장인환이 방아쇠를 당겼다. 스티븐스는 쓰러지고 전명운은 장이 쏜 총알을 어깨에 맞고 부상을 입었다.

　'…금에 스테분이가 한국 월급을 먹는 자로서 일본을 찬조하여 허무한 말로 각처에 통신해 아무쪼록 일본의 야만행동을 매양 엄적하다가 금반에 샌프란시스코 크로니클 신문에 무리한 말로 게재해 우리 동포의 애국성으로 일본을 반대하는 일을 감추고자 해 도리어 일본을 환영한다, 은혜로 안다 하는 등 설을 세상에 반포했으니 스테분은 우리 나라를 망하게 하고자 하는 원수라…'

　이것은 전명운이 병원으로 실려 간 후 경찰관의 심문을 샌프란시스코 한인교회 전도사 양주삼이 통역한 내용이다.

　'…그런고로 나는 애국성으로 그놈을 포살하려고 탐지한즉 금일 9시 반에 샌프란시스코를 떠난다 하기로 식전 조조에 육혈포와 그놈의 사진을 가지고 선창에서 기다리더니 마침 9시 반에 스테분이 일본 영사와 같이 자동차에 내리는 것을 붙잡고 총을 놓다가 총이 병이 나서 나가지 않는 고로 턱밑을 냅다 지르고 사기가 급박해 도망코자 하는 즈음에 뒤에서 오는 총알을 맞았으며 스테분의 뒤에 섰다가 총 놓은 장인환 씨는 불기이회로 만난 것이요. 당초에 알지 못하는 일이라.'

당일 밤 교회에 40여 명의 동포들이 모여 긴급대책회의를 열었다. 우선 연조금으로 7백 불이 모였다. 장차 재판을 후원할 7명의 후원위원들도 선정했다. 미국인 변호사 카글란(Nathan C. Coghlan)은 원래 아일랜드 출신인데, 아일랜드 역시 영국으로부터 핍박을 받은 나라인지라 무료변호를 자청했다.

카글란은 한인회당에 와서 장강유수의 연설을 해 동포들을 감동시켰다. 자기가 본래 아일랜드 사람인고로 누구든 자기 나라를 위하는 사람을 위해서는 부득불 동정하게 되며 두 의사처럼 열렬한 애국심을 발휘해 그들의 정의를 밝히지 못하면 다시 변호사가 되기가 부끄러운 일이니 끝까지 진력하겠다고 말했다.

소식은 순식간에 사방천지로 퍼져 나갔다.

'덴버에서 유학하는 지사 박용만 씨는 양 의사를 위해 의연을 모집한다고 전보가 내도했더라.'

샌프란시스코에서 발간되던 3월 25일자 '공립신보'에 실린 기사다. 의연금은 미주는 물론 조선과 만주 등지에서도 쏟아져 단기간에 7천 불을 넘었다.

전명운은 이미 본국에서 의식화된 청년이다. 서울서 태어나 18세가 되자 한성학교를 다녔고 독립협회나 만민공동회의 토론회도 기웃거렸다. 그러는 사이 애국심이 뿌리를 내렸다. 1905년 5월 하와이 노동자 모집에 응해 이민선을 탔다.

유학이 목적이었던 그는 1년쯤 후 샌프란시스코로 건너갔다. 독립운동 단체인 공립협회 회원이 됐고 의거에 몸을 던진 것이다.

'(전략) 세상에서 금일까지 알던 바는 한국 사람은 아무것도 알지 못해 가치가 없는 백성인 줄로만 생각하던 것을 금번 사건으로 세계에서 다시 한인을 주목케 함이로다. (하략)'

뉴욕 타임스엔 실린 논평이다.

사건이 터진 3개월 후 전명운은 증거 불충분으로 보석금 없이 석방됐다.

일본은 거국적으로 스티븐스 추모와 재판의 후원에 나섰다. 일본 정부는 죽은 스티븐스에게 '훈일등'의 최고훈장을 추서했다. 천황은 친서를 보내 유족을 위로했다.

그런 판국이니 전명운의 목숨도 안전할 리 없지 않은가. 그는 이름을 맥 필즈(Mack Fields)로 바꿨다. 그리고 8월경 은밀하게 블라디보스토크행 배를 탔다.

일본 측 변호사들이 재구속을 주장하고 있는데다 장인환의 재판에 불리한 영향을 줄 수도 있어 변호사가 그렇게 권유한 것이다.

블라디보스토크에서의 생활은 말이 아니었다. 개척촌의 동포 이치곤의 집에 유숙하면서 러시아어 학원에 다녔는데 한 달 수업료 50전도 낼 수 없을 지경이었다.

그해 말 공교롭게도 안중근 역시 이치곤 집에 같이 머물게 됐는데, 후일 그가 하얼빈에서 이등박문을 사살하자 일본은 '제2의 스티븐스 저격사건'으로 추정하고 전명운을 범인으로 지목하기도 했다.

김현구에 의하면 전명운은 교육도 많이 받지 않았고 일찍이 여자에 빠졌으나 타고난 꾀가 많아 세상사는 요령이 뛰어난 사람이다. 사람을 다루는 일이나 어려운 상황을 잘 돌파하는 재주도 있었다. 영어회화도 제법 했고 러시아어도 초보적인 것은 가능했다.

전명운에게 블라디보스토크는 춥고 배고픈 땅이다. 또한 미국으로 돌아가기로 한 것은 장인환의 재판이 끝났기 때문이다. 연기를 거듭하던 재판은 1909년 1월 2일 공판을 열고 장인환에게 25년의 징역을 선고했다.

블라디보스토크에서 전명운, 송진헌, 홍승국, 김현구 네 사람은 시베리아 횡단열차를 탔다. 모스크바까지는 19일이나 걸리는 지루한 여정이다. 게다가 러일전쟁에 패전한 이래 러시아는 비틀거리고 있었다. 황제에 대한 불만이 터지기 시작했고 수상쩍으면 잡아가는 세상이다. 열차에서 전명운은 러시아 육군 대령에게 접근해서 그의 호의로 신분을 의심받는 일은 피하게 됐다.

폴란드의 수도 바르샤바에서는 갈아타야 하는 플랫폼을 찾지 못해 기차를 놓쳤다. 전명운은 이때도 날쌔게 어떤 폴란드 귀족에게 접근해서 그의 친절로 어려움을 벗어날 수 있었다. 독일을 통과해서 폴란드로 갔고 여객선을 타고 해협을 건너 영국에 도착했다. 영국의 사우스햄턴 항에서 마침내 젊은이 넷은 미국행 여객선에 몸을 실었다.

뉴욕에 도착한 건 1909년 늦은 봄. 송진헌은 뉴욕에 남겠다고 하고 세 사람은 대륙 횡단 열차에 몸을 실었다. 덴버의 박용만을 찾아가기 위해서다.

박용만이 그들을 기다리고 있는 것도 아닌데 덴버라는 정거장 이름과 박용만이라는 사람 이름만을 달랑 들고 무작정 눈 먼 여행을 계속했다.

여비는 아주 바닥이 난 상태다. 첫날은 뉴욕의 동포가 싸준 음식을 먹었다. 시카고에서 동포가 싸준 음식을 받아 또 하루를 지낼 수 있었다. 그러나 다음 사흘 동안은 음식 살 돈이 없어 굶지 않으면 안 됐다.

덴버에 도착해서 박용만을 찾았으나 그는 이미 네브래스카주로 떠난 뒤다. 그들은 체부에게 한인 유학생의 주소를 물었다. 다행히 그들의 숙소를 가르쳐줘 찾아갔으나 집에 없었다. 그들은 중국인 가게를 하나 찾아냈다. 전명운이 영어로 말문을 뗐다.

"덴버에 한인들이 얼마나 사는지 아는가?"

"전에는 좀 왔어. 지금은 안 와."

중국인의 매끄럽지 않은 영어다. 그 말은 그 전해 애국동지대표회가 열렸을 때만 해도 한인들이 많았으나 공부 때문에 다른 도시로 많이 빠져 나갔다는 얘기가 아닌가.

그들은 허기가 져서 쓰러지기 직전이었다. 선반에 진열된 식품들을 보았지만 움직이기조차 힘들었다. 세 사람의 주머니를 다 털어봐야 겨우 16전이 달랑 남아 있었다. 선반에 '중추명월'이라는 상표를 단 통조림이 보였다. 그게 월병(찹쌀떡)인 줄 알고 15전을 내고 샀다. 열어보니 배를 포함해서 중국 과일 몇 조각이 들어 있었다.

"갓 댐 잇.(제기랄). 디스 이스 낫 차이니스 케이크.(이건 중국 떡이 아니군.)"

전명운이 영어로 화를 내는 것을 본 주인은 상황을 눈치챘다. 부랴부랴 빵과 버터를 내놓았다. 그걸로 빈속을 채우자 곧 잠이 쏟아지기 시작했다. 셋은 그리 멀지 않은 역으로 걸어가 대합실에서 정오까지 잠에 빠졌다.

한낮이 지나 유학생의 거처로 가던 중 한인 유학생을 거리에서 만났다.

그들이 세 들어 사는 방은 형편없이 작았다. 모두 학자금이 없어 학교를 중단하고 돈벌이에 나서려는 참이었다고 한다. 그중의 한 사람이 그들을 위해 근처에 셋방을 얻어줬다.

용만이 네브래스카로 떠나면서 운영하던 직업소개소 겸 여관의 운영을 맡긴 사람이 윤병구다. 그의 주선으로 홍승국과 김현구는 가사도우미로 일자리를 얻고 전명운은 철도 노동일을 찾아 와이오밍으로 떠났다.

가사도우미 일은 쉬운 게 아니다. 너무 힘들어 때려치우고 두 사람은 용만을 찾아 네브래스카주로 떠났다.

김현구는 그해 가을학기를 네브래스카주의 링컨시에 있는 한 초등학교의 5학년으로 들어가 공부했다. 용만 곁에서 실로 오래간만에 안심하고 첫발을 뗀 것이다.

김현구와 홍승국은 헤이스팅스공립고등학교를 다니면서 여름방학이면 '소년병학교'의 생도로 훈련을 받았다. 생도이면서 교사 역할도 했는데 3년 후인 1912년 제2회 졸업생들이 됐다. 두 사람은 훈련생들에게 한글과 문법을 가르쳤다. 김현구는 자신의 자서전도 남겼다. 그 속에 용만에 대한 존경의 마음도 적었다.

'네브래스카에서 나는 박용만과 한 지붕 아래 살았다. 그뿐만이 아니라 그 이후의 교신을 통해 나는 많은 것을 그로부터 배웠다. 그는 언행이 일치하는 사람이었다. 이 세상 모든 사람들을 형제라고 생각하라. 남의 모멸을 막으려면 형제끼리 결코 싸우지 말고 손을 잡아라.(형제끼리 싸우는 건 칼로 물 베기다.) 인색하지 말라. 남에게 빚을 지지 말고 내게 빚을 지게 하라. 이웃을 사랑하고 원수를 사랑하라. 근거 없는 의심을 품지 말라. 이런 것들은 동서양의 묵은 교훈들이지만 박용만은 그것들을 실천했다. 이승만이 굴욕과 모욕과 기만으로 그에게 못된 짓을 하는데도 그는 손가락질을 하지 않았다. 그걸 보면 그는 대단한 사람이었다.'

칼을 찬 시인

1905년 그의 나이 24세 때 용만은 고국의 '뎨국신문'에 '청춘소년들아'를 발표했다. 미국에서 써 보낸 수필이다. 이것은 민태원이 1930년대에 쓴 '청춘예찬'보다 약 25년 앞선 것이다.

민태원은 '청춘예찬' 수필 한 편으로 잊히지 않는 이름이 됐다. 중학교 교과서에 실렸던 그의 글 일부를 다시 읽어보자.

'청춘(靑春)! 이는 듣기만 하여도 가슴이 설레는 말이다. 청춘! 너의 두 손을 가슴에 대고, 물방아 같은 심장의 고동을 들어보라. 청춘의 피는 끓는다. 끓는 피에 뛰노는 심장은 거선의 기관과 같이 힘 있다. 이것이다. 인류의 역사를 꾸며 내려온 동력은 바로 이것이다. (중략) 그들은 앞이 긴지라 착목(着目)하는 곳이 원대하고 그들은 피가 더운지라 실현에 대한 자신과 용기가 있다. 그러므로 그들은 이상의 보배를 능히 품으며 그들의 이상은 아름답고 소담스러운 열매를 맺어 우리 인생을 풍부하게 하는 것이다. (하략)'

다음은 '뎨국신문'에 실린 '청춘소년들아'라는 용만의 수필이다.

'즐겁다 청춘들아 청춘이 곧 오늘이요 오늘이 곧 나의 날이로다. 청춘들아 오늘 세계가 곧 청춘이요 나도 또한 세계의 청춘일세. …… 오늘은 나의 날이요 이 세계 곧 나의 세계라, 만일 주먹을 한번 들어 힘 있게만 칠 양이면 반드시 저 아시아 구라파도 한편이 무너질 것이요. …… 고로 대장부 세상에 태어나서 능히 당시 애란을 구하지 못하고 천하의 근심을 풀지 못하면 필경은 다만 의식에 종노릇만 하고 세월에 도적놈만 되어 두렵도다.'

용만의 글은 무엇보다 청년의 기백이 넘친다.
'만일 주먹을 한번 들어 힘 있게만 칠 양이면 반드시 저 아시아 구라파도 한편이 무너질 것이요'의 구절은 심장의 박동이 용솟음친다.

'오늘날 우리 한국 청년들이여 나 일찍이 서양사람 말들을 들으매 세상에 세 살 먹은 노인도 있고 팔십 된 청년이 있다 하며 또 한편 청국 지사 양계초 씨의 말을 들으니 그대가 만일 소년이면 그대 나라도 소년이요 그대가 만일 노인이면 그대 나라도 또한 노인이라 하니……오직 우리가 소년의 때를 당하여 소년의 뜻을 가지고 다시 소년의 일을 행하면 자연 우리 국보는 소년의 기상을 가지고 우리 이름으로 소년 역사에 올라 저 옛적 영웅호걸과 어깨를 비길 터이니 이는 우리 청년의 감히 때를 잃지 못할 때라. 원컨대 청년들아 나 여러 말 다하지 못하고 오직 다시 일만 가지 일을 함께 포함하여 한번 다시 크게 부르노니 이 즐겁고 아름다운 청년시절 청춘세계에 우리 사랑하는 소년 한국 모든 청춘소년들아.'

용만의 '청춘소년들아'가 발표됐을 때 당시 12살이었던 민태원이 그걸 읽었는지는 알 수 없다. 그러나 두 수필의 흐름이나 내용은 유사한 데가 적지 않다. 도입부는 특히 그렇다.

민태원의 "청춘(靑春)! 이는 듣기만 하여도 가슴이 설레는 말이다"와 박용만의 "즐겁다 청춘들아 청춘이 곧 오늘이요 오늘이 곧 나의 날이로다"는 비록 표현은 다르지만 맥박의 강도는 같다.

또 민태원의 문장 ─인류의 역사를 꾸며 내려온 동력은 바로 이것이다─와 용만의 문장 ─만일 주먹을 한번 들어 힘 있게 칠 양이면 반드시 저 아시아 구라파도 한 편이 무너질 것이요─도 열정의 강도가 같다.

'뎨국신문'은 1898년 창간돼 1910년 폐간되기까지 대한제국의 대표적 민족지다. 발행인 이종일은 3·1 독립선언서에 서명한 사람들 중 한 사람이다. 모든 기사를 한글로만 써 한글의 발전에 크게 공을 세웠다.

신문제호 '뎨국신문'도 당시의 한글 표기를 그대로 쓴 것이다. 한국 최초의 신소설이라고 치는 이인직의 '혈(血)의 누(淚)'도 이 신문에 실렸다. 일반 서민과 부녀자들 가운데 독자들이 많았다.

1904년 한성감옥에 갇혀 있을 때 죄수들이 팔도 사투리를 쓰는 것과 글이 일정하지 않은 것을 통탄한 나머지 용만은 우리말과 글을 연구하기 시작했다. 하와이 대한인국민회 등록회원의 인적사항 난을 적을 때 그는 전공을 '정치학, 군사학, 어학'이라고 적었다. 어학을 굳이 적어 넣을 만큼 그는 한글 연구에 대한 애정과 자부심이 넘쳤다.

일본 유학시절 용만은 일본의 선각자 후쿠자와 유키치와 망명 중이던 중국의 선각자 양계초의 영향을 받았다. 그들은 쓰는 글과 말이 같아야 한다는 언문일치(言文一致)를 주장했다.

용만은 1909년 '신한민보'에 실은 '국문자모음약해(國文子母音略解)'

라는 논문에서 한글이 세계에 자랑할 만한 가장 가치 있는 문자라고 주장했다. 한문과 일어와 영어가 가지고 있는 결점들을 배제한 우수한 문자라는 것이다.

미국에 와서도 틈틈이 국문을 연구했을 뿐 아니라 소년병학교에서 한글 문법을 가르쳤다. 성대학(聲帶學)과 주요 외국어의 어원을 연구하기도 했다.

1909년 4월 21일자 '신한민보'에 논문으로 실은 그의 '국문자모음 약해(國文子母音 略解)'에서 용만은 결론 부분을 이렇게 적었다.

'우리 국문의 자모음 분석이 대개 이와 같으니 그 조리의 정제함과 응용의 편리함이 참 문명국인 제 일등 가는 문자라고 세계에 자랑할 만한지라. 만일 자전을 완비하게 제정하며 문법을 상밀하게 연구하여 대한 인민이 특별히 가진 문자에 채색을 더 할치면 저 뜻만 대표하는 한문과 음을 대표하되 자모를 분간치 못하는 일본 '이로하'와 뜻과 자모음이 있어도 발음에 일정 규칙이 없는 영국글과 같은 것들이 장차 그 재주의 부족함을 부끄러워하며 그 체질의 흠결됨을 한탄할지니 우리 국민의 문학에 유의하는 자의 급선무가 이에 있다 할지로다.'

그럼에도 한글의 우수성을 인정받지 못하는 현실이 그는 가슴 아팠다.

'애닯도다. 이러한 자가의 무짐보장을 두고도 나아가 연구 아니하는 자도 개견하려니와 저 꼴도 보기 싫은 '이로하니호헤도'라 하는 방정맞기가 염불하는 소리와 같은 일본글로 우리나라 학교에 쓰려하는 저 미친놈들이여, 참 미친놈들이로다.'

하와이로 가서는 '국민보'를 통해 한글의 보급에도 힘썼다. 하와이 동포들은 문맹이 많았다. 다행히 한글은 배우기 쉽고 문법이 단순했다. 게다가 한문 교육을 받은 사람이 많지 않아서 한글이라도 우선 배우려고 했다. 짧은 기간에 문맹퇴치가 가능했던 것은 그런 연유다.

용만은 우리 민족이 가져야 될 혁명이 세 가지가 있는데 첫째가 문화혁명이요, 둘째가 정치혁명, 셋째가 경제혁명이라고 주장했다.

문화혁명은 정신상의 공작이므로 어느 때고 가능하니 사상과 정신이 날로 독립성을 가지면 정치혁명도 뒤따른다고 했다.

그는 민족문화(우리말과 글)를 보존할 수 있으면 독립의 기회는 언젠가 올 수 있다는 믿음을 가졌다. 다른 독립운동가와는 달리 그 안목을 문화혁명에도 초점을 두고 그 밑바탕이 되는 한글 연구에 괄목할 만한 성과를 올린 것을 보면 그의 식견은 확연히 구별된다.

간혹 걸출한 인물은 문무(文武)를 겸전(兼全)한다. 이순신 장군을 봐도 그렇다. 용만의 매력은 그가 '칼을 찬 시인'이라는 점이다. 네브래스카 주의 소년병학교에서나 하와이의 대조선독립군단을 훈련 지휘할 때 군복을 단정하게 입고 허리 왼쪽에 긴 훈련도를 찬 모습은 늠름한 무인(武人)의 기상이 넘친다.

그러나 그의 능력이나 소양은 거기에만 쏠려 있거나 한정되는 게 아니다. 인간의 능력에는 한계가 있다는 상식을 어쩌면 그처럼 뛰어넘을 수 있는 건지 그의 글솜씨는 찬탄을 자아낸다.

군사학과 함께 정치학을 전공했기 때문에 그는 해외 동포들의 독립투쟁 방향을 제시 하고 운동역량을 조직해내는 데 선구자 역할을 했다. '신한민보'와 '국민보'의 주필이 돼 당시로는 그 누구도 견줄 수 없는 논설문들을 수없이 발표한 그런 굵직한 자취 말고도 그의 문학적인 정서는 산속의 산골물처럼 투명하기만 하다.

상무혼(尙武魂) — 1911년 6월 7일자 '신한민보'

보던 책 덮어놓고 칼 빼어 높이 들고

닫는 말에 뛰어 올라 앞으로 나아가니
어 좋다 견양 총소리 사나이 몸을

1913년 8월 13일 '국민보'에 실린 시조

천지가 적다 말라 나의 한을 능히 용납
천지가 크다 말라 나의 몸을 둘 곳 어디
그러면 천지 만물을 내 홀로 용납하리라

1913년 9월 20일 '국민보'에 실린 시조

십년을 갈아 둔 칼집을 벗겨 손에 드니
한 줄기 흰 무지개 태평양을 끊을세라
보아라 삼도 청산이 모두 가음

때로 그는 유랑자의 감회를 한시(漢詩)로 표현하기도 했다.

別金門諸友 (샌프란시스코 친구들과 이별)
西來三月又東流   서쪽으로 삼월에 찾는데 다시 동쪽으로 흘러간다
萬事此身不係舟   모든 일을 맡은 이 몸은 매지 않은 배와 같다
金門佳會將何日   샌프란시스코의 아름다운 회람을 어느 날 잊을 거냐
望裏雲山一点愁   수심 속에서 먼 산을 바라보고 있다.

무형국가론

한일합방은 대한제국의 정치적 사형선고다. 새로운 시대는 새로운 인물을 부른다. 대한제국이 쓰러지던 시기 그 부름에 응한 사람은 한둘이 아니었지만 용만의 등장은 절묘한 데가 있다. 절묘하게도 일본과 미국에서 정치학을 전공한 사람은 그가 거의 유일한 존재다.

조선은 봉건왕조가 망하고 새로운 국민국가를 건설해야 하는 전환점에 있었다. 누가 됐던 새로운 국민국가 건설에 대한 비전과 이론적 틀을 제시해야 했다. 그 역할을 담당한 사람이 바로 용만이 아닐까. 그런 역할을 담당할 만한 그릇이 당시 따로 없었던 점에 유의하면 그의 공헌은 결코 가볍게 볼 수 없는 일이 아닌가.

조선왕조의 멸망으로 국가의 3대 요소인 국민과 영토와 주권 중에서 영토와 주권을 강탈당했다. 언제 독립을 쟁취할 수 있을지 터널의 입구는 보이지 않았다.

그런 상황에서 망국민의 운동역량을 결집시키고 조직해내는 일은 여간 어려운 일이 아니다. 용만은 당장 실현이 어렵고 또 반대하는 층도 많았지만 광야에서 외치는 선지자처럼 독립운동의 지향점과 그 방법론을 열정적으로 제시했다.

그의 논설문은 논리의 전개가 정연하고 그 논리를 전달하는 문장력 또한 빼어나서 읽는 사람의 마음을 휘어잡는다.

그가 '무형국가론'을 최초로 제기한 건 1910년 10월 5일자 '신한민보'에 게재된 '대한인의 자치기관'이라는 사설에서다. 일본이 한국을 병합한 지 한 달 만이다. 비록 무기명으로 발표된 사설이지만 논리 전개나 표현방법이 영락없는 그의 필치다.

'오날(오늘) 우리난(우리는) 나라이 업난(없는) 동시에 정부도 업스며 법률도 업스며 일톄(일체) 생명재산을 보호할 긔관(기관)이 업스니 우리 동포난 즐겨 뎍국(적국)의 법률을 복죵하야 원슈(원수)의 쇼(소)와 말이 되고져 하나뇨. 금일 이십셰긔난 그 졍톄(헌법공화)의 엇더한(어떠한) 것을 물론하고 댜티졔도(자치제도)가 졍티(정치)상에 주안(主眼)되난 문뎨(문제)라 그 백셩의 자티할 능력이 있는 쟈 결단코 남의 긔반을 밧지 안이하나니 오날에 나라이 업셔진 것도 우리의 자티졔도가 완전치 못하얏든 연고며 래일에 국가를 회복함도 우리의 자티졔도가 완전한 연후의 일이라. 그런고로 우리의 급급히 할 바는 일반국민의 자티력(자치력)을 배양하며 자티졔도를 실행하는대 있도다. (중략)'

용만은 망명정부 성격을 지닌 '무형국가'의 설립은 자치력을 배양하는 유익한 단계라고 설명한다.

'내가 생각하건대 오날에 대한인 된 쟈는 뜻이 안이 갓흐려고(같으려고) 할지라도 안이 갓할(같을) 슈(수)가 업난 사셰(사세)라. 그런고로 사셰의 변천함을 따라 일반 샤회의 방침이 또한 한 번 크게 변천하난 현상이 발현되얏나니 미쥬에 잇난(있는) 동포는 국가에 대한 셰랍(세납)의 의무를 대신하야 샤회에 공헌하기로 의론이 일티(일치)하며 하와이에 잇난 동포는 국민회의 듕앙 긔관(중앙기관)을 속히 셜립하기로 뎨의(제의)가 되야 유지졔공의 의견이 일티하니 이로써 보건대 대한인국민회난 국가인민을 대표하난 총긔관이 확연히 되얏도다.'

해외 동포들을 총괄하는 중앙기관 역시 무형국가의 정부에 해당하는 조직임을 강조하는 얘기다.

'이졔 형질 샹(상)의 구한국은 임의(이미) 망하얏스나 졍신샹의 신한국은 방야호로(바야흐로) 울흥하기 시작하니 엇지 희망이 깁지(깊지) 안이 할이오. 고로 본긔자는 이에 대하야 두어 가지 의견을 졔공(제공)에게 뎨챵(제창)하야 연구하는 재료를 삼게 하노라.'

그러면서 구체적인 조직의 구성과 구성원의 의무를 규정한다.

'듕앙총회난(중앙총회는) 대한민국을 총히 대표하야 공법상에 허한 바 가정부의 자격을 의방하야 법립, 행정, 사법의 3대 긔관을 두어 완전히 자티제도를 행할 일과 내외국인이 신앙할 만한 명예 잇난 이를 밧드러 총재를 삼아 듕대(중대)사건을 고문케 할 것. 또 회원과 안임(아님)을 물론하고 각국 각디(지)에 잇난 대한국민에게 그 디방(지방) 생활뎡도(생활정도)를 따라 얼마식 의무금을 뎡(정)하야 전톄(전체) 셰입 셰출을 뎡관(정관)할 일과 일톄 회원은 병역의무를 담임할 일(다만 년령을 따라).'

납세의 의무와 병역의 의무까지 명시한 것이다.
"이제 형질상의 구한국은 이미 망하였으나 정신상의 신한국은 바야흐로 울흥하기를 시작하니 어찌 희망이 깊지 아니함이오."
본문 중의 이 구절은 어디에선가 나오는 귀에 익은 말투가 아닌가.
"아아, 신천지가 안전에 전개되도다. 위력의 시대는 거(去)하고 도의의 시대가 래(來)하도다." 기미 독립선언서에 나오는 이 말투와 울림이 같지 않은가.
'신천지가 안전에 전개되도다'라고 부르짖은 3·1 독립선언보다 8년 5개월 이전에 이미 용만에 의안 '어찌 희망이 깊지 아니함이오'라고 닮은꼴의 선언이 있었던 것이다.

제2차 세계대전 중 프랑스와 폴란드는 런던에 망명정부를 세웠다.

상해 임시정부는 그 두 나라로부터 승인을 받았다고 한다. 하지만 그 이전인 1919년 4월 13일 임시정부 선포가 이뤄질 때만해도 망명정부의 개념이 한인들에게 익숙한 건 아니다. 어쨌든 상해임시정부가 수립되기 무려 8년 반 전에 망명정부의 필요성을 제기한 용만은 선지자로서의 식견을 소상히 드러낸 셈이다.

이 한 가지만으로도 용만이 한국 독립운동사에 끼친 공로는 재평가 돼야 마땅하리라.

사회적 조직과 정치적 조직

　1905년 '뎨국신문'에 발표한 용만의 수필 '청춘소년들아'에도 아일랜드(애란)가 나온다. "……고로 대장부 세상에 태어나서 능히 당시 애란을 구하지 못하고 천하의 근심을 풀지 못하면……" 운운한 것이다.

　용만이 그 글을 쓸 때만 해도 아일랜드는 영국에 병합돼 있었다.

　더블린은 아일랜드의 수도이자 항구도시다. 세관이 있는 부두에 가면 앙상한 몰골의 동상들을 볼 수 있다. 1845년 일어난 아일랜드의 감자 대기근을 형상화한 것이다. 젊은이의 어깨 위에서 축 늘어진 아이는 생명이 붙어 있지 않은 것 같다. 감자 대기근은 아일랜드가 영국의 지배를 받고 있을 때 일어났다. 그러니까 동상들은 망국민의 신세를 단적으로 보여준다.

　한국도 그런 시기가 있다. 1905년 일본 통감부가 들어서면서부터 간도로 떠나는 이주민이 급증했다. 1911년 한해에만 12만 6천 명이나 됐다. 해방될 때까지 무려 2백만 명 이상이 조선 땅을 떠났다. 아니 쫓겨났다. 그들의 모습을 서울역 앞에 동상으로 세워 놓으면 망국민의 설움이 어떻다는 교육효과도 작지 않을 것이다.

　용만은 애란과 같은 신세인 조선의 국권회복을 위해서는 무엇을 해야 할 것인지를 고민했다. 그렇게 해서 구상한 것이 '무형한 국가'의 수립이었다. 영토와 주권이 없으니 '유형한 국가'를 세울 수는 없고, 해내외 국민들을 조직하여 '무형한 국가'에 준한 정치조직을 꾸림으로써 궁극적으로 '유형한 국가'의 건설에 대비하자는 거다.

　'무형한 국가'에 준하는 자치기관을 만들어 동포들이 조세와 병역을 실제 감당함으로써 국민의 의무를 다 하게 해야 한다는 거다.

그런 합의가 있었기에 네브래스카와 하와이의 동포들은 한인공회나 국민회에 일정액의 의무금을 자진 납부했다. 용만이 어디 가나 추구했던 둔전병식(屯田兵式) 군사훈련 역시 병역을 국민의 의무로 알고 무력을 길러 광복전쟁에 대비하자는 거다.

3월 29일자 '신한민보'에 용만은 약 5천5백 자에 달하는 장문의 논설, '조선 민족의 기회가 오늘이냐 내일이냐'를 실었다. 언젠가는 미국과 일본 간에 전쟁이 일어날 수 있는데 그런 기회를 이용해서 독립을 도모하고 그러자면 어떤 준비가 있어야 하겠는가에 대해 논한 것이다.

'만일 조선국민으로 하여금 완전히 조직체가 있어 사회의 의미로 이것을 유지하지 말고 곧 정치적 의미로 유지하여 의무와 권리가 명백히 분석되고 정사(政事)와 명령이 엄정히 실행되지 않으면 결단코 성공하기 어렵도다.'

용만은 나라를 잃은 조선이 시급하게 도모할 것은 사회적 조직이 아니라 정치적 조직임을 강조한다.

'그러므로 내지에 있는 동포는 고사하고 외국에 있는 사람도 한결같이 통일할 수가 없으며 또한 법률과 제도가 없어 정사(政事)와 영(令)이 행하지 못하게 되니 이는 우리의 큰 한이 되는 것이라. 그러므로 우리 국민회로 하여금 사회적 범위를 떠나 정치적 지경으로 들어가 조선 사람의 한 '무형국가'를 성립하지 않으면 큰일을 건지기가 어려울 진저.'

앞에서는 '무형국가'를 수립해야 하는 역사적 전환점에 대해 언급했다면 여기서는 '국민회'와 같은 사회적 조직을 정치적 조직으로 바꿈으로써 '무형국가'의 형성이 가능하다고 말하고 있다.

4월 5일자 '신한민보'에 "조선독립을 회복하기 위해 '무형한 국가'를 먼저 설립할 일"이라는 논설에서도 그는 같은 주장을 되풀이했다. 그리고 정치적 조직이 어떤 것인가를 구체적으로 설명한다.

'소위 정치적 조직은 순전히 이에서 반대되어 특별히 한두 가지 목적을 주장하는 것이 아니라 곧 천만 가지 일을 다 주장하며 이 사람 저 사람을 한정하는 것이 아니라 곧 일반 동종을 다 포함함이니 여기 당하여는 입회 출회도 없고 청원서, 보증인도 없고 다만 일반 조선민족을 한 헌법 아래 관활하여 한 '무형한 국가'를 설립하자 함이니 가령 우리 시방 북아메리카와 하와이와 해삼위와 만주에 있는 조선 사람들은 응당 이 사람 저 사람을 물론하고 누구든지 만일 조선 산천에 생장하여 조선 사람의 성명을 가진 자는 다 일체로 그 공회에 속하게 하여 법률을 이같이 정하고 제도를 이같이 꾸며 뜻이 같든지 의견이 다르든지 감히 이 범위에서 벗어나지 못하나니 이는 소위 정치적 조직이다.'

그의 일편단심 '무형국가론'을 동포들은 선뜻 받아들이지 않았다. 정치적 수준이 아직 미숙했기 때문이기도 했지만 국가권력처럼 강제성을 띠기에는 한계가 따르기 때문이다.

'오늘 우리는 나라를 잃었고 우리의 생명과 재산을 보호하여 줄 정부가 없으며 법률도 없으니 동포 제군은 장차 어찌 하려는고. 제군이 왜적의 정부와 법률에 복종하려는가. 이는 양심이 허락되지 않아서 못할 것이니 우리가 스스로 다스리고 다스림을 받을 기관이 있어야 할 것이다. (중략) 우리는 나라가 없으니 아직 국가 자치는 의론할 여지가 없거니와 우리의 단체를 '무형정부'로 인정하고 자치제도를 실

시하여 일반 동포가 단체 안에서 자치제도의 실습을 받으면 장래 국가 건설에 공헌이 될 것이다. (하략)'

이것은 북미, 하와이, 만주, 러시아의 연해주 등 지방총회들을 통괄할 중앙기관의 필요성을 느껴 1912년 11월 20일 '대한인국민회중앙총회'를 결성했을 때 용만이 기초한 '결성 선포문'이다.

이 역시 '무형국가론'의 연장선에서 작성한 것이다. 용만의 '무형국가론'은 아무 근거나 사례가 없는 게 아니다. 미국에 와 있는 수백만 아일랜드인들은 조국의 독립을 위해 활발한 운동을 벌였다.

'무형국가'의 '가정부(假政府)' 개념을 만들고 동포들로부터 인두세(人頭稅)를 거둬들였다. 한편 1905년 아일랜드에선 새로운 과격파 정당인 신페인(Sinn Fein)당이 결성됐다. 완전 독립을 위해 과격한 투쟁도 마다하지 않았다. 마침내 1922년 독립을 쟁취할 수 있었다.

산정호수 레이크 타호에서

천지(天池)의 물도 이처럼 맑기만 하지 않을까. 하지만 2백 명을 태우는 유람선이 떠다닐 정도로 넓지는 않을 게다.

용만이 레이크 타호(Lake Tahoe)를 찾은 것은 1911년 10월 중순의 늦은 오후. 곧게 뻗은 전나무 숲 사이로 붉은 빛을 뿜어대는 단풍잎들이 시선을 묶는다. 레이크 타호는 이전엔 삼림을 채벌하기 위해 개발된 곳인데 점차 관광객들이 찾기 시작한 곳이다. 샌프란시스코에서 동쪽으로 약 850리 상거로 캘리포니아주와 네바다주의 경계선이 호수 중앙을 남북으로 지나간다. 용만은 대륙횡단 열차가 지나가는 인근 지역인데다 명승의 경치라 해서 한 번 찾게 된 것이다.

호수는 백두산 천지처럼 해발고도가 거의 2천 미터나 된다. 트럭키라는 역에서 내려 굴뚝에서 검은 연기를 뿜는 협궤열차를 타고 타호 시티까지 올라갔다. 객차 여섯 대를 끌고 기차가 호숫가의 플랫폼으로 들어서면 같은 플랫폼에 정박한 유람선이 바로 손님들을 태운다. 플랫폼은 물속에 통나무 기둥들을 세우고 나무 널빤지들을 덮은 것으로 기관차와 객차 모두를 합친 길이만큼 길다.

용만은 샌프란시스코에서 볼 일을 보고 돌아가는 길이다. 소년병학교 여름학기가 끝나자 대한인국민회 헌장 개정안을 가지고 샌프란시스코로 간 게 9월 중순. '신한민보'의 주필직은 봄 학기까지만 맡기로 했지만 6월에 헤이스팅스로 돌아간 다음에도 거의 매주 한 편 꼴의 사설을 우편으로 보내 게재케 했다.

어차피 대학은 1월에 시작하고 그사이 시간적 여유가 있어 동부를 한 바퀴 돌아올 참이다. 워싱턴에 가서 연방정부 상공부도 접촉할 일이 있고 뉴욕에 가서 만나 볼 사람들도 있어 약 두 달간을 예정하고 길을 나선 것이다.

상공부에 가서 알아볼 일은 멕시코 유카탄반도의 애니깽농장에서 노예나 다름없이 고생을 하고 있는 동포들에 관한 일이다.

이들의 참상을 보다 못해 하와이 동포들은 그들을 하와이로 데려오려고 모금이며 변호사 선정 등 다방면으로 대책을 마련하고 있는 중이었다.

용만이 샌프란시스코에 도착했을 때 마침 멕시코 동포들의 대표 이근영과 세 사람이 하와이를 방문키 위해 배를 타고 가던 중 샌프란시스코에 기착했다. 그런데 이민국에서 입국시킬 수 없다고 40일간이나 억류했다가 멕시코로 강제추방을 하는 일이 벌어졌다.

이민국은 워싱턴의 상공부에서 허가가 와야 하는데 끝내 오지 않았다는 것이다. 용만은 가는 길에 그 일도 알아보기로 한 것이다.

물도 넓고 하늘도 넓고 그 속에 한참 있다 보니 용만은 천지 간에 자기 혼자만 있다는 생각이 새삼 들었다. 이따금 지나가는 백인들은 그 지역에선 좀처럼 볼 수 없는 인종이 나타났다는 눈초리다.

용만은 사람들이 지나갈 때마다 일부러 시선을 공중에 고정시켰다. 시선을 스쳐가는 것은 푸른 하늘을 쏜살같이 날아가는 갈매기들이다. 갈매기는 공중에 포물선을 그리며 흰 야구공처럼 날아간다.

문득 제니의 얼굴이 공중에서 한 장의 실물대 사진으로 떠올랐다.

"이기자. 이기자. 소년병학교 이겨라."

야구 모자를 쓰고 제니는 함성을 질렀다.

"Hurrah! Brownies. Let's go."

영어로도 응원을 했다.

'브라우니스(Brownies)'는 소년병학교 야구팀의 별명이다. 동양인의 피부색이 황색인데다 유니폼 색깔도 노란색이어서 엇비슷하게 붙인 것이다. 초콜릿 가루로 집에서 만든 과자를 브라우니라고 하는데 미국의 어린애들이 좋아하니까 친숙감을 주는 이름이다.

야구반은 해외에서가 아니라면 적어도 미주에서 최초로 조직됐다.

야구는 미국의 국기(國技)나 다름없지 않은가. 미국인들과 거리감을 한 뼘이라도 줄이자면 야구처럼 손쉬운 방법이 없다.

용만이 1910년 동포들이 살고 있는 서부 각 지역을 찾아다니며 6백 달러를 모금한 그 일부를 야구팀의 유니폼을 사는 데 지출한 것도 그래서다.

올해 헤이스팅스고등학교 팀과 향토방위대 팀과 시합을 벌였는데 예상을 뒤엎고 승리했다. 어쩌면 제니의 공이 컸다. 같은 백인을 응원하는 게 아니라 볼품없는 동양인 팀을 그녀가 응원하고 나선 기현상 때문이다.

못 알아듣는 조선말로 구호를 외치니 상대방 팀은 넋을 잃을 판이다. 물론 여자 혼자 나와서 눈총을 불러 모을 제니가 아니다. 시합이 있을 때마다 두 번 다 헤이스팅스대학의 재무이사인 존슨과 함께 경기장에 나타났다.

워낙 좁은 바닥이라 조금만 기미가 보이면 이상한 소문이 퍼지는 건 삽시간이기 때문이다. 1월 초 링컨시의 솔트 강가를 같이 걸은 이후 두 사람은 어떤 연락도 취할 수 없었다.

용만은 대학에서 가까운 'P'가 1724번지에 2층 주택을 임대했다. 12명의 한인학생들이 기숙사처럼 한집에서 같이 살았다.

편지라도 띄우고 싶어도 주위에 늘 사람들이 떠나지 않는 생활이다 보니 용만은 그럴 겨를이 나지 않았다.

제니가 살고 있는 헤이스팅스시의 대학에서 소년병학교의 하계훈련을 할 때도 남의 눈 때문에 접촉할 기회를 갖기란 불가능했다.

야구팀의 코치는 용만이 맡았고 피처는 겨우 열두 살밖에 안 된 생도 조오홍이 맡았다. 응원가로는 1904년 서울의 상동청년학원에서 부르던 군가의 가사를 약간 바꾼 것으로 '소년 남자'다.

상동청년학원은 상동청년회가 세운 것인데 체육시간에 운동 대신 목총을 메고 군가를 부르게 했던 것이다.

1
무쇠골격 돌근육 소년 남자야
애국의 정신을 분발하여라
다다랏네 다다랏네
소년의 활동시대 다다랏네

후렴
만인대적 연습하여
후일 전공 세우세
절세영웅 대사업은
우리 목적 아닌가
(하략)

물가에 앉은 용만의 귀에 파도 소리는 들리지 않고 소년병학교 생도들이 부르는 응원가가 이명처럼 울렸다. 그들 속에 서 있는 제니의 얼굴이 잡풀 속에 핀 한 떨기 백합처럼 떠오른다. 하지만 두 사람 사이는 깊은 호수가 가로 막고 있을 뿐 쪽배 하나 왕래하기가 어렵다.

오랜 독신생활을 하다 보니 아침마다 침대에서 그의 아랫도리는 꺾을 수 없게 부풀어 오른다. 그럴 때면 맨 먼저 떠오르는 건 제니다. 어쩔 때는 꿈속에서 그녀를 안고 몸부림치기도 한다. 그런 걸 속인의 마음이라고 해야 하는 건가. 타호 호수의 물은 아랑곳없이 맑기만 하다. 용만은 선물가게에서 산 그림엽서를 꺼내 몇 자 적기 시작한다.

사랑하는 제니,
레이크 타호에서 인사를 보내요. 대한인국민회의 헌장 개정안을 제출하고 토의를 거쳐 의결을 보았지요. 이 조직이 전 세계 여기저기 흩어져 있는 한인들의 구심점이 되고 장래의 희망이 됐으면 하지요.

산 정상에 있는 호수여서인지 물이 너무 맑군요. 갈매기는 금년 여름 야구시합장에서 날아간 야구볼보다 더 희고요. 두 번의 시합에서 이긴 것은 제니가 와서 열심히 응원해 줬기 때문이에요. 다시 감사드리며….

엽서에는 사적인 감정이 번지면 안된다. 앉은 자리에서 종이를 꺼내 한자로 시구 몇 줄을 적는다.

遊太湖(其三, 레이크 타호에서)

太湖之水太澄淸	타호의 물 하도 맑기도 하여라
俗陋不曾染此汀	속인이야 언제 물든 적이 있으랴
白鷗爾若能容我	갈매기여 나를 행여 벗삼아 주려무나
斬敵頭來一洗兵	그제사 적의 머리랑 베어들고 개선하리라

마지막 행은 ―멀리 있는 연인은 만날 길 없어라― 라는 뜻으로 운을 맞춰 보려다 그와는 전혀 다른 엉뚱한 시행을 적고 말았다. 그것이 그 시대를 사는 용만의 한계였다.

지명시(知命詩)

종소리가 링컨시 하늘에 울려 퍼졌다. 세인트 폴 감리교의 종탑에서 무게 1톤짜리 종 열 개가 일제히 울리는 소리는 도시의 하늘을 뒤집어 놓는다.

교수들과 학생들의 행진이 시작됐다. 대학에서 교회까지 이어지는 행렬이다. 교수들은 색깔이 다른 가운들을 입었고 검은 사각모에 검은 가운들을 입은 학생들이 줄을 지어 그 뒤를 따른다. 감리교 본당에서 네브래스카주립대학의 졸업식이 열린 건 1912년 6월 26일 수요일 아침. 감리교 교회는 대학에서 가까운데다 본당은 링컨시에서 제일 큰 공간이다. 참석할 가족들이며 하객들이 많다 보니 졸업식을 교회 본당에서 하게 된 것이다.

대학의 졸업식은 당일 하루로 끝나는 행사가 아니다. 일요일서부터 시작되는 각종 행사로 평소 한산하기 짝이 없는 소도시인 링컨시는 갑자기 부산해진다. 음악회, 연극, 학사장교 후보자들의 사열식, 연회와 무도회들이 줄을 지어 펼쳐지면서 축제처럼 이어진다.

졸업식은 총장 인사와 내빈의 기념강연, 학사장교 훈련을 이수한 학생들의 장교 임관, 학위 수여 등의 순서로 진행됐다.

용만은 정치학과 학사 졸업장을 받았다. 학사장교 훈련(ROTC)을 받긴 했지만 미국 시민이 아니므로 임관이 될 수는 없다.

"용, 축하합네다."

제니가 다가와 꽃다발을 건넨다. 용만이 두 손으로 받자 그녀는 서슴없이 두 팔을 벌려 용만을 포옹했다.

"축하합네다."

같이 온 로이 목사도 용만의 손을 붙잡는다.

소년병학교의 교사들과 생도들도 꽃다발들을 차례로 건넸다. 저녁에는 대학의 한 홀에서 축하무도회가 열렸다. 졸업생들과 연인들 그리고 학부형들이 참석하는 무도회다. 제니는 용만이 청하자마자 일어선다. 혼잡스럽기 짝이 없는 홀의 한구석에서 둘은 가벼운 스텝을 밟았다. 곡목을 알 수 없지만 3박자의 왈츠곡이다.

그동안 같이 있었던 시간들이 몇 번 있었지만 성숙한 여자를 품에 안고 보니 감당할 수 없는 무게를 안은 듯 잠시 걸음이 흐트러진다.

"졸업을 다시 축하해요."

"제니, 일부러 헤이스팅스에서 와 줘 어떻게 감사해야 할지 모르겠군요."

"그런 말하면 화낼 거예요. 난 용이 아주 자랑스럽습네다."

"……"

"영어로 강의를 듣는다는 게 얼마나 힘든 일이겠어요? 졸업논문인 '아메리카 혁명' 역시 대단한 성취예요. 연구도 많이 했고 그걸 영어로 쓰느라 얼마나 힘들었어요?"

"한국도 장차 일본의 통치에서 벗어나려면 꼭 필요한 공부였지요."

밴드는 이번엔 빠른 폴카 음악을 연주하기 시작한다. 장내가 더 소란스러워진다.

"우리 밖에 나갈래요?"

그러면서 제니는 용만의 손을 잡고 입구를 향했다. 가마솥같이 달궈진 대지는 밤이 됐는데도 식을 줄을 모른다. 풀밭에선 벌레들의 음악회가 한창이다. 둘은 사람들 눈에 잘 띄지 않을 벤치를 찾아가 나란히 앉았다.

"용, 난 용이 졸업을 한 것이 기쁘면서도 슬퍼요."

용만이 아무 말도 않자 제니는 말을 이어갔다.

"용이 이 대학에 있는 동안은 안심이 됐어요. 근데 이제 졸업을 했으니…"

용만도 순간 마음이 어두워지는 느낌이다. 4년 동안 정들었던 네브래스카주를 조만간 떠나야 한다고 생각하니 막막함이 파고들었다.

하지만 멸망한 조국의 독립을 되찾는 길은 결코 비켜갈 수 없는 운명이 아닌가. 정치학을 전공한 것은 그 길에 이정표를 세우고 전진하기 위함이다. 고기가 물을 필요로 하듯 이제 동포들 속으로 들어가 그들의 역량을 묶어내야 하는 길만 남아 있을 뿐. 언제 어떻게 끝날지 모르는 그 운명의 길은 까마득하기만 하다.

용만은 그 길의 향방에 대해서 스스로 짐작해둔 바가 있다. 그 심사를 적은 게 바로 '지명시(知命詩)'라는 한시다. 용만은 그것을 작년 9월 27일자 '신한민보'에 발표했다.

미대륙에서 보면 중국은 서쪽에 있다. 거기서 동포들의 무력을 양성한 다음 그 동쪽에 있는 조국을 해방시키겠다는 결심을 드러낸 시다.

천병만마를 이끌고 동쪽을 정벌하러 나서겠다는 것이 그가 걸어가지 않으면 안 될 길인 것이다.

지명시(知命詩, 운명을 깨닫는 시)

大夢平生自覺知	평생 큰 꿈 스스로 깨달아 알아야 한다
丈夫胡爾等諸兒	장부가 어찌 아이들 같을까
文非窮我終成器	글은 내게 궁하지 않으니 성공할 것이요
武則達人也得時	무술을 통달한 사람은 때를 얻을 때가 있다
重陸遠洋西渡誓	무거운 육지 먼 바다 서쪽으로 가기를 맹세한다
千兵萬馬東伐期	천병만마로 동쪽 치기를 기약한다
靑年失志何須恨	청년들이 뜻을 잃었으니 어찌 한탄 안 하랴
月滿花開早或運	달이 차고 꽃이 피는 건 이르거나 늦거나 올 것이다

이렇게 시로 읊조린 그 내용을 제니에게 옮길 수는 없는 일.

"알아요. 용은 조선의 독립을 위해 일생 싸워야 한다는 것을… 이제 졸업을 했으니 뭘 하려고 합네까?"

"제니, 일단 헤이스팅스로 가서 소년병학교의 여름학기를 도와줄 생각입니다."

"독립을 위해 싸우는 것은 혼자 할 수 없겠지요. 난 용이 결국 조선 사람들이 많은 지역으로 가게 될 거 같아요."

"실은 하와이의 동포들이 그쪽으로 오라고 작년부터 연락이 있었지요. 그곳에서 나오는 신문의 주필을 맡아 달라고 하면서… 하지만 당장 그쪽으로 간다는 건 아니고…"

용만이 말끝을 흐리자 제니가 그를 뚫어지게 쳐다보며 말했다.

"가세요. 어디든. 주저하지 마세요. 조선의 독립을 위해 싸울 수 있는 곳이라면 어느 곳이든…"

말을 채 맺기 전에 제니는 입술을 용만의 오른쪽 볼에 대고 키스를 했다.

"용, 졸업을 다시 축하해요."

그 주말에 용만은 기차를 타고 헤이스팅스를 향한다. 헤이스팅스대학 기숙사에 머물며 방학 기간 중 생도들의 훈련을 감독했다. 학기 도중 그 전해에 이어 소년병학교의 '브라우니스'는 다른 팀들과 야구시합을 벌였다. 여러 팀들과 15번의 경기를 했는데 12승 1패 2무승부라는 놀라운 성적을 올렸다.

헤이스팅스시에서 제니를 볼 수 있는 것은 겨우 야구시합장에서다.

매번 나오는 것도 아니다. 재무이사 존슨과 동행할 때만 몇 번 볼 수 있다.

소년병학교의 두 번째 졸업식이 그해(1912년) 8월 16일에 있었고 13명의 생도가 졸업했다. 식은 대학 부속교회에서 열렸다. 마침 방문 중이던 이승만과 커니 군사학교 사감인 크론이 축사를 했다.

졸업식이 끝난 후 생도들은 준비한 연극을 무대에 올렸다. 일과 시간

틈틈이 전심전력을 다 쏟아 준비한 4막짜리 연극인 '안중근 의사전'이다.

졸업식에 참석했던 1백여 백인 손님들과 50여 동포들이 관람했다.

헤이스팅스대학 관계자들과 한국 학생들의 편의를 봐 준 장로교와 감리교 목사들, 그리고 지방 유지들이 평소 베풀어준 도움을 잊지 않고 있다는 감사의 표시를 보여주기 위해 준비한 연극이다.

'안중근 의사전'은 17명이 출연했고 해외의 단체로서는 최초로 올린 연극이다. 잃어버린 조국을 위해 치열하게 고뇌하는 주인공의 모습은 청중의 눈물을 자아내고도 남았다. 헤이스팅스고등학교에 다니던 정태은의 작품으로 1시간 반가량 공연 됐는데 도중 정한경이 영어로 연설을 하고 조규섭이 바이올린 독주를 했다.

졸업식이 끝난 후 3주되는 날 용만은 샌프란시스코로 가는 열차에 몸을 실었다. 거기 있다가 하와이행 배를 탈 계획이다.

헤이스팅스에 거주하는 소년병학교 교사와 학생들이 플랫폼에 나와 용만을 배웅했다. 열차가 서서히 움직이기 시작하자 교장인 박처후가 "박용만 교장님께 경례!" 하고 구호를 외쳤다.

순간 모두 그를 쳐다보며 일제히 거수경례를 했다. 객차의 승강구에 서 있는 용만도 거수경례를 했다. 그러자 모두가 두 손들을 치켜들며 "박용만 교장님, 만세!" 함성을 질렀다. 열차가 속도를 높이기 시작한다. 그들 뒤에 서서 손을 흔드는 제니의 모습도 차츰 작아져 더 이상 보이지 않는다.

낙원에 도착한 사람들

한 달에 15달러를 준다는 모집 광고는 보는 사람들의 눈동자를 황금 빛으로 물들였다.

고시(告示)

하와이는 기후가 온화하여 극심한 더위와 추위가 없고 학교에서 무료 교육을 받을 수 있으며 일 년 어떤 절기든지 직업을 얻기가 용이함. 농장 노동자의 월급이 미화 15달러, 한국돈으로 57원 가량이 며 의식주와 의료경비를 고용주가 지급함. 신체 건강한 장정들께서 는 주저치 말고 신청 바람.

하와이 이민감독 겸 광고대리 사무관 고함

이런 광고가 서울은 물론 인천, 부산, 원산, 평양 등지에 배포됐다.

하와이에는 나무에 돈이 열린다는 소문도 나돌았다. 빗자루로 땅을 쓸기만 하면 돈이 생긴다는 소문도 있었다.

1903년 1월 13일 갤릭호를 타고 태평양을 넘은 86명의 한인들이 하와이의 호놀룰루항에 처음 상륙했다. 연이어 약 2년 반 동안 65차에 걸쳐 태평양을 넘은 배들은 7천여 명의 한인들을 실어 날랐다.

한인들의 동정이 이따금 현지 영자신문에 비치기 시작했다. 미담기 사들은 그리 많지 않았다. 1916년까지 한인사회에 대한 기사가 435꼭 지 실렸는데 그중 231꼭지가 범죄와 불법행위에 관한 것들이다.

현지 신문 퍼시픽 커머셜 애드버타이저(Pacific Commercial Advertiser) 의 1907년 9월 28일자 판에는 다음의 기사가 실린다.

'현재 푸에르토리코 시민들이 자신들의 큰 특징을 잃고 있다. 그들의 특징은 도시 범죄자의 가장 큰 비율을 차지했던 인종이라는 특징이다. 이제는 한인들이 그 특징을 빼앗아가도록 내버려두고 있다.'

푸에르토리코는 중미의 카리브해에 있는 섬으로 미국의 영토다. 시카고와 같은 큰 도시에서는 백인은 흑인과 푸에르토리코 이주민들이 많이 살고 있는 지역을 기피한다.

1905년 7명의 한인들이 여권과 돈을 훔친 동료 한인을 이틀 동안 '가혹한 고문'을 해서 죽게 했다는 기사가 영자신문에 등장한다.

그때 하와이에는 부랑자법이라는 게 있어 수상쩍은 거동을 한 한인을 경찰이 영장 없이 대낮에 체포하기도 했다. 당시 하와이 군도의 인구는 19만도 되지 않았다. 그 절반은 한국, 중국, 일본에서 왔다. 이들 동양인들과 백인의 결혼은 금지돼 있었다.

한인들은 선발돼 온 게 아니다. 건달이나 부랑자도 끼어 있었다. 모두가 동방예의지국에서 온 순박한 사람들이 아니라는 말이다. 한밤중에 남의 목장에 잠입하여 송아지 한 마리를 잡아다가 포식한 사건을 일으켜 무더기로 포박돼 가기도 했다. 고향에서 익힌 닭서리쯤으로 만용을 부려봤다는 얘기다.

한인들은 서양의학도 수용하지 않았다. 죽은 노동자의 시신을 백인의사가 부검을 하려고 하자 일부 한인들이 격렬하게 저항했다.

병원으로 가 의사를 살해하고 동료의 시체를 빼앗아 왔다. 널짝으로 관을 만들 수 없던 그들은 하는 수 없어 광이 번들거리는 서양식 관을 사서 그 속에 시신을 눕혔다.

이어 반쯤 벌어진 시신의 입에 쌀알을 채웠다. 그리고 저승 가는 노잣돈으로 동전도 한 개 입에 물렸다. 그 광경을 내려다보는 백인 루나(십장)의 눈이 크게 벌어졌다.

잘 다림질된 양복을 입고 십자가가 달린 묵주를 손에 쥐고 얌전히 누워 있는 백인 시신들만을 보아오던 그의 안면근육은 굳어졌다. 그들은 대충 모양을 흉내 낸 상여도 만들었다. 상여를 메고 떼를 지어 사탕수수밭을 가로질러 갔다.

"가네 가네 먼저 가네. 어으허으 어어허야 어얼럴러 어으히야…." 요령을 땡그랑거리며 그들은 구슬픈 목소리를 한데 모았다.

지상낙원 하와이에 우레바가 웬 말이냐.
장가 한번 못 가 보고 골병만 잔뜩 들어.
어으허으 어어허야 어얼럴러 어으히야.
가네 가네 먼저 가네 황천길을 먼저 가네.
어으허으 어어허야 어어럴러 어으히야.

길닦음 소리는 한 없이 이어졌다.

이렇게 기상천외의 이변이 일어나다 보니 하와이 경찰국은 폭동진압 기동경찰대를 새로 만들 수밖에 없었다.

섬은 바다로 둘러싸인 감옥에 다름 아니다. 그들을 기다린 건 돈이 열리는 나무 대신 루나(십장)의 우레바(채찍)다.

"그저 담배도 못 피우고 일만 했지. 루나가 못 먹게 해. 일어서지도 못하게 했지. 꼭 구부리고 일만 하라는 거야. 찍 소리도 못하고. 우레바가 날아오니까 꼼짝도 못하지. 꼭 그저 소나 말이나 마찬가지지."

한 사탕수수 노동자의 말이다. 돈을 모아 고국으로 돌아간다는 꿈은 아예 꿈도 꿀 수 없었다. 노동에 지친 사람들은 술과 아편에 기댔고 투전판을 기웃거렸다. 가슴에 꾹꾹 눌러 쌓인 스트레스는 조금만 부딪쳐도 불똥이 튀는 부싯돌이다.

1903년 하와이행 한인들을 싣고 간 갤릭호

용만이 사장으로 있던 '국민보'에 줄줄이 수도 없이 등장하는 게 한인들의 아편중독 기사다.

'신보현이라는 동포는 아내가 있는 사람인데 몸이 고단하여 항구 안으로 병원을 찾아오다가 병원 대신 아편연 집으로 들어가 청국 귀신들과 흑암천지에서 왕래하다가 필경에는 어떤 한인의 고발로 인하여 즉시 체포돼 경무청에 갇혔는데 52원의 벌금형에 처해졌다더라.'

'마위(마우이)에 거주하는 방찬옥은 아편연에 물려 닭 마리나 도적하다가 경관에게 붙들려 일 년 징역에 처해졌고 그 섬에 있는 이영근은 아편을 빨다가 체포돼 석 달 징역을 살아야 했다더라.'

투전은 잘 드러나지 않을 수도 있다. 사람 눈을 피해서 하기 때문이다.

'호항(호놀룰루)의 어떤 한인들은 노름의 열이 다시 성하여 밤이면 패패이 짝을 지어 가지고 사방으로 횡행하는데 릴리하 근처 어떤 한인의 집에는 하룻밤에 두 패씩 달려들어 방을 빌리기를 청하는데 다행히 그 집에 유하는 몇몇 한인이 거절해 마침내 뜻을 이루지 못하고 새벽 두 시 반에 또 다른 집으로 향하였더라'는 기사가 실렸다.

그런가 하면 거리에서 대낮에 동포의 배를 칼로 찌른 자도 있었고 농장주와 월급 문제로 다투다가 칼로 자기 목을 찔러 자결한 사람도 있었다. 그런 사람들에게 희망 같은 건 더 이상 삶의 건더기가 되지 못했다.

호놀룰루 시내의 총포상에 가면 특별한 사유가 없는 한 성인이면 누구나 총기를 쉽게 살 수 있었다.

'국민보'의 1913년 9월 13일자에는 이런 기사가 났다.

'누아누에서 밭농사 하는 이원태가 재작일에 김이만 씨를 육혈포로 쏘았는데 다행히 두 발 총알이 다 사람을 피하여 중지는 상하지 않고 다만 손등만 조금 다쳤다. 총질이 생긴 근원은 재정상 관계로 말미암아 며칠 동안을 힐난하다가 이 지경까지 이르렀으나 돈인즉 다만 삼원 이십 전 상관이라더라.'

다만 삼원 이십 전이라고 했지만 당시의 수입에 비하면 돈 가치가 상대적으로 클 수도 있다. 하지만 그 정도의 액수를 가지고 다투는 사람들도 총을 쉽게 가질 수 있었다는 얘기다.

1903년에서 1910년 대 후반까지 '하울리(하와이 백인)'들에게 한인들이 준 인상은 범죄를 저지르는 소수민족으로 지역사회에 위협적인 존재라는 거였다.

무지하고 미신적이며 미국법에 무지하고 자치가 불가능한 자들이라는 거였다. 훗날 하와이에서 동포끼리 서로 다투고 유혈극을 마다하지 않은 것도 이처럼 폭력의 씨앗들이 초장부터 싹튼 묘판이었기 때문이다.

카니발과 광무군인들

국민회에서 발간하던 '신한국보'의 주필로 초빙돼 용만이 호놀룰루에 도착한 건 1912년 12월 9일. 상하(常夏)의 땅이라고 하지만 바닷바람은 쌀쌀했다.

부두에는 6백여 명의 동포들이 몰려와 있었다. 오하우섬에 거주하는 사람들은 너나없이 나온 셈이다. 갑판에서 용만의 얼굴이 보이자 박수소리가 우레처럼 일어났다.

브리지를 넘자 맨 먼저 다가오는 사람이 있었다.

"박 학사님, 배에서 멀미는 하지 않으셨소? 저는 지방총회장 정철래올씨다."

용만도 따라서 고개를 숙이는 순간 누군가 그의 목에 레이를 걸어주는 사람이 있었다. 무릎까지 내려오는 레이는 열대성 꽃 특유의 강한 향기를 내뿜는다.

"반갑습니다. 저는 부회장 노재호입니다."

그러자 정철래 총회장이 큰 소리로 외쳤다.

"여러분, 우리의 영도자 박용만 학사님을 환영하는 뜻에서 다시 한 번 힘찬 박수를 칩시다."

용만은 순간 얼굴이 후끈 달아올랐다. 눈을 감지 않는데도 앞이 보이지 않는다. 즉각 동포들을 향해 90도로 고개를 꺾었다.

도착한 지 며칠이 지나자 용만의 피가 뜨거워지기 시작했다. 하와이의 따뜻한 기온 때문만이 아니다. 이제 갓 서른을 넘긴 그의 열정이 타오르기 시작한 것이다.

우선 신문부터 손을 봤다. 제호를 '신한국보'에서 '국민보(The Korean National Herald)'로 고치고 주간지였던 것을 일주일에 두 번씩 발행했다. 지면도 4면이던 것을 6면이나 8면으로 늘렸다. 문화 교양 난을 새로 만들고 사진도 많이 실어 지면을 화려하게 편집했다.

제호를 '신한국보'에서 '국민보'로 바꾼 건 미주는 물론 중국과 러시아 등 동포들이 가 있는 지역의 조직들이 모두 '국민회' 이름으로 통일돼 가기 때문이다.

'국민보'는 다만 하와이의 동포만을 위한 신문이 아니라는 게 용만의 생각이었다. '국민보'는 은밀하게 조국에 보내져 배포됐고 국내에도 '국민회'가 조직되는 계기가 됐다.

1914년 9월 본국에서 하와이에 온 장일환의 경우 용만을 만나자 그 소식을 전하면서 항일투쟁을 다짐했다. 다음해 4월 귀국해 '조선국민회'를 비밀리에 조직했다. 전국에 조직을 확산하고 모금한 군자금으로 간도에 농토를 구입했다. 그런 다음 동지들을 이주시켜 독립운동의 근거지를 마련했다.

'국민보' 말고도 용만이 열정을 쏟은 것은 군사훈련이다. 하와이로 온 건 5천여 명이라는 적지 않은 숫자의 동포들이 살고 있기 때문이다.

농사를 지으면서 동시에 군대훈련을 하는 '둔전병제도'는 자나깨나 떠날 줄 모르는 화두가 아닌가. 또 하와이로 건너 온 노동자들 중에는 구한말 군대 출신들이 많다. 어림잡아 5백 명 이상의 광무군인(光武軍人) 출신들이 이민 배에 올랐던 것이다.

5백여 명이라는 숫자는 결코 미미한 게 아니다. 우선 이들을 한데 뭉쳐 놓으면 눈덩어리처럼 다른 동포들도 결집시킬 수 있지 않겠는가.

1905년 멕시코의 유카탄반도로 떠난 1033명의 노동이민자들 중에도 2백여 명의 광무군인들이 섞여 있었다. 몇 년의 세월이 흐르는 동안 하와이에서 약 2백여 명의 광무군인들이 미 본토로 건너갔다. 네브래스카주에서 용만의 소년병학교를 돕던 김장호나 이종철 등은 그들 중 일부다.

러일전쟁이 일어나자 일본군은 밀물처럼 한반도에 밀고 들어왔다. 전쟁을 통해 조선을 삼키겠다는 야욕을 숨기지 않은 것이다. 재정궁핍을 구실로 한국 군대를 절반으로 줄이라고 한국정부를 강압했다. 그 결과 군복을 벗게 된 광무군인들이 어쩔 수 없이 하와이행 이민 배에 오르게 된 것이다.

1910년 끝내 나라가 망했다는 소식이 전해지자 그들은 더 치욕을 느꼈다. 조국을 지키지 못했다는 원한이 더욱 끓어올랐다. 외지에서 한인들이 행여 군사훈련을 벌일 양이면 기를 쓰고 참여하거나 자기의 기량을 아낌없이 내놓는 것도 그런 연유다.

마침내 하와이에서도 그 기량을 유감없이 발휘할 기회가 주어졌다.

1914년 2월 호놀룰루에 '알로하 카니발'이 거창하게 벌어진 것이다.

이건 하루 이틀의 축제가 아니다. 2월 14일서부터 장장 25일까지 계속되는 행사다. 하와이 전 도민이 참여했고 하와이 주둔 미군 가운데 6천 명이 동원됐다.

한인사회에서는 광무군인 2백 명이 목총을 메고 행진에 참가했다. 2월 21일 토요일 관병식과 꽃차행진이 벌어졌을 때의 일이다. 모두가 흰 군복으로 통일하고 누런 전대에 '알로하'라고 푸른 글자를 새긴 것을 어깨에 둘렀다.

다음날 호놀룰루의 영자신문들은 한인들의 행진을 대서특필했다.

'금년 꽃차행진에서 사람의 눈을 놀랜 것은 오직 한인의 육해군 군대와 중앙학원 학도대의 행진'이라고 극찬했다. 신문 전 지면에 한인의 군대행진과 꽃차 장식 사진들을 10여 곳에 올렸다. 그동안 한인들이 사고를 많이 쳐 부정적인 기사들만 단골메뉴가 아니었던가.

2월 22일은 워싱턴 대통령 탄생기념 국경일인 만큼 의당 축하행사를 치러야 하지만 카니발을 대대적으로 벌인 실제 속내는 본토의 관광객을 하와이에 유치하는 게 목적이었다.

"부웅— 부웅— 부웅—" 2월 14일 오후 7시 반 정박해 있는 배들이 일제히 고동을 울리면서 카니발은 막을 올렸다. 보병 제 25연대 군악대의 주악으로 모아나 호텔에서 그날 밤 12시까지 무도회가 열렸다. 매일 여기저기에서 음악회 아니면 무도회가 이어졌다.

펀취볼에는 가짜 화산을 만들어 놓고 불을 뿜어내게 했다. 수영대회, 야구대회, 연극이 다투어 관객들을 끌어갔다.

하와이에 온 지 1년이 넘었지만 제니에게 편지를 쓴 건 몇 번 되지 않는다.

물론 도착한 지 얼마 되지 않아 잘 도착했다는 소식을 알리기는 했다. 하지만 신문사의 사장 겸 주필로 취임하고 보니 할일이 태산이다. 신문의 지면도 늘고 발행일수도 늘다 보니 눈코 뜰 새가 없었다. 게다가 국민회 하와이 지방총회의 조직을 개선하고 관계 당국과 교섭해서 동포들의 권익을 찾는 일로도 바쁘게 움직여야 했다.

어딜 가나 용만의 머리에서 떠나지 않는 것은 독립운동을 하기 위한 무력양성이다. 광무군 출신들을 기반으로 군사훈련을 실시할 수 있다는 판단은 이미 내려졌다. 그 실현성을 궁리하기 시작한 것은 도착한 지 반 년이 좀 지나서부터다.

마이 디어(나의 사랑하는) 용,
오직 조선의 독립만을 추구하는 용의 앞날에 하나님의 인도하심과 가호하심이 늘 함께하심을 굳게 믿고 있어요.
계획하고 노력하는 것은 사람이지만 이뤄 주시는 것은 하나님이시니 용의 꿈이 이뤄지기를 열심히 기도하겠어요. 당장은 아니더라도 언젠가 꼭 이뤄진다는 신념을 가져야 해요. 금년 여름에도 소년병학교 생도들이 열심히 훈련을 하는 것을 보고 용을 그리워했답니다. 그것도 무척… 하와이에서도 소년병학교처럼 훌륭한 군사학교를 세워 줄 것을 믿어요.
— 헤이스팅스에서 제니가.

관병식과 꽃차 행진에서 대성공을 한 감격을 이기지 못한 용만은 오랜만에 제니에게 긴 편지를 썼다. 하지만 제니가 용만에게 하듯 '나의 사랑하는 제니'라고 시작하지 못한다. 그건 연인 사이다. 여전히 그렇게 써지지가 않는다. '나의'를 넣지 않고 누구나에게 통용되는 호칭으로 시작한다.

디어(사랑하는) 제니,
21일 아침에는 우리가 하와이 산천이 남의 나라 땅인 줄을 완전히 잊고 마치 대한제국 옛 천지를 보던 것 같았소. 나팔이 울리는 곳에

2백 명 조선 사나이들이 총을 메고 들어섰소. 그들은 1중대의 해군과 3중대의 육군으로 1대대를 형성하였소.

그 외에 또 중앙학원 학도대 1중대와 구세군 1분대는 육해군의 뒤를 따르니 장교 이하 일반 군인의 수가 모두 3백여 명이었소.

연꽃으로 단장한 꽃차를 꾸몄는데 그 위에는 사모옥대와 쌍학흉배를 붙인 문관 한 사람과 녹의홍상에 칠보화관을 단장한 소녀 부인 세 사람이 탔지요. 자동차 앞에는 전립전복으로 무관 두 사람이 말을 타고 앉았으니 당일 하와이 한인들이 모국의 광채를 한껏 드러내고 외국인의 열광적인 갈채를 받은 것이요.

용만 자신이 쓴 기사를 바탕으로 편지를 쓰는 거니까 막힘이 없다.

그뿐 아니라 중앙학원 학도들은 자기들 손으로 자동차 하나를 단장하여 전일 한양 궁궐의 취향정을 꾸며 연꽃 자동차를 따르니 이도 또한 특수한 광경이었소. 자동차 두 채와 3백 명 군대가 거리를 행진할 때에 이것을 환영치 않는 자는 오직 일본 친구들뿐인 듯했소.

다음날 호놀룰루의 영자신문들은 한인들의 행진에 대해 '금년 꽃차행진에서 사람의 눈을 놀랜 것은 오직 한인의 육해군 군대와 중앙학원 학도대의 행진'이라고 극찬했다오. 제니도 여기서 구경을 했더라면 우리와 똑같이 기쁨을 참지 못했을 것이오. 소년병학교 브라우니스가 헤이스팅스고등학교 야구팀과 시합을 해서 이겼을 때 공중으로 3피트나 뛰어 오르던 제니가 생각났소.

─ 호놀룰루에서 용이.

한국 언론사의 큰 별

용만은 독립운동사에서만 빛나는 것이 아니다. 한국 언론사에서도 큰 별이다. 그의 어휘 선택은 감각적이다. 1백 년 전 신문의 제목을 보면 그게 묻어난다.

'굿바이 '신한국보', 헬로우 '국민보'. 신문 이름을 고치는 이유…'

이것은 1913년 8월 13일자 '국민보'에 나오는 머리기사 제목이다.

'굿바이 XX, 헬로우 YY'라는 표현은 미국서 아직도 친숙하다. 'Goobye Summer, Hello Fall(안녕 여름, 환영 가을)'은 계절의 변화를 표현한다.

용만이 하와이로 온 건 '신한국보'의 주필로 초빙받았기 때문이다. 말이 신문사이지 그 형편은 참담했다. 그동안 논의됐던 신문의 제호를 '신한국보'에서 '국민보'로 바꾼 건 1913년 8월 13일. 그는 감각적인 문체로 그 정황을 긴 논설로 썼다.

'…서산에 달이 떨어짐이여 동천에 해가 돋도다. 신한국보의 늙은 얼굴이 변함이여 국민보의 새 이름이 생겼도다. 청컨대 동포들은 달이 떨어지는 것을 한하지 말라. 태양의 빛이 더욱 밝으리라. 신한국보는 이제 250호에 그치고 국민보는 다시 1호로 좇아 시작하나니 이는 우리 신문계에 한 번 새 시대를 만드는 것이라. 오늘은 이것이 과연 당신들의 신문이요, 당신들의 기관이라. 그러므로 국민보는 오늘부터 일반국민과 국민공회에 대해 동일하게 충성을 다하며 동일하게 이익을 도모코자 하노라…. (하략)'

'신한국보'는 샌프란시스코에서 발간되던 '신한민보'와 이름이 비슷해서 혼동을 주었다. '국민보'는 이제 전 세계 해외동포들을 아우르는 대한인국민회의 하와이 지방총회에서 발행하는 신문이라는 뜻이다.

하와이 초창기에는 신민회니 친목회니 혈성단이니 이런저런 단체들이 많았다. 단체 통합운동이 일어나 1907년 9월 하와이의 한인합성협회로 통합했다. 그 협회가 1909년 샌프란시스코의 공립협회와 연합해서 국민회가 됐다. 이어 1910년 2월 샌프란시스코의 대동보국회와 연합한 뒤 그해 5월 명칭을 '대한인국민회'로 바꿨다. 다음해 8월 중앙총회를 발족시켰고, 결성 선포식을 가진 것은 1912년 11월. 이 선포식에서 국민회 중앙총회는 해외한인의 최고기관으로 자치제도를 실시할 것을 공포했다.

북미지방총회는 1913년 미국 국무장관으로부터 국민회를 재미 한인의 대표기관으로 인정받는 한편, 미국 상공부와 교섭하여 국민회 증서로 여권 없이 입국을 허락하는 등 사실상 '정부' 역할을 수행했다.

1912년 12월 하와이로 건너온 용만의 노력에 의해 하와이지방총회

역시 1913년 하와이정부로부터 자치기관으로 인정받았다. 특별경찰권까지 허락받는 등 자치정부로서 기능했다. 또한 국민의무금제도를 실시하여 재정의 안정을 꾀했다. .

용만은 1910년 한국이 일본에 합병된 후 그해 10월 5일자 '신한민보'에 '대한인(大韓人)의 자치기관'이라는 논설을 실었다.

거기서 제안한 중앙총회가 무형정부 역할을 해야 한다는 것과 동포들의 의무금 납부 등을 관철시킨 것이다. 이처럼 해외한인의 최고기관인 대한인국민회를 결성하고 자치제도를 실시할 수 있게 한 이론의 뒷받침과 문안의 작성은 용만의 능력과 헌신이 없었다면 이뤄지기 어려웠을 수 있다.

신문을 박아내는 건 피눈물 나는 일이다. 낡은 인쇄기는 걸핏하면 고장이 났다. 일본인이 운영하는 인쇄소를 찾아가려면 얼굴에 철판부터 덮어야 했다. 원수 일본으로부터의 독립을 부르짖는 주제에 원수를 찾아가 신세를 져야 했던 것이다.

"일본 영감은 돈을 받고 박아주면서도 자주 개골(성)을 내고 괄시가 심하니 차라리 백정질을 할지언정 신문 일을 때려치우고 싶구먼."

용만의 고백이다.

'국민보의 붓을 용만이 맡은 후에 용만은 스스로 원하고 결심하기를 우리는 비록 천척갱참에 빠질지라도 비관적 생각은 마음에 두지 말고 백척간두에 당할지라도 겁내는 태도는 얼굴에 보이지 말고 오직 비참한 가운데서라도 노래로 화답하며 위태한 위에서라도 화기를 유지하여 이 주의를 우리가 없어지는 날까지 지키자 하던 바라.'

10월 4일자 신문에 용만의 심사를 적은 것이다. 직원들은 7월부터 월급도 받지 못한 상태다. 그럼에도 버티는 것은 오로지 사명감 때문이다.

'그러하나 오늘은 국민보의 형세와 국민보 사원들의 정형이 백척 간두에 끝까지 다 올라왔고 천척갱참 밑까지 다 내려와 이제는 한 걸음도 더 나갈 곳이 없고 한치도 더 들어갈 곳이 없으니 오호라 어느 하늘이 우리를 위하여 광명한 빛을 보내며 어느 부처님이 우리를 위해 자비한 손을 들어주리오.'

백척간두에 끝까지 다 올라왔고 천척갱참 밑까지 다 내려와 있다는 그의 표현은 절망의 수위를 가감 없이 드러낸다.

'이것을 능히 할 자는 오직 국민보와 고락을 같이 하고 화복을 함께 하는 하와이 동포 5천 명뿐이나, 국민보가 스스로 아는 바에 우리 동포의 힘이 원래 박약하고 우리 동포의 남을 돕는 것이 또한 번다하여 오늘은 비록 눈동자같이 사랑하고 어금니같이 아끼는 국민보의 생명이 위태하다 하여도 능히 도울 수 없는 바에 어찌 하리오. (하략)'

그럼에도 당시 한인들의 형편 역시 암담함을 한탄한다.

용만의 언술에서 느끼는 건 문장과 어휘가 물 흐르듯 거침이 없고 가슴에 즉각 파고 든다는 점이다. 용만은 차츰 '국민보'의 난경을 극복하고 신문을 업그레이드한다. 주1회 발행을 2회 내지 3회로 늘리고 지면 수도 늘려 문화와 교양, 스포츠 등 내용도 다양하게 꾸몄다.

그가 중국으로 건너간 뒤에도 '국민보'는 발행을 계속, 1945년 광복의 감격도 맛보았고 1963년까지 실로 반세기의 장구한 생명을 이어갔다.

1913년 10월 22일은 이전 제호의 신문을 포함 '국민보'의 6주년 기념일이다. 용만은 논설에서 그의 언론관을 늘어놓았다. 조선 국문으로 신문이 처음 발행된 건 1896년 4월 7일 서재필이 '독립신문'을 발행하고서부터다. 용만은 김옥균, 박영효, 서재필을 개화의 선각자로 보았다.

"김옥균은 5천년 흑암천지에서 개화 유신사상을 고동하였고, 박영효는 5백년 정치제도를 변경해 일반 인민으로 하여금 국가와 인민의 의무 권리를 분간하게 했다. 서재필은 미국의 자유사상과 독립사상을 수입해 독립협회로 인민의 창자를 흔들고 '독립신문'으로 인민의 이목을 한번 들어 전국을 움직이매 다 그 풍조에 밀려 새 정신을 받게 했다."

용만은 이승만에 대해서도 찬사를 아끼지 않았다.

"이승만은 1898년 1월 1일 '협성회보' 발간에 참여했고, 이어 '매일신문'과 '제국신문' 발행에 동참했다. '협성회보'나 '제국신문'이나 순전한 조선국어로 발행해 이승만의 거대한 공업은 천지가 없어지는 날까지 잊을 수가 없다."

그러나 러시아가 부산 절영도에 석탄고 짓는 것을 반대한다는 논설 외에는 이승만의 논설들은 별로 뚜렷한 게 지속적으로 나오지 않았다.

논설들의 수와 질에 있어 용만은 이승만을 단연 압도한다.

'신한민보'에 쓴 '조선민족의 기회가 오늘이냐 내일이냐(1911.03.29)', '정치적 조직의 계획(1911.05.17, 24, 31)', '국민적 상식을 비하라(1911.09.20)' 등과 '국민보'에 쓴 여러 논설들은 시대를 앞서가는 주옥같은 글들이다.

그 논설들은 방황하는 독립운동에 방향을 제시하고 이념적 틀을 제공했다.

개화기를 전후해서 국내외에서 발행되던 모든 신문들은 소멸됐다. 샌프란시스코에서 나오는 '신한민보'와 하와이의 '국민보'만 살아남았다.

그 암울한 시기에 용만은 두 신문의 주필로서 동포들이 어둠 속에서 방황할 때 횃불을 높이 들고 앞장섰던 것이다. 100년이 훌쩍 지난 오늘에도 표현력이 신선하고 논리가 정연한 수많은 그의 논설들은 한국 언론사에서 용만의 위상을 다시 환기시킬 필요성을 제기한다.

종이는 삭고 글자는 희미해졌지만 큰 별의 광채는 아직도 스러지지 않고 있는 것이다.

야욕의 발톱

1910년 6월 이승만은 프린스턴대학에서 '미국의 영향을 받은 영세 중립론'이라는 논문으로 철학박사 학위를 받았다. 미국에 도착한 지 6년도 안 돼 초고속으로 학사, 석사, 박사를 해치운 것이다.

이것은 순전히 한성감옥 덕이다. 항아리 속에 촛불을 켜놓고 6년 동안 감옥에서 죽어라고 영어공부를 하지 않았다면 그런 성취가 가능했을까. 선교사들이 넣어준 고급 영문잡지들까지 독파할 수 있는 수준까지 그의 영어실력은 발전했다. 하지만 그의 영어실력이 다는 아니었다.

하버드나 프린스턴대학은 기독교 계통이다 보니 외국인 학생을 양성해서 자국에 보내 기독교를 전파시키겠다는 속셈이 있었다.

이승만의 엉뚱하고 무리한 요구가 대학에서 받아들여지지 않고 정상 코스를 요구했다면 학위취득이 그처럼 손쉽게 이뤄질 수 없는 일이었다.

이승만은 한국으로 돌아가는 길에 미국 중부 네브래스카주로 용만을 찾았다. 그가 교장으로 있는 소년병학교를 방문한 것이다. 약 2주 정도 머물다가 9월 초 귀국한 그는 서울 YMCA에서 1년쯤 교사로 활동했다.

미국 미니어폴리스에서 열린 국제감리교회대회에 조선 평신도 대표로 참석하기 위해 다시 조선을 떠난 건 1912년 3월 26일. 대회가 끝나고 귀국을 망설이고 있을 때 '워싱턴포스트'지가 그를 인터뷰했다.

'수도에 온 방문객 잡담'이라는 칼럼에 소개된 것이다. 거기서 그는 이렇게 말했다.

'옛날의 은둔국은 이미 사라졌습니다. (병합 후) 3년 미만에 조선은 전통이 판을 치던 느릿느릿한 나라에서 생기 넘치고 번잡한 산업중심지로 변했습니다. 철로는 국내를 종횡으로 가로질렀고 도시는 전기화 됐고 공장, 제작소, 백화점이 매일 같이 세워지고 있습니다. 서울은 단지 그 주민들의 피부색깔이 다를 뿐 신시내티시와 다를 것이 없습니다. 조선의 변화는 상상을 넘는 점이 있습니다.'

이 발언은 현실에서 동떨어진 것이 아닐 수도 있으나 귀국할 경우 일제의 추궁을 피하기 위한 것이었다고 볼 수도 있다. 그의 이런 언동이나 그 이후의 친일적 행동은 일본 사람이 한국 사람보다 월등한데 대한 평소의 인식이 작용한 결과가 아닐까. 군사대국인 일본을 상대로 단발성 무력항쟁을 시도하는 것이야말로 계란으로 바위를 치는 격이라고 그는 굳게 믿고 있었다는 얘기다.

'한국으로 돌아가 봐야 확실한 직장도 없고 장래 희망이라곤 없지 않은가. 차라리 하와이로 가서 외교와 출판 사업을 하며 지내는 게 더 낫지 않을까.'

그해 12월 이승만은 용만에게 편지를 쓴다. 길을 알아봐 달라는 부탁의 편지였다. 그때 용만은 국민회 기관지인 '신한국보' 주필로 갓 부임해 간 터다. 그는 '신한국보'에 이승만 박사를 찬란하게 소개했다. 그리고 다음해 2월 그를 하와이로 불러들인다. 자기를 물어뜯을 호랑이를 불러들인다는 것을 그땐 미처 알지 못했던 것이다.

명색이 결의형제의 동생인 용만 밑에 들어가서 일하기를 이승만은 원치 않았다. 대신 감리교 목사인 와이드먼과 연결이 돼 감리교에서 운영하던 한인기숙학교 교장의 직임을 맡게 됐다. 외교와 출판을 하고 싶다던 이승만은 곧 '태평양잡지' 발간에 착수했다.

그 창간호가 9월 1일 나왔다. 용만은 '국민보'에 '태평양잡지'의 기사광고를 꾸준히 실었다.

'여러 해 동안을 경영하고 여러 사람의 힘을 모아 이 박사 승만 씨가 '태평양잡지'를 발간한다 함은 이미 본보에 여러 번 말한 바이어니와 9월 1일에 비로소 제1호를 발행하는데 책의 술은 비록 크지 못하나 대개 전일 상항에서 발간하던 '대도'와 근사하며 그 안에 게재한 문제는 정치, 종교, 과학, 잡조 등을 기록하여 잡지 성질의 온전한 제도를 보였으며 또 거죽에는 사진조각을 넣어 아름다운 색채를 한층 더하였더라. 잡지 값은 매권에 25전씩 작정.'

이것은 1913년 9월 3일자 '국민보'에 잡지를 소개한 글이다.

이승만은 언론이야말로 투쟁의 무기라는 걸 일찍이 터득한 사람이다. 이미 15년 전 고국에서 '협성회회보'의 주필을 맡아 논설을 썼는데 한성의 일본 거류민도 놀랄 정도였다. 한국 최초의 일간지인 '매일신문'에도 혁신적인 논설을 써 이름을 날렸다.

용만은 이태 동안 밤낮을 가리지 않고 대한인국민회 하와이 지방총회의 기틀을 탄탄히 다져놓았다. 도착 6개월 만에 국민회 지방총회를 사단법인으로 등록시켰고, 하와이 정부에 특별경찰권을 청원하여 허가를 받았다. 1914년 국민회에 납부된 회원들의 의무금은 자그마치 1만 달러를 넘었고 회관 건축비로 5천 달러나 모금됐다. 1만 달러는 요즘 가치로 대략 1백만 달러나 되는 거액이다

한두 푼이 아닌 국민회의 막대한 재정은 이승만을 조급하게 했다. 돈이 곧 힘이라는 걸 누구보다 잘 아는 그였다. 동포들의 헌금은 국민회에 집중되고 있었다. 국민회를 장악하지 않으면 세력이 될 수 없음을 이승만은 간파했다. 그는 교육사업에 재정지원이 미흡하다고 국민회를 비난하기 시작했고 그 불만을 '태평양잡지'에 토해내기 시작했다.

'대저 국민회관 건축이 우리에게 학식을 주겠는가 재정을 주겠는

가 일반동포가 이해득실을 판단해야 할 것이며 국민회에 돈을 주어서 시루에 물 붓 듯이 없애는 것보다 이승만에게 주어서 사업하는 것이 한인 전체의 유익이 될 것이다.'

이승만은 국민회에 도전하는 선전포고를 '태평양잡지' 제2권 6호에 내보냈다. 야수가 본색을 드러내기 시작한 것이다. 앞발을 번쩍 치켜들고 야욕의 발톱을 드러낸 것이다.

집집마다 태극기를

국민회하와이지방총회 총회장 김종학이 제 몸을 겨누고 쏜 권총소리
는 동포사회를 발칵 뒤집어 놓았다. 쓰러진 그의 곁에서 유서도 발견됐
다.

'수월 전에 국민회에서 나를 향하야 재정 1천 5백 원을 흠츄하엿
다 하야 피착되엿슬 때에 나는 나의 생명을 바리고쟈 하얏스나 일반
동포들이 나를 도적으로 지목한즉 더러운 루명을 쓰고 죽기가 억울
하야 지금까지 기달엿더니 이졔는 법원에서 배심관들이 확실한 증거
가 업다하야 나를 무죄로 판결하얏스니 오날은 모든 허물이 다 깨긋
하얏도다. 그러나 리승만은 나를 더욱 괴롭게 하기를 말지 안이 하니
나는 셰상에 처하기를 달게 녁이지 안음으로 차라리 죽어 셰상을 닛
고져 한다.'

유서는 뒤늦게 본토로 흘러가 1915년 10월 14일자 '신한민보'에 전
문이 실렸다. 하와이 동포사회의 풍파는 샌프란시스코의 동포사회에도
알려진 것이다.

'신한민보'는 '재외한인의 비운'이라는 장문의 논설을 싣고 마른하
늘의 날벼락을 개탄했다. 왜적에 대항하자면 땅에 흩어진 솔가리 한 잎
도 한데 묶어 세워야 할 판에 해삼위건 하와이건 같은 동포끼리 서로
작대기를 휘두르며 쌈질이나 하고 있으니 독립이고 나발이고 아예 물
건너 간 조짐이다.

'외한인의 비운'이라는 논설은 개탄을 금치 못하는 투로 이어진다.

'아모케나 리승만은 우리 해외 한인사회를 전복시키며 동족 사이에 악한 감정을 원수같이 넣어주는 자이니 이를 오래 참을 수 없는 바이나 아직까지 여망을 두고 행여나 동포사회를 유지할까 동족의 악한 일을 세상에 보이지 않을까 하는 생각이 있더니 지금 하와이에서 오는 소식을 들은즉 총회장 임무를 맡았다가 재정갈몰이라 하는 일로 축출을 당한 김종학 씨의 재정흠축이라 하던 일은 리승만 씨의 선동으로 됐던지 재판소에 증거를 내어놓지 못한고로 김씨는 무죄 해방됐고 김씨는 자기를 모해하려 든 일이 귀정된 후에 리승만 씨의 행한 일이 원통해 유서를 써놓고…. (하략)'

김종학이 육혈포의 총구를 자기 입안에 겨누고 있을 찰나 아이들이 방 안으로 뛰어들었다. 엉겁결에 방아쇠를 당겼으나 총알은 목구멍 대신 왼쪽 뺨을 뚫고 나갔다.

그는 병원에서 몇 시간 기절했다가 다시 소생했다. 이 자살미수가 일어난 건 1915년 9월 15일의 일.

김종학은 하와이국민회의 기관지인 '국민보'에서 용만이 사장으로 재직 당시 총무의 직분을 맡았던 사람이다. 성품이 충직하고 선량한 선비인데 받은 치욕과 동포사회의 분란이 너무 억울해서 육혈포의 방아쇠를 당겼던 것이다.

하와이국민회는 대한인국민회의 하와이 지방총회가 정식 명칭이고 북미 지방총회는 샌프란시스코에 있었다. 여기저기 산재했던 독립운동 단체들을 통일하기로 뜻을 모와 국민회가 창립된 건 1909년 2월 1일 샌프란시스코에서다.

이 날의 창립축하식은 하와이에서도 거창하게 벌어졌다. 그날이 월요일인데도 전체 동포들이 휴업하고 한인의 집집마다 태극기를 내걸었으며 1천여 동포가 호놀룰루에 모여 경축했다. 각 농장과 관청에선 이 날을 한인의 경축일로 인정했고 하와이 주정부의 총독대리와 여러 관리들이 행사에 참석해서 축사를 했다.

국민회 창립 기념일에 새로 선출된 하와이 지방총회장의 취임식이 거행되는 것도 관행이 됐다.

김종학 역시 1914년 2월 2일(월요일) 기념일에 지방총회장으로 취임했다. 연임으로 재선된 박상하가 교회의 목사로 부임키 위해 사퇴하는 바람에 재투표에서 그가 당선된 것이다. 다음해에도 연임하게 됐는데, 동포사회에 널리 알려진 용만의 후원이 유효했을 것이다.

그즈음 용만은 '대조선국민군단'을 창설하느라 정신이 없었다.

김종학의 총회장 취임식은 엄숙하고 의연했다. 총회장은 단순히 친목회의 장이 아니라 자기 손으로 뽑은 정부의 수장이나 다름없는 위엄의 상징이다.

아침부터 밤늦게까지 행사가 이어졌는데 기념식과 취임식은 중앙학원에서, 야외행사는 빈여드 공원에서 그리고 하와이 총독부 건너편 오페라하우스에서 저녁 8시서부터 축하공연이 벌어졌다.

2월 1일 저녁에는 비가 내리기 시작해 밤새 그치지 않았으나 아침이 되자 씻은 듯이 개었다. 망국의 비운 속에서 동포들은 정성을 다해 행사를 준비했다.

"햇빛을 받는 곳마다 주 예수 왕이 되시고, 이 세상 끝날 되도록 그 나라 광성하리라…" 아침 10시에 회중들이 찬송가 206장을 합창하면서 취임식이 시작됐다.

총회장 김종학은 회중 앞에서 엄숙히 선서를 한 다음 연설을 했다.

시가행진을 하는 구한말 군인출신들

희망이 창자마다 가득하도다

국민회 창립기념 및 지방총회장 취임식에 참가하는 단체들은 출연복
장이 다채로웠다. 하와이는 여러 섬으로 이루어져 있어 섬마다 출연복
장을 특이하게 한 거다.

카할루섬의 해군대는 완전 해군복으로 통일해 그 산뜻함과 엄숙함이
방금 군함에서 내린 듯하다.

와히아와섬에서 참가한 구한말 군인 출신 장정들은 구한말 군복인
검은 옷에 붉은 동을 달았다. 모자는 나폴레옹이 쓰던 모자와 비슷하게
만들었다.

에와섬에서 온 참가자들은 흰 모자를 쓰고 회색 상의와 노란색 바지
의 신식 군복으로 차려 입었다. 호놀룰루에서 참가한 장정들은 열대지
방에 걸맞은 육군사관의 흰 군복을 착용했다. 광무군인들 외에 중앙학
원 학도대와 누아누섬의 신민학교 학도대는 흰 모자와 흰 옷에 붉은 전

대를 휘둘렀다.

사탕수수농장의 노동자들 가운데는 광무황제(고종) 시절의 대한제국 군인 출신들이 적지 않다. 그들은 이런 날이라도 예전의 군복을 차려 입고 광무시대 한국군인의 당당한 모습을 동포들에게 보여주고 싶어 한다. 그들이 없었다면 용만은 '대조선국민군단'을 꾸리겠다는 결심도 불가능했을 것이다. 총회장의 연설이 끝나자 대대장이 힘차게 구령을 내렸다.

"총회장 각하를 향해 받들어 총!"

연단 앞에 도열했던 광무군인들과 학도대는 일제히 총들을 가슴 앞으로 들어올렸다. 그 순간 북소리와 나팔소리가 힘차게 울렸다. 경례를 하는 사람이나 경례를 받는 사람이나 그리고 구경하는 사람이나 돌덩이처럼 무거운 것이 일순 그들의 가슴을 메웠다.

그날 행사의 분위기와 감격을 '국민보' 기자는 2월 7일자 신문에 이렇게 적었다.

'아침 예식을 이렇게 마치매 때는 곧 정오가 되어 태양이 중천에 임한지라. 총회장(김종학)과 부회장(박원걸)은 연단에서 내리고 관광자들은 헤어지기를 시작하는 곳에 나팔소리가 군인의 귀를 놀래며 밥 먹으라는 명령이 떨어지매 각 소대는 당번을 뽑아 밥을 나누기를 시작하니 (중략) 광무군인들은 원래 바람에 밥 먹고 이슬에 잠자기를 평생의 낙으로 지내던 사람들인 고로 비록 어떤 군인들이 음식의 부족한 예비를 말하는 자가 있어도 서로 위로하며 서로 경계하여 융융한 화기를 조금도 상함이 없더라.'

……광무군인들은 원래 바람에 밥 먹고 이슬에 잠자기를 평생의 낙으로 지내던 사람들인 고로……라는 문장이 눈길을 빼앗는다. 용만이 아니면 이런 산뜻한 표현이 나오기란 불가능할 게다.

'밥 먹기를 마친 후에 각 중대는 신지에 취립하고 대대장은 대대를 정돈한 후에 "우향 우!", "앞으로 가!" 소대 중대 측면종대로 빈여드를 향하여 행진하니 독립의 기는 펄펄 날리고 자유의 북은 쾅쾅 울리는 가운데, 250명 건장한 아이들은 나팔을 응하여 발을 움직여 펀취볼을 지나 빈여드에 나가니, 길은 사람의 바다요 사람은 춘풍에 취한 나비라, 행하고 다시 행하여 마침내 빈여드 운동장에 다다르매 남녀 동포 수천 명은 벌써 먼저 도달하여 자리들을 정하여 앉았다가 공원 문이 열리는 곳에 태극기가 날리는 것을 보고 젊은이 늙은이 없이 모두 일어나 대조선 만세를 소리 하매 이때를 당하여는 하와이가 곧 남의 땅인 줄을 깨닫지 못하더라.'

남의 땅인 줄 모르고 외치는 대조선 만세가 화산처럼 터졌다는 얘기다.

각 군대의 분열식과 집총시범은 오후 4시경 끝내기로 예정돼 있었다. 이어서 일반인의 운동경기가 계획돼 있었다. 여학도 남학도의 달리기는 물론 부인들의 감자줍기 경기와 남학도들의 2마일 자전거 경주도 순서에 들어 있었다. 그러나 각 군대들의 훈련시범이 너무 시간을 끌어 일반인의 경기들은 진행되지 못했다.

어느덧 짧은 겨울의 어스름이 스며들었다. 군인들을 사랑하는 나머지 소다를 사고 과실을 구해 훈련에 참가했던 대원들의 목을 적시게 하는 사람들이 여기저기 부지기수다. 총부회장은 각 부대들의 공로를 표창하기 위해 일곱 개의 기를 준비했는데 1등기는 중앙학원 학도대에, 2등기는 카할루 해군에게 수여했다.

분열식과 집총시범 등 기운이 펄펄 솟는 야외행사가 끝나자 저녁 8시부터 오페라하우스에서 공연행사가 벌어졌다. 오페라하우스에는 1500여 명의 동포들이 콩나물시루처럼 밀집했다. 남녀 세 사람이 나와 애국가를 불렀고 여학생과 남학생이 나와 춤사위를 펼친 후 연극공연이 시작됐다.

1막은 봇짐을 메고 간도로 이주하는 본국동포 가족 다섯이 압록강을 건너면서 차마 조국을 이별하기 애석하여 가슴속에서 태극기를 꺼내 입을 맞추는 것으로 시작. 2막에선 본국 학생들이 일본 병정들에 의해 총살을 당하려는 찰나 의병들이 나타나 구출하는 통쾌한 장면이 나온다. 3막은 독립운동을 하는 데 있어 문제점과 그 해결책을 제시하는 것. 연극 막간에는 13명의 부인들이 나와 창가를 했다.

구한말 조선 땅이 13도였으니 고국을 그리워하는 숨은 뜻이었을까. 어쨌든 고국에서는 얼굴도 함부로 들 수 없는 부인들을 무대에 내세운 거 하며 독립운동을 연극으로 꾸미는 거 하며 진취적인 기상이 사뭇 드러난다.

무대에는 몇 사람씩 무리를 지어 이런저런 단체들이 자기네 간판을 내걸고 어떤 단체는 교육만 주장하고, 어떤 단체는 산업을 우선 주장하고, 어떤 단체는 예수교만 전파하여야 나라를 찾는다 한다. 또 어떤 단체는 무력을 길러야 나라를 찾는다고 하여 오직 자기네 주장만 옳고 남의 주장은 배척하여 쟁투를 일삼는 어리석음을 보여준다.

그때 한 목사가 등장한다.

"교육의 필요성은 말할 필요도 없는 일입니다. 후세를 양성하지 않으면 미래도 없습니다. 산업 없이는 경제적인 자립이 불가능합니다. 예수교는 하나님께 기도해서 나라를 구해 주십사고 할 수 있습니다. 이스라엘 백성들은 하나님의 도움으로 애급의 종살이에서 벗어났습니다. 무력을 길러야 한다는 것도 옳은 주장입니다. 하늘은 스스로 돕는 자를 돕는다고 했습니다. 그러나 여러분, 어느 한 가지만 가지고 독립이 오는 것은 아닙니다. 다 함께 단합해서 우선 하나님께 맹세하고 다 같이 나라를 구합시다."

목사가 이렇게 외치자 각기 다른 간판을 들고 있는 무리들이 "옳소!" 일제히 소리친다.

행사 때마다 연극을 올린 것은 특히 해외 독립운동 단체들의 공통적인 현상이다. 북미는 물론 만주의 독립군들도 전투를 하며 옮겨 다니던 산속에서도 연극을 꾸몄다. 대중의 카타르시스를 단박 끌어내는 데는 연극이 그만이다. 나라 잃은 슬픔을 상기시키고 나라를 다시 찾는 통쾌함을 통해 투쟁의식을 고양시키는 데는 연극이 가장 효과적인 것이다.

연극이 끝나자 부인들이 나와 태극기를 흔들며 노래를 하고 웨슬레 홈 여학생들은 무용을 선보였다. 중앙학원 학도들의 군악을 마지막으로 모든 순서가 끝난 것은 밤이 꽤 깊은 시각이었다.

'오늘을 가지고 이전 날의 비참한 회포도 없지 않거니와 또한 오늘을 가지고 장래를 생각하면 무궁한 희망이 창자마다 가득하도다.'

'국민보' 기자가 감격을 억제하며 쓴 기사의 일부다.

'우리의 2월 2일은 미국의 독립기념일인 7월 4일과 다를 바 없다.'

신문의 논설에는 그런 대목도 나온다.

대조선국민군단 창설식 후 간부들. 중앙이 박용만

대조선국민군단 창설

박종수의 농장은 산 너머에 있다. 호놀룰루 시내에서는 전혀 보이지 않는 곳이다. 바로 코올라우산맥 때문이다. 코올라우산맥은 호놀룰루 동북쪽을 절벽처럼 가로 막으며 달린다. 쉽게 말해 한반도의 태백산맥 이라고 생각하면 된다. 산세도 마찬가지여서 산맥 속의 한 봉우리인 카 알라산은 자그마치 1200m나 치솟는다.

박종수의 농장이 있던 아후이마누 마을은 쉽게 말해 강릉 정도로 생각하면 된다. 강릉을 가자면 험한 대관령을 넘지 않는가. 호놀룰루에서 아후이마누를 가자면 산 중턱을 뚫은 터널을 통과하지 않으면 안된다. 거리는 약 50리 정도. 그 아후이마누에서 1914년 6월 10일 박용만의 '대조선국민군단'이 창설됐다.

박종수는 얼핏 인상만 봐도 믿음이 가는 사람이다. 또 파인애플 경작 의 경험도 지녔다. 당시 카할루 지역 일대의 농장은 리비 & 맥넬(Libby

& M'cnell)회사 소유다.

박종수의 회사는 신용이 좋았다. 1913년 11월 약 120만 평의 광대한 농장을 리비회사로부터 5년간의 경작권을 얻어 파인애플을 재배하기 시작했다. 그리고 1백 명의 한인들을 경작자로 유치했다.

"어르신께서 이처럼 도와주시지 않으면 감히 꿈이라도 꿀 수 있겠습니까?"

"사댱님이 큰일을 하는데 내레 당연히 됴와야디오. 농장에 마침 댱뎡(장정)들도 한 백 명 있디 않소? 그들부터 됴딕(조직)하시라요. 내레 백이십만 평 둥 구십만 평의 경댝디(경작지)를 군단용으로 내노캤으니 그리 알라요."

그는 용만의 계획에 찬동해 안원규와 함께 국민군단의 창설을 의논했다. 안원규는 당시로는 거액인 1천2백 불을 희사했다.

1915년 안창호가 하와이를 방문했을 때 현지의 유지들 명단을 작성한 적이 있다. 그 명단 속에 박종수의 이름이 보인다. 1938년 3월 안창호의 추모식이 열렸을 때 그는 기도순서를 맡았다. 다른 이력을 자세히 알 수는 없지만 신앙도 깊지 않았나 싶다.

1920년대 말 임시정부 주석 김구로부터 임시정부가 재정적으로 몹시 어렵다는 편지를 받았다. 임시정부 수립 때부터 후원을 했기 때문에 그에게 손을 내민 것이다.

박종수는 이 사실을 주위에 알리고 모금운동에 나섰다. 그는 용만과 어울리다 보니 이승만 정권에 미운털이 박혔다. 뒤늦게 1997년에야 독립유공자로 인정돼 애족장을 받았다.

박종수는 평양 사람이다. 나이는 용만에게 아버지뻘. 무려 23세가 더 많았다. 그런데도 용만을 뒷받침하는데 군소리가 없었다. 용만이 군단장이고, 그 밑에서 사관학교 격인 병학교의 대대장과 훈련대의 대대장을 맡았다. 박종수는 종내 그의 가진 것 거의 모두를 대조선국민군단에 바쳤다.

그의 헌신에 대해 용만은 1914년 5월 16일자 '국민보'에 기사를 실었다.

'(전략) 천시를 얻음인지 지리를 이용함인지 인화를 만듦인지 본보 사장(주-용만을 뜻함)의 '산넘어' 일은 발전되는 힘이 날로 장성하여 한편에서는 막사를 짓고 한편에서는 잡역을 시작하여 백여 명 건장한 사나이들이 풍우를 무릅쓰고 주야를 불계하고 백 가지 근무를 차례로 행하여 가는 중에 농주인 박종수 씨는 평생의 근본적 마음을 이제 비로소 실행하기를 작정하고 천여 에이커 농장의 사사이익을 온전히 국민군단에 바쳐 농장소출의 이익과 사무처리의 주권을 전체로 군단장에게 맡기고.'

아들뻘인 용만에게 모든 걸 바쳤다는 기사는 다음으로 이어진다.

'심지어 자기 집 밥그릇 숟가락까지도 그대로 내여 놓아 본월 12일에 일반 단원과 일반 동포에게 대하여 이 말을 반포하고 필경에는 자기와 가속과 자기의 육신까지 모두 군단에 바쳐 한 집안 식구가 모두 군단의 생활을 견디며 고생하기로 결심하고 평생의 가슴을 열어 동포와 하나님께 고하매.'

가족 모두가 국민군단에 헌신할 것을 하나님께 서약했다는 것이다.

기사를 읽어보면 그 다음달 10일에 국민군단이 창설될 수 있었던 것은 5월 12일 있었던 박종수의 대 결단과 뒤이어 있었던 이치경의 헌납 때문에 가능했다는 얘기다. 또 그가 농장주와도 친했는지 농장주 맥펠레인은 한인들의 뜻을 가상히 여겨 협조를 아끼지 않았다.

막사를 수리하는데 재목을 대주고 물품을 외상으로 공급하며 유형무형, 직접 간접으로 협조를 해줘 한인들을 감동케 했다. 그 감동을 용만은 기사에서 다음과 같이 표현 했다.

'미국 사람은 조선 장래에 대하여 무엇을 바라는지 모르거니와 우리 하와이 한인 5천 명이 평균히 카할루 농주만치만 힘써 주면 '산넘어' 일의 성공은 날을 기약하고 기다리련만은 이렇게 힘들고 속 타고 백 가지 초창한 때에 타처 동포는 방관자의 지위만 지킴이 민망하도다.

아모커나 우리 동포의 돕고자 하는 마음을 모름이 아니요, 또한 마음과 힘으로 돕는 자 온전히 입는 것은 아니라.'

농장주의 호의에 비해 일부 동포들의 방관이 야속하면서도 희망의 끈은 놓지 않겠다는 얘기다.

'그러므로 호놀룰루와 카할루 등지에 있어 군단의 기초를 친히 보고 군단의 발전을 확실히 알며 또한 단원들이 어떻게 곤란을 당하는 것은 성심으로 어여삐 여기는 이들은 다소간 스스로 돕기를 힘써 김주현, 정남교, 유동면, 임봉춘 같은 이들은 돕는 친구들 중에 더욱 도와 성력과 재력으로 순전한 성의를 보이거니와 또 와히아와 안종순 같은 친구는 일등 목수의 대대한 공전을 받는 사람으로 이제 사업을 버리고 친히 농장에 들어가 국민군단의 막사를 건축하기에 종사하니 이는 국민보가 국민군단을 대신하여 성심으로 몇몇 친구에게 감사함인저. (하략)'

막사의 준공과 국민군단 훈련 개학식이 다가옴에 따라 인원은 1백여 명에서 1백6십여 명으로 불어났다. 호응이 늘어날 수밖에 없었던 것은 바로 '둔전제'의 이점 때문이다. 단순히 군사훈련만 받는 것이라면 생계수단을 달리 마련치 않으면 안 된다. 어차피 다른 농장에서도 노동할 것이라면 한곳에서 군사훈련을 동시에 받음으로써 애국심도 발휘할 수 있는 것 아닌가.

막사를 짓는 것도 다급했지만 군복과 군화를 지급하지 않고서는 군인의 모습을 갖출 수 없는 일. 용만은 피복창을 설립하고 재봉에 익숙한 훈련생 네 사람으로 군복제조를 담당케 했다. 싱거 미싱 하와이지사에서 판매원으로 일하는 조광호는 '산넘어' 사업에 관심을 갖고 있다가 재봉틀 한 대를 피복창에 기증했다.

또한 군화를 제작하는 제피소도 설립했다. 신, 행견, 말안장, 말굴레와 일반 피혁제품을 제조하는 훈련생 중 삼사 인을 제피소에서 일하게 했다. 피혁 제조하는 기계와 부수물품을 완전히 준비하고 작업을 시작케 했는데, 재료를 고급으로 구입해서 견고한 군화를 제작케 했다. 제품은 구한말 육군부에서 제작하던 군화에 비해 품질이 떨어지지 않았다.

훈련생들에게 공급한 다음부터는 군단의 재정수입을 올리기 위해 일반에게도 판매하기로 했다. 이처럼 국민군단을 일떠세우는데 많은 훈련생들이 자신의 몸을 던졌다. 동포들 앞에 실체가 드러나는 개소식 날짜는 하루하루 조여들고 있었다.

산넘어 아희들

호놀룰루 소재 일본영사관은 박용만의 동태를 계속 쫓고 있었다.

특히 그가 추진하는 군사학교의 설립에 대해서는 밀착감시에 나섰다. 용만이 군사학교를 설립하려 한다는 소문은 그가 하와이에 도착한 후 몇 달 안 돼 일본영사관 첩보망에 포착됐다. 일본영사관은 일인 거류민을 끄나풀로 용만이 창설하려는 국민군단 훈련생 한 사람에게 접근했다. 그 훈련생이 누설한 바에 의하면 용만은 이렇게 말했다는 것이다.

'우리 국민군단 생도들이 평상시에도 군사훈련을 받아야 하는 목적은 언젠가 밀어 닥칠 조국 독립의 호기가 오면 일제히 평상시의 기량을 발휘하기 위함이다. 그리고 미국과 일본은 언젠가 전쟁을 일으키지 않을 수 없다. 하와이는 일본에 대해 전략상 중요한 곳에 위치하고 있고 언제든 유사시에 우리는 미국 군인과 행동을 같이 해야 한다. 우리들은 일본인과 같은 황색인종이기 때문에 밀정 역할이 용이하다. 따라서 평상시에 일본어를 익혀 두고 일본의 사정에 대해 잘 알고 있어야 한다.'

용만의 이 발언을 미루어 보면 하와이에서 군사훈련을 시작하는 것은 꼭 조선의 접경지역으로 가서 벌일 무력항쟁을 염두에 둔 것만은 아니라는 것이다. 언젠가 미국과 일본은 태평양을 무대로 무력충돌을 일으키리라는 것을 그는 예견했다. 그 기회를 호기로 삼아 미국 편을 듦으로써 한국의 독립을 도모해야 하고 그 준비를 위해 국민군단 창설을 서둘러야 한다는 것이다.

1914년 3월 30일 일본영사관이 본국 외무대신 앞으로 보낸 기밀문서에는 다음 내용이 적혀 있다.

'병학교(兵學校)의 생도들 구성은 여러 가지다. 구한말 군인 출신, 학생 출신, 노동자 출신 등이다. 노동자 출신 중에서 불량 생도들은 군인이 됐다고 난폭해져 영내에서 싸움이 끊어지지 않고 있다 한다. 학생 출신은 학업을 목적으로 하고 있어 농장의 노동보다 학업에 열중한다고 한다. 그러나 교육기관의 설비가 미비해 도주하는 자가 적지 않은 상태다.'

일본영사관이 분류한 대로 원래 하와이에 도착한 한인 노동자들은 여러 계층이다. 주로 감리교 교단 교인들, 공부를 해 보겠다는 학생들, 또 서당에서 한학을 익힌 지방 선비들, 광무군인 출신들, 농촌의 머슴들, 막벌이 일꾼들, 그리고 무위도식하던 건달 등 잡다했다. 65%가 문맹일 정도로 그들의 교육수준은 낮았다.

따라서 그들을 한데 결속하기란 쉬운 일이 아니다. 일본영사관은 도주하는 자가 적지 않다는 정도로 보고했지만 용만에 의하면 그것은 대량탈주 수준이다.

'지나간 가을부터 천여 명 사람이 그곳으로 가기를 생각하였으되 한 번 와서 그 고생스러운 정형을 들으면 모두 뒤도 돌아보지 않고 도망하는 가운데 오직 백여 명 사람이 그 뒤를 따랐으니 대개 그들의 그렇게 뜻하는 것을 생각하면 박종수, 이치경 양 씨나 기타 다른 동포들의 힘을 다하여 도움이 또한 괴이한 일이 아니로다.'

용만이 실토한 고백이다. 동포들 간에는 국민군단에 천 명이 몰려들었고 돈이 1만 불 모였으며 벌써 자동차까지 준비됐다는 헛소문이 나돌았다.

그나마 백여 명이라도 초지일관 잔류한 것은 박종수를 비롯한 몇 애국자들의 헌신적인 희생에 감화됐기 때문이다. 그 백여 명의 훈련생들을 용만은 '스스로 생명을 바친 사람들'이라고 칭찬했다.

용만은 더 많은 동포들이 국민군단에 합류하기를 원했다. 아직도 오는 자는 막지 않고 만일 자격에만 합당하면 의연히 받겠다고 '국민보'에 기사로 광고했다.

그리고 집단농장 생활이 고생도 되지만 또한 재미도 없지 않다고 썼다. 백여 명의 입주자들이 서울의 황학정 훈련원에서 보던 광경과 삼군부에서 들리던 소리를 들으며 고생 가운데 낙을 찾고 있다는 얘기도 덧붙였다.

앞으로 하와이에서의 10년 세월을 허송치 않으려면 그런 사나이들과 평생을 함께하면 영광이 아니겠느냐고 강조했다.

거의 일 년 동안의 잉태기간을 가졌던 국민군단의 창설은 4월 12일에야 산고의 진통이 시작됐다. 그날 박종수의 농장은 일손을 멈추었다. 일제히 휴업하고 일반 동포가 모인 가운데 간단한 예식을 거행했다. 대조선국민군단을 설립하기로 했다는 사실을 공포하는 발표식을 가진 것이다.

정오 12시 30분에는 농장 주인과 호놀룰루의 몇 유지들을 청하여 오찬을 대접했다. 그날로부터 용만의 일과는 정신없이 분주해졌다. 그의 몸을 열 개로 쪼개도 감당할 수 없을 지경이었다. 5월 16일자 '국민보' 기사는 그 정황을 이렇게 전한다.

'(전략) 본보 사장은 근일 한 조각 몸을 둘로서도 족하지 못하여 밤으로 낮을 대신하고 낮으로 밤을 이으며 먹고 입는 것은 때를 잃으며 다니는 고로 정월 이후로 받은 서신을 반절도 대답지 못하고 일단 정신을 이 일(국민군단 설립)에 부어가며 이것을 정돈한 후에야 서신 왕

복에 착수코자 함이라.'

국민군단 창설에 얼마나 준비할 게 많으면 침식을 잃어버릴 정도였겠나.

단원들의 의식주를 해결해주는 것이 당장 급한 일인데 그 비용을 댈 수가 없으니 탄식만 나왔다는 얘기다. 문양목은 1903년 인천에서 서당 훈장으로 있다가 1905년 사탕수수 노동자 모집에 응모해 하와이로 건너온 사람이다. 1911년 북미 대한인국민회 총회장에 선임됐고 그 다음해 '신한민보' 주필을 맡았다.

국민군단의 창설에 대한 그의 해설이 1914년 6월 3일자 '국민보'에 실렸다.

'(전략) 몇 십 년만 지나면 우리 민족에게는 무육이라 군략이라 하는 명사도 들어볼 수가 없을지니 본래 문약의 고질이 극도에 달하므로 말미암아 칼과 총의 그림자만 보고도 놀라고 겁이 나서 항서를 써 바치고 독립을 잃고 자유를 빼앗기고 모든 권리를 이별한 우리 민족으로 하여금 건강한 체격을 조성하여 용맹한 담력을 부어줄 자 누구인고. 이는 책임이 있는 인도자들이 사람마다 급무인 줄로 여겨 먼저 진행코자 하는 동일한 정견이니라. (중략)'

문약의 고질이 극도에 달해 조선이 멸망했음을 통탄하는 소리다.

국민군단 창설을 "산넘어" 일이라고 표현한 것은 코올라우산맥 넘어 아후이마누에 군사학교가 설립되기 때문이다. 호놀룰루에 사는 동포들은 군단원들을 "산넘어 아희들"이라고 불렀다.

그러나 일본영사관은 그 실체를 파악하고 보고서에 "병학교(兵學校)"라고 명시했다.

병영의 낙성과 국민군단 개학 예식은 8월 30일로 잡혀졌다. 학기의 시작을 9월 1일로 정했기 때문이다. 예식을 준비하려면 군단을 군대답게 조직하지 않으면 안됐다.

낮에는 파인애플농사에 투입되는 백여 명의 입주자들에게 군장을 지급한 다음 대조선국민군단 창설식을 가진 것은 6월 10일. 외부에의 노출을 경계하며 개소식 준비에 박차를 가하기 시작했다.

병영을 준공하고

　망치 소리가 멈췄다. 몇 달 동안 코올라우산맥에 꽝꽝 메아리치던 망치 소리가 멈춘 것이다. 낮에는 뙤약볕에서 파인애플 농사에 매달리고 밤에는 자지 않고 뚝딱거리던 건축공사가 마무리됐다.

　마침내 몇 백 명이 들어갈 숙사와 교실들이 완성된 것이다. 장교들과 지휘관들이 사무실로 사용할 건물은 별채로 지어졌다.

　어엿한 이층짜리 건물의 숙사와 또 병영 건물이 몇 달 만에 완성될 수 있었던 것은 따뜻한 날씨 때문이다. 추위 때문에 튼튼히 지을 필요가 없기 때문에 건물들은 주로 목재로만 지어진다. 경험 있는 목수 몇 사람이 기둥을 세우거나 들보를 가로지르거나 한 다음 장정들이 판자들을 못질해서 마루나 지붕을 완성하면 된다. 몇 달 사이 입주 한 장정들의 수도 백여 명에서 160명으로 늘어났다.

　병영이 들어선 아후이마누농장은 코올라우산맥의 동쪽 기슭과 해안

사이에 있다. 마을은 진입로가 하나뿐인데다 서쪽은 산맥이 병풍처럼 막아주기 때문에 외부로 노출이 되지 않는 지형이다. 그 진입로의 길목에 초소를 짓고 아침저녁으로 보초를 내세웠다.

병영의 준공식을 앞두고 군단은 비상이 걸렸다. 8월 29일 밤에는 낙성 축하연회를 열고 다음날 오전에는 관병식과 개학식을 열 참이었다.

준비해야 할 것들은 산더미다. 관병식을 위해 행진연습도 해야 되고 또 축하연회에서 공연할 음악과 연극도 준비해야 했다. 그뿐인가. 토요일 밤 축하연회의 음식은 물론 하객들의 잠자리까지 마련해야 하니 보통 일이 아니다.

호놀룰루까지는 50리나 되는 먼 거리고 다음날 아침 또 관병식과 개학식이 있다 보니 하객들을 하룻밤 병영에서 재우기로 결정했다. 이 역시 하와이의 기후가 온화한데다 마침 여름철이라 불편한 대로 군단 숙사에서 많은 사람도 잘 수 있다고 판단한 것이다.

용만은 '국민보' 신문과 입소문을 통해 예식에 참석할 하객들의 참석 절차를 한 달 전서부터 널리 알렸다.

'참석자의 성명, 참석자 수, 남녀의 구별과 장유(長幼)의 분간을 밝혀 신청을 해 주십시오. 정확한 숫자를 알아야 음식과 잠자리를 준비할 수 있습니다. 여관이 아니라 병영인 만큼 음식과 잠자리가 군인들을 위한 수준이오니 양지해 주십시오.'

'국민보'에 실린 광고기사다.

50리나 되는 산길을 걸어서 올 수는 없는 일. 철도가 놓여 있지도 않아 마차나 자동차를 이용할 수밖에 없다. 대중교통으로 호놀룰루에서 카할루 지역까지 트럭은 75전, 버스는 1불을 받고 있었다. 용만은 자동차 회사와 얘기해서 트럭과 버스를 몇 대 전세냈다.

출발 시각은 8월 29일 오후 2시 반으로 하고 호놀룰루 시내의 국민회 총회관 앞에 모이면 군단원들이 안내하기로 했다.

참가 신청자들은 무려 5백여 명이나 됐다. 총회관 앞은 북새통이었다. 버스와 트럭이 12대나 동원됐다. 인원이 많다 보니 출발이 한 시간이나 지연됐다. 마침내 자동차 행렬이 산길을 달려 병영에 도착했다. 수십 명의 군단원들이 한줄로 도열했다가 하객들이 차에서 내리자 박수를 치며 맞았다.

"여러분, 환영합니다."

그들이 일제히 외칠 때 대열 중의 군단원 몇은 요란하게 큰 북을 두드렸다.

숙소를 배정 받고 저녁식사를 한 다음 낙성 축하 기념식을 가졌다. 먼저 애국가 합창이 있었다.

"동해물과 백두산이 마르고 닳도록 하나님이 보호 하사 우리나라 만세. 무궁화 삼천리…"

나팔 소리와 북 소리가 한데 어우러진 가운데 모두들 우렁차게 부르던 애국가는 차츰 목매인 소리로 변했다.

대한인국민회 하와이지방총회장 김종학의 축사가 있었고 군단장 용만의 경과보고 등이 있었다. 이어 음악과 연극 공연이 있은 다음 밤늦게 연회가 끝났다.

다음날인 30일 오전 10시서부터 개학식이 시작됐다. 연병장에는 총회장을 비롯한 하객들이 기다리고 있었다. 160명의 훈련생들은 4개 중대로 나뉘어 연병장으로 입장하는 행진을 했다. 행진 중에는 용만이 작사한 '국민군가'를 목청껏 불렀다.

오, 우리 국민군 소년자뎨 건쟝 아희들
다 나와 한 목소리로 군민군 군가 불으셰
(후렴) 불으셰 국민군 군가 질으셰 우리 목소래
잠든 쟈 깨고 쥭은 쟈 일도록

우리 국민군 군가 높히 불으세

(후략)

행진대열들은 총회장 앞에 차례로 도열했다.

"대한인국민회 하와이지방총회장 김종학 각하를 향해 받들어 총!"

대대장이 우렁차게 소리를 지르자 생도들은 일제히 총회장을 향해 목총들을 가슴 앞에 끌어올렸다. 그 순간 나팔이 울리고 북소리가 진동했다.

곧이어 선서식이 있었다.

"대조선국민군단 군단원들은 조선 민족이 독립을 이룰 때까지 힘을 다해 군사훈련을 받겠습니다. 대동단결하여 개인의 모든 희생을 견딜 것을 하나님 앞에 맹세합니다."

대대장의 선창에 의해 단원들은 오른손을 번쩍 치켜들고 배에서부터 올라오는 힘찬 목소리로 복창했다. 이어 이승만이 연설자로 나섰다.

"동포 여러분, 군단원 여러분. 나 이승만은 하나님께 감사드립네다. 우리 동포들이 이 미주에 와서 하루라도 조선을 잊지 않는 것은 좋은 일입네다. 하나님이 우리를 도울 것으로 믿습네다. 스스로 돕는 자는 하늘이 돕는다는 말이 있습네다. 대조선국민군단은 하나님을 믿는 군대입니다. 박종수 씨가 군단의 군목이 돼 있는 것은 그것을 증명합니다. 하나님을 믿는 군대는 끝내 승리하고야 말 것입네다…."

샌프란시스코에서 발간되던 '신한민보' 9월 24일자 '병학교 락성연'이라는 제목의 기사는 그 정황을 이렇게 적었다.

'하와이 호노루루 국민보샤당(사장) 박용만 씨가 쥬당(주장)하난 '산넘어병학교'난 하와이 동포의 무육을 배양하난 조직례인데 그간에 여러 동포의 열심 찬조함으로 그 학교집을 거월에 필역하고 동 30일에 락성례식을 거행하얏는데 당일에 관광한 빈객이 남녀 병하

개학식 후 찍은 대조선국민군단원들의 기념사진

야 5백여 명에 달하얏고 1백 80명 되난 병학교 학생들은 관병식으
로 국민회 하와이 디방 총회댱 김죵학 씨를 영접하야 례식을 필한 후
에 리 박사 승만 씨는 밋음(믿음)이라는 문뎨(문제)로 뎐도(전도)하얏다
는대 당일에 굉대한 셩황(성황)이 잇셧다더라.'

용암의 불길

하와이에는 살아 있는 화산들이 여럿 있다. 킬라우에화산만 해도 이
따금 하늘에 대고 불질을 한다. 그럴 때마다 시뻘건 용암이 산 밑까지
흘러 주택을 덮치기도 한다.

평온한 하와이 동포사회에 화산폭발을 일으킨 건 이승만이다. 무자
비하게 흘러내린 그 용암은 여러 사람들에게 화상을 입혔다. 그 첫 희
생자는 당시 국민회 총회장을 맡고 있던 김종학이다.

호놀룰루의 밀러 스트리트에 국민회 회관이 건축된 건 1914년 12월
19일. 그런데 건축기금을 집행하는 과정에서 불법적인 지출이 드러났
다. 건축비는 모두 7400불 정도가 소요됐다. 1915년 1월 15일 대의
원회 회계보고에서 모금위원 박상하가 약 8백불, 재무 홍인표가 약
1500불을 다른 용도에 전용한 것이 드러났다.

그에 대한 불똥은 옴파 김종학에게 쏟아졌다. 박상하는 즉시 변상하
겠다고 했고 홍인표는 1년 내로 변상하겠다고 했지만 받아들여지지 않

왔다.

이승만의 선동과 그 추종자들의 강경한 요구에 의해 총회장 김종학은 1915년 5월 1일 임시의회를 소집해야만 했다.

"모두 자리에 앉아 주십시오. 회의를 시작하기 전에 알릴 말씀이 있소이다. 현재 등록한 대의원 수를 합해 보니 서른한 곳의 지방회에서만 참석을 했소이다. 모두 76 지방회인데 절반도 되지 않소이다. 정족수 미달로 회의를 열 수 없음을 공포합니다."

총회장인 김종학 대신 부회장인 신흥균이 그렇게 말하자 갑자기 큰 소리들이 터져나왔다.

"그게 무슨 소리요? 일부러 배를 타고 건너온 여러 섬의 대의원들이 하릴없이 돌아가야 한단 말이요?"

"공금유용 때문에 특별회의를 소집한 거 아니요? 정족수를 핑계로 도망가려 하지 마오. 회의를 열지 않으면 좌시하지 않겠소이다."

이승만 지지 대의원들이 들고 일어나는 바람에 의장은 개회를 선언해야 했다. 회의는 곧 난장판이 됐다. 의장은 정회를 선언하고 퇴장했다.

그러나 이승만 지지자들은 자기들끼리 회의를 열었다.

김종학의 해임을 의결한 다음 그들 중에서 정인수를 임시 총회장으로 뽑았다. 김종학을 위협하여 회계서류를 압수했고, 최종 책임은 총회장에게 있는 만큼 재무 홍인표가 전용한 금액을 대납하라고 강요했다.

김종학은 홍인표를 찾아서 변상하게 할 테니 3일만 기다려 달라고 했으나 이들은 그 요청을 묵살했다.

미국법정에 고소해 김종학이 공금 횡령 혐의로 체포된 게 1915년 5월 14일. 3개월 동안이나 재판이 진행됐으나 증거부족으로 무죄판결이 났다.

그로부터 한 달 후인 9월 15일 그는 분을 이기지 못해 자기 몸에 총을 쏜 것이다.

미국법정에 고소한 것은 이승만의 사주에 의한 것이다. 1915년 6월 10일자 '신한민보'를 보면 샌프란시스코 중앙총회에 온 하와이 대의원의 공첩이 실려 있다. 원래 대의원회는 김종학에 대한 조치를 내부적으로 해결할 것을 의결했다.

그런데 이승만이 자기를 추종하는 대의원들을 중앙학원에 모이게 한 다음 화를 냈다.

"어찌 죄인 김종학을 징역 시키지 아니하고 공회재판으로 처치한다 하는가. 그와 같이들 하려면 다 본 지방으로 돌아가라."

추종자들이 다시 회의를 소집하자 반대파 대의원들은 어처구니가 없어 퇴장했다.

이승만은 법정에 증인으로 나왔다. 그의 변호사는 라잇푸트였고 피고인 김종학의 변호사는 브라운이다. 이승만의 증언은 앞뒤가 맞지 않고 조리가 없어 웃음거리가 됐다. 뿐만 아니라 양식 있는 사람들 사이에 조롱의 대상이 됐다.

"나 이승만은 프린스턴대학에서 박사학위를 받은 사람입네다. 한인들 중 아무도 받은 사람이 없습네다. 하와이에서 한인들을 인도하려면 우선 능력이 있어야 합니다. 한인 노동자들은 머리띠를 두르고 마치 돼지떼처럼 하와이에 이민왔습네다. 좋은 인도자를 필요로 하는 이유입네다."

한인 노동자들을 인도하는 사람은 자기이며 공개 석상에서 뱉은 이와 같은 모욕적인 언사는 법정에 있던 모든 사람들을 놀라게 했다.

"증인은 무슨 박사입네까? 혹시 말(馬)박사가 아닙네까?"

피고인 김종학의 변호사 브라운은 반은 농으로 질문을 던졌다. 미국에서는 농으로 이발사를 '교수'로, 수의사를 '박사'로 부르는 경우가 있다.

1915년 1월 15일 대의원회에서 국민회관 건축비 유용이 문제되자 이승만은 기회가 왔다는 듯 하와이 제도의 여러 섬들을 돌아다니기 시작했다. 국민회 재정을 교육사업 위주로 해야 한다는 것과 여자기숙사 대지 명의를 자기 이름으로 해달라는 것을 거부한 데 대한 앙갚음을 할 절호의 기회가 찾아왔다고 판단한 것이다.

재정 비리를 저지른 국민회를 성토하면서 의무금을 국민회에 납부하지 말고 자기에게 보내라고 했다.

가는 데마다 그에게는 감리교 신자들의 지지가 따랐다. 동조자들을 더 규합하기 위해 각 지방총회 관하에 민주당이라는 이름의 패거리를 결성했고 국민회를 혁신해야 한다면서 각 지역에 민회를 별도로 조직했다. 하지만 의무금을 자기에게 바치라는 이승만의 말에 반신반의하는 동포들이 많았다.

"일반국민의 정공되는 의무금을 어찌 개인에게 바칠 이유가 있겠소이까? 개인이 또한 어찌 공금을 직접 받을 권리가 있겠소이까?"

이에 대해 이승만은 대답했다.

"동포가 나에게 바치기를 원하면 관계가 없습네다."

"만일 4천 동포의 공동한 의무금으로 일개인의 사업을 경영할진데 결단코 반대가 없지 못할 것이요, 공회 기관 안에서 사업을 할지라도 임시의회를 경유치 않고는 도저히 실행치 못 할 일이 아니겠소?"

"그런 문제는 내가 직접 동포에게 투표를 받아 단행하면 될 거 아니겠소?"

"국민회에 입법부와 행정부가 있어 각각 권한을 맡고 있는데 리 박사가 무슨 권리로 투표를 받겠다고 하는 건지 도무지 알 수가 없소이다."

항의하는 동포는 고개를 좌우로 흔들었다.

이승만을 지지하는 파는 스스로 혁명대라 칭했다. 마위전도 민회장 주봉한은 혁명대장으로 자원출전한 자요, 가와도 민회대표 리종관은 가와도 민회장이 선봉대장으로 파송한 자요, 하와이섬 힐로 지역 민회장 전익주는 혁명대장이라 선언하고 출전한 자라고 밝히면서 18개 지방 대표자들이 김종학을 방문하고 임시총회의 소집을 요구했던 것이다.

혁명대는 김종학파(실제는 박용만파) 대의원을 구타하고 테러행위를 마다하지 않았으므로 호놀룰루의 영자신문에도 자주 기사화됐다.

이승만에게 파당싸움이나 폭력행사는 새로운 게 아니다. 돌멩이와 몽둥이가 난무하는 만민공동회의의 거리 시위에서 몸싸움을 한 적도 있고 감옥에서 모진 고문을 당한 경험도 있어 그에게 폭력은 낯설지 않다.

1915년 6월 9일자 '호놀룰루 스타 블리틴'은 이승만이 맡고 있는 학교 소속 한 남학생의 '투서'를 실었다. 내용은 이승만이 학생들을 곤봉으로 무장시켜 위협적인 행동에 나서게 했고 테러의 배후는 이승만이라는 거였다.

공공매체인 신문에 기사화 될 정도라면 사실 확인이 있었을 것이다. 스티븐스저격사건이 일어난 후 그는 크리스천으로서 살인자를 옹호할 수 없다는 속내를 비치면서 법정통역 맡은 것을 달가워하지 않았다. 그런 그가 김종학을 왜 징역시키지 아니하느냐면서 다그치고 학생들을 곤봉으로 무장시켜 테러에 나서게 하는 배후인물로 본색을 드러내고 있는 것이다.

적대세력이라고 인식이 되면 크리스천의 박애정신 대신 수단 방법을 가리지 않고 타도의 대상으로 몰아가는데 이처럼 주저함이 없는 것이다. 그러나 용만은 하와이의 공기가 살벌하게 돌아가는데도 이승만을 반격하지 않았다.

"형제끼리 싸워서 무슨 이득이 되겠소? 외부의 적을 향해 힘을 합쳐 싸우는 게 급한 일이오. 사소한 것들은 묻어야 하오. 박사 이승만을 욕하면 안 되오. 그건 동포사회의 단합을 깨는 것이나 같소."

박용만파 사람들은 그의 이런 태도에 대해 불만이 높았다. 그러나 용만은 설사 자기를 해하는 사람도 자기는 해하지 않겠다는 거였다.

재판이 끝나자 이승만과 용만의 화해를 위해 작은 회식이 마련됐다.

이승만은 두 청년을 데리고 나타났다. 두 청년을 회식장소의 거리 양쪽 끝에 세운 이승만은 참석자들이 모두 자리에 앉자 벌떡 일어나더니 고함을 질렀다.

"이 자들이 나를 모욕하고 때린다."

그러면서 자리를 박차고 일어나 밖으로 내달았다. 거기 모인 사람들이나 용만은 어처구니가 없었다. 화해에 대한 미련을 차츰 접을 수밖에 없었다.

권총을 든 이승만

이승만이 한성감옥에서 출옥을 앞두고 있을 때 용만이 감옥으로 끌려왔다. 1904년 무더위가 가시지 않은 8월. 감옥은 감옥이라기보다 썩는 냄새가 진동하는 돼지우리였다. 한성감옥은 종로3가에 있던 단성사 극장 자리다.

애증의 실타래가 두 사람의 운명을 엮기 시작한 것은 그때부터다.

이승만이 투옥된 건 1899년 1월. 이후 5년 반은 그에겐 지옥의 세월이었다.

'광무황제는 연령이 높으시니 황태자에게 자리를 내 주셔야 한다.'

이것은 독립협회에서 만든 전단지에 나오는 글귀다. 그 전단지를 배포한 이승만은 요시찰 인물. 그러던 중 박영효 일파의 고종 폐위 음모에 가담했다는 혐의로 체포됐던 것이다.

투옥되자 맞닥뜨린 건 한겨울의 냉기. 내뿜는 숨도 얼어붙을 지경이다. 돗자리가 깔린 마루에서 올라오는 한기와 코끝을 맴도는 외풍은 이 불을 뒤집어쓴 채 온몸을 최대한 번데기처럼 움츠리는 것 말고는 대책 이 없었다.

그러나 이승만은 이불을 뒤집어쓰거나 드러누울 수 있는 신세가 되 지 못했다. 긴 널빤지의 칼이 목에 씌워져 있었기 때문이다. 두 손은 수 갑에 채워지고 발은 차꼬에 끼워져 있었다. 최종 판결이 날 때까지 그 는 7개월을 꼼짝없이 목에 칼을 달고 있어야 했다. 목에 칼을 씌운 건 한번 파옥을 한 전력 때문이다.

탈옥을 감행한 건 투옥된 지 한 달도 지나지 않아서다. 언제 석방될 지 기약도 없고 종로에서 군중대회가 열리기로 돼 있어 그에 맞춰 뛰쳐 나갔던 것이다. 권총 두 자루가 은밀하게 감옥 안으로 반입됐다. 동지 들은 추격하는 간수들에게 권총을 쏘며 내뺐으나 이승만은 권총을 발 사하지 않았다. 그러나 약속한 장소로 달려갔을 때 기다리는 사람들은 한 놈도 없지 않은가.

시간의 오차로 예기치 않은 낭패가 일어난 것이다. 세 명의 탈옥자는 허탈하게 쓰러졌고 어느새 병정들이 달려와 에워쌌다. 경무청에 끌려 간 이승만은 박달북이라는 자에게 고문을 받았다. 박은 전화로 황궁의 지시를 받은 모양이다. 그날 밤 무슨 일이 일어났는지 알 수 없을 정도 로 심하게 고문을 당한 이승만은 정신을 잃고 말았다.

감옥으로 손바닥 크기의 성경을 가져다 준 사람은 선교사 셔우드 에 디 박사다.

"오 하나님, 나의 영혼을 구해주시고 나의 나라를 구해주시옵소서."

이승만은 목에 씌운 칼에 머리를 숙이고 소리를 내어 기도했다.

"하루 빨리 악의 무리를 쓸어버리시고 억울하게 갇힌 자들이 세상에 나가 세상을 바로 세울 수 있기 원합네다."

그러는 동안 같은 감방에 있는 죄수들 중 한 명은 간수가 오는지 파수를 섰고 또 한 명은 성경의 책장을 넘겨주었다. 이승만의 손이 수갑에 묶여 있었기 때문이다. 그렇게라도 성경을 읽는 동안 차츰 그의 마음이 가라앉으며 편안해졌다.

이승만이 미국 선교사들을 알게 된 건 아펜젤러가 세운 배재학당을 통해서다. 1895년 3월 그는 또래의 서당친구 권유로 배재학당의 영어 초급반에 등록했다. 그의 나이 20세 때다. 6개월 만에 초급반을 졸업하자 바로 영어 조교로 뽑혔다.

1897년 7월 8일 졸업할 때는 졸업식장에서 대표연설을 했다. '조선의 독립'이라는 제목이었고 영어로 했다.

배재학당 재학 중 미국에서 귀국한 서재필의 특강이 있었다. 그 영향으로 그 후 '협성회'라는 토론회가 조직됐다. 처음에는 배재학당 학생 중심이었는데 차츰 일반 회원도 받아 들였다.

협성회는 1898년 1월 1일서부터 '협성회회보'를 발간하기 시작했다. 이승만은 주필을 맡아 논설을 썼다. 그때 러시아 공사가 부산 절영도에 러시아가 사용할 석탄고를 짓게 해달라고 고종에게 요구했다. 1898년 3월 19일자 신문에 이승만은 그걸 반대하는 논설을 썼다.

　'시무를 의론하난 쟈 말하기를 임의 일본에 허락하여 절영도 안에 석탄고를 짓게 하엿슨즉 지금 아라사가 그 절례로 요구하난대 허락지 아니함은 올치 안타하니 그는 생각지 못하고 한 말이라. 대뎌 대한정부에서 대한 따흘 가지고 임의로 하난 권리가 잇슨즉 누구난 주고 누구난 아니 주난 것이 정의에 고로지 못하다고난 할지언뎡 경계에 틀이다고 할 수난 업난 지라. (중략) 그런즉 우리가 암만 말하여도 실효가 업스니 말하난 우리나 말 아니하난 남이나 조곰치도 다를 거시 업다 할 듯하나 말만 하여도 국즁에 백성이 잇난 것은 뵈임이오 또한 전국 백성이 우리와 갓치 일심으로 한 마대씩 반대할 만하게 되엿스면 당초에 남의 툐디를 달날리도 업거니어⋯. (하략)'

한국 최초의 시사주간지라고 평가되는 '협성회회보'는 4개월 만에 폐간돼 그는 한국 최초의 일간지인 '매일신문'의 발행에 뛰어들었다.

기자로서 이승만은 혁신적인 논설을 썼고 당시 '독립신문'을 발간하던 서재필 박사는 '매일신문' 때문에 자기네 신문을 팔 수 없다고 불평했다. 독립협회 사건으로 관계자들이 투옥되면서 '매일신문'은 1년도 못 가 폐간됐다.

배재학당을 다니면서 이승만은 제중원의 여의사인 조지아나 화이팅의 한국말 교사를 했고 제중원의 다른 의사들도 알게 됐다. 그들 중 의사 에비슨은 그의 상투를 가위로 잘라주었다.

1898년 11월 21일 경운궁 인화문 앞에는 황제에게 내정개혁을 요구하는 만민공동회가 열렸다. 1만 명이 넘는 군중이었다. 만민공동회는 각성한 일반 백성들이 주동했지만 독립협회 회원들도 적극 참여했다.

개화를 부르짖는 독립협회에 맞선 건 수구를 편드는 황국협회다.

황국협회의 우두머리는 길영수와 홍종우. 홍종우는 김옥균을 암살한 사람이다. 길영수는 일당 1원 2전씩을 주는 조건으로 보부상 2천 명을 동원했다. 물푸레나무를 깎아 만든 몽둥이를 쥐어주고 두 패로 나눠 만민공동회의를 습격하게 했다. 미처 대비를 하지 못한 군중들은 보부상들의 몽둥이질이 시작되자 비명을 지르며 흩어졌다.

그때 현장에 있던 이승만은 보부상들의 선두에 길영수가 나타나자 그를 향해 달려가 발길질을 했다. 군중들은 썰물처럼 빠져나갔는데 너무 흥분해서인지 혼자 남아 외려 반대편으로 뛰어든 것이다.

"이승만 씨, 진정하시오. 빨리 달아나시오."

그렇게 말하며 등뒤에서 두 팔로 안는 사람이 있었다. 도망가지 않고 외려 자기편 쪽으로 다가오는 이승만에게 보부상들은 몽둥이를 휘두르지 않았다. 만민공동회를 해산시킨 노고를 치하해서 황제는 보부상들에게 백반과 육탕을 하사했다.

이승만의 목에 씌운 칼을 풀어주라고 명령한 사람은 홍종우다.

7월 11일 재판이 열렸는데 재판장은 황국협회를 조직한 바로 그 홍종우다. 그러나 홍종우는 무모한 보부상들과 한 패거리이지만 당대의 인텔리다. 일면 외세 의존적이라고 볼 수도 있는 개화파와 달랐다. 근왕주의를 강조하는 자주적 개화파로서 대한제국 최초의 프랑스 유학생이다.

그는 일본으로 건너가 2년간 아사이신문의 식자공으로 일해 배삯을 마련했다. 프랑스로 건너간 게 40세 때인 1890년. 2년 정도 머물면서 파리의 기메 박물관에서 촉탁으로 일했다. 그때 '춘향전'과 '심청전'을 불어로 번역했다.

귀국길에 그는 일본에서 이일직을 만난다. 김옥균을 암살하기 위해 조선 정부가 파견한 자다. 그의 사주로 김옥균을 상해로 유인한 홍종우는 권총으로 암살했다.

고종은 역도를 제거한 그의 공로를 높이 샀다. 중단됐던 과거를 일부러 열어 급제시킨 다음 요직에 오르게 했다. 고등재판소 재판관으로 승진한 홍종우는 이승만과 함께 탈옥한 다른 사람을 사형에 처했다. 하지만 이승만에게는 무기형으로 낮추고 태형 100대를 언도했다. 권총을 발사하지 않은 점도 있고 그의 명성을 알고 있었기 때문이다.

이승만의 아버지는 매를 때리는 간수에게 돈을 찔러주었다. 그는 매를 들었다 놨다하는 시늉만 하고 매질을 끝냈다.

5년 반 동안 감옥에 있으면서 이승만은 형장으로 끌려가는 죄수들을 수없이 보았다. 어떤 죄수는 끌려 나가면서 마치 그가 구해줄 수라도 있는 양 부르짖었다.

"이승만 씨, 제발 날 좀 살려주시오."

그럴 때마다 그가 할 수 있는 일이라곤 없었다.

"가서 편안히 죽으시오."

고함을 쳐주는 것밖에는 없었다. 패자의 운명은 죽음밖에 없다는 것을 그때마다 뼛속 깊이 아로새기게 된 순간이었다.

결의형제

"잘 생각해 보시오. 우리는 언제 죽을지 알 수 없는 몸이오. 조금만 있으면 다른 세상에 갈 터인데 서양 사람들은 예수를 믿지 않으면 지옥에 간다 하오. 허나 죄를 회개하면 하나님께서는 언제라도 용서하신다고 하오."

이승만은 죄수들에게 기독교를 전도하기로 결심했다. 하지만 유교사상의 벽을 뚫는다는 것은 거의 불가능했다. 수백 년 간 뿌리박힌 유교사상이다 보니 외래종교가 씨도 먹히지 않는다. 하지만 죄수들의 처지들이 워낙 절망적이다 보니 하나 둘 숫자가 늘더니 40여 명이 받아들였다. 그중에는 간수부장도 있었다.

처음 이승만은 선교사들을 침략의 앞잡이로 의심했다. 하지만 배재학당이나 제중원에서 만나본 선교사들의 행동거지는 그게 아니지 않는가. 침략의 앞잡이로 볼 수만은 없는 일이다. 자신이 먼저 굳게 믿을 뿐만 아니라 그 믿음을 스스로 실천하는 의지와 희생을 보여준다. 미개한 백성들에게 기독교를 내리먹이기 위해 온 게 아니라고 볼 수 있다.

1903년 3월 감옥 속에 콜레라가 만연돼 이틀 동안 40명 이상의 시체가 실려 나갔다. 이승만은 의사 에비슨에게 약을 얻어 환자들에게 먹게 했다.

감옥에서 이승만은 항아리 속에 촛불을 감춰 두고 열심히 영어공부를 했다. 영어 성경은 물론 선교사가 정기적으로 넣어주는 영문 잡지들을 외워가며 읽었다. 아펜젤러 박사가 건넨 영일사전을 참조하면서 조잡한 대로 영한사전도 만들었다.

물론 지루한 감옥생활을 이겨내기 위한 방편일 수도 있다. 하지만 이런 자세는 집중력을 드러낸다. 어릴 때 그는 혼자서 몇 시간이고 연을 날리기도 했고 나비 그리기에 몰두하여 '이나비'라는 별명을 얻기도 했다.

이러한 집중력은 자신의 목적을 성취하는데 유용한 반면 그로 인해 상식에 벗어나는 다른 일도 일단 집착하면 지나치게 추구함으로써 빠져나올 수가 없게 된다.

한편 '독립정신'이라는 책도 썼다. 그 원고는 이승만이 도미한 석 달 후인 1905년 2월 용만이 트렁크 밑바닥에 숨겨 미국으로 가져왔다.

용만은 만민공동회가 열릴 때 이승만과 몇 번 안면을 익힌 사이다. 남대문 근처에 있는 상동교회에서도 자주 만났다. 독립협회가 해체된 이후 개화파의 지식인들은 상동교회로 몰려들었고 상동청년회의 회원들이 됐다.

감옥에서 다시 만난 용만은 이승만보다 6살 어렸으나 세상을 보는 눈도 길렀고 이념의 방향도 같아서 둘은 곧 친밀해졌다. 결의형제 사이로 발전했고 연상의 그를 깎듯이 공경했다. 이후 미국에서도 이승만이 사람들의 눈 밖에 나거나 구설수에 오를 때도 감싸는데 주저치 않았다.

1904년 러일전쟁에서 일본이 승기를 잡자 조정에서 친로파가 물러서고 정권이 바뀌면서 그해 8월 이승만은 불시에 석방됐다. 하지만 일본의 한국지배가 노골화돼 외려 신변의 위협을 느꼈다. 이승만은 비밀리에 미국유학을 떠난다.

여비는 감옥의 간수장이 마련해줬는데 그의 전도로 기독교인이 된 사람이다. 나이 20에 배재학당을 들어가서 나이 30에 한성감옥을 나오기까지 이승만의 삶은 파란의 연속이었다. 망해가는 나라에서 그는 우매한 임금과 싸우고 이권을 향해 달려드는 외국과 싸워야 했다. 개선될 희망이 없는 제도와 백성의 무지와도 싸워야 했다.

때로는 신문의 논설로 때로는 군중 앞의 연설로 혹은 반대 세력을 만나면 폭력도 주저하지 않는 게 그의 무기였다. 한국을 떠나기 전의 10

년은 그가 정치가로서 필요한 체험을 쌓는 데 충분한 기간이다. 대중의 생리와 테러의 용도와 전도의 비결 등 요긴한 노하우를 적지 않게 체득하게 된 셈이다.

하와이행 노동자처럼 배 밑창에 몸을 싣고 이승만이 제물포항을 떠난 건 1904년 11월 4일. 그의 잠재된 '울분'과 '집중력'은 훗날 정적들과의 대결에서 추종자들로 하여금 테러도 불사하게 하는 추동력이 됐다.

분란의 씨앗

국민회를 위해 외교 사업을 하고 싶다던 원래의 소망은 이뤄지지 않았다. 그런 일거리가 있을 리 없었다. 이승만이 착수한 건 교육사업이다. 감리교 교인인 그는 일본에서 오랫동안 선교활동을 했던 감리사 와드만 목사를 만난다.

1913년 8월부터 감리교에서 운영하던 한인여자 기숙사를 맡게 됐고 9월 15일엔 52명의 학생을 모집해서 한인기숙학교를 개학했다. 석 달 만에 학생 수가 두 배로 늘어났다. 그의 수완 때문이다.

한국에 있을 때도 선교사들의 후원을 받았다. 미국에서도 여러 교회를 돌며 간증을 해서 학비를 벌 수 있었다. 이승만은 미국 교계로부터 어떻게 하면 후원을 이끌어낼 수 있는 노하우를 터득한 사람이다.

미국에서 공부할 때도 고학생이 흔히 하던 노동일을 거의 하지 않았다. 교회에서 한국에 관한 얘기를 하거나 슬라이드로 한국의 풍경을 보여주고 사례비를 받았다.

그는 감리교 교단에 호소해서 1915년 중앙학원 기숙사 신축 보조비로 3천 달러를 배정 받았다. 원래 한인기숙학교를 마치면 바로 중학교로 진학할 수 없었다. 그가 교장이 된 후 학생 수를 늘렸다. 교과과정을 개편해서 학원의 졸업증서만 있으면 즉시 중학교 진학이 가능토록 했다.

이처럼 주류사회와의 원활한 외교로 눈에 보이는 실리적인 성과를 내놓자 이승만에 대한 지지가 높아지기 시작했다.

"박사 이승만은 6년 동안이나 감옥에 갇혀 고문을 당하기도 한 독립운동가가 아닌가. 미국 최고 대학에서 단기간 내에 한인 최초로 박사학위를 따지 않았는가. 또 늘 교회에서 얼굴을 보며 신앙생활을 같이 하는 지도자가 아닌가."

특히 감리교 교회들의 교인들이나 파인애플농장의 감독들 그리고 그의 높은 학식을 존경하는 부녀자들이 그의 충실한 지지자들이 됐다.

이 부녀자들은 사진결혼으로 건너와 심한 경우 아버지뻘 나이의 남편을 둔 사람들이 많았다. 늙은 남편들은 젊은 아내의 눈치를 보느라 부녀자들의 주장에 토를 달지 못했다.

이승만이 국민회와 틀어지기 시작한 건 학생기숙사 대지 문제 때문이다. 국민회는 국민회관을 지을 터와 예배당을 지을 터를 사뒀었다. 회관 대지는 600달러를 선불하고 매달 30달러씩 상환, 예배당 대지는 500달러 선불에 매달 120달러씩 상환하는 중이었다.

한인기숙학교를 중앙학원으로 발전시킨 이승만은 예배당 대지를 자기에게 줘 교육사업에 쓰게 하라고 청원했다. 국민회는 그 타당성을 인정하고 기부하기로 결정했다.

"예배당 대지를 교육사업에 배정하도록 결정했음을 감사합네다. 그런데 그 소유자 명의를 이승만으로 등록하게 해야 합네다. 교사를 짓거나 증축을 할 때 행정상 간편함이 있기 때문입네다."

엉뚱하게도 그 대지를 자기 명의로 하고 필요에 따라 마음대로 처리하게 할 수 있게 해달라고 요구한 것이다.

국민회는 공유재산을 개인 명의로 양도한다는 건 부당한 일이라고 거절했다. 당시의 총회장이 김종학이었는데 이때부터 그에 대해 앙심을 품기 시작했다.

이승만은 국민회가 쓸데없는 데다 재정을 많이 쓰면서 교육사업에는 지원하지 않는다고 자신의 '태평양잡지'에 비난하는 글을 노골적으로 발표하기 시작했다.

대한제국이 멸망하기 전 혼돈의 시기에 그는 개혁 세력의 출중한 선봉이었다. 언론에서 두각을 나타낸 것은 물론 독립협회가 조직한 만민공동회에서 그의 연설은 타의 추종을 불허했다.

그는 자기가 남들에 비해 비교할 수 없을 정도로 뛰어나다는 것을 확인했고 확신이 굳어지자 자기만이 옳다는 독선의 싹이 트기 시작했다. 황국협회 회원들과의 거리 투쟁과 우매한 왕에 의해 투옥되는 과정을 통해서 그는 적대세력은 관용의 대상이 아니라 타도의 대상이라는 신념도 굳히게 됐다.

자기를 지지하는 자들이 국민회를 장악하자 이승만은 스스로 재무가 돼 공금을 독단 처리했다. 나중 국민회를 분열시키고 동지회를 조직한 다음은 종신 총재가 되는 비상식적인 처세도 마다하지 않았다. 그는 조직의 헌장 위에 군림했다. 동지회 회의에서 결의된 것도 그의 허락 없이는 실행하지 못했으며 중요사안은 총재의 지시로 이행하는 독재 체제를 유지했다.

상해의 임시정부를 지원할 성금을 자신의 구미위원부에서 관장하고 자신이 재무를 맡아 공금을 독단 사용한 것도 유사한 행위였다. 그런 인간형인 이승만에게 총회장 김종학의 회관 건축비 전용 사건이라는 호재가 터진 거였다.

기다렸다는 듯 '태평양잡지' 제2권 6호에 성토문을 실었다.

'하와이는 내외 각지에서 희망을 두는 곳이고, 이곳 한인의 발전이 각지에 있는 한인의 희망인데, 이곳에 일이 잘못되는 것을 보고 말하지 않으면 그 책임이 나에게 있다고 할 것이므로 지금 사실을 말하고자 하노라.'

서두부터가 야릇한 언사가 아닌가. 자기가 마치 하와이 동포들을 치리하는 통치자라도 된다는 말인가.

'내가 이곳에 온 지 두 해가 됐고, 그동안에 보는 것을 설명하고자 한 때가 한두 번이 아니었으나, 참고 있었던 이유가 있다. 첫째로 말은 일이 중하여 다른 것을 생각할 여가가 없었고, 둘째로 만일에 공리를 밝히면 다치는 사람이 있을 것이며 다치는 사람은 응당 말하기를 이승만이 단체를 방해한다고 할 것이요, 그 결과는 당파 싸움인데 나는 당파 싸움에 참여하기를 원하지 않은 까닭에 조용히 이곳을 떠나는 것이 상책이라고 생각한 것이다.'

그는 조용히 떠나는 대신 회비전용 사실이 드러난 1915년 1월 이후 여러 섬들을 돌아다녔다. 임시총회를 열라고 추종자들로 하여금 들고 일어나게 했고 국민회를 개혁해야 한다면서 자칭 혁명대가 되게 했다. 전의를 부추기고 당파싸움에 불쏘시개를 들이민 것이다.

'이곳에 있기를 다시 작정한 때에 국민회 당국과 의논하기를, 출판사업은 국민회가 간섭하지 말고 나의 사업으로 할 것과 모든 찬조금은 내가 직접 받기로 언약하고 교육 특별재정을 청원하는 때에, 국민회 당국이 회관 건축의사를 제출하여 교육재정을 방해했으니 이것은 교육사업을 위하는 것이 아니다. 대저 국민회관 건축이 우리에게 학식을 주겠는가 재정을 주겠는가 일반동포가 이해득실을 판단해야 할 것이며 국민회에 돈을 주어서 시루에 물 붓 듯이 없애는 것보다 이승만에게 주어서 사업하는 것이 한인 전체의 유익이 될 것이다.'

물론 그의 주장도 일리는 있다. 하지만 해외의 어느 동포사회도 회관 건물에 대한 관심이 교육사업보다 먼저다.

이어서 그는 누가 봐도 엉뚱한 4항목의 제안을 내놓는다.

첫째 무슨 관계로든지 우리의 일을 반대하는 개인은 국민회를 반대하는 것으로 인정할 것과 둘째 지방마다 문제를 공결하여 그에게 보내면 다수 의사를 따라 결정할 것이며 셋째 지나간 2년 동안에 국민회가 의무금을 받아서 교육사업에 쓰지 않고 소모하였으니 금년에는 무슨 재정이나 전부를 교육사업 책임자에게 보내어 교육사업을 성취할 것과 넷째 금년 의무금과 모든 공금을 교육사업에 쓰라고 그에게 보내더라도 국민회의 필요한 경비와 임원들의 월급을 모른다고 하지 않을 것이라는 것이다.

이승만의 이 글이 '태평양잡지'에 실린 것은 1915년 2월 중으로 판단된다. 한마디로 뻔뻔함의 극치라는 표현이 타당할 것 같다.

나이 20에 배재학당을 들어간 이래 20년의 세월 동안 미국의 민주주의를 익힌 사람이 어떻게 이런 말을 할 수 있을까.

그의 자격은 기껏 일반 회원이 아닌가. 대의원도 아니고 집행부 임원도 아닌 사람이 난데없이 회비를 자기에게 보내달라고 하고 있으니 이 얼마나 엉뚱한 발상인가. 적법한 절차를 통해 선출된 연후라면 모를까 아무런 위임도 없이 어떻게 자기가 기존 임원들의 월급을 준다느니 만다느니 할 수 있다는 말인가.

이것은 프랑스의 절대군주 루이 14세가 '짐은 곧 국가이다'라고 한 말이 이승만의 유전자 속에 들어가 있다는 말밖에 되지 않는다.

이씨조선의 종친이긴 하지만 권력과 부의 주변부로 밀려나자 그는 근대화 운동에 뛰어들었다. 무기력한 황제를 반대하다 보니 욕하면서 배운다고 자기를 만인 위에 군림하는 존재로 착각한 건 아니었을까. 이 착각 때문에 그는 임시정부의 대통령이 된 후 탄핵을 받아 면직됐다. 또한 대한민국 초대 대통령이 된 후 4·19혁명으로 쫓겨나는 수모를 겪어야만 했다.

신성불가범

대한인국민회 '중앙총회결성선포문'을 기초하고 1912년 11월 중앙총회에 참석했던 용만은 그 다음달 초 하와이행 여객선에 몸을 싣는다. '신한국보'의 주필로 초빙 받았기 때문이다.

도착하자마자 용만은 곧 '무형정부' 구상을 실현키 위해 열정을 쏟기 시작했다. 맨 먼저 할 일은 하와이지방총회를 '무형정부'의 위상으로 자리매김하는 일이다. '신한국보'의 기사들을 통해 지방총회야말로 동포사회의 존엄한 자치기관임을 인식시켰고 각 지역의 지방회를 활성화시켰다.

의무금 제도도 도입했다. 도착한 다음해부터 각 회원이 1년에 5달러의 의무금을 세금처럼 내게 한 것이다. 그중 50전을 중앙총회에 보내고 나머지 4달러 50전을 지방총회의 사업비로 쓰게 했다. 매달 25전씩 별도로 낸 의무금은 지방회의 경비로 사용케 했다.

조국의 독립은 하와이 동포들의 애오라지 염원이었다. 용돈마저 바닥나는 저임금을 받으면서도 그들은 의무금을 꼬박꼬박 바쳤다. 바치지 않으면 무리에서 따돌림을 각오해야만 했다. 1914년 한해 동안의 성금이 자그마치 1만 달러를 넘어 국민회관과 중앙학원 여자기숙사, 대조선국민군단 병영 신축 등과 같은 큰 공사를 감당해 낼 수 있었다.

또한 용만은 도착 6개월 만에 하와이 지방총회를 사단법인으로 등록시킴으로써 대외적인 공신력을 높였다. 그런 연후 하와이 정부에 특별경찰권을 청원하여 허가를 받았다. 이것은 한인사회의 규모나 신뢰도를 고려해 허가된 경찰자치제다.

'하와이 주정부 경찰위원회는 한인이 사는 구역마다 국민회 경찰부장을 두고 한인 간에 시비사건이 벌어지면 경찰부장이 조사하여 처리하는 것을 허가함. 사건이 중대한 건 미국법정으로 넘기는데 경찰부장의 초기 조사를 법정행사로 인정하겠슴.'

경찰위원회로부터 국민회가 받은 공문이다. 그러나 자리를 잡아가던 동포사회에 1915년 5월부터 이승만파의 테러가 빈번해지자 하와이정부는 특별경찰권을 취소하고 말았다.

1915년 2월 샌프란시스코에서 국민회 중앙총회의 총회장과 부회장 선거가 있었다. 총회장엔 안창호가, 부회장엔 용만이 당선됐다. 안창호는 하와이 대표 37인 중 32인의 찬표를 받았고 용만은 30표를 받았다. 이것은 당시 동포사회가 시끄러워지는 가운데도 대의원 중 80%가 용만을 지지한 결과다.

취임식에 참석하려고 같은 해 6월 11일 그는 시에라호를 타고 샌프란시스코에 도착했다. 이승만과 박용만의 사이를 빙탄(氷炭)관계, 즉 얼음과 석탄처럼 도저히 공존할 수 없는 적대관계라고 말하는 사람들도 많았다. 하지만 그때까지만 해도 서로 원수가 되는 파탄에까지는 이르지 않았다. 자기에 비해 연령도 높고 학식도 많은 이승만을 형님처럼 대해 왔고 대외적인 행사를 할 때는 늘 그를 웃어른으로 대접했기 때문이다.

이승만 역시 박용만파가 장악한 국민회를 불법적으로 뒤집긴 했지만 옥중동지요 자기 아들을 미국에 데려다주었고, 미국동부에서 하릴 없이 방황하고 있을 때 하와이로 초청해준 은혜도 있어 아주 영 담을 쌓을 순 없었다.

샌프란시스코로 피신했다고 보도된 용만에게 이승만은 7월 7일 편지를 보내 자신이 옛 옥중동지를 잊지 않고 친구로 간주하고 있는 것을 알아 달라, 단 자기편이 되든지 저쪽편이 되든지 선택을 하라고 요구했다.

이승만파가 국민회를 장악했지만 쿠데타라고까지 말하는 그 과정의 풍파 때문에 이전의 2천3백여 명이던 회원 수는 7백40명으로 줄었다.

의무금 납입도 3분의 1로 떨어졌다. 그걸 가지고 중앙학원과 기숙사 경비를 보조하다 보니 국민회 사업도 위축되고 교육시설도 확장할 수 없었다.

용만에게 유화의 손길을 내민 건 그런 형편도 무관하지 않을 터다. 꼭 편지 때문이었는지 알 수 없지만 용만은 편지를 받은 지 약 한 달 만에 여객선 맷소니아(Matsonia)호를 타고 호놀룰루로 돌아갔다.

그런 걸 보면 그가 테러의 대상이 아니었거나 아니면 더 이상 그럴 이유가 없었다는 얘기도 된다. 그렇다고 돌아가자마자 손을 잡은 건 아니다. 이승만에 대한 비판기사가 '신한민보' 10월 14일자에 실린다. 용만의 문체가 확실한 편지투 기사다.

'리씨가 말끗마다 국민회에셔 동포의 재정(재정)을 것우어(거두어) 남용하얏다 하면서 엇지하야(어찌하여) 자긔는 교과셔를 출간한다고 몇 천원 동포의 연조를 것우어 월보 몇 호 출간하고 만 후에 지금까지 웨 재정광포 한 번이 업셨나뇨. 국민회도 동포의 돈으로 일하고 리승만도 동포의 돈으로 일하면서 엇던(어떤) 리유로 국민회는 그 재정의 일 푼만 축내여도 허물되고 리씨는 아모케나 자긔의 마음대로 쓰고 광포 한 번 업나뇨. 국민회 명의 하에 잇는 토디재산(토지재산)은 의심이 잇다 하고 그 따(땅)를 자기 일흠(이름)으로 뎐매(전매)하며 국민회 임원은 재정묘사(재정조사)를 밧으되(받으되) 리승만은 엇지하야 신성불가범이 되나뇨.'

사진신부들의 꿈

　하와이 하면 떠오르는 건 '독립운동 돈줄'과 '사진신부의 비극'이다.
　이민역사가 1백년을 넘었는데도 하와이 동포는 큰 기업 하나 일으키
지 못했다. 독립운동 자금 대느라 똥줄이 탄 결과라고 말하는 사람도
있다. 당시 사탕수수농장에서 일하던 한인들의 월급은 16달러에 지나
지 않았다.
　그 돈으로 이것저것 제하고 나면 술 한 잔 마음 놓고 사 마실 형편도
되지 않았다. 그러나 하와이의 한인들만이 당시 그나마 전 세계에서 고
정적인 수입을 올릴 수 있는 유일한 처지였다.
　임시정부나 구미위원부를 지탱하는 경비의 염출은 옴팍 그들의 몫이
됐다.

누가 계산했는지 그리고 얼마나 정확한지 알 수 없지만 독립운동 지원으로 나간 돈이 총 3백만 달러가 된다고 한다.

이걸 오늘의 가치로 환산한다면 무려 3억 달러 아니면 5억 달러가 된다. 한국은 헌법전문에서 임시정부로부터 법통을 이어받은 것으로 밝히고 있다. 임시정부를 지원한 하와이 동포들의 피땀 어린 정성이 결코 헛되지 않았다는 얘기가 아닌가.

하와이 이민사의 얼룩은 '사진신부의 비극'이다. 현장에서 이 비극을 보고 누구보다 참을 수 없는 사람은 용만이다. 1914년 3월 7일자 논설 '하와이가 낙원이냐 지옥이냐'에서 그는 끓어오르는 의분을 토해 놓았다.

'사진혼인을 시작하여 사람을 속여 노예를 만드는 것은 원래 일인들이 시작하여 한인까지 전염병이 들게 함이라 우리가 일인들에게 배울 것이 없지는 않되 이것을 힘써 배우는 것은 국민보가 심히 반대하는 것이요, '국민보'는 다만 신성한 조선 족속이 다시 야만의 길로 돌아가는 것을 분히 여겨 이렇게 심히 말하거니와 만일 동포들이 이것을 인연하여 국민보를 배척하는 지경에 이르더라도 국민보는 차라리 문명한 시대에 없어지고 말지언정 결단코 야만시대에 신문지 노릇하기는 싫어하는 것이요.'

용만은 사진혼인을 사람을 속여 노예를 만드는 야만의 길로 보았다.

'또는 본국 여자들이 하와이 한인의 인구가 번성함을 기뻐하지 않는 바가 아니로되 야만시대에 야만의 종자가 더 생기는 것은 원치 않는 바라. 그러므로 국민보는 인도(人道)를 유지하고 천리(天理)를 보호하기 위해 비록 하와이 한인이 종자가 끊어질지라도 오늘날 현상은

그대로 보고 앉을 수 없노라.'

그는 사진신부를 데려오는 것은 인도와 천리에 벗어나는 것으로 비난했다.

하와이에 최초의 사진신부가 도착한 건 1910년 12월 2일. 신부는 23세의 최사라. 그녀는 도착하자마자 이민국에서 민찬호 목사의 주례로 38세의 이내수와 혼례를 올렸다.

이내수는 공동생활에 헌신하기를 즐겨하는 노총각이다. 신부가 도착하기 전 해인 1909년 국민회 하와이지방총회 총회장을 지냈다.

최사라가 도착하고 22일 지나 6명의 사진신부들이 호놀룰루 부두에 내린다. 그렇게 해서 1924년 5월 15일 '동양인 배척법안'이 통과될 때까지 사진신부 951명이 하와이 땅을 밟게 된다.

사진결혼은 사기가 많았다. 사진관에서 빌려주는 고급양복에 기름을 잔뜩 바르고 찍은 사진과 실제의 얼굴은 같지 않았다. 젊었을 때 찍어둔 사진을 중매쟁이한테 건넨 50대 남자도 있다. 멋모르고 온 나이 어린 신부들은 평균 나이차가 15살이나 더 많은 남편들과 맺어져야 했다. 이민 초기 7200명의 한인들 중 약 5300여 명의 남자들이 외톨이 신세였다.

용만이 다른 섬의 한 동포 집을 방문했을 때다.

방 안에는 여남은 명의 장정들이 어린 여인을 가운데 두고 둘러 앉아 있었다. 한 장정이 소리쳤다.

"박용만 씨가 너를 잡으러 왔어. 이년아."

용만은 무슨 영문인지 알 수 없었다. 여인은 무서운 눈으로 용만을 쨰려보면서 두 손을 부들부들 떨었다.

"이년아, 좋은 말 할 때 김 서방하고 혼례를 할껴? 안 할껴?"

용만은 그제서야 감을 잡을 수 있었다. 장정들은 나이 어린 사진신부가 결혼을 거부하자 단체로 협박을 하고 있는 중이었다.

사진신부들은 꿈이 있었다. 그들 중엔 학교를 다니거나 교회생활을 한 사람들이 많았다. 외국에 나가면 공부도 더 할 수가 있고 자유로운 세상에서 더 문명된 생활을 할 수 있으려니 기대했다.

그러나 기다린 건 아버지뻘 나이의 남자와 장래가 보이지 않는 노동의 현장이었다. 높이를 몰랐던 꿈이 끈 떨어진 연처럼 곤두박질칠 수밖에 없는 일이었다.

약을 먹고 죽으려는 여인, 수모를 당하면서도 홀로 빌어먹는 여인, 제 정신을 놓아버린 여인, 바다만 바라보고 눈물만 씻는 여인들이 생겨났다.

이 사진결혼은 일본인들이 먼저 시작했다. 용만이 도착한 후 2년 동안 하와이 정부가 발급한 이혼증서 5천 장 중에 그 3분의 2 이상을 일본인들이 받았다. 사진결혼의 파경 때문이다.

서로 붙들고 대성통곡

　낮에는 농장에서 노동하고 저녁에는 군가를 부르며 목총을 메고 행진했던 국민군단은 처음 103명의 단원이 나중 311명으로 늘어났다. 당시로는 해외에서 가장 큰 규모다.

　미국의 헌법은 자국 내에서 외국인의 군사활동을 용인하지 않는다. 그러나 하와이 군사령부가 한인의 특별한 정치적 입장을 고려해 묵인해주었다.

　훈련에는 소총과 탄약이 허용되지 않아 목총과 권총, 그리고 지휘도를 사용했다. 당시 군단에서 구비하고 있던 장비를 보면 목총 350정, 45식 단총 39정, 군도 10개, 나팔 12개, 북 6개 그리고 영문과 일문으로 된 군사서적 28종이 있었다.

군복으로는 장교복이 황금색이고 병사복은 흑색이다. 군복 단추는 호랑이 머리를 돋을새김한 것이다.

사관의 모표에는 성벽이 있고 그 좌우편에서 호랑이가 발을 뻗어 서 있으며, 그것을 밑에서 사람 손으로 받들고 후광이 빛나며 성문 밖에서는 밭을 가는 농부를 집어넣어 '둔전병'이라는 것을 나타냈다.

군기는 엄정했다. 망국의 수치 때문에 사기는 강고했다. 야외에서는 전투훈련을 하고 막사 안에서는 군사학을 학습했다. 행진할 때는 군가를 불렀다.

구한말 시절 광무 군인들은 '대한군인 애국가'를 지어 불렀다. 군인들의 애국심을 드높이기 위해 자체로 만든 애국가다. 국민군단에서도 용만이 작사한 '됴션 국가'를 불렀다.

높이 솟은 코올라우 산봉우리들은 호놀룰루에서도 잘 보인다. 군단의 병영에서는 더 가까이 보인다. 코올라우 산줄기는 높이가 일정한 거대한 톱날처럼 들쭉날쭉하고 언제나 푸르스름한 색깔의 신비를 내뿜으며 장엄하게 달린다.

마치 그 산줄기의 기백을 닮기라도 한 듯 매일 새벽 6시면 군단의 생도들은 용만이 작사한 '됴션 국가'나 '국민군가'를 부르며 하루의 일과를 시작했다.

국민군단은 군단과 사관학교로 구성되는데 사관학교를 '병학교'라고 칭했으며, 군단 사령부 단장과 병학교 단장은 용만이 맡았다.

그 외의 조직으로는 군단 경리부, 피복창, 훈련대, 별동대가 있었다.

불행히도 국민군단의 생명은 길지 못했다. 오래지 않아 문을 닫게 될 운명에 처해졌다. 망국민의 설움을 톡톡히 치르게 된 것이다. 1915년 군단학교는 카홀루에서 북쪽으로 약 20Km 떨어진 카후쿠 지역으로 옮겨가지 않으면 안 됐다.

그 다음해 10월 군단학교는 불행히도 폐교되고 만다. 무엇보다 일본의 압력 때문이다. 당시는 1차 세계대전 중이었고 미국과 일본은 동맹관계였다. 1915년 여름 워싱턴 주재 일본대사관은 미 국무부에 항의했다. 한인들의 군사훈련을 허용하는 것은 일본에 대한 미국의 적대감의 표시라는 거였다.

국무부는 내무부에 통고했다. 내무부장관 로버트 랜싱은 핑크햄 하와이 주지사에게 조치를 취하라고 했고 그 결과 국민군단은 문을 닫게 된 것이다.

이런저런 외부 여건들도 나빴다. 파인애플농장의 불경기와 흉작으로 수입이 크게 준 것도 군단 유지에 어려움이 됐다.

1915년 초부터 벌어진 이승만 추종자들에 의한 동포사회의 분열은 국민군단에 대한 전폭적인 지지를 점점 깎아 내리는 결과를 초래했다.

당시 국민회 하와이 총회 대의원이었던 29세의 정두옥 씨는 후에 쓴 '재미 한족독립 운동실기(實記)'에 이렇게 적었다.

'국민군 사관학교도 시기에 피해가 되어서 더 진보할 수 없이 되었다. 당시에 학도들이 헤어질 때에 서로 붙들고 대성통곡으로 이산되었다. 그러고도 남아 있는 학생이 수십 명이라 정두옥 씨의 교섭으로 외이엘루아 사탕농장에 옮겨 두었다가 다시 태병선 씨가 카후쿠 농장에 교섭하여 그곳으로 가서 있다가 차차 파산되고 말았다.'

1916년 용만은 그들 중 상당수를 하와이 군사령부와 교섭하여 미군의 각종 사업에 취역시켰다. 그동안 파인애플 경작과 특연으로 얻은 재정수입은 7만 8,642달러나 됐다. 2년 동안의 군단경비로 지출한 금액은 5만 8,442달러, 잔금은 2만 200달러였다. 이 잔금은 만주와 러시아에서의 독립운동을 지원하기 위한 기금으로 적립했다.

"노 장군님, 어서 오십시오."
"우성, 우리가 서로 본 지도 십 년이 넘었구려."

부두의 브리지까지 다가가서 용만은 노백린 장군의 손을 잡았다.

노백린 장군이 상해에서 차이나호를 타고 하와이로 건너온 건 1916년 12월. 두 사람은 서울의 상동교회에서 인사를 나눴던 사이다. 군단학교가 폐교됐기 때문에 어떤 임무를 맡길 수 있는 형편은 아니었다. 독립운동을 하다 보면 어쩔 수 없이 기약 없는 시간을 보낼 때도 있다.

노백린은 황해도 출신으로 1895년 20세 때 국비로 일본유학을 갔다. 1899년 일본 육사를 졸업, 귀국한 후 육군무관학교 교장을 지냈다. 한일합방 이후 국권회복에 뜻을 두고 상해로 망명했다.

노백린은 용만과 행동을 같이 했다. 무엇보다 둘 다 '무력항쟁'이라는 노선이 같았기 때문이다. 조국에서 3·1운동이 일어났고 그보다 앞서 만주에서 '무오독립선언서'가 발표됐다. 해외 독립운동가들 39명이 서명했는데 용만도 그중 한 사람이다. 독립운동의 용암은 그동안 지각 밑에서도 식지 않고 꿈틀대고 있었다.

두 사람은 곧 행동에 나섰다. 3월 3일 '대조선독립단'을 조직했다. 350명이 단원으로 참가했다. 기관지로 '태평양시사' 주간지를 발간했다. 이 신문은 용만의 주도로 3개월 전부터 발간되고 있었으며 노백린이 사장과 주필을 맡았다.

1919년 9월 상해임시 정부가 이승만을 대통령, 노백린을 군무총장, 박용만을 외무 총장으로 임명하자 노백린은 당시 워싱턴의 구미위원부에 가 있는 이승만을 만나기 위해 10월 1일 워싱턴으로 떠난다.

다음해 캘리포니아로 돌아오던 중 2월 20일 캘리포니아 북부 윌로우스에 설립된 '한인비행학교'의 교장으로 취임했다. 군무총장에 취임하기 위해 상해로 간 것은 1921년 2월 2일. 그에 앞서 1919년 5월 블라디보스토크로 떠난 용만은 다음해 3월 29일에 상해에 도착했다. 하와이에선 더 이상 무력항쟁의 터전을 일굴 수 없다고 판단했기 때문이다.

거기에 초점을 맞추다 보니 무력항쟁의 기반을 마련키 위해 북경으로 가 머물렀다. 1921년 북경에서 용만은 보합단(普合團)을 조직했다. 중국의 동북 3성에 흩어져 있는 독립군을 재편성해 민족정통 항일세력들을 총집결시키는 것이 목적이었다.

단장은 박용만, 군임장은 노백린, 내임장은 신채호, 재임장은 김창숙, 사령관은 김좌진으로 모두 쟁쟁한 무력항쟁파다.

중국에 와서도 노백린은 자기보다 6살 적은 용만을 뒤에서 힘껏 밀어주었다.

약소국동맹회의

'금일 약소국동맹회의 참석차 하와이 출발. 회의는 뉴욕 맥컬린호 텔에서 이달 29일 시작 31일 끝남. 회의 참석 후 동부 순회 예정. 용.'

10월 17일 호놀룰루를 출항하는 맷소니아호에 승선하기 전에 용만이 제니에게 띄운 전보다. 알로하 카니발이나 대조선국민군단의 병영 준공식 같은 큰 행사가 있은 다음에는 밤잠을 안 자고 제니에게 편지로 알렸다.

신문에 난 관련사진들도 스크랩해서 동봉했다. 하지만 동포사회가 두 파로 나뉘어 불미스러운 송사가 끊이지 않을 뿐 아니라 국민군단도 해체의 운명에 처하면서부터 소식은 한동안 끊어졌다.

재작년 6월 국민회의 부회장으로 당선돼 취임식에 참석하기 위해 샌프란시스코를 방문하게 됐지만 오진국이라는 자에게 테러를 당한 일도 있어서 제니에게 연락을 할 겨를도 없었다.

궁금해 하는 편지를 그간 제니로부터 몇 번 받았지만 답장도 보내지 못했다. 하지만 아주 큰 사건이나 변화가 있을 때는 간단히 소식을 보냈고 매년 크리스마스가 되면 둘은 어김없이 카드를 주고받았다.

나의 사랑하는 용,

눈 내리는 솔트 강가를 함께 걸었던 시간을 추억합니다. 4년의 세월이 흘렀지만 그 추억은 왜 퇴색을 거부하는지 알 수 없군요.

용의 건강과 안전함을 더 자주 알 수 있는 새해를 기원해요.

— 헤이스팅스에서 제니가.

약소국 동맹회의가 열렸던 뉴욕 맥컬린호텔

그녀는 카드 속에 그해 찍은 자신의 사진 한 장도 넣어 보냈다.

1916년 12월 보낸 크리스마스카드에 용만은 다음과 같이 적었다.

사랑하는 제니,

딸 헬렌과 함께 즐거운 크리스마스 갖기 바래요. 그동안 소식을 못 전한 건 내가 열정을 바쳐 운영하던 국민군단이 문을 닫았기 때문이요.

1914년 9월 160명의 훈련생으로 시작돼 한때 3백 명도 넘었지요. 그런데 미국과 동맹국가인 일본이 미국정부에 압력을 가했기 때문에 문을 닫게 된 거에요. 미니트맨 양성의 꿈이 좌절됐으니 앞으로 무엇을 어떻게 해야 할지 모르겠군요.

나를 위해 더 많은 기도를 부탁하고 싶어요.

— 호놀룰루에서 용이.

1917년 10월 29일서부터 31일까지 뉴욕에서 열리는 약소국동맹회의에 참석하지 않겠느냐는 편지가 하와이의 국민회에 전달된 건 회의 개최를 한 달 반 정도 앞두고서다.

약소국동맹회의는 인도와 아일랜드 그리고 한국의 독립을 지원하자는 것이 단체의 목적 중 하나다. 그 때문에 가볍게 무시할 사안이 아니다. 하지만 회의가 열리는 뉴욕은 가는 데만 보름이 걸리는 먼 거리가 아닌가. 게다가 주최측과 사전 통신연락도 충분히 이뤄져야 하고 대표 선정이며 경비 염출이며 준비를 하자면 도저히 촉박했다.

뜻밖에 이승만은 용만이 반대파의 우두머리인데도 대표자로 지명했다.

여러 나라 사람들이 모이는 국제회의에 대표를 보내려면 영어도 잘하고 정치적 식견이 탁월하지 않으면 어렵다는 것을 감안하기라도 했다는 말인가. 속내는 용만이 반대파임에도 자기는 선심을 베푼다는 인상을 남기기라도 하려는 것일까.

자기네 파가 장악한 국민회에 이승만은 용만의 여행경비 모금을 비밀리에 추진하라고 지시했다.

약소국동맹회의는 제1차 세계대전이 끝나가는 시기에 종전 후 약소국들의 진로를 모색하기 위해 창설된 민간기구다. 종전 후 평화회담에나 그 이후 모든 국제회의에 약소국 대표들을 직접 보내서 약소국들의 독립과 자결권의 확립이 세계평화에 필수적임을 인식시키고자 함이 주목적이었다.

첫해에는 조직구성에 대해 논의하고 다음해에는 약소국들의 의사를 종합해 평화회의에 제출할 의안들을 작성한다는 계획이었다.

스웨덴, 노르웨이, 아일랜드, 폴란드, 발칸반도의 여러 나라 등 24개국 대표들이 참석했고 대표는 미국의 이민장관인 프레더릭 호웨가 맡았다.

아일랜드의 대표는 한나 라는 여성이었는데 그녀는 독립을 위해서는 과격한 투쟁도 마다하지 않는 신페인당의 당원이다. 각국 대표들이 차례로 나와 자국의 독립운동 현황을 연설했다.

용만은 첫날 연설자 중 한 사람으로 강단에 섰다.

"숙녀와 신사 여러분, 미국은 자유의 땅이자 민주주의의 본거지입니다. 핍박 받고 우방도 없는 민족들이 이런 대회를 열 수 있는 곳은 미국 말고는 없을 것입니다. 오늘 밤 자유와 행복을 일본에 의해 몽땅 강탈당한 한국의 현실을 여러분께 알릴 수 있게 된 기회를 기쁘게 생각합니다. 4천년이 넘는 문명을 가진 한국은 일본에 의해 한국말 사용이 금지되고 언론과 출판 및 집회의 자유가 금지되고 있습니다."

용만은 좌중을 둘러보며 침착하게 서두를 꺼냈다.

"다음은 종교의 현황에 대해 말씀 드리겠습니다. 1884년 미국 선교사들이 온 이래 기독교는 꾸준히 번져 수백만의 신자들이 생겼습니다. 그러나 일본은 노예 상태의 이스라엘 백성을 구출한 출애굽의 모세에 대한 얘기를 금하고 있습니다. '믿는 사람들은 주의 군사니'라는 찬송가나 '십자가 군병들아'와 같은 찬송가를 부르는 것도 금지시키고 있습니다."

서양의 나라들이 기독교 국가들인 만큼 성경의 예를 들면 청중의 이해가 빠르기 마련이다.

"한국은 아직 망하지 않았습니다. 지금은 어두운 밤이지만 이것은 마치 '조용한 아침의 나라'의 밝은 빛을 가리는 일종의 일식에 지나지 않습니다. 마취를 시킨 환자가 수술대에 있을 뿐이지 죽은 것이 아닌 거나 마찬가지입니다. 낡은 건물을 부수고 새 건물을 세우는 과도기에 있다고 할 수도 있습니다."

용만의 음성은 더욱 결기에 찼다.

"잠깐 미국에 있는 한인들의 활동에 대해 몇 마디 하겠습니다. 현재 하와이에 5천 명, 미 본토에 2천 명의 한인들이 있습니다. 저희들은 대한인국민회를 조직했고 저는 오늘 그 대표로서 참석하고 있는 것입니다. 이 조직은 만주와 소련에 있는 2백만의 한인들과도 연대를 하고 있습니다. 따라서 저는 미주의 7천 명만이 아니라 한국 인구의 10%에 달하는 2백만의 동포들도 대표하고 있는 것입니다."

용만은 한인들도 무형의 정부와 같은 조직체가 있음도 알렸다.

"지금은 바야흐로 정의와 민주주의를 외칠 때입니다. 세계에 그걸 호소할 때입니다. 우리가 받은 천부의 권리를 평화적이고 조용히 복구시킬 때입니다. 새로 출범한 동맹회의의 거선을 운행하기 위해서는 모두 힘을 합쳐야 하고 또 한목소리를 냄으로써 평화의 천사가 꿈에서 깨어나게 해야 합니다. 하지만 그보다 중요한 것으로 이 회의에 제안하고 싶은 것은 이미 낡은 영광에서 비롯되는 상이한 의견들일랑 잊고 미국의 새로운 평화와 새로운 민주주의의 이상을 따라 우리도 희망을 갖자는 것입니다."

결론 부분을 용만이 힘차게 강조하면서 연설을 마치자 청중들이 일제히 일어나 기립박수를 보내지 않는가.

아일랜드 대표 하나는 그 전해 더블린에서 일어난 '부활절 봉기'에 대해 자세히 보고했다. 영국으로부터 독립하고 아일랜드 공화국을 수립하기 위해 일어난 무장봉기에서 양측 사망자는 485명이고 2천6백 명이 부상을 당했지만 봉기는 성공하지 못했다는 것이다. 하지만 그 이후 무장 항쟁은 인민들의 지지를 받았고 신페인 정당의 지지도가 크게 늘었다는 것이다.

호텔의 프론트에서 용만의 방으로 전화가 걸려온 것은 회의 마지막 날 밤 10시경. 뜻밖에도 여자의 목소리였다.

"용, 저예요. 제니."

"오, 제니. 어떻게 전화를 다?"

그렇게 반문한 용만은 더 말을 잇지 못했다.

"알아 맞춰보세요. 내가 어디서 전화를 하고 있는지?"

"……."

"뉴욕이에요. 오늘 오후 뉴욕에 기차로 도착했어요."

"아니, 어떻게?"

"용이 보고 싶어서요."

"……."

둘 사이를 가로막은 건 침묵이다.

"그럼 학교는?"

"학교는 2주 휴가를 맡았어요. 보스턴을 가본 적이 없어 이번에 거기도 둘러보고 오려고요. 역사를 가르치는 교사가 수학여행을 온 셈이지요."

"제니, 나도 얼마나 당신을 보고 싶어 했는지 몰라요. 지금 당장 가서 보고 싶지만 밤이 너무 늦었네요. 내일 어디서 만나면 좋을까요?"

"나도 처음이라 어디가 어디인지 알 수 없어요. 호텔이 센트럴 파크에서 멀지 않아요."

"내가 묵는 호텔도 그렇게 멀지 않은데…."

"그럼 내일 아침 10시쯤 공원 안 마치니 동상 앞에서 만나기로 해요."

"OK. 역시 제니는 역사 선생이군요. 덕분에 이태리 통일의 영웅 마치니를 만나보겠군요."

"여기 프론트 데스크에 물어봤어요. 67가에서 공원의 서쪽으로 들어오면 찾기 쉽대요. 그럼 내일 아침 거기서… 굿나잇. 용."

그리고 전화가 끊어졌다.

절벽의 높이

전차를 내려 공원으로 들어서자 소음으로 가득 찬 뉴욕이 순식간에 사라져버린다. 대신 깊은 산속처럼 적막이 기다리고 있다.

나무들이 우거진 사이로 난 산책로 위엔 노랗게 물든 잎들이 여기저기 내려앉아 바람에 뒤척인다.

마치니 동상은 어른 키 2배 정도의 대리석 좌대 위에 그의 흉상이 올려져 있다.

이른 오전이라 동상 앞에는 아무도 없다. 먼저 가 기다리는 것이 남자의 당연한 예의일 거 같아서 일찍 출발했는데 약속시간은 반 시간쯤 더 기다려야 할 거 같다.

"헬로, 용."

제니다. 그녀도 일찍 출발한 모양이다.

저만치서 손을 흔들며 걸음이 빨라지고 있다. 하얀 깃이 달린 모자와 발끝까지 덮는 청색 스커트가 눈에 들어온다.

두 사람의 거리는 금세 사라지고 포옹 속으로 서로 몸을 던진 것은 순간이었다.

"제니."

"용."

서로의 이름을 부른 게 다였다. 둘은 부둥켜안은 채 한동안 움직이지 않았다.

"우리 걸으면서 얘기해요."

그러곤 제니는 주저 없이 용만의 팔에 팔짱을 낀다.

얘기는 순서 없이 이어졌다. 용만은 기쁨인지 흥분인지 분간이 되지 않았다. 전혀 다른 세상으로 들어가고 있었다. 얼마를 걸었는지도 알 수 없다. 걷고 있는 거조차 잊은 지 오래다. 시간과 공간이 자기 곁에 더 이상 존재하지 않는 느낌이다.

"용. 점심은 울워스 빌딩 안에 있는 식당에서 하기로 해요."

울워스 빌딩은 뉴욕은 물론 전 세계에서 가장 높은 빌딩이다.

"용, 내가 왜 뉴욕에 온지 알아요? 용을 위로해 주고 싶어서예요. 작년 크리스마스카드를 받고 용이 얼마나 좌절하고 있겠는지 가슴이 아팠어요. 뉴욕에서 제일 좋은 식당에서 점심부터 살게요. 누릴 수 있는 한 최대의 사치를 함께 누리고 싶어요."

둘은 전차를 타고 브로드웨이로 갔다. 울워스 빌딩은 멀리서도 보인다. 60층 높이라는 건물의 정문을 들어서자 로비는 거대한 성당을 연상시킬 만큼 웅장하고 화려하다. 대리석 계단도 거울처럼 번쩍이고 높은 천장의 장식무늬들을 잠깐 쳐다보는데도 고개가 아프다.

울워스는 10전 균일 잡화점들을 각지에 수없이 열어 돈을 번 다음 그 빌딩을 지었다.

식사가 끝나자 제니는 용을 쳐다보며 나직하게 입을 열었다.

"용, 내가 지금 묵고 있는 호텔은 애스토르 호텔이에요. 용을 위해 방을 바로 내 옆방으로 잡아뒀어요. 그동안 묵었던 호텔을 첵아웃하고 당장 애스토르 호텔로 짐부터 옮겨요."

"어떻게 그런 생각을 다?"

"묻지 말아요. 국민군단이 문을 닫았다고 용이 작년 크리스마스카드에 적은 것을 보고 용을 영영 못 보는 줄로 생각했어요. 그러다가 전보를 받고 이번 여행이 용을 볼 수 있는 마지막 기회라고 느꼈어요. 물론 내 육감이 틀리기를 바라지만요."

창밖의 맨해튼은 지상으로 내려앉은 은하수가 끝없이 펼쳐 있다. 반딧불 같은 전등불들이 수도 없이 반짝이고 있다. 제니의 방에서 둘은 밖을 내다보며 얘기를 나누는 중이다. 두 사람은 손에 든 와인글라스를 이따금 입에 가져가기도 했다.

"용. 우리 둘만의 공간에 있기는 처음이군요. 어떤 방해도 받지 않고."

그러면서 제니는 용만을 뚫어지게 쳐다본다. 몇 모금의 와인이 벌써 그녀의 뺨을 분홍장미로 물들이고 있다.

"제니. 꿈만 같아요. 나도 이런 시간이 오리라고는 상상도 하지 못했어요."

"여긴 뉴욕이에요. 아무도 우리 둘을 보지 않아요. 그리고 내가 용에게 무슨 부탁을 해도 용이 들어줄 수 있는…."

"참 미처 못 물었는데 헬렌은 많이 컸지요? 로이 목사도 잘 계시고?"

"헬렌은 벌써 나만큼 키가 컸어요. 나보고 왜 재혼을 하지 않느냐고 물을 만큼 정신연령도 자랐고요."

"착한 딸이네요. 엄마의 행복에 대해 깊은 관심을 가져주니… 근데 제니는 왜 그 행복을 구하려고 하지 않나요?"

"아마 조선에서 조선의 풍속을 배운 거 같아요. 과부는 재혼을 금한다는… 호호."

그러면서 두 손으로 입을 가리고 웃는다.

"그건 말도 안 돼. 고종이 왕이었을 때 재혼을 허락하는 법이 이미 만들어졌는데…."

"그런 기회를 군이 추구하고 싶지도 않았어요. 어쩌면 조선이 내 마음속에 들어와 있기 때문일 거에요. 그리고 조선 사람인 용도…."

"……."

"용, 절벽이 높을수록 물이 더 강하게 떨어지지 않는가요? 조선을 처음 갔을 때 너무 놀란 게 많았어요. 하지만 미국과 조선의 그 엄청난 차이 때문에 조선은 뗄래야 뗄 수 없는 존재가 된 거 같아요."

와인 잔에 입술을 축인 다음 제니는 거침없이 말을 잇는다.

"이 세상엔 두 종류의 사람이 있는 거 같아요. 절벽을 무서워하는 사람과 절벽을 사랑하는 사람. 남편은 그 절벽을 뛰어내린 사람이에요.

조선 사람 속에 들어가 조선 사람이 되려고 했어요. 나도 그 영향을 받은 거 같아요."

"그럼 제니가 날 좋아하는 것도 조선 사람이기 때문에?"

"그보다는 절벽 때문일 거예요. 절벽을 보고 절벽을 떠나지 않는… 용도 절벽을 사랑하는 사람이기 때문이에요. 조국의 독립이라는 그 절벽에 매달려 있는 사람이에요. 그 절벽이 아무리 높고 험해도 포기하지 않을 사람이에요. 용이 다른 사람과 다르고 내 마음을 떠나지 못하는 것은 바로 그 점이에요. 언제까지 그 절벽에 매달려 있을 것인가를 생각하면 용을 못 본 채 돌아설 수가 없어요."

"……"

용은 아무 말도 할 수 없었다. 제니가 이렇게까지 깊은 뜻의 마음을 가지고 있다는 게 놀라울 뿐이다.

다시 침묵을 깬 건 제니다.

"작년 크리스마스카드를 받고 걱정이 더 많아졌어요. 용이 절벽의 더 아래쪽으로 내려갔다는 것을 알았어요. 용이 추구하는 것은 미국독립전쟁 당시의 미니트맨처럼 둔전병을 양성하는 것인데 북미에선 그 꿈들이 다 깨졌으니까요."

"이번 약소국동맹회의에서도 그 한계를 느낄 수밖에 없었지요. 약소국들이 무기가 아니고 말로 독립을 얻는 것은 불가능하다는 것을… 어느 날이던 한국이 독립하려면 무력을 먼저 갖춘 다음 외교 활동을 진행함이 순서라는 것을…"

"용, 우리 와인을 한 잔씩 더 하기로 해요."

제니는 와인병을 들어 비어 있는 두 글라스에 와인을 가득 붓는다. 주고받는 화제는 심각한 것들이지만 마음은 먼 바다를 향해 가고 있다는 것을 모른 채 흘러가는 강물처럼 마냥 흘러만 간다.

"앞으로 용의 계획은 무엇인지 물어봐도 되겠어요?"

"제니, 아직은 확실한 계획이 없어요. 하지만 언제까지 하와이에 그

대로 있게 될지는 알 수 없군요."

"……."

두 사람의 잔은 어느새 다시 절반씩으로 줄었다. 대화를 나누며 내쉬는 숨결도 조금 더 가빠지고 뜨거워진다.

"용, 네브래스카대학 졸업식 때 내가 한 말 생각나나요? 그때 한 말을 다시 해야겠어요. 가세요. 어디든. 주저하지 마세요. 조선의 독립을 위해 싸울 수 있는 곳이라면 어느 곳이든…"

천천히 다가간 입술이 용만의 입술에 닿자 제니는 떨리는 손으로 용만의 셔츠 단추를 위에서부터 풀기 시작했다.

이승만(왼쪽)과 박용만

국민회를 소란케 하는 사람은 바로 이 사람

"군사운동 후원금과 약소국동맹회의 대표 파견 경비의 잔금은 왜 장부에 올라 있지 않는 것입네까?"

국민회 제10차 대의회가 열린 자리에서 고성이 터져 나왔다.

"총회관 사무실 임대료도 마찬가집네다. 왜 장부에 올라 있지 않습네까?"

회원들은 사회를 보는 총회장 안현경에게 질문을 퍼부었다.

국민회 회비를 유용했다고 해서 3년 전 박용만파의 총회장 김종학은 곤욕을 치러야 했다. 이승만으로부터 고소를 당해 재판을 받아야 했다. 억울함을 견딜 수 없어 권총을 입 속에 쏴 자살하려고까지 하지 않았던가.

그런데 3년 만에 이번에는 그 반대 현상이 벌어진 것이다. 이번엔 안현경이 대상이다.

정확히 말하자면 이승만도 대상이다. 돈 때문이다. 안현경은 총회장이고 이승만은 재무다. 군사운동 후원금 중 잔금 1035달러와 '약소국동맹회의' 파송경비 특별모금 중 잔금 1157달러가 장부에 올라 있지 않은 것이다. 그런데 재무 이승만은 장부를 보여 달라는 박용만파 회원들의 요구조차 묵살했다.

"지금이라도 이 연조금 1천1백 원이 있나 없나 의심하는 자 있으면 내게로 오라. 눈으로 보겠다하면 보여줄 것이요, 손으로 만지겠다 하면 만지게 하여 주겠노라."

이것은 이승만이 신문에 올린 글이다. 그러면서도 장부 조사원을 대면하지 않았다. 보겠다는 사람에게 보여주면 끝날 것을 신문에까지 올릴 것은 뭐며 오라고 해놓고 대면하지 않는 것은 또 뭐란 말인가.

재정장부를 조사하는데 장부에 오류가 많고 은행 적립금의 영수증이 없어 박용만파 대의원들은 재무 이승만의 설명을 요구했던 것이다.

용만은 동포들의 지식 발양을 위해 '국민보'의 주필이라는 책무를 소홀히 할 수 없었다. 게다가 무력 배양을 위해 창설된 '대조선국민군단' 군단장의 임무까지 맡다 보니 몸이 열 개라도 감당이 어려웠다. 그 때문에 '국민회' 총회장은 자기 밑에서 일하던 '국민보' 총무 김종학을 내세웠다.

그러나 이승만은 달랐다. 자기 밑에 있는 안현경을 총회장으로 내세우고 그 밑에서 재무를 맡았다. 국민회는 항시적으로 동포들의 회비가 집중되는 유일한 기관이 아닌가. 권력은 돈에서 나온다는 것을 이승만은 일찌감치 간파했다는 얘기다.

분쟁은 1월 15일 대의회에서 불똥이 일기 시작했다. 안현경이 원인 제공자다. 총회장으로서 그는 그해 1년간 한 번도 총회를 열지 않았다. 또한 국민회 기관지 '국민보'의 재정에 흠축(공금유용)을 냈다. 총회관 사무실 임대료를 받고서 장부에 올리지 않았다. 하와이에 오는 여학생에게 전해달라는 2백 달러를 착복했다는 피해자의 지탄도 있었다.

　박용만파는 조목조목 따지며 총회장을 공박했다. 그중에는 1909년 총회장이었으며 하와이에서 최초로 사진결혼한 이내수도 있었다.

　"신문사 재정을 흠축냈어도 다시 물어넣으면 그만이요, 또 총회관 방세를 받아먹었어도 다시 장부에 올리면 그만 아닙네까?"

　회원들의 추궁에 대한 안현경의 뻔뻔한 대답이다.

　그가 동포사회의 정치무대에 등장한 것은 1911년 11월. 당시 '신한국보' 주필 이항우가 멕시코에서 불법 입국한 동포들을 위해 선임한 변호사에게 커미션을 요구했다며 엄정한 처리를 주장했다. 국민회 대의회 석상에서였다.

　그날 밤 이항우는 육혈포를 입에 물고 자살했다.

　오하우섬은 하와이 군도의 정치, 경제, 문화의 중심지로 호놀룰루도 오하우섬에 있다. 그러나 외딴 섬들에서 온 대의원 수가 더 많았고 그들은 이승만파다. 그들은 사리에 맞지 않는데도 안현경을 철통같이 옹호했다.

　박용만파 대의원이 일어나 발언하면 이승만파 대의원 여러 사람이 동시에 일어났다.

　"재정 흠축은 내여 놓으면 그만이요, 총회관 방세도 물어 놓으면 그만이요, 학생 돈은 개인적인 거래였다 이 말이여. 그런데 뭐가 불만이여?"

　그들은 일제히 한 목소리로 소리를 질렀다. 다수에 의한 일종의 필리버스터다. 국민회 대의회는 1월 15일서부터 거의 한 달 동안 몇 차례 열리면서 두 파는 티격태격했다. 2백 달러 건에 대한 증거물(송금인의 편지와 전보)을 이승만파가 탈취하는 과정에서 박용만파와 치고 박는 싸움이 벌어졌다. 안현경과 이승만은 박용만파 사람들을 경무청에 고발해서 체포토록 했다.

이승만파는 그 이후 회의를 할 때 경찰관을 불러 보호를 의뢰했다. 1인당 한 번에 5불씩 지불하며 열두 경찰관들을 총회관 안팎에 세웠다.

입장권을 발부 받은 회원들만 입장시킨 가운데 새 임원진의 취임식을 가졌다.

결국 오하우섬 각 지방 대의원들은 장외투쟁으로 나설 수밖에 없었다. 2월 4일과 9일 두 번에 걸쳐 공고서(성명서)를 발표하고 총회장 안현경의 불신임을 선포했다.

재판은 2월 27일에 시작돼 3월 8일에 끝났다. 안현경과 이승만은 고발자로서 며칠 증언대에 섰다.

"저자들이 내 교육을 반대하며 또 무리를 지어 국민회를 전복하려 합네다."

재판 첫날 이승만의 증언이다.

고소 내용 중에는 약소국동맹회의에 대표를 파견키 위해 모금을 했는데 그 회계처리가 불투명했던 것도 고발장에 포함돼 있었다.

그것은 원래 동포에게 청연한 원문이 아니고 다만 이승만, 안현경이 개인적으로 각 지방에 보낸 편지였다. 일부러 그런 것들만 들고 온 거였다.

"이것밖에 다른 것은 없나요?"

"그렇습네다. 그게 다입네다."

이승만이 그렇게 대답하자 변호사는 종이 한 장을 들어올렸다.

"이 문서는 어떻게 설명하겠소? 이 문서 맨 위에 국민회 인장이 찍혀 있고 맨 밑에는 총회장 직함이 찍혀 있습네다."

그것은 전해 9월 28일 총회장 안현경이 동포에게 특별연조를 청한 문서다.

이승만은 꼼짝없이 인정할 수밖에 없었다.

모금 과정에서 약소국동맹회의 파송경비 5백 달러가 이해할 수 없을 만큼 과도한 액수라는 점이 문제가 됐다. 게다가 그 잔금 1,157달러가

장부에 올라 있지 않았다. 그렇다면 명목에 합당치 않은 모금이 어마어마하게 이뤄졌다는 얘기가 아닌가.

변호사는 소리를 높였다.

"거짓 증인을 서는 것은 법정을 속임이요 국민회를 소란케 하는 사람은 바로 이 사람이라고 본 변호인은 주장합니다."

또 한 배심관은 이 박사에게 질문했다.

"당신이 닥터라고 하는데 병 고치는 의사냐 아니면 다른 닥터냐?"

어느 학교에서 졸업하고 왔느냐고 묻는 배심관도 있었다. 비록 자신이 자초한 일이지만 그것은 한인 전체에게 망신살이 뻗친 불상사였다.

사탕수수를 추수하는 한인들

타곡하는 기계로 짓이기는 것같이

　"이승만은 자기의 사제가 되라고 했지. 맹목적이 되라고 했어. 그래서 이렇게 대답했지. 선생님, 제가 어디든지 따르겠습니다. 하지만 맹목적으로 따를 순 없습니다."

　찰스 정의 증언이다. 로베르타 장이 만든 비디오테이프에 나오는 육성이다. 로베르타 장은 하와이 이민 1세의 증언을 기록에 남기기 위해 노력한 사람. 1993년부터 15년간 1백여 명의 생존자들을 인터뷰해서 테이프에 담았다.

　그들은 이승만을 직접 보고 겪었던 사람들이다. 찰스 정도 그 사람들

중 하나다.

그러나 찰스 정과는 달리 이승만을 맹목적으로 따른 사람들이 있었다.

안현경과 홍한식이 그 대표적인 인물들이다. 이승만을 후원하기 위해 기존의 국민회에서 탈퇴한 '동지회'가 조직된 게 1921년 7월. 그 정강에 이승만을 종신 총재로 임명하고 총재의 명령에 절대 복종한다고 명문화했다. 맹목적으로 충성을 바치는 무리가 없었다면 터무니 없는 종신 총재가 어찌 가능했을까.

안현경은 이승만의 수족처럼 움직였다. 동지회는 물론 이승만이 주로 미국을 대상으로 외교활동을 벌이던 워싱턴의 구미위원부에도 따라갔다.

1919년 11월 그는 상해에 나가 있었다. 상해에서 발간되던 '독립신문' 11월 4일자에 의하면 안현경은 당일 있었던 국무총리 이동휘의 취임식에 참석했다.

이승만은 그해 9월 임시정부의 대통령으로 선출됐다. 상해로 건너온 것은 1년이 넘은 1920년 12월 8일. 그 기간 동안 안현경은 임시정부의 동정을 하와이에 있는 이승만에게 낱낱이 보고했다. 좋게 말해 통신원 노릇을 한 것이다. 다음해 6월 말 그는 하와이로 귀환한다. 비슷한 시기 홍한식은 목사가 돼 정치활동과는 무관하게 됐는지 이승만으로부터 멀어진다.

공첩은 서두를 이렇게 시작했다.

'5천 동포에게 고함 ─ 동포 동포여 무슨 연고로 국민회가 비운을 당하였는가. 원인을 연구할진대 총 임원의 재정흠축도 원인이 아니요 2, 3년 전부터 은연한 중에서 이러한 기회를 엿보고 있는지 오랜지라. 그러므로 오늘날 이 기회를 이용하여 국민회를 헐어 교회 안에 집어넣고 한 개인이 행호시령하니 뜻 있는 자가 통분치 않으리요.

(중략) 우리는 생명을 버릴지라도 국민회는 결단코 한 개인의 사유물을 만들어 권세 있는 자의 이용거리가 되지 않게 하리니 일반 동포는 아래 기재한 중앙총회에 올리는 공소장을 보시면 자연 시비를 판단할 줄 아노이다.'

여기서도 한 개인이 행호시령(行虎施令), 즉 호랑이가 돼 명령을 내리니 뜻있는 자가 통분치 않으리오라고 지적한다. 이미 민주 사회의 규범에 익숙한 동포들로서는 수용할 수 없는 독재를 규탄하고 있는 것이다.

전 달 하와이국민회 임시 대의회에서 박용만파인 총회장 김종학에 대한 이승만파 대의원들의 규탄이 있었다. 그들 중엔 홍한식과 안현경이 있었다. 회비 유용 건 때문이다. 회의는 아수라장으로 변했고 폭력이 난무했으며 이승만파는 박용만파를, 박용만파는 이승만파를 고소하는 사태로 발전했다.

그 사태의 전말을 하와이 현지의 영자신문도 기사화했다. 1915년 6월 24일 자 '신한민보'는 그 기사의 번역문을 실었다.

'하와이 현시 정형(19명 한인의 피착) ─ 이홍기(샌프란시스코의 국민회 중앙총회에 공소장을 제출한 대의원 중의 한 사람)는 새로 선거된 임원에게 맞아 중상 당하였고, 영수 박용만을 죽이기로 의결. 3백50명이 의결할 때에 주필 두 사람이 도망했는데 한 사람은 미 본토로 갔음. 호놀룰루에 있는 '소한국'은 혁명 안에 혁명을 일으켰도다. 그 분란은 한 달 전 국민회장이 재정 흠축한 사건으로 시작했는데 지금은 극도에 달해 신-구 임원이 서로 싸우는도다.'

영수 박용만을 죽이기로 의결까지 했다고 하니 갈등의 폭발이 막장까지 치달아 걷잡을 수 없는 상태라는 얘기다.

'당지 비밀경찰은 말하되 호놀룰루 한인 3백50명이 지난 예배 육일에 국민회관에서 의결하고 박용만을 추종하는 파당을 몰수히 죽이기로 작정하매 국민보 주필 겸 카할루 한인병학교 교장 박용만은 폭동을 피해 시에라 선을 타고 호놀룰루를 떠났도다. 전 총회장 김종학이 재정 1천 3백65원을 흠축낸 일로 한인 교회를 주장하는 이 박사의 패당이 항거해 지금 한인 정계에 큰 싸움이 되었도다. 지난밤에 한인 이홍기가 중상을 당하고 경무청에 와서 고발한 고로 그를 난타한 회원 19명의 포착령을 발했는데 순검의 말을 들은 즉 이홍기는 타곡하는 기계로 짓이기는 것같이 되었는데 그 범인들은 금일 오후에 잡을 모양이더라. (중략)'

이홍기는 타곡하는 기계로 짓이기는 것같이 되었는데…라는 기사는 폭력이 얼마나 잔인하고 무자비했다는 걸 말한다.

유원식 옹은 이렇게 증언한다.
"이승만은 국민회와 동지회로 갈라놓았지. 나의 아버지는 박용만 지지자였지. 신변의 위협을 느끼자 다른 섬으로 도망가야 했어."
머리가 완전 백발인 미니 유 여사의 증언은 또 이렇다.
"아버지를 죽이려고 했어. 농장에서 일하는데 누군가가 곡괭이를 들고 와서 뒤에서 찍었거든. 그래서 병원에 실려 갔어. 이승만의 패들이 와서 그런 거지."
로베르타 장은 노동이민 1세로 독립운동에 헌신적이었던 장금환 씨의 딸. 2007년 한국에서 제3회 재외동포 영화제가 열렸을 때 자신이 감독한 영화 '국민회'를 출품했다. 영화는 초기 이민 역사와 국민회를 이룬 사람들의 행적들을 보여준다.
로베르타 장이 인터뷰한 생존자들 중 절반 이상이 이승만은 한인사회에 위험한 인물이었다고 말한다.

"이승만이 우리 집에 찾아 왔었어. 우리 아버지를 설득하면서 조직의 대표 자리와 통제권을 넘기라고 했지. 당시 국민회가 안정적인 자금을 가지고 있었거든. 국민회 대표 자리를 둘러싸고 아주 큰 싸움이 벌어졌지. 이승만의 지지자들이 몰려왔고 총격까지 발생했어."

에드워드 김 옹의 회고담이다.

이승만의 고발이 또 기각되다

"여학생의 전보와 편지를 당신이 가지고 있소? 어디 좀 봅시다."

"이게 관련자 세 사람이 인장을 누른 편지요. 우선 편지부터 보시오."

유동면이 내줬더니 유상기는 그걸 들고 달아나기 시작했다.

"내 편지, 내 편지 내놓으시요."

유동면은 빼앗으려고 유상기의 손을 붙잡았다. 그러자 다른 이승만파 사람이 유동면을 등뒤로 붙잡았다.

유상기는 뒤돌아 유동면의 가슴을 주먹으로 쳤다. 다시 달아나려 하자 그 앞에 있던 박용만파 사람이 제지했다.

"왜 남의 편지를 가지고 도망가는 거요?"

그러자 이승만파 두 사람이 그 사람을 뒤로 와서 주먹으로 치고 의자로 내리쳤다. 때마침 총회관 내 '국민보' 사무실에서 일하던 김한경이 싸움을 말리려고 나섰다. 그러자 이승만파 사람들이 김한경을 주먹으로 치고 발길로 찼다. 또 접이의자로 그의 머리를 내리쳐 핏방울이 마루에 떨어지기 시작했다. 유동면은 이 광경을 보고 김한경을 구하기 위해 정신없이 발길질을 했다.

이승만파 사람들을 흩어놓음으로써 김한경은 가까스로 위험한 지경을 면하게 됐다. 기실 그건 한 편의 박진감 넘치는 액션 드라마였다.

2월 11일 오후 5시 의회는 정회하고 사람들이 헤어지는 참이었다.

주필 유상기가 유동면에게서 편지를 탈취하는 과정에서 그 같은 드라마가 벌어진 거였다.

재판이 열리게 된 건 그래서다. 재판 중 이승만에 이어 증인대에 선 사람은 '국민보' 주필 유상기다.

안현경이 여학생에게 전해달라는 2백 달러를 착복한 후 오리발을 내밀자 박용만파는 송금자인 본토의 서학빈에게 전보를 보냈다. 사실 여부를 알려 달라고 2월 초 급히 전보를 친 것이다. 서학빈 역시 그 돈은 오로지 여학생의 여비를 총회장 안현경에게 의탁한 것이었다고 답전했다. 또 자세한 전말의 편지도 보냈다.

변호사는 유상기에게 물었다.

"2월 12일 일어난 분쟁에서 당신이 유동면 씨(박용만파)가 가진 편지를 보자고 했는데 왜 보자고 하였소?"

"신문에 내려고 보자 하였습니다."

"그 편지를 받은 후에 곧 달아나지 않았소?"

"나는 달아나지는 않았소."

"그러면 어떻게 했소?"

"달아나지는 않았으나 걸음은 빨리 걸었소."

이 말이 떨어지는 순간 10여 명 배심원과 좌우편 변호사들과 일반 방청들은 폭소를 터뜨렸다. 이것은 대마초를 입에 댔으나 빨아들이지는 않았다고 하는 거나 같은 대답이 아닌가.

변호사는 유씨에게 다시 묻는다.

"약소국동맹회의 연조를 받은 일이 없소?"

"돈은 받은 일은 없고 다만 영수증을 떼어주고 돈을 받지 않았소."

재판정은 다시 한 번 웃음판이 됐다.

"그 돈을 다 의회에 들여 놓았소?"

"그 돈은 다 의회에 들여 놓았는데 여러 대의원들은 나의 애매한 것을 아는 고로 의회를 닫은 후에 그 돈을 다시 내어주었소."

돈을 받지 않았다고 하기도 하다가 받았다고 하는 등 횡설수설이다.

이승만파는 혹 떼려다 혹 붙인 격이 되고 말았다. 난동을 부렸다고 박용만파를 고발했는데 외려 자신들의 비리를 인정하는 꼴이 되고 말았다.

　배심원의 판결로 박용만파 네 사람 유동면, 김석률, 김한경, 이찬숙은 무죄 석방됐다. 이승만과 안현경이 난동을 부렸다고 네 사람을 2월 15일 경무청에 고발했던 송사는 그렇게 막을 내렸다.

　이승만이 용만을 죽이려 한다고 소문이 날 정도라면 이승만파의 폭력이 얼마나 무자비했음을 스스로 인정하는 거 아닌가.

　'우리 보통 동포들은 지나간 일을 다 잊어버리고 중요한 기관과 좋은 기회를 박용만 씨에게 여러 번 맡겼나니 박용만 씨가 또 지나간 일을 다 잊어버리고 동포의 공동히 원하는 사업에 합동하여 좋은 결과를 이루기만 바랐는데 지금까지 해 오는 것을 볼진대 박씨가 저자들을 따르는지 저자들이 박씨를 따르는지 함께 덩어리가 돼 피차 떨어지지 못하며 해마다 동포의 원하는 바는 절대적으로 반대해 번번이 풍파를 일으키니 박용만 씨는 비록 그중에 간섭이 없다한들 어찌 동포의 책망을 면하리요.'

　이승만은 마치 자기가 하와이 동포사회 전체를 아우르는 사람처럼 논지를 편다. 하지만 하와이국민회를 반석 위에 올려놓은 사람은 용만이 아닌가. 이건 굴러온 돌이 박힌 돌을 탓하는 격이 아닌가.

　1월 15일 열린 국민회 대의회에서 분쟁이 일어나고 박용만파 네 사람이 고발을 당하고 구금되는 사태가 벌어지자 박용만파는 우선 각 지방의 동조자들끼리 2월 10일 연합회를 조직할 것을 결의하게 된다.
　연합회 이름으로 총회장 안현경의 불신임안을 의회에 제출하며 관철될 때까지 회비 납부를 거부하기로 했다.
　'국민보'는 총회장을 옹호해 공리를 죽이고 공론을 압박하며 다만 총회장의 죄악을 가리기로만 진력하니 신문의 책임을 다 하지 못하고 있다는 것도 비판했다. 연합회가 존속할 때까지 자체적으로 '연합회 공고서'를 발행하기로 했다.

이승만의 다른 얼굴

용만을 비난하는 이승만의 글이 '국민보'에 실린 후 일주일쯤 지나 용만은 그에 대한 반박문을 '연합회 공고서'에 발표한다. 제목은 '시국 소감'

'원래에 하와이 대한인국민회가 그 사업 발전을 위해 유망한 인물을 청한다는 것이 이승만 박사를 청해 온 것이요, 그 인물을 받들기 위해 국민회를 희생하자는 것이 아니었다. 그런데 우리 단체는 유망한 인물을 청해 온 까닭에 망하게 되니 이것이 그 인물의 죄악인가 그 인물을 맹종하는 동포들의 죄악인가, 양심으로 생각해 볼 것이다.'

용만의 '시국소감'은 그렇게 운을 뗐다.

그리고 그간의 경위를 상기시킨다. 처음에 이승만이 국민회 소유 엠마 기지를 가져가려는 욕심으로 시비를 시작해서 국민회를 전복하는 작란까지로 발전했다는 것이다.

그 기지는 국민회가 교회사업을 위해 좋은 목적으로 매득했던 것이며 그것으로 인해 단체가 분열될 줄은 생각지 못했다는 것이다.

이승만이 그 기지를 교회에 주지 말고 자기에게 주어서 학교사업에 쓰게 해달라 했고 국민회가 그것을 허락하지 않았던가. 그러나 이승만이 그 기지를 자기의 명의로 넘겨 달라고 할 때 국민회가 불허한 것은 그것이 공유물인 까닭이다.

이승만은 그것에 감정을 갖고 각 지방에 다니면서 글과 말을 돌려 국민회 임원들을 비난해 인심을 선동했다. 1915년 5월에 풍파를 일으켜서 염치없고 비열한 수단으로 국민회를 전복한 이후에 독재 행동으로 매사를 임의 처단했다. 지금 그 기지는 어디 갔고 국민회 현상은 어떠한가. 용만의 질문이다.

'이번에 이승만이 다시 일으킨 풍파는 그 시비의 곡직이 분명한데 아직도 그 불의 행사를 맹종하는 동포들이 있으며 그중에 각 지방 국어학교 교사들과 교회의 전도사들은 그만한 경우를 알면서 순실한 동포들을 선동하고 있는 이유가 무엇인가. 이것이 해외 단체의 적은 시비 같으나 민족사업에 미치는 영향이 막대하며 만일 조국이 광복된 후에 이와 같은 인도자와 이와 같은 민기가 있으면 국가와 민족의 비운을 초래할 것이다.'

국가와 민족의 비운 여부에 대해서는 주관에 따라서 평가가 다를 수밖에 없다. 하지만 한국은 현재 전 세계 유일의 분단국이다. 해방 후 국제정치의 역학관계에서 역부족일 수였겠지만 이승만은 분단 고착화를 온몸으로 저항하지 않았다.

남한에 자유민주주의 국가를 세웠다고 하지만 헌법을 유린하고 3선 개헌을 시도했다. 민주주의를 지키는 대신 스스로 짓밟으려다 국민의 저항에 의해 쫓겨나는 신세가 됐다.

용만은 약 30년 후에 일어날 일을 정확히 예언한 셈이다.

'이승만이 국민회 재무 직임을 갖고 공금을 잘못 쓴 것이 분명한데 그것을 교정하려는 대의원을 모함하여 경무청에 체포케 하고 재판한 것이 염치없는 일이다. 더욱이 재판석에서 국민군단의 항일 운동이 죄이고 국제 평화의 소란을 음모하는 것이니 조처하라고 호소한 것은 우리 동포의 애국정신을 변천시키고 독립운동을 음해하는 악독한 행동이다.'

이승만이 재판석에서 국민군단의 항일 운동이 죄이고 국제 평화의 소란을 음모하는 것이니 조처하라고 호소했다면 그것은 독립운동에 찬물 정도가 아니라 오물을 끼얹는 행위가 아닌가.

용만은 또한 이승만이 하와이에 오던 때까지도 국민회의 기상이 장쾌했고 동포의 염치와 양심이 아름다워서 안으로 단체에 화기가 있고 밖으로 각국 사람들의 칭송이 있었다는 것을 강조했다.

그러나 오늘의 정형은 동포가 있는 곳마다 싸움인데 호소할 곳이 없고 외국인들의 비웃음을 받아서 대외 신용이 몰락됐으니 이렇게 된 것을 살피고 깨닫는 바가 있어야 할 것이라고 주장했다.

용만은 그의 결론을 깊은 우려의 목소리로 끝냈다.

'이승만이 글로는 민주를 주장하고 실제에는 경우와 공론을 멸시하며 말로는 도덕을 부르고 행실로는 작당과 몽둥이질을 교촉하며 동포를 대하여 죽도록 싸우자 하고 파쟁을 기탄없이 조장하니 이것이 자기의 조그마한 지위를 보존하려고 동포로 하여금 서로 충돌하여 망운을 초래하게 하는 행위이다. 후일에 학자가 있어서 하와이 한인사회 실정을 기록하면 보는 자 누구나 책상을 치면서 질책할 것인데 행여나 이것이 우리 민족 장래에 거울이 되기를 바라는 바이다.

— 1918년 3월 19일 박용만 기서'

행실로는 작당과 몽둥이질을 교촉하며 동포를 대하여 죽도록 싸우자 하고 파쟁을 기탄없이 조장하는 이승만의 의식과 행동은 어디서 비롯된 것일까?

감옥에 있을 때 선교사의 은혜를 많이 입고 기독교의 이웃사랑에 대한 감동이 적지 않았을 것이다. 하지만 감옥에서 쌓인 분노는 상상조차 할 수 없이 큰 것이어서 적대 세력에 대한 보복 심리는 더 단단히 또아리를 틀게 되지 않았을까.

또한 독립협회 회원으로 황국협회 회원들과 패싸움에서 테러에 면역이 생기고 단련이 되지 않았겠는가. 그 때문에 하와이는 물론 해방정국과 한국전쟁 기간 동안 그 많은 불법 테러를 조장하고서도 죄책감을 느끼지 않았던 것은 아닐까.

이승만이 '지나간 일을 다 잊어버리고 중요한 기관과 좋은 기회를 박용만 씨에게 여러 번 맡겼나니…' 운운한 것은 1915년 이승만파가 박용만파를 국민회에서 축출한 다음 그 다음해 용만을 '국민보' 주필로 재임용한 것과 1917년 10월말 뉴욕에서 약소국 동맹회의가 열렸을 때 그를 대표로 파견했던 사실을 뜻한 것이리라.

'1915년 풍파 시에도 박씨가 미주에 갈 때에 박씨를 돕는 자들이 국문과 영문 신문에 드러내어 떠들기를 이승만이 박용만을 죽이려 해 박용만이가 피해 미주로 갔다 하며 미주에서 어떤 못된 자의 구타를 당한 후 전보 내왕과 국문 영문 신보에 또 드러내어 이승만이가 자객을 보내어 박용만을 죽였다고 떠드는지라…'

이승만의 이 글에 나오는 못된 자는 오진국(吳鎭國)을 뜻한다.

국민회 중앙 총회장 안창호와 부회장 용만의 취임식이 1915년 6월 23일 샌프란시스코에서 거행된 다음 용만은 7월 중 계속 샌프란시스코에 머물고 있었다.

7월 12일 오진국이라는 자가 용만을 찾아왔다. 그는 캘리포니아주 스탁턴에서 이발업을 하던 자다.

"어떻게 오셨는지?"

용만이 일어서며 묻는 찰나 오진국은 그의 정강이를 구둣발로 사정없이 걸어찼다. 용만이 그 자리에서 거꾸러지자 이번에는 팔꿈치로 그의 목을 힘껏 후려쳤다. 용만이 바닥에 쓰러지자 그는 등 위에 구둣발을 올려놓고 짓눌렀다.

"피땀 어린 동포들 돈을 빼돌려? 너는 오늘 내 손에 죽어야 돼."

오진국은 두 손으로 용만의 목을 조르기 시작했다.

"왜 이러시오?" 용만은 항거하며 물었다.

"몰라서 묻네? 박상하, 김종학 니네 패들이 공금을 빼돌리지 않았는가?"

오진국은 용만에게 '국민보'에서 손을 떼고 중앙총회의 부회장직을 사퇴하라고 협박했다. 또 종이에다 각서를 쓰라고 요구했다. 오진국의 눈에는 살기가 번득였다.

다리를 심하게 다친 용만은 움직일 수조차 없었다. 자칫하면 개죽음을 할 수도 있다는 생각이 들었다. 일단 각서를 써주기로 했다. 여관으로 돌아온 용만은 며칠 동안 움직일 수가 없었다.

이 사건이 알려진 뒤 국민회 샌프란시스코 지방회에서는 오진국의 지방회 대의원 자격을 박탈하고 벌금 10달러를 부과했다. 그러나 그는 지방회의 결정에 불복하고 북미 지방총회와 중앙총회에 계속 상소했다. 그러다 9월 2일자 '신한민보'는 오씨가 자복했다고 전한다.

'스탁턴에 있는 오진국이 중앙총회 부회장 박용만 씨에게 대해 무례한 행동이 있은 일로 새크라멘토에 있는 동포 50여 인이 그를 크게 힐책하매 오씨는 전과를 깨닫고 사죄를 청했으며 또는 샌프란시스코 지방회에서 처결한 벌을 복종하겠다 하였다더라.'

9월 30일 오진국은 하와이행 여객선을 타고 가다가 투신자살했다.

왜 하와이행을 결심했는지는 미스터리다. 혹여 하와이로 가서 현지 동포들로부터 실상을 알기 위함이었는지도 모른다. 그의 짐은 국민회에 보내졌으나 유서는 없었다.

이는 용만을 매도하는 이승만파의 어느 누구로부터 일방적인 정보를 받았다는 증거다.

풍경마차

이승만은 폭발을 멈추지 않는 화산이었다. 끼친 재앙의 민망함 때문에 지표면 속으로 숨기도 하는 휴화산이 아니라 끊임없이 불기를 토해내는 활화산이었다.

1918년 2월 27일서부터 3월 8일까지 있었던 형사재판에서 이승만과 안현경이 고발했던 박용만파 네 사람은 무죄가 입증돼 풀려났다.

분규는 거기서 마침표를 찍지 않았다. 점차 수위를 높여가며 분쟁을 이어가던 중 5월 28일 이승만은 반대파를 또 경무청에 고발했다.

원래 고발을 한 사람은 해동여관 주인 정윤필이다. 그러나 경무청은 움직이지 않았다. 근래 한인들이 쓸 데 없는 사건을 가지고 경무청을 성가시게 하므로 두 번이나 고발을 했으나 응하지 않았다.

그러자 이승만이 전화로 급히 고발했다.

"지금 당장 사람이 다치고 있단 말입네다."

마지못해 경무청은 경찰과 마차를 보내 국민회관 안에 있던 박용만파 사람들과 총회장 안현경을 포박해서 끌고 갔다. 그게 저녁 7시경이다.

박용만파 대의원들은 3월 8일 재판이 끝난 다음부터 끈질기게 임시의회 소집을 요구해 왔다. 그날도 오하우, 가와이, 하와이 각 지방을 대표하는 대의원 10여 명이 안현경에게 임시의회의 소집을 요구하고 있던 중이었다.

그동안 50여 일에 걸쳐 글과 말로 여러 번 요구했으나 안현경의 대답은 강경했다. "내 목을 자르고 배를 가를지라도 의회를 열어줄 수 없다"는 거였다.

대의원들은 의회를 못 열겠다면 총회 장부라도 보여 달라고 요구했다. 안현경은 그것마저 거부했다. 그들은 아침 9시서부터 단식투쟁에 들어갔다. 의회를 열거나 아니면 장부를 보여주지 않으면 물러날 수 없다고 주저앉자 밖에서 이승만이 전화해서 경찰이 출동했던 것이다.

경무청은 이번에도 허탕을 쳤다. 마지못해 잡아들여서 양쪽 얘기를 들어보니 이건 구속요건이 성립되지 않았다. 이승만 역시 또 헛발질을 한 셈이다.

"한인들이 마냥 이런 식이면 국민회를 해산시키는 수밖에 없소."

경무청 소장이 목소리를 높였다. 그가 화를 내는 건 치안문제 때문만이 아니다. 더 골치 아픈 건 재정문제다. 1915년 총회장 김종학 고소건만 하더라도 고등재판소의 재판경비가 2천 불이나 들었다. 김종학의 무죄 판결이 날 때까지 애꿎은 시민의 세금만 축낸 거다. 또 금년 2월에 박용만과 네 사람을 고발한 사건 역시 무죄 판결로 끝났고 막대한 재판비용만 지출해야 했다. 하와이 정부가 국민회를 성가신 물건으로보는 건 당연할 수밖에 없었다.

14개 지방 대의원 명의로 임시의회 소집을 청원한 것은 4월 8일. 그때부터 양 측의 샅바싸움이 시작됐다. 우선 총회장 안현경이 마위섬으로 자취를 감췄다. 부회장 윤계상은 총회장이 출타중임으로 의회를 열수 없다고 버텼다. 총회장 유고 시에는 부회장이 대신해서 처리하는 게 마땅함에도 윤은 총회장이 곧 돌아오면 청원하라고 답변했다.

'임시의회 소집할 이유는 총회장 각하의 재정 간몰한 것과 행정 불법한 일이어늘 (중략) 이제 총회장은 과연 범법한 것이 있어 스스로 자기 죄를 알아 도망하고 부회장 각하는 총회장의 출타함을 빙자하고 농락의 술을 베푸니 이것이 자치규정에 있느뇨?'

청원자들의 서면 질문이다.

그러자 윤계상은 이렇게 대답한다.

'금년도 정식 의회를 필한 지가 몇 날이 되지 않고 각 지방 동포가 의회 결안을 심히 원만히 생각하여 일심으로 복종인 바 소수인의 사사히 원하는 것을 인하여 전체를 문란케 함이 불가하고, 청원인 제 씨를 대표로 인정치 않으니 이상 이유로 소집을 준허치 못하오니 요량하시오.'

주고받는 문서의 내용을 보면 양쪽 다 물러서지 않겠다는 투지가 충만하다. 하지만 그들의 싸움을 눈여겨보면 근대화의 기미가 역력하다. 더 이상 상투를 붙잡고 조선식으로 싸우는 게 아니라 미국식으로 싸우는 양상이다.

물론 초기에는 치고 박고 주먹을 휘둘렀다. 그러나 차츰 미국식으로 바뀐다. 폭력 대신에 말싸움으로, 그다음엔 편지싸움으로, 그것도 안 되면 변호사를 사고, 그래도 안 되면 단식투쟁으로 들어간다. 결국 최종단계는 법정투쟁이다. 한푼 두푼 노동자들의 피땀 어린 회비는 독립운동보다 법정투쟁의 비용으로 소진됐다.

당시 하와이 경무청에서 죄인을 잡아가는 마차를 동포들은 풍경마차라고 불렀다.

5월 28일 박용만파 대의원들은 총회장 안현경을 붙들고 단식투쟁을 벌이고 있는 중이었다.

긴 하루해가 저물어갈 무렵인 저녁 7시경 홀연 풍경소리가 철렁철렁 나더니 호랑이 같은 경찰관이 서넛 들이닥쳤다. 그들은 총회관 안에 있던 8개 지방대의원은 물론 안현경까지 마차에 실었다. 영장이 없을 경우 건물 안에 있는 사람들은 모두 잡아가는 게 관행이다.

풍경마차를 타는 것은 부끄러워 할 일이나 이 신사들은 하도 여러 번

타봐서 이젠 습관이 됐다. 포박한 이유는 가릴리하 여학교에서 이승만이 전화했다는 거다.

경무청 소장 도푸가 대의원들에게 물었다.

"당신네들이 총회관에 가서 야료를 부린다니 무슨 일로 그리 하오?"

대의원 유동면이 간략하게 대답한다.

"우리가 총회장의 행정상 부정한 과실을 들어 의회를 소집하든지 장부를 조사하든지 두 가지 중에 하나를 허락하라고 두 달 동안 총회장에게 청원했으나 그는 자기 과실을 감추느라고 허락지 않으니 이것은 의회공법을 어기는 일이 아니겠소?"

경무청 소장이 안현경에게 묻는다.

"어찌하여 그걸 허락지 않나뇨?"

안현경의 대답이다.

"이 사람들은 대의원의 권리가 없는 자들이요."

"이들 중에 권리 있는 사람이 한 사람도 없나뇨?"

"권리를 가진 사람도 있지요."

"그러면 회칙에 대의원 몇이 청원해야 의회를 소집하나뇨?"

"3인 이상이 청원하면 허락하지요."

"이들 중에 대의원의 권리를 가진 자가 3인도 없나뇨?"

"3인은 되는 듯하오."

"그러면 어찌하여 의회를 열어주지 않나뇨?"

이 질문에 안현경은 대답을 못한다.

경무청 소장이 심문을 마무리했다.

"세 주일 기한을 주겠오. 이 안에 의회를 열든지 장부를 조사하게 하든지 두 가지 중 하나를 시행하시오. 다시는 이런 일로 트러블을 일으키지 마시오."

붙잡혀갔던 사람들은 즉각 풀려나고 이승만은 헛발질의 불명예를 또

한 번 기록하게 된다. 안현경은 경찰서장의 타이름을 고부고분 들을 사람이 아니다.

끊임없이 구실을 만들어냈다. 5천 동포들의 투표를 통해서 결정하겠다는 엉뚱한 핑계도 댔다. 각 섬의 지방의회들을 알아 봤더니 대다수가 의회를 열기를 원치 않는다는 주장도 했다.

하와이 동포들이 패가 갈려 피터지게 싸울 동안 미국도 독일과 전쟁을 벌이는 기간이다. 약 1년 전인 1917년 4월 6일 미국은 선전포고를 했다. 독일 잠수함들이 미국 상선을 7척이나 침몰시킨 다음이다. 그 세계대전이 끝난 건 1918년 11월 11일.

다음해에는 조국에서 3·1 독립운동이 일어나고 이어 상해에 임시정부가 수립됐다. 그러나 그 중요한 시기에 둘로 갈린 동포사회는 제대로 역량을 집중하지 못했다.

하와이 동포사회의 분열이나 남북한의 분단은 이승만이 지도자로 있었을 때 일어난 사건들이다. 물론 그 책임을 그에게만 물을 수는 없다. 하지만 그가 분열을 교촉했다는 지탄이 분명 존재했고 그것을 막으려 하는 대신 조장했다는 사실이 기사로 인쇄됐다. 씻을 수 없는 오점을 남긴 것이다.

일본군함 출운호

영원한 결별

이승만파 사람들의 전횡으로 국민회가 둘로 쪼개지는 1918년 초까지 용만은 표면적이나마 이승만과 우호적인 관계를 유지했다. 그러나 1918년 2월 27일에 시작돼 3월 8일에 끝난 재판에서 내뱉은 이승만의 증언은 그로 하여금 영원한 결별을 결심하게 된다. 그것은 '출운호(出雲號) 사건'에 대한 증언이다.

하와이에 초청돼 떠나기 전만 하더라도 용만은 이런 파국이 기다리고 있으리라고는 상상도 못했다.

증언대에 선 이승만은 박용만파를 '군단사람'이라고 칭하면서 말했다.

"소위 군단사람이 일본 군함을 폭발탄으로 치고자 했습네다."

이것은 1914년 말 일본군함 '출운호'가 호놀룰루에 입항한 적이 있는데 한인들이 출운호를 파괴할 계획을 세웠다고 무고한 증언을 한 것이다.

이승만은 국민회 대의원회에서 소란을 피운 박용만파가 그처럼 호전적인 사람들이라는 것을 선전하기 위해 일부러 3년 전 일까지 끄집어낸 것이다.

출운호는 1만 3천Km까지 항해할 수 있는 순양함으로 1898년 영국에서 건조됐다. 일본은 1905년 대마해협에서 러시아의 발틱함대를 격멸하는 해전에 투입했다.

제1차 세계대전 중 미국과 일본은 동맹국이었으므로 출운호가 미국 서해안으로 가는 길에 호놀룰루를 방문한 것이다. 그러나 제2차 세계대전이 일어나자 미국과 일본은 교전국이 됐다. 출운호는 1945년 7월 미공군기의 폭격을 받고 히로시마에서 침몰했다.

출운호가 호놀룰루에 정박하고 있을 때 누군가가 대조선국민군단이 그 군함을 폭파할 음모를 꾸미고 있다고 고발했다.

미국 육군 부대는 국민군단의 단장 용만과 그의 부관인 태병선을 불러 조사했다. 제1차 세계대전 중 독일은 일본의 적국이다. 미국은 나중에 참전했지만 전쟁 초기에는 중립을 지켰다. 따라서 독일 군함들도 미국 항구에 드나들 수 있었다.

독일 군함 가이어호가 10월 15일 호놀룰루에 도착해서 정박했다.

"당신은 어떻게 독일 사람들과 왕래를 하게 됐습네까?"

미군 조사관은 용만에게 물었다.

"우리는 어떤 사람을 물론하고 우리의 원수 일인과 원수가 되는 때는 자연히 동정자가 되는 것이오."

"폭탄은 어디에서 구한 것입네까?"

"독일 군함에서 얻은 것이오."

"당신이 군단을 설립하고 군사를 훈련하는 것이 다 독일을 돕는 것이 아닙네까?"

"우리가 무슨 힘으로 남을 돕겠소?"

용만의 반문이다.

적의 적은 친구라는 말처럼 일본의 적국인 독일에 대해 한인들은 호감을 가졌다. '출운호'는 그 전해 12월에도 멕시코를 향하는 도중 호놀룰루에 기항한 적이 있다.

"이놈의 일본 군함이 들어오기만 해 봐라. 밤에 몰래 폭탄을 던지고 말 테니까."

군단사람들 중 그렇게 말하는 사람이 한둘이 아니었으나 실제 독일 군함에서 폭탄을 얻을 수 있었는지는 의문스럽다.

어쨌든 3년 전의 '출운호 사건'을 이승만이 들먹이자 분노를 참을 수 없게 된 용만은 1918년 6월 11일에 발행된 하와이 연합회 공고서 제30호에 자신의 심경을 밝힌다.

'(전략) 만일 싸움을 다시 계속하는 경우에는 비록 정치상 싸움을 할지라도 개인상 싸움은 하지 말지며 또는 비록 개인상 싸움까지 할지로되 결단코 국가 민생에 방해되는 일은 하지 않을 것이다. 나는 비록 천만 가지 욕설을 다 들어도 다 용서하고 참을 수 있으되 출운호를 침몰시키려 했다는 말이나 일본과 싸우기를 준비하는 말 같은 것은 비록 근저 없는 말이나 이는 곧 국가 전도에 관계되는 일인 고로 누구든지 함부로 말해 우리의 원수를 도와주는 것이 불가한 줄 아노라.'

한편 이승만은 1915년 6월 17일자 현지 영자 신문 '호놀룰루 스타 불리틴'에 실린 기고문에서 자신의 입장을 밝혔다.

'나는 어떤 반일적 내용도 가르치지 않는다. 다만 보편적인 인류애

를 강조할 뿐이다. 이 지역 일본인 신문들은 내가 반일 감정을 일으
킨다는 오해를 하지 말기를 바란다.'

이승만이 기고를 하게 된 것은 그 전날 기사에서 그의 이름과 용만의
이름을 뒤바꿔 놓았기 때문이다.
호놀룰루 영자 신문들은 5월 1일 국민회 임시 대의회 이래 이승만파
와 박용만파 사이에 충돌이 자주 일어나자 그때마다 기사를 썼다.

'두 당파 중에서 하나는 조국의 혁명과 독립을 군사수단으로 쟁취
하려는 파이며 그 수령은 이승만이고, 또 하나는 국민회 일 년간 수
입 약 2만 불을 순전히 한인의 교육과 복지를 위해 쓰자는 파인데 그
수령은 박용만이라고 하였고…'

6월 16일자 기사에서 이름들을 뒤바꿔 놓았던 것이다.

대조선독립단

1919년 3월 1일 한국에서 전국적인 독립만세운동이 일어나자 해외의 독립운동 지평에도 변화가 일어났다. 4월 13일 상해에서는 대한민국 임시정부가 수립됐으며, 그 이전인 3월 3일 하와이에서는 용만의 주도로 '대조선독립단'이 결성됐다.

3월 1일 본국에서 '기미독립선언서'가 선포되기 전 만주 지린에서 '대한독립선언서'(일명. 무오독립선언서)가 발표됐다. 그리고 곧이어 동경에서도 유학생들에 의한 '2·8 독립선언서'가 발표됐다.

'대한독립선언'은 1919년 2월 1일 발표됐지만 작성과 서명이 그 전해인 무오년에 이뤄졌다. 김규식, 김좌진, 박용만, 신규식, 신채호, 안창호, 이동녕, 이동휘, 이승만, 이시영 등 39명의 저명한 해외 독립운동가들이 서명했다.

그들은 대륙과 대양을 넘어 여기저기 흩어져 있었지만 타 지역 인물들의 존재를 알고 있었으며 소통의 방법도 알고 있었다.

3·1 독립운동 시위 참가자들에 대한 일제의 탄압은 잔혹했다. 교회 건물 안에 가두고 불을 지르는가하면 시위자들에게 총격을 가해 살상했다. 시위 3개월 동안 사망자는 7천5백여 명에 달했고 1만 6천여 명이 부상했다. 하지만 독립운동가들이 붙잡혀 가고 수많은 인민들이 투옥당해도 조직적으로 이에 대응할 구심점이 없다 보니 시위운동은 점차 그 동력을 잃어갔다.

1910년 나라가 망한 후 10여 년이 지날 때까지 그런 조직을 꾸려내지 못한 것은 민족의 역량이 그것밖에 되지 않아서다.

일제가 대한제국을 병합한 것은 1910년 8월 29일. 바로 같은 해 10월 5일자의 '신한민보'에 용만은 '대한인 자치기관'이라는 논문에서

"가정부를 세워 입법, 행정, 사법의 3대 기관을 두어 각지의 대한국민에게 담세와 병역의 의무를 지워야 한다"라고 주장했다.

3·1운동보다 10여 년을 앞선 그의 주장을 어떻게든 추구했다면 결집력은 달라졌을 것 아닌가.

"이제 형질상의 구한국은 이미 망하였으나 정신상의 신한국은 바야흐로 울흥하기를 시작하니 어찌 희망이 깊지 않으리요…"

잿더미 위에 주저앉지 말기를 그는 또한 촉구하지 않았던가.

4월 13일 수립된 상해의 임시정부에서는 이승만을 국무총리로, 김규식을 외무총장으로 임명했다. 상해 말고도 3·1운동을 전후로 본국과 러시아 지역 등지에서 8개의 '가정부'가 생겨났다.

4월 23일 서울에서 전국 13도 대표들이 모여 구성한 한성임시정부에서는 집정관 총재 이승만, 국무총리 이동휘, 외무부 총장 박용만을 임명했다.

상해 임시정부는 각지의 '가정부'들을 안배해 같은 해 9월 15일 새로운 내각을 발표했다. 대통령에 이승만, 외무총장에 박용만, 군무총장에 노백린이 임명됐다. 박용만이 제1차 조각에서 빠진 것은 그와 이승만 사이의 갈등을 뻔히 알고 있었기 때문일 게다.

용만은 그 다음해 3월 29일 상해에 도착했으나 오래 머물지 않았다. 우선 이승만이 대통령으로 있는 내각에서 같이 일하기를 원치 않았다. 또 그의 노선은 '무력 항쟁'이 아닌가. 북경으로 옮긴 것은 무장투쟁을 벌이고 있는 만주에 가깝기 때문이다.

본국에 3·1운동이 일어났다는 소식이 미주에 알려진 건 3월 9일. 상해에 있던 운동가가 하와이와 샌프란시스코의 국민회에 전보를 친 것이다.

3월 10일자 '호놀룰루스타 불리틴'지에는 이런 기사가 보인다.

"지난주 '태평양 시사'의 주필 박용만 씨가 한 장의 편지를 받았는데 그것은 코리아의 독립에 관한 이 전보 내용을 확인하는 것이다."

용만이 받은 편지는 '대한독립선언서(무오독립선언서)'이다.

용만과 그 지지자들은 1919년 3월 30일 호놀룰루에서 '대조선독립단'을 창립했다. 5월 1일자 '신한민보' 기사는 이렇게 전한다.

'하와이에서 조직된 대됴션 독립단은 3월 30일 하오 1시 반에 호놀룰루 한인 자유교당에서 대됴션 독립 션포를 경츅하는 동시 대됴션 독립단 되는 례식을 거행코져 각 디방 대표와 남녀로유 동포 약 3백50여명이 강경한 층의와 만강의 열정으로 성대히 경츅션포 례식을 거행하얏다더라.'

그들은 '대조선독립단'을 영어로 'Korean National Independence League'라고 표기하고 '제1조 본 조직체는 국내와 원동의 각 단체로 조직된 대조선독립단의 한 분자로서 이름을 대조선독립단 하와이지부라 함'이라고 명기했다.

대한독립선언을 영어로 번역할 때 사용했던 선언주체의 명칭을 그대로 차용한 것을 보면 원동으로 건너가기로 결심한 용만이 두 지역을 아우르는 조직체의 필요성을 절감했다는 애기다.

'대조선독립단'은 갈리히연합회의 '태평양시사'를 인수하여 기관지로 삼고 신문도 발행하기 시작했다. 하와이를 떠난 용만이 북경에 가서 활동할 때도 탄탄한 연대를 유지하며 후원금을 보냈다.

용만이 하와이를 떠나기 약 2주 전 그에 대한 이승만파의 증오는 극에 달하고 있었다. 그들은 용만의 살해를 모의하고 동조자들의 서명까지 받았다.

"박용만(朴容萬)을 엇디하얏던지 무슨 모양으로던지 잡아업시하자고……." 라는 문구를 여과 없이 적은 것을 보면 인간이기를 포기한 사람들의 살기가 묻어난다.

험악한 당파간의 갈등 속에서도 그나마 박용만파는 독립운동이라는 대의와 그 궤도를 벗어나지 않고 있었다. 그러나 이승만파는 본연의 사명인 독립운동보다는 눈앞의 용만을 제거하는 게 무엇보다 급선무였던 모양이다.

미국을 떠나면서 제니에게

용만은 마침내 하와이를 떠나게 된다. 독립운동의 역량을 다지기 위해 동포사회를 조직하고 또 무력항쟁을 위해 소년병학교와 국민군단을 창설해 14년 동안 분투를 멈추지 않았던 미주를 떠나게 된 것이다.

"성공보다 실패가 더 많았다. 실패는 적대세력을 극복할 수 없었던 능력의 한계다. 외부의 적대세력인 일본은 소년병학교와 국민군단을 무너뜨렸고 동족 내부의 적대 세력인 이승만파는 동포사회의 단단한 조직을 허물어뜨렸다. 이제 남은 것은 동포들이 더 많은 중국으로 가 왜적과 더 가까운 곳에서 무력항쟁의 기지를 새로 건설하지 않으면 안 된다."

용만이 내심으로 한 독백이다. 떠나기 며칠 전 제니에게 편지를 썼다. 그간 하와이 동포사회에 몰아치는 분쟁과 송사(訟事)에 휩쓸리다 보니 편지를 보낸 것도 까마득했다.

사랑하는 제니,

너무 오래 편지를 쓰지 않아서 이 사람을 잊었을지도 모르겠군요.

그러나 올봄에도 헤이스팅스대학 교정에는 우윳빛 목련꽃들이 피어났겠지요. 헬렌은 이제 대학 갈 나이가 아닌가요? 젊은 여성의 아름다움을 목련꽃처럼 우아하게 뿜어내고 있을 거라 믿어요.

조선에서 3월 1일 일본에 항거하는 큰 시위가 일어났다는 뉴스는 알고 있지요? 그 후 서울과 상해에 임시정부가 세워졌답니다. 그들은 저를 외무장관으로 임명을 했어요. 하지만 저는 여전히 미국 독립혁명의 주체세력인 미니트맨 조직에 더 관심이 많답니다.

임시정부에 당장 합류하지 않고 그들의 정책이 어느 방향으로 나갈지 지켜보려고 하지요. 우선 러시아의 블라디보스토크로 가서 옛 동지들을 만나볼 생각입니다.

비록 떨어져 있었지만 같은 미국 안이어서 그동안 제니가 늘 가까이 있는 것 같았지요. 이제 대양을 넘어 다른 대륙으로 옮겨 간다고 하니 제 가슴도 어두워지는군요.

이럴 때 제니는 또 큰 소리로 말하겠지요.

"가세요. 어디든. 주저하지 마세요. 조선의 독립을 위해 싸울 수 있는 곳이라면 어느 곳이든…."

그러나 제니, 그곳에 가면 어디로 가게 될지 알 수 없답니다. 여기 저기로 돌아다녀야 하니 목적지가 정해진 것도 아니고요.

일정한 주소가 없으니 제니의 편지를 받을 수도 없겠지요. 다만 제 마음 속 한 코너에 우편함을 만들어 놓고 당신의 편지를 매일 기다리고 있을게요.

— 미국을 떠나기 사흘 앞두고 용이….

몇 년 후 하와이 주둔군 미군 정보참모 커크우드 소령이 작성한 박용만 신상조사 보고서에는 다음 구절들이 나온다.

'1925년 7월 박이 호놀룰루에 도착해(호놀룰루에서 열린 범태평양연안 신문기자 대회에 한인대표로 참석하기 위해 북경에서 이동) 이민국 당국에 진술한 바에 의하면, 그는 1919년 5월 갑자기 육군 수송함 토마스호로 블라디보스토크에 갔다고 했다. 그는 하와이령 주둔군 사령관이 블라디보스토크까지의 선편을 주선했고, 미국 시베리아 원정군 사령관에 통지하여 박이 그곳 미군에게 정보제공을 할 수 있다고 알렸다는 것이다. 박은 또 주장하기를 그가 블라디보스토크에 도착하자 미국의 시베리아 원정군 사령부를 찾아갔고 몇 달 동안 보수를 받지 않고 정보면의 자원봉사를 했다는 것이다.'

토마스호는 1894년 건조, 1928년 폐선됐으며 장교 1백 명, 사병 1200 명의 수송능력을 가졌던 수송함이다.

용만이 블라디보스토크로 향하게 된 건 시베리아 원정군 사령부를 찾아가는 것 말고 또 다른 이유가 있었다. 처와 딸 동옥(東玉)이 블라디보스토크에 거주하고 있었기 때문이다. 물론 블라디보스토크가 종착지가 될 수 없었다. 동포들이 많은 곳으로 가 무력 항쟁의 기반을 만들어내는 것이 궁극적인 목적이다.

블라디보스토크는 용만과 친분이 있는 사람들의 자취가 많은 곳이다. 1905년 미국으로 건너올 때 그가 데리고 왔던 정양필의 부친은 정순만이다. 그는 용만과 결의형제를 맺은 사이다. '대동공보'의 주필이었는데, 1911년 6월 동족끼리의 당파 싸움에 휘말려 비극적인 죽음을 맞았다. 또 헤이그 밀사였던 이상설은 당시 미주에 체류하면서 용만이 1908년 7월 콜로라도주 덴버에서 개최했던 애국동지대표회의에 블라디보스토크 대표로 참석하려 했다. 그가 유럽에서 활동할 때 미주 쪽의 지원 인원을 주선한 사람도 용만이다.

1911년 샌프란시스코에서 '신한민보'의 주필로 일했고, 1913년서부터는 호놀룰루에서 '국민보'의 주필을 맡았기 때문에 용만은 원동에 잘 알려져 있었다. 두 신문 다 블라디보스토크에 배포됐고 그 신문들의 총지국장을 맡고 있던 사람이 이용화다.

그런 친분들 때문에 용만은 처와 딸을 블라디보스토크에 이주시켜 놓고 있었던 것이다. 그리고 딸의 교육을 이용화에게 부탁했다.

용만의 가족을 보살피느라 드나들면서 그는 동옥에게 공부도 가르쳤다. 그러다 정이 들어 나이차가 좀 많은데도 결혼을 하게 된다.

결혼 후 1921년 딸을 낳아 영희라고 이름을 지었다. 산후에 건강을 잃은 동옥은 5, 6년을 병석에서 일어나지 못하더니 끝내 세상을 버리고 만다.

용만의 처 역시 그가 블라디보스토크에 도착했을 때 병석에 누워 있었다. 그녀는 딸과 함께 시름시름 앓다가 딸에 앞서 사망했다. 북경에서였다. 성품이 온화한 이용화는 블라디보스토크에서는 물론 북경으로 이주한 후에도 장모와 처의 장기간에 걸친 병수발을 감당했다.

그는 충북 음성 사람이다. 한말 원주 친위대 부관으로 있던 부친을 따라 원주에서 어린 시절을 보냈다. 그곳에서 프랑스 신부 피에르를 알게 돼 영어와 불어를 배울 수 있었다. 피에르 신부가 원산으로 전근되자 따라갔다.

거기서 안중근의 동생인 안공근과 안정근을 만나 서로 항일 의지를 다졌다. 1910년 나라가 망하자 이용화는 21세의 나이로 블라디보스토크에 망명한다. 합판공장 직공, 농촌의 야학지도원으로 활동하다가 1911년 블라디보스토크의 보스토카 인스트투트 대학 도서관 직원이 된 그는 1920년까지 근무했다.

일찍이 피에르 신부에게서 영어와 불어를 배웠기 때문에 노어도 쉽게 익힐 수 있었다. 블라디보스토크에 간 지 얼마 안 돼 러시아인 친구들도 많이 사귀게 됐다.

한 번은 러시아인 부호의 별장에 한 3개월 머문 적이 있다. 호화별장은 아니고 블라디보스토크 인근의 스단께 지역 숲속에 자리 잡고 있었다.

몇 년의 세월이 흘러 청산리전투가 벌어진 1920년. 전투를 앞두고 북로군정서 부대에서 무기를 구입하러 왔다. 그때 외딴 숲속의 별장을 비밀아지트로 사용할 수 있었다. 북로군정서에서 파견한 조성환과 함께 그는 체코 여단으로부터 무기를 구입하는 임무를 수행했다.

체코 여단은 본국으로 갈 배를 기다리며 블라디보스토크에 머물고 있던 중이었다. 체코제 장총 한 자루를 10루불만 주면 살 수 있었다. 구입한 무기는 소총은 물론 기관총도 2정 있었다. 이용화는 김좌진과 이범석에게 소련제 외투와 가죽장화를 사 보내기도 했다.

해방 후 귀국한 이용화는 1990년 정부가 독립유공자에게 주는 서훈인 애국장을 받았다. 그러나 재혼해서 난 아들이 서훈을 신청할 때 용만과 관계되는 사실들은 기록하지 않았다. 심사에서 불리한 결과를 가져올 수 있기 때문이다.

그러나 재혼해서 난 딸에 의하면 이용화는 용만에 대해 말할 때면 '아주 큰 어르신'이라고 불렀다고 한다. 만약 용만의 변절이 배신감을 남겼다면 그가 죽은 다음에도 그렇게 부르면서 존경심을 갖지 않았을 것 아닌가.

1921년 용만이 북경에서 결혼한 두 번째 부인 웅소청과 사이에 광원(光遠)이라는 아들이 태어났는데 1992년 사망했다고 한다.

용만이 암살당할 당시 5살이었고 69세에 죽었으니 그간 가정을 이루고 자식들을 두었을 것이다. 그러고 보면 용만의 후손들이 중국과 일본에서 핏줄을 이어 갔다는 얘기다.

미 육군 수송함 토마스호

블라디보스토크로

하와이에선 더 이상 용만이 열정을 바쳐 몰두할 사업은 남아 있지 않았다.

국민군단도 해체됐다. 남은 것이라고는 이승만파와의 갈등으로 생긴 피딱지뿐이다. 젊어서 넘어 왔던 태평양을 그는 아직 피가 더울 때 다시 되넘어 가기로 했다.

조국 광복의 전망은 암담하지만 직접 적들과 맞설 수 있는 곳으로 가서 애오라지 추구했던 무력항쟁을 추구하고 시도해보려는 것이다.

5월 19일 호놀룰루를 출항한 토마스호는 마닐라를 거쳐 약 한 달 반

만에 블라디보스토크에 도착한다.

군함들이 접안하는 선착장은 따로 있었다. 위병 초소가 있는 정문을 나서자 환영 나온 사람들이 다가왔다.

"박용만 각하, 어서 오시오."

손을 내미는 사람은 대한인국민회 블라디보스토크 지방총회장이다. 대한인국민회 중앙총회의 부회장을 지낸 용만을 모르는 사람이 없다. 시베리아와 만주에도 1912년 대한인국민회의 지방총회들이 조직됐다. 미주와 하와이가 먼저 연대함으로써 출범한 대한인국민회의는 유일무이하게 범세계적 단체로 발전하고 있었다. 시베리아에는 모두 21곳에 지부가 수립됐는데 블라디보스토크, 우스리스크, 치타, 하바로브스크, 이르크 츠크, 톰스크 등지다.

"아버지, 동옥이예요."

머뭇거리다 동옥이 다가와 머리를 숙였다. 그 옆에는 이용화가 서 있다.

"고마웠네."

용만은 이용화의 손을 덥석 쥐었다. 이을 말이 막혀서 한동안 서로 얼굴만 쳐다보았다.

용만은 1917년서부터 2년 간 하와이령 주둔군 정보과에 자원 정보제공자로 일했다. 용만이 육군 수송함인 토마스호에 탈 수 있었던 건 정보제공자로 주둔군사령부를 드나들었기 때문이다.

출항에 앞서 용만은 자신의 이름을 한상량(韓相良, Shih Liang Roy Hahn)이라는 가짜 이름으로 바꾸었다. 이 가명은 나중 중국여권을 얻을 때도 사용하게 된다.

블라디보스토크에서 용만은 사위 이용화를 통해 '한인신보'를 발간하던 김현토와 이종익을 알게 됐다. 이종익이 연락해 8월 말경 우스리스크로 조성환을 찾아 떠난다.

"성환 형님, 이게 얼마만입니까? 그간 무고하셨으니 정말 천행입니다."

"우성, 우성을 이렇게 만나게 되다니요. 꿈만 같소이다. 서울 상동교회에서 만나다가 우성이 미주로 떠난 게 십 년도 훌쩍 넘지 않았소? 그동안 지면들을 통해 우성의 활동에 대해서 소상히 알 수 있었소. 대단한 역량으로 공헌이 많았소이다."

"과찬의 말씀입니다. 이제 형님의 지도를 많이 받아야겠습니다."

두 사람은 서로 부여안은 채 한동안 손을 놓치 못한다.

러시아 연해주와 만주에서 독립운동을 하던 조성환은 1918년 12월 무오독립선언을 발표할 때 용만과 함께 참여한 39명 중 한 사람이다.

1919년 3월 조성환은 이동녕, 이시영, 조완구, 김동삼, 조소앙 등 30여 명과 함께 연해주에서 상해로 내려가 임시정부 수립에 참여했다.

군무차장으로 임명됐으나 일제에 대항하는 방법은 무력투쟁밖에 없다고 판단한 그는 다시 만주로 나와 북로군정서 조직에 참여해 참모장이 됐다.

청산리전투에 참가한 단체들이 모여 대한독립군단을 결성했을 때 홍범도, 김좌진과 함께 부총재에 선임됐다. 65세의 고령이 되자 1940년 중경으로 내려가 임시정부와 고락을 같이 했다.

용만이 조성환을 처음 만난 것은 미국으로 건너가기 전인 1904년, 서울의 상동청년회에서다. 상동청년회는 상동교회에서 조직한 단체다. 표면적으로는 기독교 단체였지만 실은 독립협회 회원들이 주축이었다. 상동교회 제6대 목사 전덕기가 회장이었으며 조성환은 용만과 함께 간부 중 한 사람이었다.

1920년 10월 청산리전투가 있기 한 달 전 블라디보스토크의 교외에서 체코 여단으로부터 무기를 구입할 때 조성환은 북로군정서 재무부장 자격으로 그 임무를 수행했다. 블라디보스토크에 오래 살아 현지 상황을 잘 알고 또 로어도 능통한 용만의 사위 이용화가 곁에서 도왔다.

블라디보스토크에 도착한 후 용만이 조성환을 다시 만났다는 사실은 일본의 고등경찰 보고서 '고경(高警) 제35081호'에 나온다.

'미국에 있던 배일선인의 수괴 박용만은 본년 7월 경 블라디보스토크에 왔다. 니콜스크(우스리스크)에서 이민복, 조성환, 백준 등과 같이 만나서 서북파를 제외하고 기호파를 중심으로 독립군을 편성하고 간도, 길림 지방의 동지와 더불어 독립의 목적을 달성하려 기도해 이를 '대한국민군'이라 이름 짓고 총사령부를 블라디보스토크에 두고 조성환을 총사령으로 하고 박용만을 총참모로 하여 기타의 동지는 먼저 군자금의 모집에 종사할 것을 협의 결정하여…. (하략)'

조성환과 용만은 군자금 모집을 위해 동지들을 비밀리 고국으로 파송했다.

서울 중앙학교 교장 김성수에게 보낸 동지는 도중에 체포됐다. 그 편에 부친 편지에서 용만은 이렇게 적었다.

'야생(野生)은 한 달 전 미국에서 동귀(東歸)하고 서서히 중외의 소식을 알아보니 상해에는 가정부가 존재하고 길림에 군정사(軍政司), 소령에 국민회 있어 명(名)은 미(美)하지만 실(實)이 따르지 못하고 … 야생의 일신을 어디다 따르게 할 바를 몰랐소이다. 다행히 경일(頃日)에 이르러 한쪽으로 잠세력(潛勢力)의 발동 즉 국민군의 암중비약 있음을 듣고. (하략)'

'야생의 일신을 어디다 따르게 할 바를 몰랐소이다'라는 고백은 용만의 처지를 단적으로 드러내는 표현이다. 그간 방황하다가 자기보다 6살 위인 조성환을 '대한국민군'의 총사령으로 하고 그 밑에서 총참모가 돼 새로운 진로를 모색했음이 엿보인다.

체코 여단과 청산리전투

노령과 만주에는 오랜 기간에 걸쳐 자생력을 키운 독립운동 단체들과 무장 부대들이 많았다. 뒤늦게 끼어든 용만이 독자적인 세력을 하루아침에 형성하기란 불가능한 일이었다.

이것은 그의 세력기반이 어디까지나 미주 쪽이기 때문에 중국에서의 활동이 제한적일 수밖에 없다는 그의 전도를 암시한다.

독자적인 세력을 형성하거나 아니면 세력들의 통합을 통해 독립운동의 판을 키우거나 첫째도 둘째도 군자금을 두둑이 모으는 게 급선무다. 블라디보스토크에서 조성환을 총사령으로 자신이 총참모가 돼 '대한국민군'이라는 조직을 내왔지만 처음 착수한 건 군자금 모집을 위해 몇 동지들을 고국에 밀파하는 일이다.

조성환은 기존의 무장세력인 북로군정서에 속해 있으면서 다가올 전투를 위해 군자금을 모으고 무기를 사들이는데 혈안이 돼 있었다. 용만은 자연 음으로 양으로 그를 도울 수밖에 없었다.

도착 후 해를 넘겨 1920년 초까지 주로 블라디보스토크에 있던 용만이 북경으로 간 것은 3월 20일. 같은 시기 하와이에 있는 대조선독립단에서는 두 번에 걸쳐 용만에게 3천5백 불을 송금했다.

그리고 같은 해 2월 자유교회에서 모임을 갖고 5만 불의 자금을 조성해서 보낼 것을 의논했다. 용만이 북경에서 활동기반을 마련하겠다는 계획과 연관해서이다.

북경에 온 지 얼마 안 돼 용만은 김가진 등이 조직한 대동단 총부의 무정부장으로 지명돼 활동했다. 또한 신채호, 유동렬, 문창범과 같은 명성 높은 독립운동가들과도 교류를 이어갔다.

제1차 세계대전이 끝나갈 무렵인 1918년 8월서부터 1920년 3월까지 미국은 시베리아에 약 8천 명의 원정군을 파견한다.

임무의 하나는 체코 여단을 구출하기 위한 것이다.

용만이 1919년 5월 미육군수송함 토머스호를 타고 블라디보스토크로 출발할 수 있었던 것도 원정군 사령관에게 현지정보를 제공하겠다는 의사를 밝혔기 때문이다.

1차 세계대전은 독일의 동쪽 전선을 러시아가 담당하고 있었고 서쪽 전선을 프랑스와 영국이 맡고 있었다. 그 와중에 1917년 러시아에서 10월 혁명이 일어나 공산주의 볼쉐빅 정권이 탄생했다. 볼쉐빅 정권은 독일과 평화협정을 맺은 다음 전쟁에서 발을 뺐다.

입장이 난처해진 것은 독일군의 동쪽에 투입돼 있던 약 6만여 명의 체코 여단. 연합국 측은 체코 여단이 독일군의 서쪽 지역인 자기네 전선으로 이동하기를 원했으나 러시아는 허용하지 않았다.

외려 무장해제를 명하자 체코 여단은 이를 거부하고 주둔지에서 동쪽으로 이동하기 시작했다. 시베리아 열차를 타고 블라디보스토크까지 이동하고 거기서 배를 타고 프랑스를 경유하는 귀국길을 택한 것이다.

주둔지인 우크라이나를 떠난 건 1918년 봄. 그리고 블라디보스토크에 도착한 다음 마지막 귀국선을 타고 떠난 것은 1920년 9월. 무려 2년이 넘는 대장정이다. 이동하는 동안 러시아 적군파와 전투도 여러 번 치렀다.

열차 안에서는 은행과 우체국이 운영됐다. 자체 신문을 편집하고 정차하는 역의 도시에서 인쇄해 배부했다. 3·1운동이 일어났다는 뉴스도 그 신문에 실렸다.

체코슬로바키아는 오스트리아의 지배하에 있었다. 오스트리아가 독일과 동맹해서 러시아, 영국 및 프랑스와 대전을 벌리자 체코인들은 오스트리아군에 동원됐다.

그러나 같은 민족인 러시아의 슬라브족과 싸울 이유가 없어 러시아에 투항, 독자적인 부대를 창설했던 것이다.

체코슬로바키아는 제1차 세계대전이 끝나면서 독립을 쟁취하게 된다.

블라디보스토크에서 대규모 병력을 유럽으로 수송하기란 간단한 일이 아니다. 약 6만 8천 명의 장병들과 민간인들을 수송하는데 42척 이상의 외양선들을 동원해야 했다. 그 막대한 수송비용을 지불하자면 조달하기 가장 손쉬운 방법이 무기 판매다. 소총, 기관총, 탄약 등을 처분해야 했는데 그때 무기 구입을 하겠다고 찾아온 고객이 바로 만주의 한인 독립군부대다.

용만이 북경에서 블라디보스토크로 돌아온 것은 한창 무더운 6월이다. 이미 체코 여단에서 무기를 처분한다는 소식이 파다했다. 그 소식은 이용화를 통해 용만의 귀에도 들어왔다.

"조성환 대장님이 무기 인수의 책임을 맡았다고 합니다."

"그래. 자네가 적극 도와야 하네. 로어를 잘 하는 사람은 자네가 아닌가."

"물론이지요. 장인어른께서도 무기 구입대금을 좀 보태시지요."

"당연하고말고. 이미 적잖은 돈을 낸다고 했네."

조성환은 이용화를 데리고 체코 여단의 책임자를 만나기 시작했다.

용만 역시 팔을 걷어붙였다. 사안의 중대성을 인식하고 협조를 아끼지 않은 것이다. 무기구매뿐 아니라 막대한 양의 무기와 탄약을 수송하는 것은 한두 사람의 힘으로 도저히 될 일이 아니다. 조성환과 용만은 동지들을 규합해서 이 엄청난 작전을 은밀히 추진했다. 일본 측에 비밀이 탄로되면 독립군이 받을 타격은 상상조차 할 수 없기 때문이다.

마침내 블라디보스토크 교외의 깊숙한 삼나무 숲속 아지트에서 북로군정서 재무부장 조성환과 체코 여단 대표가 만난다.

"이분이 가이다르 장군입니다."

이용화가 러시아 말로 조성환에게 소개한다. 가이다르는 나중 체코가 독립했을 때 국방장관이 됐다.

"대금은 러시아 돈으로 다 드릴 수가 없어 미안하외다. 부족한 금액은 대신 금으로 된 물건들로 받아주셨으면 합니다."

"좋소. 무게를 재서 러시아 돈으로 환산해서 받기로 하지요."

그렇게 무기 매매가 이뤄졌다.

구입대금을 지불하자면 만나는 동포들마다 주머니의 먼지까지 털어야 할 판이다. 용만도 하와이의 대조선독립단에서 독립운동 자금으로 보내준 돈을 적지 않게 성금으로 보탰다. 성금뿐만이 아니다. 연해주와 만주에 거주하는 동포들은 돈을 낼 수 없어 숨겨 놓은 금붙이를 내놓았다.

후일 체코를 찾은 한국 관광객들이 우연히 금반지나 금비녀는 물론 요강까지 보게 된 건 그래서다. 요강은 놋쇠요강으로 그 속에 금붙이를 담아 체코 여단에 건넸다는 얘기다.

230명으로 독립군 무기 운반대가 블라디보스토크 교외의 비밀지점에 당도한 것은 1920년 7월 30일. 저마다 등에 한 짐씩 지고 들키지 않게 만주의 간도 지방으로 돌아온 건 9월 7일. 그로부터 약 한 달 후인 10월 21일서부터 26일까지 청산리전투가 벌어진다.

김좌진, 홍범도, 이범석이 지휘한 2천5백 명의 독립군 연합부대는 매복전으로 5천 명의 일본군을 무찔렀다.

적의 사상자는 3천 명이나 됐으나 아군 사상자는 1백50명밖에 되지 않는 대승을 거뒀다. 체코 여단으로부터 가져온 1천2백 정의 최신예 소총과 기관총이 한판 멋지게 불을 뿜었기 때문이다.

3·1운동 이후 만주에서는 독립운동이 활발히 벌어졌다.

무장 부대들이 조직돼 국경을 넘어가 기습을 자주 했다. 일제는 독립군을 소탕하기 위해 음모를 꾸몄다. 중국 마적을 사주하여 일부러 훈춘현 소재 일본영사관에 불을 지르게 했다. 이를 구실로 만주에 3개 사단을 출동시켰다.

김좌진 장군이 이끄는 북로군정서와 홍범도 장군이 이끄는 대한독립군은 그 정보를 사전에 입수하고 청산리에서 매복전을 벌였던 것이다.

그러나 청산리전투의 승리는 외려 더 엄청난 후폭풍을 불러왔다. 패배의 치욕을 앙갚음하기 위해 일본군은 무차별의 대학살작전을 감행한 것이다. 소위 '간도참변'이다.

3, 4개월에 걸쳐 수많은 동포들의 마을들을 불태우고 재산과 식량을 약탈했으며 조선 사람들을 보는 대로 학살했다. 피살자 수가 무려 3만 명에 이르는 극악무도한 대학살이었다.

이런 잔혹한 초토작전 때문에 대부분의 독립군 부대들은 만주를 떠나 시베리아로 이동하지 않으면 안 됐다.

한인비행학교 훈련생들

한인비행학교와 '백미대왕(Rice King)'

하와이에서 용만과 함께 3년 가까이 활동을 하던 노백린 장군이 워싱턴으로 떠난 것은 1919년 늦은 가을. 당시 워싱턴에 구미위원부를 차린 이승만을 만날 겸 다른 볼 일도 있어서다. 상해 임시정부는 이승만을 대통령, 노백린을 군무총장, 박용만을 외무총장으로 임명했다.

"장군님, 지금 연해주 블라디보스토크에는 8천 명의 미군이 원정대로 가 있지요. 우크라이나 지역에서 독일군과 싸우던 체코 여단 병력이 귀국길에 거기 와 있는데 구출 작전을 벌이기 위해서지요. 그래서 워싱턴에 가시면 미 국방부 당국자를 한번 접촉해 볼 필요가 있을 거 같아요. 미군 원정대가 철도라든가 토목공사를 벌일 경우 노동력이 필요하지 않겠어요? 그럴 경우 현지 한인들을 모집해서 노동력을 제공하면서 동시에 독립군부대를 양성할 기회를 엿볼 수 있을 거 같군요."

"알겠소. 우성의 통찰력은 누구도 따를 수가 없을 거요. 가서 형편을 알아보고 추진해 보겠소."

그러나 미국정부가 원정대를 철수시키기로 결정했으므로 그 건은 허사가 됐다.

다음해 1월 그는 빈손인 채 워싱턴을 떠나 샌프란시스코를 향하고 있었다. 시카고에서부터 열차를 같이 탄 사람은 곽림대(郭臨大)다. 그는 대한인국민회 총무직을 맡기 위해 서부로 향하고 있었다.

"노 장군님, 얼핏 들었는데 샌프란시스코 북쪽 윌로우스에 사는 동포가 비행기를 구입해서 한인들을 훈련시키는 계획을 세우고 있답니다."

"그래요? 그게 정말인가요? 그런 엄청난 사업을 벌인 동포가 누구란 말이요."

"쌀농사로 거부가 된 김종림 씨라고 합니다."

"김종림? 쌀농사? 아하. 생각나오. 연전 하와이로 날 찾아온 사람이 생각나오. 쌀농사를 한다고 했소. 용돈 하라고 돈도 줬지. 우성 박용만을 잘 알고 있더군. 그럼 당장 그곳부터 먼저 찾아가야겠소."

"그러시겠어요? 차장한테 먼저 물어보지요. 아마도 새크라멘토에서 일단 내려서 북쪽으로 가야 할 거 같군요."

"그럽시다. 그렇지 않아도 작년 11월 5일 발표된 임시정부의 관보를 보니 군무부 휘하 육군과 해군에 비행대를 편성한다는 조항이 들어 있었소. 아직 취임은 안 했지만 명색이 군무총장이니 바로 내 소관 업무가 아니겠소?"

두 사람은 차표를 바꾸어서 샌프란시스코에서 북쪽으로 230km 떨어진 윌로우스로 김종림(金宗林)을 찾아갔다.

"노 장군님, 이 먼 길을 찾아 주시다니요."

두 사람은 팔을 벌여 포옹했다.

김종림은 군단의 부지로 1만 평을 제공했다. 막사와 장비도 그가 마련했다.

윌로우스시에서 발간되던 영자신문 '윌로우스데일리저널(Willows Daily Journal)' 1920년 2월 19일자에 '한국인들 비행장을 갖는다' 라는 톱기사를 실었다.

'쌀농사로 부호가 된 한국인 김종림이 한인 청년들에게 조종술을 가르치기 위해 비행장을 설치할 계획이라고 19일 밝혔다. 이를 위해 최근 문을 닫은 퀸트학교를 임대했으며 학교 인근에 비행장 부지로 40에이커(약 4만9000평)도 이미 구입했다. 교관도 1명 채용했고 최첨단 기종인 비행기 3대도 이미 사들여 곧 도착하는데 정비사 2명이 근무할 것이다.'

한인비행학교는 노백린 장군이 교장, 김종림이 총재를 맡았고 곽림대는 훈련생 감독을 맡기로 했다.

戎馬多年浪得名	말 타고 여러 해 떠돌며 이름을 얻으니
愧吾今日作干城	부끄러워 오늘은 간성을 쌓는다
欲破海洋三萬里	해양 삼만 리를 주파하기 바라며
御風先試航空行	바람타고 하늘을 날기를 시도한다

이 시는 상해에서 발행되던 '독립신문' 1920년 4월 27일자에 게재된 노백린 장군의 시다. 비행학교의 개교를 앞두고 포부를 드러낸 시다.

그는 한인 비행사 6인과 함께 비행기 앞에서 찍은 사진도 같이 보내 실리게 했다. 그렇지 않아도 임시정부는 문명의 첨단으로 등장한 비행기에 대해 관심이 컸다.

그런데 아직 상해로 부임하지는 안 했지만 군무총장인 노백린이 미국에서 한인비행학교를 세우고 비행사를 양성한다고 하지 않는가. 바람타고 하늘을 날기를 시도한다고 하지 않는가.

임시정부는 비행기를 조국 상공에 띄워 임시정부의 명령을 널리 전파하고 인민의 배일사상을 불러일으키기를 희망했다. 그 희망이 얼마나 꿈 같은 일임을 그들은 알고나 있었을까.

김종림이 비행학교를 세우는 데 주저하지 않은 것은 일찍부터 용만의 소년병학교에 대해 소상히 알고 있었기 때문이다. 1908년 덴버에서 열렸던 애국동지대표회 소식은 공립신보에 기사화됐으며 박용만이라는 이름 석 자는 김종림에게 늘 낯익었다. 또한 '신한민보'에 용만의 소년병학교에 대한 기사가 자주 올라서 젊은 한인들의 군사훈련을 익히 알고 있었다.

공립신보는 도산 안창호 선생이 1905년 미국 캘리포니아주 리버사이드에서 창립한 공립협회의 기관지다. 김종림은 공립신보에서 인쇄인을 맡기도 했고 1909년 6월부터 몇 달 동안 '신한민보' 인쇄인을 맡았다. '공립신보'는 1909년 2월서부터 제호를 '신한민보'로 바꿨는데 단체들이 대한인국민회로 통합됐기 때문이다.

하와이 사탕수수 노동자로 건너온 김종림은 함경도 원산 출신. 1907년 1월 유타주 솔트레이크(Salt Lake)로 가 철도건설 노동자로 일했다.

조국을 향한 그의 기부와 봉사는 이때부터 시작된다. 그해 공립협회에 의연금 10달러를 기부했다. 이듬해 공립신보의 신문기계 구입을 위해 30달러를 기부했다. 가난한 철도노동자로서는 큰돈이다. 그는 돈이 있으면 돈을 내고 돈이 없으면 식품이나 자신의 시간을 내놓았으며, 이승만, 이상설 등과 함께 한국에 고아를 돕는 구휼기관인 대동고아원 설립을 주도하기도 했다.

1913년 5월 샌프란시스코에서 안창호를 중심으로 흥사단이 창립됐다. 흥사단은 장차 조국에서 활동을 펼칠 계획이었다. 창립 발기인을 조선 8도의 각 도별로 한 사람씩을 선발한 것은 그래서다. 김종림은 함경도를 대표하는 발기위원으로 뽑혔다.

쌀농사를 해서 돈을 벌게 되자 그는 1918년 '신한민보' 식자기계 구매를 위해 200달러를 기부했다.

"이러한 연금은 10년 미국에 처음 있는 일이라."

당시 이 신문의 기사다.

김종림은 미국에서 최초로 백만장자가 된 사람이다. 그뿐인가. 미주의 한인 중에서 최초로 럭펠러를 닮은 통 큰 자선가다.

1919년 북부 캘리포니아에서 그는 3천4백 에이커(약 420만 평)의 논에 쌀을 재배했다. 한해 동안 올린 소득은 당시 금액으로 약 8만 불. 요즘 금액으로 환산하면 약 160만 불. 그때 80kg 쌀 한 석이 4불이었는데 90년 후 한국의 추곡수매가격 15만 원(약 150불)으로 환산하면 무려 3백만 불이라는 엄청난 소득이다. 그를 '백미대왕(Rice King)'으로 부르게 된 연유다. 럭펠러를 닮아 그는 '기부의 대왕'이기도 했다.

1919년 임시정부가 세워지자 그해 미주에서 송금한 후원금이 3만 불을 조금 넘었다. 그중 3천4백 불을 김종림이 기부했다. 요즘 돈으로 10만 불 이상의 최고액을 그가 내놓은 것이다. 다음해 임시정부 재무총장 이시영은 감사장을 보냈다.

그의 쌀농사에 관한 기사가 처음 난 건 1915년 12월 9일자 '신한민보'다.

'콜루사 통신을 거한즉 재미 한인의 실업가로 긔백(기백)이 강쟝한 김종림 씨난 금년 벼농사에 희유한 풍작을 엇어 백여 엑카(에이커) 토디(토지)에서 6천2백 석을 츄슈하얏다더라.'

백 에이커는 대략 축구장 50개의 크기다. 마지기로 환산하자면 대충 4백 마지기다.

캘리포니아에서 처음으로 벼농사를 시작한 건 중국인 노동자들이다.

캘리포니아에 금 노다지(Gold Rush) 돌풍이 불었던 건 1850년 대. 일확천금을 노리고 30만 명의 뜨내기들이 각지에서 개미떼처럼 몰려들었다.

그중에는 4만 명이나 되는 중국인 노동자들도 있었다. 그들은 자기들이 먹을 쌀을 소량으로 재배하기 시작했다. 하지만 캘리포니아에서 상업적인 벼농사가 시작된 건 1912년 이후부터다.

김종림이 벼농사에 뛰어든 건 1914년경. 초창기에 그야말로 선두주자로 뛰어든 셈이다. 때마침 제1차 세계대전이 일어났다. 전 세계적으로 식량 품귀현상이 일어났고 쌀에 대한 수요가 폭발적으로 늘어나기 시작했다.

자연 쌀값도 폭등했다. 캘리포니아의 농장주들은 다른 작물 대신에 벼를 심기 시작했으며 몇 안 되는 한인 농부들은 90불이라는 높은 월급을 받고 감독으로 일하기도 했다.

김종림의 쌀농사는 번창일로를 달렸다. 1917년 봄에는 1천 에이커(약 4천 마지기), 1919년에는 3천4백 에이커로 늘어난 광대한 논을 경작했다. 그렇다고 그가 그 많은 농지를 사들인 건 아니었다. 캘리포니아에서는 동양인의 농지 소유를 법으로 막고 있었다.

김종림은 농지임대를 했는데도 엄청난 소득을 올릴 수 있었다. 농지를 임대할 경우 그는 소득의 10%밖에 받지 않는다.

'신한민보' 기사에 의한 계산법을 따르면 100에이커에서 그가 챙기는 소득이 620석이었다면 3400에이커의 경우 2만 1천80석이 된다는 얘기다.

그의 가장 통 큰 기부는 '한인비행학교'의 창설과 운영을 위해 바쳐졌다. '한인비행학교'가 설립된 건 1920년 2월 20일. 그렇다고 그날부터 비행기를 띄운 건 아니고 비행기를 구입할 때까지 한동안 군사훈련을 실시했다.

그 한해 동안 김종림은 비행학교에 엄청난 돈을 쏟아 부었다. 3만 불은 현금으로 내놓아서 그 돈으로 교관의 보수와 운영비 일체를 감당했다. 비행장 부지 제공과 비행기 구입 등 그가 기부한 돈은 5만 불이 넘는 거금이다.

　한인비행학교에는 중국에서 훈련을 받으러 온 생도들도 있었다. 박희성(민족대표 33인 중의 한 사람인 박희도의 동생), 손이도(임시정부 임시의정원 의장 손정도 목사의 동생), 신형근(임시정부 국무총리를 역임한 신규식의 조카)이 그들이었다. 그들 중 박희성은 훈련생들 중 가장 기량이 뛰어난 탑건이었다. 훈련을 마치고 그들은 모두 중국 대륙으로 다시 돌아갔다. 현재 대한민국 공군은 그 뿌리가 윌로우스 한인비행학교에서 비롯됐다는 것을 공식적으로 밝히고 있다.

폭격 목표는 일본 도쿄

한인비행학교에 훈련생들이 탈 첫 비행기가 도착한 것은 6월 중순. 미국 스탠더드 항공사가 제작한 스탠더드 J-1 모델이다. 꼬리에는 태극 문양이 커다랗게 선명하다. 동포들은 시선을 고정한 채 한참을 움직이지 않았다. 비행기 동체에는 'KAC'라는 영문약자가 큼지막하게 쓰여 있다.

그걸 Korean Air Corps(한국 공군)의 약자로 해석하는 사람도 있다.

6월 22일자 '신한민보'에는 수일 전에 비행기 2대를 매득했다는 기사가 보인다. 약 2주 후인 7월 2일자를 보면 비행기 4대를 사오게 한다고 쓰여 있다. 7월 6일자 기사에는 비행기 1척을 더 주문하고 무선전신기계도 주문하겠다더라는 내용이 있다. 그러나 비행학교가 실제 보유하게 된 연습용 비행기는 모두 5대다.

당시 최첨단 훈련기는 대당 가격이 약 2천 달러 정도. 비행기 구입과 시설비 등으로 김종림은 2만 달러를 기부했다. 그리고 비행학교의 운영자금으로 매달 3천 달러씩 제공했다. 처음 15명의 생도들이 등록했으며 그 숫자는 한 달 만에 24명이 됐다. 두 달 후에는 다시 30명으로 늘어났다.

생도들은 월사금 10불만 내고 교련, 전술, 전략, 비행술, 비행기 수리와 관리, 무선전신학, 영어 등을 배웠다. 교관은 레드우드비행학교 교관이었던 미국인 브라이언트와 미국인 비행학교를 졸업한 한인들이 맡았다.

미국인 교관에게는 월급 5백 달러가 지급됐다. 당시 일반 노동자의 월급이 약 25달러인 것에 비하면 무려 20배나 되는 거액이다.

7월 5일 비행학교는 동포 2백여 명이 참석한 가운데 공식적인 개소식을 가졌다. 개소식에서 교장 노백린이 단 위에 섰다.

"독립전쟁이 일어날 때 우리 공군이 일본에 날아가 도쿄 시내를 쑥대밭이 되도록 폭격해야 합니다."

말문을 뗀 후 잠시 말을 잇지 못했다.

"우리 비행사들의 궁극적인 목표는 일본 도쿄입니다. 독립전쟁이 일어날 때 우리 공군이 일본에 날아가 도쿄 시내를 쑥대밭이 되도록 폭격하는 것이외다. 이 목표를 꿈에라도 잊지 말고 명심불망하여 언제나 전투출격 태세를 갖추고 훈련해야 합니다. 우리는 훈련이 아니라 실전입니다. 실전으로 알고 싸웁시다. 일기당천(一騎當千)이라는 말이 있으나 우리 비행사는 일대당만(一臺當萬)으로 일본인을 처치해야 할 각오로 훈련하고 싸워 기필코 승리합시다."

그의 목소리는 야생동물의 포효처럼 터져 나왔다.

지상전에서 말(馬)은 일기당천(一騎當千)이지만 공중에서 비행기는 일대당만(一臺當萬)이라는 그의 주장이 핵심을 찌른다.

미국인 교관 브라이언트와 한인 교관이 비행기를 타고 먼저 시범 비행을 했다. 그렇지 않아도 비행학교가 정식 개학하기 전 미국인 민간 비행사들은 비행기를 타고 와 활주로에 내렸다. 친선방문을 한 것이다. 윌로우스에 있는 백인 영업회사 혹하이어 회사는 1백 불을 찬조했고 스파야라는 이름의 중국인도 20불을 후원금으로 내놓았다. 동포들은 훈련생들에게 음식을 제공했다. 재정이 어렵지만 샌프란시스코의 대한인국민회에서도 매달 6백 불씩을 보조했다.

노백린 장군과 훈련생들이 투지를 불태우고 있을 때 샌프란시스코 주재 일본영사관은 비행학교를 주시하고 있었다. 조선총독부 경무국장 앞으로 보낸 1920년 9월 20일자 정보보고서의 내용은 이렇다.

'지난 7월 7일 제1회 졸업식을 거행했다. 당일 교장 노백린, 총재 김종림은 장래 일본에 대한 독립전쟁은 비행기에 의존하는 것 외의

수단은 없다고 극언을 했다. 현재 연습생은 25명이고 무선전신 장치가 완전한 비행기가 5대 있다.'

노백린은 임시정부의 군무총장으로 부임하기 위해 비행학교가 설립된 지 5개월 만인 7월 16일 샌프란시스코를 떠나 상해로 향한다.

그가 떠난 후 비행학교에 불운이 밀어닥쳤다. 그해 10월 비바람 때문에 김종림의 논에 추수를 앞둔 벼들이 쓰러지고 만 것이다. 제1차 세계대전이 끝나자 쌀값도 하락 추세여서 그는 그렇지 않아도 벼농사에서 손을 떼려던 참이었다.

11월 11일자 '신한민보'에 난 기사를 보면 당시의 정황을 짐작할 수 있다.

그해에는 추수를 착수하려 할 시기에 비가 쉬지 않고 찔끔찔끔 내려 벼가 태반이나 쓰러졌다는 것이다. 벼가 땅에 누우면 추수 경비가 2배 이상이 들게 된다. 김종림은 60만 달러의 부채를 안고 파산을 하는 운명이 됐다. 그러나 그의 명예까지 파산된 건 아니다. 비행학교를 설립하고 그 첫해 김종림이 기부한 5만 달러는 오늘날 금액으로 환산하면 자그마치 2백만 달러가 넘는 거금이다. 미주 동포 최초의 백만장자였던 그는 결코 돈으로 환산되지 않는 고귀한 명예를 독립운동사의 한 페이지에 새긴 것이다.

한인비행학교는 1920년 7월 7일 6명의 졸업생을 내고는 이듬해 4월 중순경 폐쇄되고 만다. 이 학교 출신 중 세 사람은 중국으로 돌아갔다. 박희승과 이용근은 임시정부가 독립군의 비행병 참위(소위)로 임명했고, 박자중은 만주 군벌 장작림의 항공대에서 활약했다. 그리고 미주에 남은 일부는 미군에 들어가 활약했다.

박희성은 중국으로 돌아가기 전, 이미 없어진 나라이지만 국위를 선양했다. 하늘 높이 태극기를 휘날린 것이다. 샌프란시스코에서 동북쪽

으로 130km 떨어진 새크라멘토 인근에서 대운동회가 열린 건 1921
년 3월 20일. 박희성은 윌로우스에서 타던 비행기에 이용근, 홍종만,
정몽룡 세 사람을 태우고 수천 명이 운집한 운동회장으로 날아갔다. 그
의 비행기가 나타나자 군중은 하늘에 대고 '헬로우 보이' 하며 함성을
질렀다.

수건을 흔들어대는 가운데 박희성은 태극기 마크가 선명한 비행기를
서서히 착륙시켰다. 다음은 '신한민보'에 난 기사다.

'수천 명 남녀 군중은 한인 소년 비행대장이라 부르며 태극기도 만
져보며 혹은 박희성 씨와 악수도 하는 광경은 참으로 우리 비행학생
들의 흥기를 돋우었는데 그 군중에서 서서 보는 일인들은 눈이 뚱그
래서 보았다더라.'

기사대로 일인들에게 충격을 준 것만 하더라도 통쾌한 일이 아닌가.

'박희성 씨는 자기 학비에 보태려고 여러 사람들을 비행기에 태워
돈을 벌기를 예산하고 그 운동장에 간 길이었다. 마침 백인 선생의
비행기 기관이 상하여 우리의 비행기를 좀 빌려주면 자기가 돈을 좀
장만하겠다 하매 우리 학생들은 그 선생의 특별 요청하는 것을 거절
할 수 없어 빌려줘 십여 차를 공중에 날은 바 우리 태극기는 비행기
가 날을 때마다 광채를 날리매 관광자에게 큰 환영을 얻었다더라.'

수천 명의 미국인들에게 한국의 존재를 알린 건 총을 쏘지 않고도 독
립운동을 벌인 것이나 마찬가지 아닌가.

"졸업생 중 아무도 일본을 향해 폭탄을 싣고 날아가지는 못했지만 제
2차 세계대전이 터지자 수백 명의 한국청년들이 미군에 지원하여 일본

과 싸웠다."

켄 클라인 교수의 말이다. LA에 있는 남가주대학(University of Southern California)의 켄 클라인 교수는 한인비행학교가 2년 정도 지속됐고 졸업생은 모두 19명이었다고 말한다.

그가 이렇게 말하는 건 비단 비행학교뿐만 아니라 용만의 소년병학교나 대조선국민군단과도 간접적으로 연루된다. 그런 군사훈련기관들이 있었기 때문에 일본에 대한 적개심이 그 후손들에게 이어져 제2차 세계대전이 일어나자 동포들의 자제들이 전쟁에 지원한 것이다.

소년병학교 출신 중 몇은 제1차 세계대전이 일어났을 때 미군에 들어가 참전했다. 소년병학교에서 한문을 가르치던 박장순은 1918년 미군에 입대 독일군과 교전하다 전사했다. 그는 슈페리어 탄광에서 일하면서 약 50명의 한인들을 광부로 취직시켰고 그들에게 목총을 들고 군사훈련을 실시한 사람이다. 생도 이관수는 네브래스카주 향토방위군에 입대해 유니온 퍼시픽 철도의 다리를 경비하던 중 순직했다. 생도 정희원과 한영호도 미육군에 입대했다.

이승만의 생존경쟁 수단

이승만이 상해에 도착한 건 1920년 12월 8일. 노백린은 이승만에게 사임을 권유한다. 군무총장으로 임명돼 그가 상해에 도착한 건 그해 2월 2일.

"전자에 위임통치 청원문제를 외면하여 성토한다고 떠든즉 그냥 대통령 위에 앉았다가는 좋지 않은 광경을 당하고 축출하여 정국이 와해하고 아령(我領-러시아 령)과는 영원히 결렬하게 될 것이요. 당신이 자발적으로 사직원을 제출하고 다시 이동휘와 악수하여 독립운동을 계속 진행케 합시다."

노백린이 이승만에게 한 말이다.

"나도 그렇게 생각하였소이다."

이승만은 국무회의에서 사임을 발표했다. 그러나 대통령직에 대한 미련을 버리지 못했는지 노백린과 김규식이 사임 방법을 논의하기 위해 다시 찾아가자 사임의사를 번복했다.

상해 임시정부 임시의정원에서는 1921년 4월 초 이승만 대통령에 대한 탄핵안을 다루었으나 안창호의 중재로 일단 철회됐다.

이승만이 의정원의 의결로 탄핵되고 대통령의 직위에서 면직된 건 그로부터 4년 후인 1925년의 일이다. 이승만은 1921년 11월 11일 워싱턴에서 개최되는 열강의 군축회의를 준비한다는 구실로 일찌감치 상해를 떠나고 만다. 그게 5월 20일. 그리고 다시 돌아가지 않았다.

이승만이 하와이에 돌아온 지 얼마 안 되는 8월 박용만파의 '대조선독립단'에서 발행하는 '태평양시사'가 이승만파에 의해 테러를 당하는 사건이 벌어진다.

'태평양시사'가 '이승만의 행방불명'이라는 기사를 실었기 때문이다. 내용인즉슨 임시대통령의 직무로 갔다가 내부의 분열을 일으켰고 시국의 난관을 감당치 못해 아무도 모르게 도망왔다는 거였다.

8월 2일 이승만파의 부인네들이 '태평양시사' 편집인을 찾아가 대통령에 대한 불경 기사를 정정해줄 것을 요구했다. 편집인은 그 기사가 상해에서 보내온 소식에 의한 것이므로 정정할 수 없다고 거부한다.

부인네들은 그 증거를 요구했다. 편집인은 상해의 한국적십자회 사무원이 하와이 지부장에게 보낸 편지를 보여주었다.

'이승만 씨가 다사하고 다난한 이때에 임시정부에 왔다가 내부의 분열을 일으켰으며 시국을 정돈하지 못해서 민중에게 실망을 주고, 간다는 말도 없이 없어진 까닭에 민중의 의혹이 더 심합니다. 이런 사람을 어찌 영도자로 믿을 수 있습니까. 이제는 민중의 뜻을 따라서 상당한 인도자를 구하는 수밖에 다른 도리가 없습니다.'

부인들은 증거를 보여주었는데도 순순히 물러가지 않았다. 신문사 직원들이 그들을 건물 밖으로 밀어냈을 때 뒤늦게 쫓아온 남편들이 나타났다. 부인들이 하소연하자 그들은 신문사에 난입해서 직원들을 구타하고 기물들을 부수기 시작했다. 신고를 받고 달려온 경찰은 현장에서 10명을 체포하고 부상자들을 구급차에 실어 보냈다.

오후 5시경 난동이 있었는데 저녁 8시쯤 이승만파 사람들이 다시 들이닥쳐 사람을 만나는 대로 행패를 하고 쇠뭉치와 다른 무기로 사람을 구타하여 그곳에서 일하던 사람들을 다 때려눕히고 신문사 기계들도 절단냈다.

두 번째 습격 때는 23명이 체포돼 구치소에 구속됐고 재판에 넘겨졌다.

하와이 영자신문 '퍼시픽 애드버타이저'와 '호놀룰루 스타 블리틴'에 보도된 것들이다. 미담 기사는커녕 싸움질 기사를 끊임없이 양산해

내는 게 하와이 동포사회의 현주소다. 힘을 합쳐 일본에 대항하는 게
아니라 이승만파와 박용만파로 나뉘어 동포끼리 피를 흘리며 싸우기에
더 열심이었다.

'퍼시픽 애드버타이저' 8월 3일자 기사는 상황을 실감나게 묘사하고
있다.

'재작일 저녁 양차 습격에 '태평양시사' 사무소는 파괴를 당하고 5
인은 중상했는데 한인 10명은 습격과 구타에 걸리어 보석금을 걸고
보방됐고 그밖의 23인은 구류를 당해 순검에게 조사를 당하는 중이
더라. 구급병원으로 보내였더라.'

이런 구제불능의 야만적인 행동 때문에 일찍이 하와이의 영자신문들
은 한인들이 푸에르토리코인들보다 더 흉악하다고 지적하지 않았던가.

갈등의 골이 깊어지자 개인적인 교류마저 적과의 내통으로 처벌대상
이 됐다. 반대파 사람과 말을 하면 5원 벌금, 손잡고 인사하면 10원 벌
금, 무슨 물건을 매매하면 100원 벌금에 처했다.

리처드 알렌(Richard C. Allen)은 1960년 발간된 '한국의 이승만(Korea's
Syngman Rhee)'이라는 저서에서 이렇게 언급했다.

'하와이에 있는 망명결사(亡命結社) 내부의 혹심한 파쟁을 통해서
이승만은 음모와 암살을 무기로 하는 정치집단 사이에서의 생존경쟁
수단을 체득했다.'

이것은 이승만의 일면을 핀셋으로 꼭 집어 드러낸 말이 아닌가. 하지
만 이미 구한말 가두투쟁이며 투옥과 고문을 통해 체득됐다는 사실을
미처 인지하지 못했을 수도 있다.

상해를 떠난 이승만이 마닐라를 경유 하와이에 도착한 것은 1921년

7월 8일. '태평양시사'에 '이승만의 행방불명'이라는 기사가 실리자 이승만파의 부인네들이 떼 몰려와 항의하고 뒤이어 그들의 남편들이 몰려와서 신문사를 짓부순 것은 이승만이 하와이에 도착하고 난 다음 벌어진 일이다.

용만이 주동이 돼 임시정부 불신임안을 결의한 사실을 상해를 떠나기 한 달 전쯤 접했을 이승만은 분통을 삭일 수 없었을 게다.

하와이에 도착하자 그 사실을 추종자들에게 알렸다. 때마침 '태평양시사'의 기사가 그들의 분통에 불을 댕겼다. 그렇다고 8월 2일 벌어진 '태평양시사' 습격사건은 단발성으로 그치지 않았다.

이승만파의 중견들이 대원들에게 8월 22일 발송한 '통첩'을 보면 박용만파에 대한 적개심은 숫제 살기가 번득인다.

'우리가 이번에 거사한 일은 3년 동안을 두고 참고 견디어 오던 것이 다 헛것이요, 점점 해만 더 받게 될 뿐 아니라 우리 임시정부의 운명과 대한독립이 점점 퇴보되는 영향을 받게 되는 것을 들여다보고 어찌 더 참고 더 견딜 수 있사오리요. 그러므로 저 대역부도(大逆不道) 박용만의 당류들을 박멸하여 위로 정부를 보호하며 아래로 민심을 안돈시켜 놓아야 우리의 정무 곧 내치 외교에 차서를 따라 진행할 수 있을 것을 깨닫고 물질과 몸과 성력을 다 바쳐 왜적을 박멸하기 전에 저 왜적보다 더 해를 주는 박용만의 당류들을 진압한 후에 순전무의한 애국민의 충심단결로 왜적을 소탕하자는 의기남녀가 일심일성으로 분발 용진함이니. (중략)'

박용만파가 왜적보다 먼저 진압해야 할 대상이라고 적개심을 드러내고 있다. 이 '통첩'은 하와이에 있는 미국 연방수사국(FBI) 손에 들어가 기록물로 보존됐다. FBI가 주목한 부분은 '통첩' 끄트머리에 있는 내용이다.

'이 글발을 저쪽 사람들에게 가지 않도록 조심하시와 비밀을 주장하시고 말로나 힘으로나 능력이 자라는 대로 저자들을 뼈가 저리고 마음이 아프도록 위협을 보이시는 것이 상책이올시다. 농장에서는 호항보다 더욱 좋지 않습니까?'

'농장에서는 호항보다 더욱 좋지 않습니까?'는 경찰서에서 멀리 떨어진 농장은 은밀히 테러를 하기가 더 용이하지 않겠느냐는 뜻으로 읽힌다. FBI는 그 때문에 비상을 걸고 감시에 들어갔다.

군사통일주비회

북경에서 용만이 군사통일회의(국민대회가 아님)를 연 건 '간도참변' 때문이다.

청산리전투의 패배를 복수하기 위해 일본군은 수만 명의 동포들을 살상했고 독립군들은 시베리아로 도피하지 않으면 안됐다. 여러 소수부대로 분산된 독립군의 통합을 모색하기 위해 회의를 열었던 것이다.

무정부주의의 행동을 한 게 아니었다. 또 임시정부는 만주의 무력항쟁을 지원할 능력이 없기에 그 존재를 부정하게 됐던 것이다.

용만이 북경에서 상해로 간 건 1920년 3월 29일. 그 닷새 후 임시정부 각원들을 만찬에 초대했다. 그 자리에서 안창호에게 말했다.

"저는 군사(軍事)에만 관심이 있는 사람입니다. 외교의 일은 볼 수가 없습니다. 면직(免職)을 원합니다."

그의 소청은 국무원 회의에서 수락됐다. 4월 19일자로 의원면관이 됐다. 그 두 달 후인 6월 용만은 블라디보스토크로 돌아갔다. 신채호, 유동열 등과 함께였다. 아직 가족들은 그곳에 살고 있어 블라디보스토크는 그에게 친숙한 곳이다. 뿐만 아니라 두만강을 건너가 일본군을 습격하는 의병활동의 전통이 이어지는 곳이다. 용만이 노리는 것은 하와이의 대조선국민군단과 유사한 군대 조직을 내오는 것이다.

그러나 번듯한 농장이라든가 다른 물적 토대가 있는 것도 아니고 젊은 장정들을 새로 규합하는 게 어렵다는 것을 알았다.

용만은 그해 말 신채호와 함께 북경으로 돌아갔다. 군사단체들의 통일을 이루자면 어떤 대책이 필요할 것인가를 논의하기 위해 각지의 단체들을 회동시키고자함이었다. 청산리전투의 승리는 후속대책이 없는 승리에 그치고 말지 않았던가.

상해의 임시정부는 무장투쟁을 지휘할 능력이 전혀 없었다. 우선 자잘한 독립군 단체들을 한데 통합하는 게 당장 해결하지 않으면 안 될 과제로 떠올랐다. 그러나 청산리전투 이후 많은 부대들이 일본군의 토벌작전을 피해 시베리아로 이동했기 때문에 '군사통일주비회(軍事統一籌備會)'는 이듬해인 1921년 4월 20일에서야 북경 교외 삼패자화원(三牌子花園)에서 열릴 수 있었다.

참가한 단체들은 내지국민공회(內地國民會-박용만), 하와이국민군단(김천호, 박승선, 김세준), 북간도국민회(김구우), 서간도군정서(송호), 내지광복단(권경지), 하와이독립단(권승근, 박건병, 김현구), 조선청년회(이장호, 이광동), 노령 대한국민의회(남공선), 내지노동당(김갑), 내지통일당(신숙, 신달모, 황학수) 등 10여 개였다.

회의에서는 두 가지 의제가 주로 논의됐다.

시베리아와 만주에 산재한 독립군의 행동통일 방안과 독립군의 총지휘를 상해 임시정부에 위임할 수 있겠는지 여부다.

첫 의제에 대해서는 시베리아의 독립군부대는 후일의 국내 '대진공'을 위해 준비하고, 만주의 부대들은 지휘계통을 통일하여 국경일대에서 유격전을 벌이는 '소진공'을 감행하는 것으로 의견이 모아졌다.

군사통일주비회는 4월 27일 임시정부에 참가단체 전원의 이름으로 불신임 결의안을 통고하고 3일 이내에 임시의정원의 해산을 요구했다.

이에 대해 임시정부를 옹호하는 측에서는 '국적의 토벌', '재 북경 야욕정객의 음모', '야욕한의 주토'라는 등의 격렬한 문구로 비난했다.

상해 임시정부는 태생적으로 갈등 요인을 안고 있었다. 지역과 출신과 경력에 따라 구성원들의 노선이 각각 달랐다. 마음에 드는 직위가 주어지지 않거나 자기의 지위가 특정인의 그것보다 낮을 경우 자리를 박차고 떠나는 사람도 있었다.

박용만, 신채호, 신숙처럼 상해의 임정을 해체하고 다시 새로 구성해야 한다고 주장하는 사람들은 '창조파'로 불린다.

그러나 비록 창립 당시부터 하자와 결점이 있는 건 사실이지만 해체하는 대신 보완하고 개혁하자는 '개조파'로 안창호, 박은식, 김창숙 등이 있었다. 김구, 이동녕, 이시영 등은 임정을 그대로 유지하자는 '고수파'라고 볼 수 있다.

노선과 주장이 달라 서로 진영을 달리 하는 것은 어쩔 수 없는 현상일 수도 있다. 그 결과 한데 끌어 모아도 신통치 않을 운동 역량은 갈가리 찢기게 된다. 그것은 내부에 전선 하나를 더 만드는 불행을 자초하는 일이기도 하다.

'창조파'에 속한 사람이 다수이긴 했지만 용만도 그중의 한 사람이 된 것은 비록 그의 노선이 정당하다 하더라도 중국에서 그의 위치를 고립시키는 일이다. 그것은 그의 불행한 종말을 앞당기는 악수(惡手)가 될 수도 있다.

1924년 1월 용만은 창조파들이 회동한 국민회의에 참석하기 위해 블라디보스토크로 간다. 그때 일본영사관과 타협해서 조건부 지원을 받음으로써 곤혹스러운 오점을 남기게 된다.

'군사통일주비회'가 채택한 선언서의 첫머리는 이렇게 시작한다.

'본 군사통일회의는 일반국인의 의사를 대표하여 중국 상해에서 부정당 불신성하게 조직된 대한민국 임시정부와 임시의정원을 일체로 불승인하고 과거와 장래의 제반 시설을 무효로 인(認)함과 1919년 4월 23일 내지 국민대회에서 발포된 대조선공화국 임시정부의 계통을 승(承)하여 일신(一新)히 조직할 일과 이를 조직함에는 전국민의에 부응하기 위해 국민대표회를 소집할 것을 내외에 선언하노라. 우리의 독립문제는 군사가 아니면 해결이 불능이요, 군사운동은 통일이 아니면 성공은 난망일세. 군사통일의 절대필요에 의해 내외지 각 단체의 연합으로 성립된 본회의는 그 목적이 실로 이에 있으며

그 정신이 또한 이에 있을 뿐이로다. (하략)'

'군사통일주비회'는 군사 총지휘부를 상해임정에 맡기는 결의 대신 임정 불승인과 '국민대표회' 소집을 촉구하는 선언을 발표한 후 막을 내렸다.

신채호와 한국 고대사

"총리에 박용만을 추천합니다."

단재(丹齋) 신채호(申采浩)다. 1919년 4월 용만이 아직 하와이를 떠나지 않고 있을 때 그는 상해에 와 있었다.

임시정부조직안 토의에 참가하기 위해서다. 그 1차 회의 이후 제2차 회의에서는 임시의정원을 구성했다. 3차 회의에서는 임시정부의 각료들을 선출했다.

총리 선출이 먼저였다. 회중에서 이승만, 박영효, 이상재가 차례로 추천됐다. 이때 신채호가 팔을 번쩍 치켜들고 박용만을 추천했던 것이다. 그의 추천에 어이가 없었는지 회중의 한 사람이 "신채호요." 소리를 질렀다.

그 순간 일제히 웃음바다가 됐다. 신채호는 얼굴에 숯불이 와 닿는 듯했다. 이승만에 대한 원한 때문에 용만은 임시정부 발기인의 일원인 신정(신규식의 가명)에게 '국제연맹에 의한 위임 통치 청원' 건을 하와이에서 전보로 알렸다. 이를 전해들은 신채호가 이승만을 반대하고 박용만을 총리로 추천하였던 것이다.

용만과 신채호는 거의 같은 나이다. 일찍이 독립협회와 서울의 상동교회에서 얼굴을 익힌 사이다. 그보다 더 가까워진 건 신문을 통해서다. 신채호는 블라디보스토크에서 용만은 하와이에서 주필로 활동했다. 두 사람 다 남이 흉내 낼 수 없는 논설의 대가들이다.

블라디보스토크에서 그가 '권업신문'의 주필로 있던 같은 시기 용만은 하와이에서 '국민보' 주필이었다. '국민보'는 러시아의 동포들에게도 전해지는 신문이었다. 신채호는 '국민보'에서 박용만의 논설들을 읽었고 무력항쟁 노선도 자기와 같음을 익히 알고 있었다.

그는 언론인 출신이다. 독립운동을 하면서 사학자가 됐다. 1905년 25세 때 황성신문의 논설위원을 지냈고 이어 영국인 베델이 운영하던 대한매일신보의 주필을 맡았다. 1910년 나라가 망하자 중국으로 망명, 러시아의 연해주로 옮겨 '권업신문'에서 일하다가 신문사 사정이 어려워지자 1913년 상해로 떠난다. 이후 만주와 상해, 북경, 시베리아를 떠돌며 독립운동을 했다.

1914년 서간도의 한인학교에서 국사를 가르치면서 국사연구에 집념하기 시작했다. 교사로 있을 때 '조선사'를 집필했으며 연구를 계속, '상고사 이두문 명사 해석법'과 '삼국사기 중 동서양자 상환고증' 등의 논문들을 묶어 1930년대 '조선사 연구초'라는 역사서를 출간했다.

신채호는 1936년 중국 여순 감옥에서 운명했다. 그사이 딱 한번 조선에 몰래 다녀갔다. 조카딸 향란의 혼사 때문이다. 향란은 일찍 사망한 형의 유일한 혈육. 그런데 친일파와 결혼한다는 거였다. 그 혼사를 막기 위해 위험을 무릅쓰고 잠입했던 것이다.

그러나 헛수고였다. 조카딸과 의절하고 북경으로 돌아갔다. 1917년의 일이다.

용만은 신채호와 자주 어울렸다. 일본 고등경찰의 보고서에 의하면 1920년 봄 둘은 블라디보스토크 교외 포크라치니아에서 만난 것으로 돼 있다.

자주 어울리다 보니 한국 고대사를 연구한 신채호의 영향을 받을 수밖에 없었다.

"우성, 만주 땅이 중국인들 땅이 아니란 말일세. 부여와 고구려 땅이었다는 말이야. 고대 아시아 동부에는 우랄어족과 지나어족이 있었지. 우랄어족에는 조선, 여진, 몽고족이 속하고 지나어족에는 물론 한족(漢

族)이 주종을 이룬 게야. 그러니 이 만주 땅은 한족(漢族)보다 조선족에
더 가까운 땅이 아니겠나?"

신채호는 북경에 있을 때 북경대학 도서관을 드나들며 한국의 역사
를 연구했다. 1922년 '조선상고사'를 썼고 부여와 고구려의 존재를 부
각시켰다.

상고시대 한민족(꼭 아니라면 같은 우랄어족)은 만주, 요동반도 및 요서
지방과 중국의 동북지역을 차지하는 강대국이었음을 강조했다.

그런데 삼국사기를 쓴 김부식과 같은 사대주의 역사가가 한국의 역
사를 한반도 중심으로 축소 왜곡했다는 것이다.

신채호의 영향으로 용만도 한국의 고대사에 눈을 돌렸다.

1927년 6월 김노규 선 '대한북여요선(大韓北輿要選)'과 박기정이 지
은 '대동고대사론'과 자신이 쓴 논문 '제창아조선독립문화지일이어(提
倡我 朝鮮文化之一二語)'을 한데 묶어 책을 한 권 출판했다.

'대한북여요선'은 만주 옛 우리 땅의 경계와 연혁을 논한 것이고 '대
동고대사론'은 만주가 단군조선의 영역이었다는 것이다.

그러나 용만의 의도는 엉뚱했다. 만주에 거주하는 2백만 한인들을
구성원으로 하는 새로운 국가의 설립 가능성에 대해 주목하게 된 것이
다.

"한민족의 고토(古土)이니까 거기에 한인들의 나라를 세우겠다면 근
거가 타당하지 않은가. 러시아와 일본 그리고 중국 사이에 완충국이 필
요하다는 정치적 당위성도 명분이 될 수 있는 것 아닌가."

생각이 거기에 미치자 자나깨나 그 화두가 머리 속에 맴돌기 시작했
다.

신채호는 의열단 단장 김원봉의 부탁으로 조선혁명선언(일명 의열단선
언)을 썼다. 1923년 1월 발표된 선언에서 일부 운동가들의 문화주의,

외교론, 준비론 등을 비판, 민중에 의한 직접혁명을 주장했다. 일체의 타협주의를 배격하고 무력에 의한 일제타도라는 독립노선을 강조했다.

1920년 4월 39살 때 북경에서 두 번째 처인 박자혜와 결혼했다. 용만은 상해에서 돌아와 그 결혼식에 참석했다. 떠들썩한 결혼식이 아니라 몇몇 지인들과 식사를 나누는 자리에서 성혼이 발표됐다.

박자혜는 15살이 어려 당시 24살. 간호원 공부를 했으며 역시 독립운동에 투신해 북경에 와 있던 중이다.

두 사람 사이에 아들이 태어났으나 생활대책이 막연했다. 모자를 본국에 들여보내지 않으면 안 되었다. 본국에서도 생활이 어렵기는 마찬가지. 박자혜는 대련 감옥에 수감 중인 신채호에게 끼니가 어렵다는 편지를 썼다.

"내 걱정 마시고 부디 수범 형제 데리고 잘 지내시며 정 할 수 없거든 고아원에 보내시오." 그의 답장이었다.

신수범은 어렵사리 성장해 일제 말기 은행원이 됐다. 그러나 광복이 되고 이승만 정권이 수립되자 직업을 잃고 도피하는 신세가 됐다.

신변의 위협도 받고 죽을 고비를 몇 번 넘겼다. 그는 넝마주이, 부두 노동자 등으로 연명하다가 이승만이 4·19혁명으로 물러난 뒤에야 은행에 다시 취업할 수 있었다 한다.

단재는 미국에 돌아간 이승만에게 '위임통치청원'을 철회하라는 편지를 두 번이나 보냈으나 회답을 받지 못했다. 그로 인해 미운 털이 박혔는지 그 아들이 수난을 받는 비극으로 이어진 것이다.

북경에서 독립운동을 한다는 것은 잠시도 한눈을 팔아서는 안 되는 긴장의 연속이다. 조선총독부는 북경에 주재소를 두고 한인들의 동태를 샅샅이 감시했다. 그리고 한인 밀정을 채용해서 독립운동가들의 뒤를 쫓게 했다.

용만은 신변의 안전을 위해 브라우닝 제2호형 권총을 몸에 숨기고 다녔다. 그리고 신변의 안전을 위해 무엇보다 먼저 할 것은 중국 국적을 얻는 일이다. 미국 국적을 얻을 수도 없고, 하와이나 러시아로 여행할 때 여권이 필요하므로 결국 중국 국적을 얻는 것은 불가피한 현실이었다. 용만은 그 편의 때문만 아니라 중국을 무대로 장기간 활동하자면 중국 국적의 부인을 두는 게 안전하다는 결론을 내렸다.

약 1년 후 한중 합작은행인 '흥화실업은행'을 범재 김규흥과 함께 창립하게 되는데 그 준비 과정에서 북경정부의 재정부 관리로 있는 중국인 장씨와 접촉이 잦았다.

그 과정에서 그의 딸 웅소청(熊素青)을 알게 된다.

당시 용만의 본처는 블라디보스토크에 머물며 여전히 병석에 누워 있는 형편이었다. 용만은 1921년 9월 21일 북경에서 웅소청과 결혼식을 올렸다. 신채호를 비롯 8~9명의 한인들과 중국인 여럿이 초대됐다. 결혼을 앞두고 용만은 헤이스팅스의 제니에게 편지를 띄웠다.

사랑하는 제니,

갑자기 편지를 받으면 놀라리라 믿어요. 편지를 할 수 없는 것은 일정한 주소가 없기 때문이에요. 블라디보스토크에서 북경으로 그리고 북경에서 상해로 자주 옮겨 다니다 보니 편지를 받을 수도 없었지요.

이따금 당신은 어떻게 지내고 있나 생각날 때가 많았지요. 한국이 일본에 합병됐다고 맨 처음 알려준 당신의 음성은 지금도 전화기에서 울릴 때가 많아요. 그리고 한국은 역사와 문화가 있는 나라이니 망하지 않는다고 생도들을 위로하던 당신의 연설도 잊을 수 없어요.

독립을 위한 투쟁은 하와이에서도 어려웠지만 여기서는 더 어렵군요. 하와이에서는 노동을 해서 돈을 버는 동포들이 헌금을 해서 무슨 사업이나 활동을 할 수 있었지요. 하지만 이곳은 그것마저도 불가능하기 때문에 재정적인 뒷받침이 전혀 없답니다.

상해의 임시정부도 하와이와 미국 본토의 동포들이 보내오는 기부금이 그나마 유일한 수입이지요. 그래서 저 역시 군사훈련을 시작하기 전에 사업부터 알아보는 중입니다.

현재 북경의 중국인들과 합작은행을 설립하려고 동지들의 힘을 모으고 있답니다. 그러나 여기 한인들은 가진 돈이 없어 투자가 잘 이뤄지지 않고 있지요. 11년 전 그날 밤 당신은 생도들 앞에서 정몽주의 시조를 읽었어요.

이 몸이 죽고 죽어 일백 번 고쳐 죽어도 조선 사람들이 독립하겠다는 마음을 가진다면 다시 나라를 찾을 수 있을 것이라고 말했지요.

그런 마음으로 저 역시 여기서 열심히 활로를 찾아보겠어요.

그래서 안정이 되면 또 편지를 쓰겠어요. 그게 언제가 될지 아직은 알 수 없지만요.

— 1921년 북경에서 용이.

중국인 아버지와 한국인 어머니 사이에서 태어난 소청은 결혼 당시 23세였는데 이게 정확한 나이였는지는 알 수 없다.

전 남편과의 사이에 딸이 하나 있었고, 용만과 재혼한 2년 후 둘 사이에 아들이 태어났다. 그동안 일정한 주소가 없던 용만은 결혼을 하자 북경의 서성병마사호동(西城兵 馬司胡同) 28호에 거처를 마련하고 새 가정을 꾸렸다.

국내 잠입

"타탓탓탓 타탓탓……."

장갑차에서 쏴대는 기관총소리다. 총알들이 우박처럼 쩨야강 위로 떨어진다. 물방울 대신 핏방울들이 수면 위로 튕겨 오른다. 쩨야강을 넘으면 북만주 벌판. 그러나 돌아갈 수 없다. 물 위로 넝마 같은 시신들이 떠내려간다. 연해주에서 그리고 만주에서 스보보드니시(자유시)로 집결했던 독립군 전사들의 시신들이다.

장갑차 2대, 기관총 30문, 기마병 600여 명이 동원됐다. 러시아 적군(赤軍)과 오하묵의 자유대대는 공격에 나섰다. 연해주와 만주 밀산을 거쳐 자유시로 이동한 1500명의 독립군들은 그 공격에 지푸라기처럼 날아갔다. 만주벌판으로 탈출하려면 쩨야강에 뛰어드는 수밖에 없었다.

사살 200여 명, 익사 30여 명, 행방불명 250여 명, 포로 900여 명이 그날의 전과다. 그렇게 해서 박일리아가 지휘하던 연해주 부대와 만주에서 이동한 독립군 1500명의 무력은 벌건 대낮에 작살나고 말았다. 1921년 6월 27일 일어난 이른바 '자유시참변'이다.

'자유시참변'에 대해서는 '소련군 개입설'과 '소련군의 단독공격설' 등이 있다. 그러나 각기 다른 부대 한인 지휘관들 사이에 군 지휘권을 놓고 원만한 합의를 이끌어 내지 못했던 게 치명적이었다.

오하묵은 이르쿠츠크에 있는 국제공산당 동양비서부에 줄을 댔고 박일리아는 러시아의 원동정부에 줄을 대고 세력을 겨뤘다.

'자유시참변'의 후유증은 컸다. 외부에 있던 독립운동가들은 '소련군 개입설'을 믿게 돼 공산주의에 대한 증오감이 깊어졌다.

내전이 끝나고 시베리아에서 일본군이 철수하자 소련은 모든 한인부대의 무장을 해제했다. 그 역시 배신행위다. 해서 1922년 이후 러시아와 중국에서 독립군의 활동이 오랜 수면기에 들어갈 수밖에 없었다.

'자유시참변'에 대해 들은 용만의 낙담은 컸다. '러시아령의 독립군' 은 훗날 본국으로의 '대진공'을 감행하기 위해 실력을 양성하기로 '군 사통일주비회'에서 결의하지 않았던가. 두 달 만에 그런 꿈이 여지없이 박살났으니 이 무슨 날벼락이란 말인가.

무엇보다 자유시로 집결한 부대들은 독립군 전체 병력이나 마찬가지 였으니 더 절망적이었다.

"이 잔인무도한 소련놈들. 그나마 남아 있던 우리 무장세력들을 박살 내다니… 일본놈들한테 당한 것도 억울한데 소련 공산당한테도 당했으 니… 이제 소련 적군(赤軍)도 일본놈들과 똑 같은 원수가 아닌가."

용만은 러시아의 공산주의 정권에 대해 솟구치는 적개심을 누를 길 이 없었다.

"결국 믿을 수 있고 또 힘을 빌리기 위해 접근이 가능한 나라는 그래 도 미국밖에 없군."

'자유시참변'은 그를 더 철저한 반공주의자가 되게 했다.

러시아와 북경을 떠도는 동안 용만은 하와이의 대조선독립단으로부 터 독립운동 후원금을 받았다. 송금은 북경 주재 미국 대사관을 통하는 것이 가능했기 때문에 종종 대사관을 들락거렸다.

"헤이, 케니스. 어떻게 당신이 이곳에?"

네브래스카주 헤이스팅스에서 알고 지내던 케니스를 만난 것은 미국 대사관에서다.

"헤이, 용만. 만나서 반갑소. 그런데 북경엔 웬일이요?"

네이비블루 군복을 단정히 입고 있는 케니스는 해군 무관이다.

"조선에 가까운 이곳에서 독립운동을 하고 있지요."

용만은 미 육군수송함 토머스호를 타고 약 2년 전 하와이에서 블라디보스토크로 건너갔고, 거기서 미국의 시베리아 파견군 사령관에게 현지 정보를 취합해서 보고했다는 사실을 얘기했다. 그러면서 다가가 나직이 말했다.

"언제고 일본에 관한 첩보가 필요하다면 내가 도울 준비가 돼 있소."

제1차 세계대전만 해도 일본과 미국은 독일에 함께 대항하는 동맹의 관계였다. 하지만 국제관계에선 영원한 적도 영원한 친구도 없지 않은가. 오직 약육강식, 정글의 법칙만이 통용되는 것 아닌가.

"잘 아시겠지만 일본은 동아시아에서 계속 세력을 넓히고 있소. 하와이에 있는 한인들은 언젠가 미국과 충돌하게 될지도 모른다는 생각을 벌써부터 하고 있었소."

"……."

설사 동맹국이라 할지라도 감시의 눈을 떼서는 안 된다는 것을 잘 아는 케니스는 그의 말을 잠자코 듣기만 했다.

"해군 소속이다 보니 일본의 군항들과 군함들에 대해 늘 관심을 기울이고 있긴 하지요. 조선의 진해항과 나진항에 대해서도 근래 주목을 하고 있고요."

케니스는 일본이 진해항을 군항으로 요새화하고 대륙진출을 위해 함경북도에 있는 나진항의 개발을 서두르고 있는 사실에 대해서도 이미 인지하고 있었다.

"혹시 그곳들의 정황을 알고 싶으면 내가 한국으로 잠입해서 두 군항들을 살피고 올 수 있지요. 블라디보스토크로 간 것도 미군원정대의 첩보원을 자원했던 거요."

"천진에서 마닐라를 왕래하는 군함이 서울의 미국 영사관에 업무연락 차 인천에 기항하는데 그 편에 승선시킬 수 있는지 한 번 알아보리다."

"그렇게 해 주세요. 실은 여기 있는 독립투사들도 필요하다고 생각되면 한국을 몰래 방문하는 예가 많지요."

신채호도 결혼하는 조카딸을 만나기 위해 충청도에 있는 고향을 다녀가지 않았던가. 위험이 따르는데도 독립운동가들은 무릅쓰고 조선에 잠입했다. 북경에서 조선에 잠입할 경우 안동(단둥)까지만 기차로 이동한다. 안동에 내려서는 압록강 철교를 걸어서 넘거나 작은 배를 타고 강을 건넌다. 그 다음 신의주에서 서울 오는 기차를 타면 된다.

중국 내에서 기차를 타면 일본인들과 중국인들의 객차가 다르다.

불결한 중국인들과 같이 타지 않게 돼 있다. 따라서 중국에서는 중국옷을 입고 중국인들 속에 섞이면 안전하다. 조선에 들어오면 변장을 잘하고 눈치껏 행동하면 되는 거였다.

1912년 간도에 신흥무관학교를 세웠던 이회영도 여러 번 조선에 잠입했다. 1910년 12월 40명의 가솔들을 거느리고 만주로 망명했던 그는 4년 만에 자금이 떨어지자 혼자 모험에 나섰다. 역시 단둥을 거쳐 신의주에서 기차를 타고 서울에 도착했다. 서울에 있는 동안은 이상재 등 동지들을 몰래 만나 자금문제를 의논했다.

이회영의 조선 잠입은 한 번으로 그치지 않았다. 1917년 아들이 고종황제의 조카딸과 결혼할 때도 잠입해서 고종과 비밀리에 접촉하는데 성공했다. 다음해에도 자금을 구하려고 몰래 들어갔다.

그때 고종의 중국 망명을 추진했으나 고종의 사망으로 실패했다. 몇번의 잠입에도 그가 잡히지 않은 것은 극비리에 움직인 탓도 있었지만 일본 정보망이 구석구석 미치지 못했다는 증거가 아닌가.

용만은 미국 군함을 타고 1921년 늦은 여름 인천에 하륙했다. 함장이 발행한 신분증을 갖고 미국 영사관으로 향하는 미국인들 틈에 섞여 내린 것이다.

신분증에는 중국인이며 함 내의 보일러에 석탄을 집어넣는 화부(火夫)로 일하고 있다는 게 적혀 있다. 서울에서 그는 허름한 노동자로 변장하고 검문이 가장 허술한 열차의 3등 칸을 타고 진해로 내려갔다.

진해는 일본 해군을 위해 병영기지로 설계된 도시다. 3개의 로터리를 중심으로 방사선 형으로 거리가 뻗어 있다. 하지만 진해시에서는 군항을 볼 수 없다. 진해시에 있는 장복산의 정상에서도 군항이 보이지 않는 것은 민간용인 속천항의 오른쪽에 있는 산이 가리고 있기 때문이다.

장복산 밑 남쪽으로 내려오면 속천항이 나오는데 거기서 배를 타고 외항으로 빠질 때도 군항은 보이지 않는다.

군항은 북쪽으로는 산들이 막고 바다 쪽에는 작은 섬들이 막아 엄폐가 잘되기 때문에 천혜의 지형조건을 갖추고 있다. 군항에 접근할 수 있는 평지에 있는 부대 건물들은 높은 담과 철조망으로 둘러쳐 있고 무장병들이 요소마다 경계를 서고 있었다.

'잠입을 시도하려면 군항의 노무자로 들어가는 것이 방법이 있긴 한데 그럴 시간적인 여유가 있는 것도 아니고 어떡한다? 여기서 일하는 노무자를 매수하는 방법도 있지만 가진 돈도 많지 않고 괜히 신분만 탄로될 위험이 많지 않은가.'

용만은 군항이 가장 잘 보이는 산등성이에 올라 건물들의 배치를 스케치했다. 스케치가 끝나자 다시 확인하고 기억을 확실히 한 다음 종이를 찢어버렸다. 정박 중인 군함들의 종류와 숫자도 머리에 익힌 다음 그 자리를 떠났다.

다음 임무는 나진항의 정찰이다. 함경북도 소재 나진은 만주와 러시아의 연해주를 지척에 둔 길목이다. 따라서 일제의 대륙침략 거점이다. 일본의 서부지역에서 대륙으로 들어가는 최단거리의 항구가 되기 때문에 일본은 전략적인 항만으로 개발을 서두르고 있었다. 용만은 장사꾼으로 변장해서 경원선 열차에 올랐다. 나진까지 철로가 개통됐기 때문에 원산에서 기차를 바꿔 타고 북상하기로 했다.

나진항은 큰 배가 여럿 드나들 수 있도록 만이 넓고 수심이 깊은 항구다. 배후에는 큰 도시를 건설할 수 있는 평지도 있어 일본은 전략적인 항만으로 개발했다. 배후의 산들도 높지 않고 평지가 넓어 철도와 도로 건설도 용이했다. 도시계획에 의해 거리는 바둑판처럼 뻗고 있다. 용만은 사흘을 머물면서 부두 시설들을 스케치 한 다음 역시 종이를 버렸다. 정박 중인 선박이나 군함들의 숫자와 크기도 암기했다.

그리고 부두 주위는 물론 나진항에 유류 창고들이 어디에 있으며 군대 막사들의 위치와 규모에 대해서도 상세히 정탐했다.

인천으로 무사히 돌아온 용만이 승선하자 미국 군함은 천진항을 향해 떠났다. 용만이 진해와 나진을 정찰하고 돌아왔다는 기록은 김현구가 쓴 '우성, 박용만 약전'에 나온다. 약전엔 그것 말고 중국 군벌 풍옥상의 밀사가 돼 서울에 가서 총독부 관리들과 만났다는 얘기도 나온다.

김현구는 '용만은 자신을 무인(武人)으로 자인했으며 적을 두려워하지 않고 그로부터 도망하는 짓을 결코 하지 않은 사람'이라고 적었다.

'용만의 미국인 동창생 한 사람이 북경공사관에 수군장관(해군무관)으로 있었고 미 함대가 종종 조선 바다를 순행하는데 용만이 그 군함을 타고 조선에 두 번이나 갔었다.'

용만이 극동으로 떠나기 전 하와이에 조직한 대조선독립단의 총단장을 맡았던 정두옥의 회고담이다.

정두옥은 1969년 '재미한족독립운동실기'를 펴냈다. 미주 한인들의 독립운동사를 기록한 것이다. 그는 파인애플 노동일에서 손을 뗀 다음 호놀룰루에 양복점을 냈다. 그러나 독립운동에 관한 일이라면 양복점이고 뭐고 뛰쳐나갔다. 그의 아들에겐 이해가 안 되는 정신 나간 짓이었다.

그들 두 사람은 다 용만의 측근들이다. 용만은 안심하고 그들에게 지난 일들을 털어놓았다는 얘기다.

중국 고위층과의 친분

"쿵 쿵 쑹 쑹 픽 픽"

대포 터지는 소리와 함께 신해혁명의 막이 올랐다.

1911년 10월 10일 밤 호북성 무창에서다. 혁명군은 총독 관저를 향해 산에서 대포를 발사했다. 벌써부터 손문의 혁명이념에 물든 병사들이다. 총독은 도망쳤고 청제국은 무너지기 시작했다. 이것은 동양 최초로 왕정이 무너지고 공화정이 들어서는, 그야말로 천지개벽의 사변이다.

그때 용만은 샌프란시스코에서 '신한민보'의 주필을 맡고 있었다. 소식을 접하자마자 가슴의 격동을 참을 수 없었다. 1주일 만에 사설을 썼다.

10월 18일자 '신한민보'의 사설은 이렇게 시작된다.

'청천백일에 졸연히 벽력이 떨어지며 오천 년 늙은 사자가 비로소 잠을 깨어 거대한 머리를 흔들고 웅장한 소리를 지름이 천지가 무너지는 듯 산천이 움직이는 듯 귀신이 놀래고 금수가 겁내어 혹은 꼬리를 깊이 끼고 위엄을 두려워하며 혹은 눈을 넓게 뜨고 정신을 잃으니 이때를 당하여 사람인들 어찌 놀래지 않으며 겁내지 않으며 또한 위엄을 두려워하고 정신이 황홀치 않으리오.'

정신이 황홀치 않으리오, 라고 쓴 것은 신해혁명이 일본 제국주의에 맞설 새로운 중국의 출현을 기대할 수 있기 때문이리라. 사설은 그 꿈에 색칠을 하며 이어진다. 중국을 잠자던 사자라고 하고 일본을 쥐라고 하며 서양 각국을 까마귀, 까치, 독수리로 비유한 만화적인 표현도 했다.

그러나 잠을 깬 사자가 육중한 소리를 질렀지만 중국 대륙은 미동도 하지 않았다. 바로 군벌들 때문이다.

1912년 2월 청제국이 무너지자 몇 군벌들이 지방별로 통치권을 장악했다. 거대 군벌로는 안휘(安徽)파, 직예(直隸)파, 봉천(奉天)파가 있었는데, 천하를 통째로 차지하기 위해 이따금 전쟁을 벌이기도 했다.

봉천파는 만주를 기반으로 한 군벌로서 장작림과 그의 아들 장학량이 이끌었다. 장작림은 북경을 장악한 직예파와 두 번이나 전쟁을 벌였다. 한때 북경을 점령했으나 장개석의 북벌군에 밀려 만주로 밀려났다.

직예파는 북경에 기반을 두었으며 북벌군과의 협상을 선호했다. 직예파를 이끈 인물들로는 풍국장(馮國璋), 조곤(曹錕), 오패부(吳佩孚), 풍옥상(馮玉祥) 등이다.

봉천파뿐만 아니라 다른 군벌들도 자신들의 필요에 의해 만주에 진출한 일본군의 후원을 받기도 했다. 봉천파와 직예파가 부딪친 1922년 제1차 봉직전쟁 당시 봉천 군벌 장작림은 22만의 병력을 동원했다.

2년 후 제2차 봉직전쟁 때는 17만을 동원했고, 직예파는 25만의 병력으로 맞섰다.

이때 한인 비행사 서왈보는 풍옥상의 항공대 대대장으로 소절(蘇浙) 전투에서 20여 차례나 출격해 무공을 세웠다.

서왈보는 1886년 원산에서 태어났다. 중국으로 망명한 건 1910년, 한 5년 동안 독립운동을 했다. 그러나 그 독립운동이라는 게 실은 마적단으로 활동하는 거였다. 마적단은 중국인들만이 하는 게 아니었다. 그리고 꼭 말을 타고 떼를 지어 노략질하는 것만도 아니다.

당시 만주에는 일본인이 하는 마적단이 100여 개나 됐다. 그중 제일 큰 마적단은 졸개들만 3백 명. 유흥업과 매춘업 등을 하면서 도박장을 운영하고 있었다.

이쯤 되면 마적단이 아니라 아예 마피아나 조폭집단이 아닌가.

서왈보는 독립운동가 유동열과 함께 인원 17명의 마적단을 꾸렸다.

이어 장춘에 있는 일본인 도박장을 기습했다. 마적단이 마적단을 턴 것이다. 막대한 돈을 쓸어 담았다. 그러나 그 짓을 오래 못한 건 일본군이 만주에 밀려들어 왔기 때문이다.

북경으로 간 서왈보는 바오딩(保定) 군관학교에 들어갔다. 6개월 교육의 속성 사관학교다. 졸업 후 소위로 임관됐고 풍옥상 장군 휘하에 배치됐다. 서왈보는 풍옥상의 눈에 들었다. 단기간에 소령까지 진급됐다.

그는 풍옥상에게 항공대의 창설을 건의했다. 그리고 자신이 남원항공학교에 들어가 1년 만에 졸업했다. 그게 1920년 5월 30일 그의 나이 34세 때다.

두 번이나 만주로 쫓겨 간 장작림이 다시 북경을 공격한 건 1926년 5월. 만리장성 일대는 10만 대군으로 휘덮였다.

풍옥상의 항공대는 그때 10대의 비행기를 보유하고 있었다. 그러나 연료도 부족했고 폭탄도 없었다. 서왈보는 단독 출전했다. 술병에 화약을 넣고 심지를 박은 사제 폭탄을 싣고 출격한 것이다. 저공으로 날며 기총소사를 했다. 그러자 적군도 응사했다. 그 총탄을 맞고 추락했다.

장작림은 서왈보를 회유하려 했다.

"나는 풍옥상 부대의 대령이외다. 덕장은 적장을 조롱하지 않는 법. 어서 조용히 죽이시오."

서왈보가 굽히지 않자 장작림은 그를 풀어줬다.

북경으로 돌아와 보니 풍옥상 군대는 장가구 지역으로 쫓겨나 있었다. 항공대의 비행기 10대는 버려둔 채였다. 서왈보는 비행기에 올라탔다.

장가구의 임시비행장으로 날아갔다. 내려서는 자동차를 타고 다시 와서 두 번째 비행기에 올라탔다. 그리고 또 날아갔다. 그런 식으로 그는 비행기 10대를 모두 이동시켰다.

1926년 6월 초 풍옥상이 주문한 이태리제 비행기 10대가 장가구에 도착했다. 당시로는 최신예 단엽기다. 6월 20일 시험비행을 실시했다. 일대는 구경꾼으로 인산인해를 이루고 있었다.

서왈보의 가족, 유동열과 그의 가족, 한국 최초의 여자 비행사 권기옥, 그리고 풍옥상의 부인 리더취안도 구경하러 나왔다.

"2번 기는 제가 탈게요. 서 대령님은 좀 쉬시고요."

권기옥이 자원했다. 그러나 그는 듣지 않았다.

"3번 기까지 내가 테스트를 해 봐야지. 4번 기부터 권 소위가 하도록 해."

3번째 비행기를 몰고 올라간 서왈보는 급상승과 급강하를 시험하는 곡예비행을 시작했다. 급강하 차례였다. 지켜보던 권기옥이 아, 아, 하는 순간 갑자기 비행기의 고도가 여지없이 낮아지는 것 아닌가. 미처 기수를 돌리지 못한 채 그대로 추락하고 말았다. 서왈보의 가족, 풍옥상의 아내 리더취안, 유동열과 그의 아내 그리고 권기옥이 통곡하는 가운데 항공대 대원들은 산산조각이 난 그의 시신을 수습했다.

서왈보처럼 중국의 현직 고위층에 접근했던 사람들 중에는 범재(凡齋) 김규흥이 있다. 누구보다 일찍 중국으로 망명한 독립지사로 일찌감치 상해로 가 중국인들과 끈끈한 친분을 쌓았다.

그는 충북 옥천 사람으로 1872년생이다. 구한말 민영환과도 교분이 있었고 일본에 가 새로운 문물을 살피고 돌아와 고향에 사재로 학교를 설립했다. 알기 쉽게 말하자면 그는 김현구의 사촌형이다.

김현구는 홍승국, 전명운 등과 함께 시베리아 횡단열차를 타고 유럽을 거쳐 대서양을 넘고 다시 미대륙을 횡단하여 덴버로 용만을 찾아간 청년이다.

용만이 주선해서 헤이스팅스에서 고등학교를 마쳤다. 소년병학교에서 훈련을 받았고 졸업 후에는 교관으로 봉사했다. 그는 일관되게 용만을 지지했다. '박용만전', '이승만전', '정순만전' 이른바 '3만'에 대한 전기를 남겼다. 그 김현구가 어릴 적 고향인 옥천에 살 때 나이차가 많은 범재는 좋은 책들을 구해다 주기도 한 자상한 형이었다.

김규홍은 1908년 상해로 망명했는데 이것은 임시정부 수립의 산파역을 했던 신규식보다 3년이나 앞선 것이다. 1936년 천진에서 작고할 때까지 그는 독립운동에 일생 동안 투신했으며 김복(金復)이라는 가명으로 활동했다.

거듭되는 사업 실패

어떻게 믿으란 말인가. 한국인이 혁명정부의 도독부 총참의(고문) 겸 육군소장으로 임명되다니. 범재 김규흥은 바로 그런 사람이다.

무창봉기로 촉발된 신해혁명이 일어나자 중국을 끌고 가는 기관차가 바뀌었다. 청제국은 망하고 중화민국 임시정부가 대신 들어선 것이다. 그런데 그 기관차에 올라앉은 유일한 조선 사람이 김규흥이다.

중국의 새로운 수뇌급 인사인 손문, 당소의, 추노, 진형명과 한인 사이의 연결고리가 그렇게 해서 생긴 것이다.

누구보다 먼저 1908년 3월 중국에 망명한 김규흥. 그는 신해혁명의 진원지 광동에 거주하며 혁명의 주역들과 일찌감치 얼굴을 익혔다.

1922년 11월 김규흥은 북경에서 흥화실업은행을 설립한다. 중국인과의 탄탄한 인맥 때문에 가능한 일이다. 그 은행은 한인들과 중국인들이 최초로 합자해서 만든 기업체다. 용만은 그때부터 그의 사업 파트너가 된다. 9살 더 젊은 용만은 무대 위에 나서고 범재는 주로 보이지 않는 막후의 연출자가 된 것이다.

중국어도 서툴고 중국인과의 인맥도 없던 용만이 은행이다 농장이다 판을 크게 벌이고 또 군벌의 최고 사령관을 만나고 다닐 수 있었던 것은 김규흥이 쌓아놓은 기반이 없었다면 어찌 가능했겠나.

김규흥은 직예과 군벌인 풍옥상의 군사고문을 지낸 적도 있다. 용만이 풍옥상을 쉽게 접촉할 수 있었던 것도 그 때문이다.

1929년 만주 군벌 장학량의 배려로 범재는 '재만한인 입적조사위원회'의 위원장을 역임했다.

북경흥화실업은행 창립을 기념해서 찍은 사진에는 당연히 범재가 앞

북경흥화실업은행 개업식. 오른쪽으로부터 3번째가 김구, 4번째 신채호, 그 뒤가 박용만

줄에 앉아 있다. 모두들 도토리 모자를 쓰고 짱꼴라(중국인을 중꿔런이라
부르는데 와전된 발음) 옷들을 걸치고 있는데 양복에 넥타이 맨 김구가 깜
짝 출연하고 있다.

"범재 형님, 은행 설립을 감축 드립니다."

"내무총장께서 어려운 발걸음을 하셨군요. 감사하외다."

"임시 정부 수립 때 후원을 아끼지 않으셨으니 당연히 인사를 드려야
지요."

"여기 단재와 우성도 와 있는데 인사를 나누지요. 작년 봄 임시정부
를 놓고 다른 의견들을 내 놓긴 했지만 다 어떻게 하는 것이 효과적인
독립투쟁이 가능할지에 대한 염려에서 나온 것 아니겠소? 오늘 이 자
리에서는 넓은 마음으로 다 잊기 바라오."

그렇게 말한 범재는 용만을 불러 김구에게 인사를 시킨다.

"백범, 이 우성은 나와 함께 이 사업을 추진하는 중입니다. 잘 후원해
주세요."

"김규식 선생 다음으로 외무총장에 임명됐던 우성을 어찌 모르겠습니까. 이미 한성에서도 안면이 있었지요. 외려 제가 후원을 받을 입장이외다."

김구는 용만의 손을 붙잡고 가볍게 머리를 숙였다.

기념촬영을 하는데 김구 옆에는 눈매가 매서운 신채호가 앉았다. 김구는 왜 그 자리에 끼게 됐을까. 상해에서 북경까지 온다는 것은 체포의 위험을 무릅써야 한다.

그리고 북경은 상해 임시정부를 부인하는 용만이나 신채호 등 소위 창조파의 소굴이니 껄끄러운 장소가 아닌가.

무엇보다 이상한 건 기념사진을 찍은 사람들에게서 도대체 돈 냄새라곤 맡기가 어렵다는 사실이다. 게다가 앞줄에만 노틀들이 앉아 있을 뿐 뒤에는 온통 새파란 청년들뿐이니 도대체 은행과 무슨 상관이란 말인가.

혹시 은행이 잘 돼 독립운동 자금을 무제한 융자 받을 수 있다는 희망을 안고 너나없이 꾸역꾸역 모여든 건 아니었을까.

김구가 참석을 감행한 건 다목적 이유 때문이다.

첫째는 상해에 임시정부가 설립될 때 후원을 아끼지 않은 범재 선생의 얼굴을 봐서다. 임시라는 관형어가 붙긴 했지만 명색이 한국 정부인데 중국의 거물급 정치인들이 후원하는 최초의 한중합판사업을 외면할수도 없는 이유도 있다.

진짜 이유는 따로 있었다. 바로 의열단 때문이다.

1919년 11월 만주의 길림성에서 조직된 의열단은 그간 북경으로 근거지를 옮겼다. 의열단은 암살과 파괴 그리고 테러 등 과격한 방법의 독립운동을 실행해 나가기로 결의한 단체다. 한 말로 김구의 입맛에 맞는 동지들이니 수인사를 나눠둘 필요가 있다. 사진을 같이 찍은 젊은이들 가운데는 의열단 단원들도 섞여 있었다. 그래서인지 '북경흥화실업은행 개막기념' 사진을 자세히 들여다보고 있노라면 돈 냄새 대신 화약 냄새 같은 것이 솔솔 풍긴다.

홍화실업은행은 1922년 창립됐지만 발기된 것은 3년 전이다. 한국의 독립선언 후 중한합판사업의 효시다.

'무력투쟁'과 '둔전제'는 용만이 일편단심 추구해 왔던 노선과 일치하는 것이어서 둘은 이후 그림자처럼 행동을 같이 하게 된다. 용만 외에 그와 노선을 같이 했던 동지들은 신채호, 이회영, 김창숙, 이유필, 김구 등이다. 그들이 거의 얼굴을 내밀었으니 이건 은행의 개막기념식이 아니라 또 다른 독립운동의 출정식이다.

범재와 용만의 북경에서의 행적은 일본영사관이나 북경에 파견된 조선총독부의 밀정에 의해 끊임없이 추적되고 있었다. 조선총독부에서 파견한 밀정 목등극기(木藤 克己)는 1923년 6월 8일 '북경재주 조선인의 최근상황'이라는 문서에서 그 시기 용만의 동태를 다음과 같이 보고했다.

'박용만은 그어간 서간도 방면에 사람을 보내고(1921년 9월) 군정서와 통일교섭을 하였고 한쪽으로는 북경성 외 서산록(西山麓)의 석경산(石景山)에 있는 땅을 빌려 수전(水田)을 경영했고 또 김복(金復, 범재 김규흥의 가명) 등과 모의하여 홍화실업은행 창립을 위해 크게 뛰어다녔는데 불행히 그의 계획은 사사건건 실패에 돌아갔다. (하략)'

일본인 밀정은 용만이 언젠가 군사령관이 될 거물이라는 것을 간파하고 있다. 그러나 창립된 은행은 오래 버티지 못한다. 조선인 측의 출자가 미미했기 때문이다. 자본금 5백만 불로 인가된 은행은 선중합판(鮮中合辦)이었다. 헌데 한인들이 출자한 돈은 2만 불도 되지 않았다. 용만도 백방으로 노력했으나 성과가 없었다.

하와이에서 송금해온 돈은 고작 400달러밖에 되지 않았다. 중국인

주주들은 한인들에 대한 신뢰를 접었다. 그렇지 않아도 미약한 단계에 있는 은행에서 용만은 2500달러를 대출했다.

석경산 농장 경영비가 필요해서다. 그러나 그 돈은 다른 데 유용됐다. 개인비용이었는지 아니면 중국의 당소의(唐紹儀)에게 정치자금으로 제공했는지는 분명치 않다.

어쨌든 농장 임대료를 지불할 수 없는 형편이 됐다. 석경산 농장의 지주인 중국의 사원은 용만을 관에 고소했다.

농장경영에 실패한 용만은 암담한 처지가 됐다. 가족들 부양도 버겁기 짝이 없었다. 게다가 두 집 살림이었다. 본처와 딸 그리고 사위가 블라디보스토크에서 북경으로 이주해 와 있었다. 본처는 병석에 누워 있고 2년 전 새로 결혼한 중국계 부인 웅소청은 임신 중이었다. 일정한 수입이 없자 생활난은 극심해졌다. 용만은 무엇이든 활로를 찾지 않을 수 없었다.

엇비슷한 시기 이승만도 하와이에서 벌목과 토지개간 사업을 벌였다가 파산하고 만다.

이승만의 추종자들로 동지회가 결성된 건 1921년 7월. 동지회의 3대 정강은 정의와 인도를 주장하되 비폭력적이어야 하며 개인행동을 버리고 단체 범위 안에서 지휘에 복종하며 경제 자유가 민족의 생명이니 자작자급을 도모하자는 것이다.

자작자급을 도모하기 위해 이승만은 동지식산회사를 세웠다. 자본금 5만 달러의 주식회사를 수립하고 1926년 3월 오울라 지방에 있는 산판 930에이커를 약 1만 달러로 매입했다. 벌목과 토지개간과 목탄제조 및 채소농사를 겨냥한 거다.

이승만은 그 산판에 한인들의 공동체도 형성하겠다는 의욕을 가지고 사업에 매달렸다. 그러나 막대한 투자 없이는 개발이 불가능했다. 결국 파산하고 말았다.

하와이 출신 미 하원의원 휴스턴을 찾아갔다. 미 해군과의 계약위반으로 인한 벌금을 탕감하는 법안을 미 연방 하원과 상원에서 통과되도록 간청한 것이다. 그걸 보면 이승만은 외교에 있어 한 수 위인 것 같다.

용만이나 이승만이나 사업에는 운이 따라 주지 않았다. 사업하기가 독립운동보다 더 어렵다는 비싼 수업료를 바쳐야 했다.

발상의 대전환

용만이 다른 독립운동가와 다른 점이 있었다면 무엇일까. 앞으로만 내다보는 게 아니라 독수리처럼 위에서도 내려다보고자 했다는 점이다.

중국에서의 독립운동은 출구가 보이지 않았다. 하와이처럼 지속적인 수입원이 있는 것도 아니고 동포들을 결집시킬 인적 자원이나 둔전촌을 건설할 재력도 구비하기 어려웠다. 그렇다고 주저하거나 포기할 용만이 아니었다.

어떤 구조물을 이해하려면 설계도에서 입면도와 평면도를 같이 보지 않으면 안 된다. 마찬가지로 독립운동 역시 눈앞의 적에만 초점을 맞출 것이 아니라 국제정세의 판도를 위에서 내려다보는 안목도 갖춰야 한다.

입면도 상의 적은 높아 보이기 마련이지만 평면도 상의 적은 어디에 틈이 있다는 것을 발견할 수 있게 한다.

청산리전투까지 무기를 들고 싸웠지만 그 이후의 독립운동은 끊임없는 자중지란(自中之亂)을 예고할 뿐이었다.

용만은 발상의 전환을 고민했다. 잠자던 그의 정치 감각이 서서히 움을 텄다. 원래 그는 일본과 미국의 두 대학에서 정치학을 전공한 사람이다.

그는 일본을 다시 보기로 했다.

"지금까지 앞에서만 본 거 아닌가. 한번 위에서도 내려다볼 필요가 있지 않겠나. 앞에서 보면 일본은 높고 위압적이다. 그러나 위에서 내려다보면 일본은 바둑판의 한 바둑돌이라고 할 수 있다. 곧 다른 바둑돌과의 관계 속에 있는 존재다. 국제정세라는 평면도 위에서 볼 때 일본은 반드시 타도의 대상이 아니라 이용의 대상도 될 수 있는 것은 아닐까."

국제정세는 예기치 않은 세력이 등장해서 판을 요동치게 하기도 한 다는 사실에도 생각이 미쳤다..

만주라는 지정학적인 판도를 놓고 용만은 두 가지 새로운 착상을 한 다. 하나는 일본과 소련, 그리고 중국 사이에 한인들만의 새로운 완충 국을 건설하는 가능성을 찾는 것이요, 다른 하나는 소련 공산주의의 팽 창을 일본과 함께 막으면서 그걸 기화로 한인들의 둔전촌을 건설해 보 겠다는 거였다.

1922년 3월 13일 북경주재 미 대사관의 해군무관 케니스는 미국의 한 기자로부터 받은 보고를 다음과 같이 기록했다.

'작년 10월 15일경 나는 러시아의 재정지원을 받는 두 단체 즉 이 르크츠크 그룹과 치타 그룹에 대해 정보를 제공한 것으로 기억합니 다. 이 그룹들은 내가 지적한 바와 같이 진정한 독립운동자들의 조직 과 영향력을 뒤엎고 파괴하는 공작을 펴고 있습니다. 저들의 공작은 지금 완성된 셈입니다. 독립운동의 중심은 이미 존재하지 않고 고국 의 우리 육해군 당국에 잘 알려진 우리의 친구가 되는 박용만 즉 한 때 독립운동 전체를 완전히 장악하던 박용만은 현재 고립됐고 볼셰 빅을 지향하는 코리언들은 모든 독립단체 중에서 빠른 속도로 지휘 권을 장악 중에 있습니다. (중략)'

이걸 보면 미국 관료들이 소련의 공산주의가 팽창하는 것을 주시하 고 있다는 얘기다.

'우리의 잠재적 맹우(盟友)로서의 통일된 친미 독립단체가 존재할 전망은 사라졌습니다. 우리의 친구 중 가장 힘세던 인물은 박용만 씨 였는데 그는 지금 은퇴해 훈하(河) 유역에서 땅을 빌려 쌀농장을 경 영 중에 있으며 그가 전문가이기도 한 코리아 고대사와 퉁구스어학

에 관한 도서수집에 힘쓰고 있습니다.'

해군무관 케니스가 보고서에 언급한 대로 용만은 틈틈이 조선의 고대사를 연구했다. 자주 만나던 신채호의 영향도 컸다. 시일이 한참 지난 1927년 6월 그 결과물로 역사책을 한 권 출판했다.

김노규 선 '대한북여요선(大韓北輿要選)'과 박기정(註-박기정은 이승만 실각 후 임시대통령이 된 박은식의 필명)이 지은 '대동고대사론' 그리고 자신이 쓴 논문 '제창아조선독립문화지일이어(提唱我朝鮮文化之一二語)'을 한데 묶은 책이다. '대한북여요선'은 만주 옛 우리 땅의 경계와 연혁을 논한 것이고 '대동고대사론'은 만주가 단군조선의 영역이었다는 주장이다.

용만은 고대사 연구에 그치지 않고 만주의 지정학적인 조건을 분석하고 연구했다. 만주와 중국 화북 지방은 봉천파와 직예파가 패권을 다투고 있는 중이다.

'일본의 진출이 노골화되기 시작하고 게다가 동진을 끝낸 러시아가 이제 남진의 기회를 엿보고 있다. 공산주의 세력과 제국주의 세력이 만주에서 불꽃을 튀기며 정면충돌할 수밖에 없는 판국이 아닌가. 이들의 충돌을 피하려면 강대국 사이에 완충국을 두는 것도 한 방법이 아니겠는가. 그런데 만주와 연해주에는 2백만이 넘는 한인 이주자들이 존재한다. 그 완충국의 수립이 한인들에게 맡겨질 수는 없을까. 더군다나 만주는 우리 조상들의 뼈가 묻힌 땅이 아닌가. 자, 그러면 어떻게 한다?'

용만은 그 화두에 골몰하기 시작했다.

케니스의 보고서에 용만은 미국의 친구로 기록된다. 여전히 해군무관에게 정보를 제공하는 임무를 갖고 있다. 그런 연유로 해군무관은 기자를 통해 간접적으로 그의 동태를 체크하고 있다.

러시아의 지원을 받는 공산주의 계열의 독립운동 단체들이 약진을 하고 있는데 비해 그는 고립되고 위축돼 있음도 보고서에 나와 있다.

1917년 11월 7일 볼셰빅 혁명이 성공했다. 이어 1922년 시베리아 전쟁에서 백군이 패망함으로서 소련은 차츰 그 영향력을 동북아로 뻗치고 있었다.

공산주의 계열의 독립운동 단체들이 약진할 수 있는 환경이 된 것이다. 이 공산주의의 팽창에 가장 긴장을 했던 국가가 일본이고 북경 주재 미국 대사관도 경계의 눈초리를 보내고 있었다. 공산주의를 혐오하기는 용만도 마찬가지다.

1924년 1월 용만은 상해, 나가사키, 서울, 하얼빈을 거쳐 블라디보스토크로 갔다. 그와 뜻을 같이 했던 '창조파'가 국민위원회를 소집했기 때문이다. 그 과정에서 일본 측과 묵계를 하고 암묵적인 지원을 받았다. 소련의 공산주의에 환멸을 느끼고 차라리 일본과 협력을 해서라도 그 팽창을 막아보겠다는 의도 하에 일본을 이용의 대상으로 탐색하게 된 것이다.

'국민대표회'를 열자고 말이 난 것은 '군사통일주비회'에서다. 그 선언서 첫머리에 '국민대표회를 소집할 것을 내외에 선언하노라'고 못을 박지 않았던가. 상해에 있던 안창호나 여운형도 화답했다. 상해의 여론도 임시정부의 침체와 난국을 돌파하려면 국민대표회의를 열어야 한다는 거였다.

그러나 판을 새로 짜는 것은 좋으나 아예 둘러엎는 것은 반대한다는 게 소위 '개조파'의 입장이다.

1922년 4월 임시정부 의정원은 대표회의 소집을 가결하고 5월 10일 준비위원회를 구성했다. 준비위원회는 박용만 등 네 사람을 선정하고 신채호가 주관하여 홍보용 주보인 '대동'을 발간했다.

그러나 임정 고수파의 반대, 대회경비의 자금난 등 곡절이 많아 국민대표회의가 상해에서 열린 건 1923년 1월. 회의는 약 5개월 동안 진행됐다. 용만은 전망이 회의적이어서 상해로 가지 않았다.

대표수는 개조파가 57명, 창조파가 32명 기타 등등 모두 125명. 개조파가 먼저 회의장을 박차고 나갔다. 그게 5월 중순. 회의는 창조파만 남아서 새로운 정부를 '창조'했다. 6월 7일 비밀회의에서 헌법을 제정, 입법부로 국민위원회를 조직하고, 행정부인 국무위원회를 조직한 다음 '한국정부(韓國政府)'를 탄생시키고 폐회했다. 분열에는 도가 튼 민족임을 다시 한 번 과시한 셈이다.

두 달 후인 8월 창조파 인사들은 자신들의 작품 '한국정부'를 떠메고 블라디보스토크로 귀환했다. 그런데 예기치 않던 낭패가 벌어졌다. 소련정부로부터 인정은커녕 추방 명령을 받은 것이다. 소련이 보기에는 어떤 민족이건 연합전선으로 나가야 하는 건데 싹수가 틀렸기 때문이다.

창조파는 난국을 수습해야 했다. 명색이 정부 구조였으니 입법부 격인 국민위원회를 열어 대책을 토의할 수밖에 없었다. 각지에 있는 창조파 인사들에게 1924년 2월 22일 회의를 열겠다고 통고했다.

용만은 블라디보스토크로 갈 것을 결심한다.

국민대표회가 산산 조각난 그즈음 조선총독부가 파견한 밀정 목등극기는 용만의 비참한 신세를 손금 보듯 파악하고 있었다. 그의 직책은 통역관으로 돼 있었지만 한인 담당 밀정이었다. 1923년 6월 8일 그가 작성한 보고서를 다시 보자.

'(전략) 박용만은 석경산 농장의 작년도 토지임대료까지 지불 못해서 지주인 중국 모 사원은 드디어 이를 관에 고소하기까지 이르렀다.

한편 은행 측의 박, 김에 대한 신용은 더욱 떨어짐과 더불어 농사 경영은 불가능해지고 겸하여 동 은행에서 자금을 얻어 만주 방면에 있어서의 군사통일회 토지구입 계획도 드디어 화병(畵餠)에 돌아가 버렸다. 그 위에 일정한 수입이 없고 처첩 기타 권속을 부양해야 될 박용만은 최근에 이르러 생활난의 절정에 달해 무엇이든 신생면(新生面)을 열지 않으면 안 될 궁경에 떨어졌다. (하략)'

신생면을 열지 않으면 안 될 궁경에 떨어진 용만은 블라디보스토크로부터 초청을 받자 일본영사관과 접촉할 것을 결심한다.

그것은 우발적인 단순한 결심이 아니었다. 궁경에 떨어진 신세를 벗어나기 위한 방도로서의 유용성도 있었다. 그보다 일본은 투쟁의 대상이면서 동시에 이용의 대상이라는 발상의 전환 때문이다.

그런 심중을 동지들에게 떳떳이 밝히면 여운형이 일본을 다녀온 것이나 신채호, 이회영이 조선에 잠입했던 것과 다를 게 뭐 있겠는가.

용만은 한인 밀정 김달하를 만났다. 블라디보스토크에 가기 전에 일본영사관 측과 비밀거래를 할 용의가 있음을 알렸다.

반공 파트너

비밀거래는 이뤄졌다. 일본영사관의 비밀 지원을 받기로 한 것이다.

'일본과 소련 그리고 중국 사이에 한인들만의 새로운 완충국을 건설하는 가능성을 찾아보자. 소련 공산주의의 팽창을 일본과 함께 막으면서 그 틈에 한인들의 둔전촌을 건설할 수는 없을까? 그러자면 어느 선까지는 일본을 알아두고 거래도 해야 하지 않을까.'

그러나 후폭풍을 감당할 수 없는 도박일 수도 있다. 당장 새로운 국가를 세워 보겠다는 건 돈키호테의 잠꼬대일 수 있다.

'하지만 꼭 국가가 아니더라도 일정한 지역에 자치정부를 세울 수도 있지 않은가. 대한인국민회는 해외한인의 최고기관으로 자치제도를 실시할 것을 선포하지 않았던가. 북미지방총회는 1913년 미국 국무장관으로부터 국민회를 재미 한인의 대표기관으로 인정받았고, 미국 상공부와 교섭하여 국민회 증서로 여권 없이 입국을 허락하는 등 사실상 '정부' 역할을 수행했다. 또한 자신의 노력으로 하와이지방총회 역시 1913년 하와이정부로부터 자치기관으로 인정받지 않았던가. 특별경찰권까지 허락 받는 등 자치정부로서 기능했다. 또한 세금처럼 국민의 무금제도를 실시하여 재정의 안정을 도모하지 않았던가. 한인들의 충분한 인구가 있고 이제 일정한 지역만 확보할 수 있다면 자치정부의 수립은 허무맹랑한 꿈이 아니라는 얘기가 아닌가.'

일단 생각이 미치기 시작하면서부터 용만은 거기서 헤어 나올 수 없었다.

애초에 남만주를 경유하는 것은 일본의 감시망을 돌파해야 하는 어려움이 있다. 상해에서 볼 일도 있고 차라리 상해로 내려가 소련 배를 타고 블라디보스토크로 가는 게 안전할 것 같았다. 그래서 중국인 우성(于醒)이라는 가명으로 다음해 2월 5일까지 국경을 통과하는 입국허가증도 받아놓았다.

그런데 여비가 막연했다. 블라디보스토크항은 결빙의 우려가 있어 11월 중에는 배를 타야 하는데 여비를 부탁한 블라디보스토크의 천도교 측으로부터는 송금이 없었다. 용만은 일본영사관 측에 7000원의 자금지원과 안전한 여행의 보장을 요구했다.

블라디보스토크에서 열릴 예정인 국민위원회와 연해주 거주 한인들 및 인근 지방 소련 공산당에 대한 정보를 수집해서 보고하는 조건으로서였다. 일본 역시 공산주의의 팽창을 경계하는 중이니 현지의 정형을 파악할 필요가 있었다.

밀정 김달하는 중간 역할을 잘 했다. 일본영사관을 설득해서 용만의 이런저런 요구를 최대한 관철시켰다.

영사관의 한인담당 밀정인 통역관 목등극기는 서울의 조선총독부에 상신해서 용만을 회유해도 좋다는 허가를 받아냈다.

조선에 들어와서 출경할 때까지 동행하고 안내해도 좋다는 허가도 했다. 일본영사관은 여행 중 경찰이나 헌병 혹은 항만 직원들의 심문을 받을 경우 안전한 통행이 보장되도록 용만의 사진을 부착한 통행증도 발급해줬다.

독립운동가에게 호의를 베푸는 것은 일본 측으로는 결코 손해나는 장사가 아니다. 거물급의 전향을 받아낼 경우 독립운동을 위축시킬 수도 있고, 고이 돌려보낼 경우 변절자로 낙인찍게 함으로써 독립운동 진영에 자중지란을 일으키게 할 수 있다. 변절자는 동지에 의해 살해되는 경우도 있으므로 일본 측은 손 안 대고 코 푸는 재미를 즐길 수도 있는 거다.

여행 경로로 일부러 조선을 통과시키는 것은 일본의 통치 하에 조선이 얼마나 발전했나를 보여주려는 계산을 숨긴 것이다. 상해에서 부산

가는 배를 타는 대신 나가사키를 경유시키는 것도 일본의 국력을 잠깐이라도 엿보게 하려는 것이다.

11월 28일자로 북경 영사관이 본국 외무대신에 보낸 보고서에 의하면 용만이 상해로 갈 때 5명의 동행이 있었던 것처럼 적혀 있다.

목등극기도 일행 중 한 명이다. 두 사람은 12월 20일 북경을 떠나 상해로 향했다. 상해에서는 나가사키행 배를 탔다. 나가사키에서 부산행 배로 바로 환승이 되지 않으므로 이틀을 여관에 머물러야 했다.

"목등상, 저 높은 굴뚝들은 무슨 공장의 굴뚝들입니까?"

"아, 아노 엔도쓰노하나시데스까?(저 굴뚝들 말입니까?) 미쓰비시 중공업이 운영하는 조선소이지요."

창문 밖 멀리 보이는 하늘에는 검은 연기가 자욱했다. 높이 치솟은 굴뚝들이 하늘이 좁다는 듯 무거운 연기구름을 내뿜고 있었다.

나가사키는 일청전쟁과 일로전쟁 시부터 일본해군의 주력이 주둔하고 있는 군항이 아닌가. 제2차 세계대전 말 미국이 히로시마에 이어 원자폭탄을 투하할 정도로 군수공업이 집중된 지역이다. 한국에 잠입해서 진해와 나진의 군사시설을 엿보고 미국 영사관에 보고했던 용만은 나가사키에 군수공장들이 집결돼 있음을 간파했다.

목등극기가 동행한 것은 조선을 통과할 때 용만의 안전을 완벽하게 보장해 주기 위함이었다. 또한 그 기회를 이용, 일본에 대한 인식을 조금이라도 바꾸기 위해 그간의 조선의 발전상을 보여주면서 극진한 대접을 아끼지 않았다.

"용만 센세이(先生), 사요우나라(잘 가시오). 여꾸요꾸잇데도우조(여행을 잘 다녀오십시오). 북경에 도착하시면 뵙겠습니다."

"목등 선생, 그간 고마웠소. 잘 가시오."

두 사람은 압록강을 넘어 안동에서 헤어졌다.

하얼빈에 도착한 것은 1924년 1월 13일. 이틀 후 다시 기차에 올라 블라디보스토크로 떠났다.

블라디보스토크에 모인 창조파 인사들은 1월 28일서부터 2월 5일까지 회의를 열었다. 그 자리에서 '한국독립당'을 조직하기로 결정했다. '한국독립당'의 가장 중요한 직책인 비서장에 용만이 선출됐다.

창조파들이 상해를 떠나 블라디보스토크로 갈 때도 그들과 동행하지 않은 용만이다. 그런데도 그가 뽑힌 건 그의 위상 때문이다.

한국독립당의 결성은 국제공산당의 인정을 받는 또 다른 한인 공산주의 단체를 만드는 격이다. 고려공산당 상해파는 러시아 정부에 보고해서 러시아로부터 그들을 축출하게 했다. 용만은 러일조약의 체결을 앞두고 한국의 독립운동가들을 국외로 추방하는 러시아 공산주의 정권에 대해 또다시 배신감을 갖게 됐다.

용만이 제출한 보고문은 '국민위원회에 대해'와 '블라디보스토크 재주 선인에 대해'와 '일본공산당원에 대해'와 '그로데고우 지방 공산당에 대해'서였다.

용만은 블라디보스토크와 그 인근 지역을 방문해 지역 한인 지도자들을 만났다. 그들의 공산당에 대한 불만은 이만저만이 아니었다. 공산주의는 전통적인 가치나 체제를 뒤집어엎었다. 농경지를 국유화하고 농작물을 몰수했다. 소련의 비밀경찰은 쥐도 새도 모르게 인명을 살해했다.

종교는 물론 집회나 언론의 자유를 말살했다. 교육도 일당 독재에 맞게 고쳤다. 사상의 자유는커녕 통신의 자유도 금지했다.

이러한 현지사정들은 개인의 자유와 행복의 추구를 우선시 하는 미국 사회에 익숙했던 용만에게 적대감을 증폭시키기에 충분했다.

그렇지 않아도 1921년 6월 소위 '자유시참변'을 목격했던 그로서는 소련에 대한 악감정이 그대로 남아 있었다. '자유시참변'은 한인들의 독립운동 역사상 최대의 비극이자 재앙이었다.

용만은 그런 경험들을 제2 항목에 적었다. 적화(赤禍)에 대한 분석과

적화방지의 책임은 누구에게 있는가를 거론했다.

"나의 우견으로서는 일본은 차라리 조선 인민을 지휘해 출동하여 러시아를 정벌할 임무를 져서 시베리아의 동부를 숙청하는 것이 제일의 양책으로 고찰된다."

적화방지의 방책을 제시한 것이다. 이어서 연해주의 실황과 문죄의 시기에 대해서와 러시아 적군(赤軍)의 병력과 작전계획의 일절에 대해서도 현지에서 얻은 정보를 기록했다.

당시 일본의 밀정이나 배신자가 된다는 것은 생명과 직결되는 문제다. 한 번 배신자로 규정되면 처단된다는 것을 누구보다도 잘 아는 용만이 그걸 모를 리 없다. 그러나 위험을 무릅쓰고 이번 길을 택했다. 가장 큰 동기는 소련에 대한 실망감과 공산주의에 대한 증오감 때문이다.

이전에 가장 증오했던 적은 일본이었지만 공산주의를 막기 위한다면 그 일본과도 손을 잡을 수 있다고 판단한 것이다. 물론 한인들을 규합시킬 수 있는 빌미를 찾겠다는 전제가 먼저다. 그의 적화방지 방책을 다시 곱씹으면 심중의 비밀코드가 무엇인지 짐작할 수 있다.

즉 '일본은 차라리 조선인민을 지휘해 출동하여 러시아를 정벌할 임무를 져서 시베리아의 동부를 숙청하는 것이 제일의 양책으로 고찰된다' 는 문장은 일단 시베리아 인근에 조선 인민을 집결시켜 세력을 이루게 한 다음 무장화시켜 줄 수 없겠는가를 추구하는 속내를 숨기고 있는 것이다.

평생의 꿈이 둔전병의 양성이었고 이제 만주에서 자력으로는 더 이상 가능하지 않기 때문에 일본의 힘을 빌어서라도 꿈을 이룰 수 없겠는가 타진해 보는 거였다.

일단 한인들의 무장세력이 조성만 된다면 그 궤도의 수정은 차후의 문제라고 생각한 건 아닐까.

용만은 국민위원회에 참석한 독립운동가들에게 일본영사관의 협조와 묵인 아래 회의 참석이 가능했다는 사실을 알렸다. 물론 허황하게 들렸을지 모르지만 자기의 숨은 구상도 은밀히 내비쳤다.

즉 만주에서 소련과 일본 사이에 완충국을 건설하는 것을 시도하자면 일본 측과의 교감도 필요하지 않겠느냐고 생각해 보았다는 것이다. 하지만 소련과 동포 사회의 공산주의 동정을 일본영사관에 보고해야 한다는 얘기는 숨겼다. 하얼빈 총영사의 보고가 근래 공개됨으로써 그 비밀이 드러난 것이다.

블라디보스토크에서 추방된 창조파 인사들은 상해로 돌아와 1924년 6월 7일 한국독립당 조직안을 발표했다. 그리고 6월 15일 국민위원회 집행위원 명의로 다음과 같은 결정서를 발표 했다.

'국민위원 박용만이 적의 양해 하에 국내에 출입한 사실은 본인의 구공(口供)에 의해 명백하므로 독립운동 총책임을 부하한 국민위원 또는 비서장의 중직을 띤 신분으로 차등 불철저한 탈궤적(脫軌的) 행동을 감행했음은 개인의 일시적 수단으로 이용하려는 계획에서 나온 데에 벗어나지 않는다고 하더라도 도저히 이를 용허할 것이 아니다. 그러면 먼저 비서의 책임을 면하고 국민위원회에서 제명하기로 결정 한다.'

용만의 제명을 결정한 국민위원회 집행위원은 김규식, 신숙, 이청천, 김응섭, 강구우, 한형권, 오창환, 김세준 등이다.

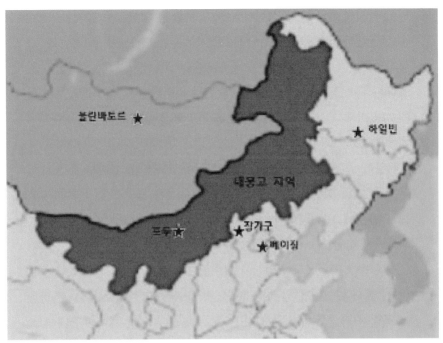

한인을 집단이주 시킨 다음 둔전병 기지 건설을 꿈꿨던 내몽고 지역

마지막 승부의 염원

"신랑 펑위샹(馮玉祥 풍옥상)은 신부 리더취안(李德全 이덕전)을 아내로 맞아 즐거울 때나 괴로울 때나 건강할 때나 병약할 때나 일정한 부부의 대의와 정조를 굳게 지킬 것을 서약하나뇨?"

주례 목사의 질문이다.

"시다(是的. 네)."

풍옥상은 힘주어 대답했다.

이어 신부를 향해 물었다. 리더취안 역시 "시다"라고 대답하자 "하나님이 짝지어 주신 것을 사람이 나누지 못할 지니라." 주례목사는 성혼을 선언했다. 42세의 늙은 신랑과 28세의 젊은 신부 사이의 결혼은 그렇게 이뤄졌다.

결혼하고 2년 후인 1926년 6월 20일 리더취안은 장가구로 가 한국 최초의 비행사 서왈보의 시험비행을 참관하게 됐고 비극적인 비행기의 추락 사고를 목격하게 된다.

세월이 한참 흐른 후 중화인민공화국이 수립되자 그녀는 초대 위생부장, 적십자 회장 등 요직을 지냈다. 풍옥상은 크리스천 장군이다. 어느 모임에서 사례를 하자 사례금 전액을 전쟁고아들을 위해 기부했다. 과부와 고아를 돌보라는 기독교의 박애정신을 발휘한 것이다.

그는 농부처럼 선량한 인상에 검소했다. 결혼식에도 새 옷을 입지 않았다. 회색 마고자를 입고 검은색 신발을 신었다. 결혼 선물도 사양했고 특별한 접대도 하지 않았다.

한편 우직한 면도 없지 않았다. 결혼하던 해 여름 폭우가 쏟아져 북경 서쪽을 흐르는 영정하의 둑이 무너질 판이었다. 긴급 구원 요청을 받은 풍옥상은 병력을 출동시켰다. 장병들은 나무와 흙을 옮겨 둑을 높이 쌓았다. 그런데도 상황은 위급했다.

"안 되겠다. 모두 강에 뛰어들어 3열 횡대 인간 둑을 만들라. 실시."

그렇게 명령을 내린 풍옥상은 자신도 강물에 뛰어들었다. 수천 명의 부하장병들과 한 덩어리가 돼 인간 둑을 만들어 범람을 막아냈다.

홍수가 그치자 새로 더 튼튼한 제방을 지어주었다. 주민들은 그 둑을 풍공제(馮公堤)라고 이름을 붙였다.

1924년은 풍옥상에게 무지 바쁜 해였다. 결혼하랴 홍수를 막으랴 정신이 없던 중 가을로 접어들며 전쟁까지 터졌다. 9월 17일 장작림의 봉천군은 17만의 병력을 끌고 만리장성을 넘었다. 직예파의 대총통 조곤은 오패부를 총사령으로 해 봉천군을 막게 했다. 그 와중 풍옥상은 느닷없이 명분 없는 쿠데타를 일으켰다.

10월 28일 북경을 점령해 대총통 조곤을 연금하고 청제국 마지막 황제 부의(溥儀)를 자금성에서 추방했다. 그리고 자신이 총사령관이 됐다. 그 때문에 오패부는 고립되고 직예파는 무너지고 만다.

손문의 국민당군이 북벌을 시작한 것도 봉직전쟁이 일어난 9월이다. 그 이후 풍옥상은 반제(反帝), 반군벌의 민중운동에 영향을 받아 장작림 타도에 나서게 된다.

범재 김규흥은 풍옥상의 군사고문을 지냈다고 이력에 나온다. 어떤 역할이었는지는 모르지만 풍옥상에게 접근한 것은 분명해 보인다.

1924년 여름 그는 용만과 함께 풍옥상을 찾아간다. 흥화은행을 설립했다가 낭패를 본 범재와 용만은 새로운 돌파구를 필사적으로 찾지 않으면 안 될 처지였다.

두 사람은 풍옥상을 찾아가 내몽고에 한인들을 이주시켜 둔전병을 양성하겠다는 계획을 털어 놓았다.

내몽고는 인구도 적은데다 면적은 한반도의 5배 이상. 아직 일본의 영향력이 미치지 못하는 곳이다. 게다가 일본은 농사짓기가 좋은 한반도에 자국의 농민들을 대거 이주 시키려는 정책을 펴고 있는 중이다. 농토를 빼앗긴 한국 농민들은 결국 만주나 시베리아로 쫓겨날 수밖에 없다.

소련의 동진과 남하를 저지해야 할 일본으로서는 내몽고에서 한인들이 그 방패막이가 돼준다면 이거야 일거양득이 아니겠는가.

중국의 군벌들 역시 많은 병력의 사병을 유지한다는 것이 버거운지라 별도의 지출을 통해 새로 양병을 한다는 것은 불가능했다. 해서 자기 밑천이 안 드는 군사력을 변방에 만들어두는 것도 나쁠 것이 없지 않은가. 하지만 일본 측이나 중국 측이나 저울질이 많이 필요한 제안이 될 수밖에 없다.

"펑위샹 장군님, 조선을 좀 도와주십시오."

"어떻게 도와드리면 된다는 말입니까? 그렇지 않아도 조선 출신 서왈보 소령이 너무 훌륭한 군인이라서 감사하게 생각하고 있던 중이지요."

역시 풍옥상은 크리스천이어서인지 '돕는다'나 '감사한다'는 낱말들이 입술에 붙어 있었다.

"펑 장군님, 조선이 일본의 식민지가 된 다음 그 핍박은 말할 수 없소. 무엇보다 일본에서 건너오는 농민들이 조선의 농토를 야금야금 빼앗고 있소. 쫓겨난 조선 농민들은 갈 데가 없어 만주로 넘어올 수밖에 없었소. 그런데 3년 전 '간도참변'을 일으켜 대학살을 하는 바람에 수만 명이 목숨을 잃어야 했소."

김규흥이 비감조로 나직이 말하자 풍옥상은 거대한 상체를 약간 앞으로 내밀고 진지한 표정이 됐다.

"일본의 야만적인 행동은 들어서 알고 있소. 그들은 인간이 아니라 마귀들이요."

"그래서 한인들이 일본의 공격을 덜 받을 수 있는 내몽고 지역으로 이주할 수 있도록 도와주십시오."

"글쎄요. 그게 꼭 어려운 일은 아니지만 정착하려면 막대한 자금이 들 것 아니오?"

이때 용만이 끼어들었다.

"펑 장군님. 저희들 생각부터 말씀 드리지요. 일본은 소련의 공산주의가 팽창하는 것을 무엇보다 주시하고 있지 않습니까? 장군께서 소련과 만주 사이에 있는 내몽고 지역에 새로운 방어선을 구축하자고 일본 측을 떠보는 것은 어떨까요? 그러니까 내몽고 요소요소에 새로 민병대촌을 조직하게 할 테니 일본에서 원조를 해줄 수는 없느냐고 말이지요. 그러니까 민병대촌이 정착될 때까지 영농자금을 대주고 또 군사훈련도 맡아줄 수 있겠느냐고 묻는 것이지요."

풍옥상은 1926년서부터 공산주의에 호감을 갖고 접근하게 되지만 그때까지만 해도 관심을 두지 않고 있었다. 용만은 얘기를 계속했다.

"펑 장군님. 문제는 내몽고 지역이 광활한데 비해 인구가 턱없이 적다는 것을 일본 측도 잘 알고 있을 것 아닙니까? 그래서 만주에 출병한 관동군은 물론 조선총독부의 의견도 타진할 필요가 있다고 봅니다. 일본 농민들을 조선으로 끌어들이고 조선 농민들을 쫓아내야 하는 게 조선총독부입니다. 그래서 내몽고의 부족한 인력은 조선총독부에서 조선 농민들을 집단이주시킴으로써 메울 수 있지 않겠느냐고 알아보자는 겁니다. 대신 군사훈련은 관동군에서 맡는다고 하면 총독부도 관심을 가질지 모릅니다. 현재 일본 경찰이나 헌병은 한인들을 많이 부하로 거느리고 있으니 한인들을 통솔하는 방법도 어느 정도 터득했을 줄 압니다."

"알겠소. 참모에게 연구를 해서 추진하도록 조치하겠소."

묵묵히 듣던 풍옥상의 대답이었다.

중국의 밀사로 서울에

세 사람의 밀사가 서울에 도착한 것은 1924년 10월. 용만도 그중의 한 사람이다. 꼭 밀사라기보다는 수행원 자격이다. 하지만 포장은 어디까지나 중국 사람이다. 중국 이름 한상량(韓相良)으로 발부된 중국 여권을 소지하고 중국인처럼 행동했다.

중국인 밀사들이 중국옷을 입을 때는 그도 마고자와 중국식 긴 스커트를 꺼내 입었다. 그는 다른 밀사들이 회담을 하는 동안 발언을 거의 하지 않았다.

양쪽의 통역이 있었지만 용만은 일본어를 잘하기 때문에 언제나 회담의 흐름을 놓치지 않았다.

밀사들이 제일 먼저 한 일은 조선총독부 총무부 외사국을 찾아가 외사국장을 만나는 일이다. 외사국장은 이미 북경 주재 일본영사관의 연락을 받고 있었다.

그에게 풍옥상의 밀서를 건넸다. 밀서는 용만이 풍옥상에게 청원했던 내용을 담은 것이다. 외사국장은 총무부장을 통해 총독에게 상신한 다음 그 결과를 알려줄 때까지 숙소에서 기다려달라고 정중히 요청했다.

세 밀사는 조선호텔에서 묵었다. 총독부를 상대로 하는 외교적인 임무의 격에 맞게 하기 위함이었다. 조선호텔은 일제의 조선철도국이 건축한 한국 최초의 서양식 호텔이다. 중국인 밀사들은 외교와는 거리가 있는 사람들이라 행동거지가 서툴렀다.

당시 군벌들의 판도가 자주 바뀌는 바람에 국가의 체통이 엉망이었다. 풍옥상 역시 여기저기 전장을 누비다 보니 주위에서 세련된 사람을 구할 수 없었다. 따라서 미국에서 오래 동안 서양문물에 익숙했던 용만이 사소하게 발생하는 상황들을 기민하게 대처할 수밖에 없었다.

호텔에서 사흘 밤을 지내고 식당에서 식사를 하고 있는데 용만을 유심하게 쳐다보는 사람이 있었다. 시선을 느끼자 용만도 얼굴을 가만히 돌려 그자를 살폈다. 얼핏 보니 안면이 있는 얼굴이 아닌가. 용만이 보는 순간 그자는 곧 목을 돌린다.

"가만 있자. 저자가 누구더라. 어디서 많이 본 얼굴인데… 오호. 그렇군. 이주현이야."

10여 년 전 하와이에서 약 1년 동안 한 지붕 아래서 같이 지낸 적이 있던 바로 이주현이 틀림없다.

문제는 이주현이 일본의 밀정이라는 데 있다. 용만은 그 사실을 김현구로부터 자세히 들은 적이 있다. 이주현은 하와이에서 본토로 건너갔는데 1918년 여름 디트로이트로 김현구를 찾아왔다고 한다. 시카고로 가 9월 학기에 시카고대학에 등록한다기에 김홍기를 소개시켜줬다고 한다.

김홍기는 김현구, 홍승국, 전명운이 블라디보스토크에서 시베리아 횡단열차를 탔을 때 여비가 없어 뒤에 처진 사람이다. 4년이 지나 그가 미국에 올 수 있었던 것은 김현구와 홍승국이 여비를 보내줬기 때문이다.

그런데 김홍기를 만난 이주현은 은근히 엉뚱한 소리를 하더라는 거였다. 일본영사관을 통해 학자금을 지원받을 수 있으니 신청을 하지 않겠느냐는 거였다.

"네놈이 왜놈의 밀정이 아닌가? 이 사실을 미국 방방곳곳에 알리고 말 테니 언제 어디서 맞아 죽을지 각오하라."

김홍기의 호통이 있은 후 이주현은 종적을 감추었다. 그 후 들으니 바로 귀국해버렸다는 거다.

용만은 식당에서 나오자 급박한 위험에 처했다는 사실을 중국인 밀사에게 알렸다.

"따우젠(大人), 조카우(큰일 났습니다) 조선 사람 하나가 저를 알아보았습니다."

"우멘초바(나갑시다) 라이부지라(시간이 없습니다) 가까운 차이나타운으로 피신합시다."

그들은 야음을 타 호텔에서 멀지 않은 차이나타운으로 그를 도피시켰다. 거기서 중국인 상인을 한 명 구했다. 중국인 상인으로 변장한 용만과 함께 다음날 아침 중국 안동에 장사하러 가는 양 둘은 경의선 열차에 올랐다. 신의주까지 기차를 타고 갔고 어스름에 작은 배를 타고 압록강을 건너갔다.

안동에 도착해서야 용만은 긴장을 풀 수 있었다. 용만이 서울에 가 총독부와 접촉했다는 사실은 중국의 한인들에게 그가 변절했다는 이전 소문에 새로운 악재 하나를 추가했다.

독립운동에 나선 사람들은 여러 종류가 있다. 다 지사들이 아니다. 투사로서 확고한 신념을 가진 사람만이 아니다. 대책 없이 유랑하는 건달들도 많았다. 그중에는 투사 정신이 지나쳐 자제력을 갖추지 못한 사람도 있었다. 자신이 무슨 짓을 하는지 그 결과가 어떤 것인지조차 모르는 사람들도 있었다. 그런 사람들에 의한 테러는 맹목적이어서 시비를 잘 가리지 못했다.

김구 역시 독립운동을 하겠다고 나선 동족의 총격을 받고 쓰러지지 않았던가. 조선혁명당 집행위원이었다가 분란을 일으켜 당에서 제적당한 이운환이 그 앙갚음으로 회식자리에 뛰어들어 무차별 사격을 저지르지 않았던가.

여운형도 무참한 테러를 당해 정신을 잃은 적이 있다. 독립운동을 한답시고 배회하는 한인 청년들에 의해서다. 1925년 7월 그는 아주민족협회 집행위원인 중국인 오산(吳山)으로부터 다과회에 초청을 받았다.

그것을 괘씸하게 본 패들이 있었다. 정위단 청년들이다. 각 계파의 양해도 없이 참석한 것이 비위를 거슬렀다는 거다. 정위단 청년 7명은 여운형의 집으로 몰려갔다. 자고 있는 사람을 깨워 철근과 돌덩이를 내리쳤다. 여운형은 그 자리에서 의식을 잃고 말았다.

블라디보스토크와 서울을 다녀온 용만의 행적에 대해 북경의 한인들 간에는 두 가지 평가가 있었다. 조선총독부 경무국장이 1926년 1월 25일 외무성 아세아국장 앞으로 보낸 보고서를 보면 그렇다.

'박용만에 대한 조선인의 비평은 양분돼 있다. 하나는 박을 반역자, 친일자로 배척하는 사람들과 일본 관헌과 유력한 독립운동가 사이를 이간 중상케 함으로써 그들(일본 측의 공작자들)의 술책에 의해 유력한 동지를 잃는 것은 불가하다는 편이 있어 박을 배척하는 편과 옹호하는 경향으로 나뉘어져 있음. 그러나 두 파가 다소 완화되는 경향이 있다고 함.'

여기서 한 가지 눈여겨 볼 대목이 있다. 조선호텔에서 이주현을 만났던 순간 용만의 처신이다. 이미 변절자였다면 일본의 밀정이 돼 있는 이주현을 기피하고 굳이 탈출을 서두르지 않았을 것 아닌가. 둘은 외려 동반자임을 토로하고 옛정을 다시 더듬으려 했을 수도 있지 않았을까.

총독부와 접촉한 것이 목적의식도 없고 스스로 떳떳치 않았다면 다음해 그가 하와이로 건너갔을 때 주위 사람들에게 그 사실을 떠벌이지도 않았을 게다.

조선에 밀행하는 것은 만용일 수도 있다. 다른 사람들 눈에는 무책임하고 사려 깊지 않은 행동으로 보일 수도 있었다. 그러나 앞뒤가 꽉 막힌 상태에서 독립운동의 새로운 활로를 뚫으려면 비판을 자초하는 것까지 각오해야 했다.

적을 두려워하지 않고 피하지 않는 자가 진정한 무인(武人)이 아니겠는가. 다시 말해 적의 힘을 빌어 새로운 발판을 만드는 궁여지책도 선택의 항목이 될 수 있지 않겠는가.

일단 목표에 대한 확신이 서면 당장의 위험이나 장차의 개인적인 이해를 개의치 않았기에 그는 몇 번의 잠행에 몸을 던진 것이다.

미국정부를 설득하려 했으나

"부웅- 부웅- 부웅-"

뱃고동을 길게 뽑으며 프레지던트호는 거대한 선체를 부두로 밀고 들어왔다. 선착장에는 수백 명의 한인들이 나와 있었다. 대조선독립단 단원들이다. 그중에는 머리가 허연 박종수도 있었다.

용만이 대조선국민군단의 군단장이었을 때 그는 대대장이었다. 군단을 꾸려낼 때 농장이며 심지어 집에서 쓰던 숟가락까지 내놓았던 박종수. 한 말로 지사 중의 지사가 아닌가.

대조선독립단의 단장을 맡고 있는 김윤배와 서기 이상호, 그리고 용만의 측근 정두옥도 출영객들 속에 섞여 있었다.

마침내 용만이 갑판에서 브리지를 넘어오자 일제히 박수가 터졌다.

1925년 7월 8일 용만은 그 달에 있을 범태평양청년회대회에 참석하기도 할 겸 하와이에 도착했다. 6년 만의 귀환이다.

"군단장님, 어서 오십시오. 뱃멀미에 얼마나 고생하셨소?"

"어르신, 이처럼 나와 주시다니요."

용만은 박종수에게 고개를 숙여 절한 후 다가가 그의 어깨를 부여안았다.

호놀룰루에 있는 팔라마 극장에 3백여 명의 한인들이 모여 들었다. 용만을 환영하기 위해서다. 도착한 지 나흘 만에 환영회가 열린 것이다. 그러나 하와이의 모든 동포들이 그를 환영한 건 아니다. 태평양을 넘어오는 중이었는데 벌써 미군 당국에 밀고한 자가 있었다. 용만이 6~7년 동안 원동에 가 있으면서 과격한 공산주의자가 됐다는 거였다.

1925년 6월 25일자 '신한민보'에는 "박용만 씨를 뿔스빅(볼셰빅)이라고"라는 기사와 "안창호 씨도 쏘비엘주의자라고"라는 기사가 실려 있다.

박용만 반대파의 이런 무고 때문에 그는 도착한 뒤 바로 입국할 수
없었다. 중국 여권에 이름이 '한시량(Shih Liang Roy Hanhn)'으로 돼 있
는 것도 문제가 됐다. 본명은 박용만이고, 일본을 경유할 때 체포당할
우려가 있기 때문에 다른 이름으로 했다고 설명했으나 통하지 않았다.

이민국 관리는 허위 기재를 이유로 입국을 거부했다. 조선독립단 측
에서는 바로 워싱턴에 있는 노동부에 전보를 쳤다.

3개월짜리 상륙허가가 나왔다. 헌데 어떻게 된 건지 박용만은 3개월
을 넘겨 1년 가까이 머물렀다.

하와이로 떠나기 전인 그해 봄 용만은 북경에서 서북쪽으로 약 450
리 떨어진 장가구(張家口) 부근에서 안창호와 문창범을 만났다. 용만이
장가구를 더러 왕래한 것은 내몽고와 그리 멀지 않아 거길 지나 내몽고
의 땅을 보러 다녔기 때문이다.

풍옥상이 이회영과 김창숙에게 빌려주겠다는 3만여 정보의 땅도 장
가구에서 서쪽으로 더 간 내몽고 내 포두(包頭)에 있다.

셋은 중국에서 무장투쟁이 어렵게 된 현실을 한탄했다. 그렇다고 무
장력을 양성할 영구 기지 건설을 포기할 수도 없는 노릇이다. 장가구에
서 만난 것도 내몽고의 입지조건을 같이 둘러보기 위함이다.

"앞으로 땅을 사고 개간을 하려면 자본금부터 모아야 할 것 아닙니까?"

"우성 말이 맞소이다. 우리 셋이 먼저 얼마씩 출연해서 저축회사를
만드는 것이 급선무라 하겠소. 창범 형님께서는 어찌 생각하시요?"

도산 안창호는 용만보다 3살 많고 문창범은 도산보다 7살 더 많은
연상이다.

"두 아우님들 말에 찬동하고 말고요. 내가 30만 엔을 출연하도록 할
게요."

"그렇게나 많요? 전 10만 엔을 변통해 보겠소이다." 도산의 말이

다.

"저는 20만 엔을 준비해 보겠습니다." 용만도 금액을 제시했다.

문창범은 주로 러시아의 연해주에서 독립운동을 한 사람이다. 용만과 함께 무오독립 선언서에 서명했고 임시정부가 조직됐을 때 교통총장으로 임명됐다.

용만은 이 저축회사 설립을 위한 자금을 마련하기 위해 하와이행을 결심한다. 마침 호놀룰루에서 범태평양청년대회가 열리게 돼 참석한다는 명목도 좋았다.

용만이 아직 하와이에 머물고 있을 때 조선총독부 경무국장은 그의 동정에 관해 보고서를 작성한다. 보고서는 용만이 북경의 부하들에게 보낸 편지 내용들을 근거로 하고 있다. 도대체 편지들을 어떻게 가로채서 볼 수 있었는지 기가 찰 노릇이다. 중국 우체국에까지 일본 밀정의 손이 뻗쳤다는 말인가.

'(전략) 제2신은 작년 11월 말경에 도착한 것으로 거기에는 박(박용만을 가리킴)이 하와이에서 활동한 상황 등을 보고하고 자금 등이 순조롭게 진척돼 이 해 2월까지 2, 3만 원의 자금과 부하 몇 명, 인쇄기, 자동차(트럭)을 주어 귀연(歸燕. 북경으로 귀환) 하는데 있어 열하(熱河)와 포두(包頭)의 상당한 토지를 조사할 것을 청하고…. (하략)'

1926년 1월 25일자 경무국장의 보고서 일부다. 이 보고서를 보면 용만이 안창호와 문창범을 장가구에서 만난 것은 내몽고의 포두에서 공동으로 농지 개간을 시도하기 위한 거였다.

용만은 그 전해 2월 일본영사관의 비밀 지원을 받고 조선을 거쳐 블라디보스토크의 국민위원회 회의에 참석했다. 그것이 탈궤적(脫軌的) 행동이라고 도저히 용허할 수 없다며 국민위원회는 그를 제명했다.

그런데 1924년 6월 15일 국민위원회의 제명이 있었고, 그 다음해 봄 안창호와 문창범이 용만을 찾아와 장가구에서 만났다는 사실은 무엇을 뜻하는가.

안창호와 문창범은 영수급 독립운동가들이 아닌가. 그들이 제명 사실을 못 들었을 리 없다. 또 그들은 하루 이틀 만난 사이도 아니다. 용만이 그 전해 풍옥상의 밀사로 서울에 간 것도 내몽고에서의 둔전촌 건설 가능성을 모색하기 위한 행보다. 총독부와의 협상이 깨졌다는 얘기도 자연 나왔을 게 아닌가.

결국 자체적인 모금으로 내몽고의 농지 개간을 추진할 수밖에 없는 상황임을 공감하고 자리를 같이 하게 된 거다. 분담금을 모금하기 위해 하와이행을 결단한 것도 세 사람 사이의 약속과 신뢰가 굳건했다는 증거다.

그것들 말고 용만의 임무는 또 있었다. 그가 분석한 동북아 정세를 놓고 미국 정부와 협의할 수 있는 통로를 모색하는 일이다. 연해주와 북경에서 미군을 위해 첩보활동을 한 건 언젠가 국제정세가 변할 경우 미국과의 유대를 그의 정치적 목적에 부합시키려는 장기계획 때문이다.

12월 초 용만은 하와이 지구 주둔군 사령부에 보고서 '리포트 No.1'을 제출했다. 제목은 '일본과 러시아에 의해 중국 영토에서 준비되고 있는 또 하나의 세계대전'

제1장인 '러시아의 중국 정책'은 요점을 이렇게 제시한다.

'러시아의 정권과 주의는 바뀌었지만 남진정책은 계속되고 있으며 중국을 비롯해 세계 각국에서 불안과 혼란을 야기하며 만주를 점령할 준비를 하고 있다. 볼셰비즘은 가장된 제국주의이며 세계문명의 적이고 이 적을 효과적으로 막을 나라는 미국밖에 없다.'

이 주장은 약 30년 후 미국과 소련의 대결이 현실화됨으로써 그의 예언은 적중한다.

소련에 대한 실망감과 공산주의에 대한 증오감이 너무 컸기 때문에 그는 지난해 초봄 블라디보스토크에서 열렸던 창조파 인사들이 주최한 국민위원회에 참석하지 않았던가. 공산주의자들의 동태를 보고함으로써 일본영사관의 여비 지원까지 받은 것은 일본보다 공산주의를 더 증오했기 때문이다.

다음 제2장인 '중국에 있어서의 일본의 활동'에서는 이렇게 말한다.

'일본과 소련이 미국과 영국과 대항하기 위해 동맹관계를 생각하고 있으며 일본도 중국의 혼란을 원하고 있고, 어떠한 대가를 지불하더라도 장작림을 지지하려 하며 만주를 점령하려고 하고 있다. 조선반도는 일본인이 식민하고 2천만 한인을 만주로 내쫓으려 하며 이러한 목적을 위해 일본은 비밀리 진해만을 요새화하고 있는데 본인이 몇 번 정탐하려 했으나 자금 부족으로 잘 이뤄지지 못했다.'

제3장인 '중국의 현황'에서는 군벌 활거 하의 중국 현황을 기술하고 있다.

'국립 북경대학은 좌익교수와 좌익학생들의 소굴로 노동자들을 선동해 중국을 파멸로 몰고 있다. 또한 중국을 파괴의 길로 몰고 가는 3대 인물로 손문, 장작림, 풍옥상을 꼽을 수 있다. 공산주의에 감염되지 않은 오패부는 중국의 희망이다. 중국의 파멸은 세계경제의 파탄을 의미하기 때문에 미국은 마땅히 유의해야 한다.'

그해가 저물기 전 12월 24일 하와이의 '대조선독립단' 단장 김윤배와 서기 이상호는 하와이 지구 미군 사령관 앞으로 진정서를 제출했다.

내용인즉 하와이 2천 명의 회원과 만주 및 러시아령의 5만 명 독립군을 대표해 청원컨대 우리의 지도자 박용만으로 하여금 워싱턴에 가서 미국 국무성이나 육군부의 고위 인사와의 회담을 성사시켜 달라는 것이다.

상해 임정의 외무총장직을 역임했고 만주의 한국독립군 사령관인 박용만은 중국에 있어서의 소련과 일본의 의도를 누구보다도 잘 알고 있으며 미국 정부와 협력관계를 갖고 싶어 하며 그가 갖고 있는 비밀을 토론할 용의가 있으며 자비로 만나러 갈 것임을 덧붙였다.

이 진정서에 대해 미군 소령 커크우드는 정중하게 거절하는 답신을 보내왔다.

다음해 4월 '대조선독립단'은 재차 편지를 보낸다. 박씨가 워싱턴에 가서 고위층과 만나려 하는 것은 미국의 이익이 된다고 믿는 까닭이며 만일 면담이 이뤄진다면 다음 사항들을 협의할 것이라고 알렸다.

첫째 만주 군벌 장작림을 봉천에서 몰아내고 만주에서 일본의 영향력을 막기 위한 직예파 군벌과 한인 지도자들 간의 조약체결 가능성에 대한 건과, 둘째 모 국적(某 國籍)의 강력한 조직이 현재 추진 중인 아시아 열강들의 완충국으로서 만주에 새 독립국가를 건설하려는 비밀계획에 대한 건과, 셋째 볼셰빅 선전자들에 대한 반격운동을 전개함으로써 중국에서의 러시아의 활동을 막는다는 가능성에 대한 건과, 넷째 한인 혁명기관과 미국 육군이나 해군의 정보기관의 합작 필요성에 관한 건. 그리고 편지에는 다음의 내용도 추가돼 있었다.

'이 만주의 군벌을 제거할 수 있는 유일의 가능성은 중국에 귀화한 만주 거주 2백만 한인의 손에 달려 있습니다. 저들은 한국 독립군으로나 한인으로 거사하는 것이 아니라 중국 시민으로서 그리고 직예파와 동맹관계를 맺은 세력으로서 거사하려는 것입니다. 이 목적을 위해 직예파와 한인 지도자들 간에는 이미 양해가 돼 있습니다. 작년 비밀조약이 맺어졌으며 조만간 실행 예정입니다. 이 의무를 어깨에 메고 한인 지도자들은 장차 다가올 과업을 열심히 준비하고 있습니다. 오패부가 예전 권력을 회복한다면 한인은 저들의 약속을 이행할 기회를 가지겠고 저들의 책임을 완수할 것입니다.'

손문이나 풍옥상이 공산주의에 기울기 시작한 것을 강도 높게 비난하는 것은 반공주의를 앞세우는 미국의 주목을 끌기 위함이다.

풍옥상의 배신으로 산해관에서 고립되고 이어 봉천군의 공격에 의해 중국의 서북부로 쫓겨 간 오패부에게 미국의 후원을 얻어줌으로 재기의 기회를 부여하려는 것이다.

그게 성사되면 만주의 한인들이 오패부와 동맹을 맺고 봉천군의 배후에서 공격을 가함으로써 봉천군을 궤멸시키고 그 대가로 한인들의 자치주나 아니면 별개의 독립국을 수립할 수 있지 않겠느냐는 것이 그의 구상이었다.

이건 황당한 잠꼬대로 들릴 수도 있다. 하지만 정치학을 전공한 용만다운 발상이 아닌가. 국제정치의 역학 변화를 통해 천분의 일, 만분의 일일지언정 그러한 가능성을 모색하는 기발한 발상이 경이롭기까지 하다.

편지 끝부분에는 용만이 한 달쯤 있다가 다시 북경으로 가려고 하므로 속히 조치를 취해 줄 것을 덧붙였다.

이 경위만 보더라도 용만이 궁극적으로 모색한 것은 반공을 내세우면서 한인들에 의한 완충국이나 둔전기지의 건설이었으며 그 가능성의 추구를 위해 일본과도 접촉한 것이지 배신이나 투항은 결코 존재하지 않았다는 점이다.

이에 대해 워싱턴의 육군 참모본부는 편지의 내용은 흥미롭지만 워싱턴까지 오게 할 수는 없고 하와이 군 당국에서 자세히 들어보도록 할 것이며 일본 측이 눈치채지 않도록 만전을 기하라는 답신을 보내왔다.

용만은 1926년 6월 26일 여객선을 타고 하와이를 떠난다. 이민국으로부터 추방령이 내린 것이다. 그러나 하와이 군 당국은 이민국에 압력을 넣어 용만의 신변이 안전하고 또 비밀리에 내보내 줄 것을 요구했다.

그동안 미군을 위해 지속적으로 첩보활동을 했고 앞으로도 그의 활동이 필요하다고 판단한 미군 정보부서의 은밀한 배려 때문이었다.

미국 당국자를 만나 용만이 협의하려 했던 핵심은 그가 편지에 썼듯 내몽고에 한인들을 집단이주 시킨 후 둔전병 기지를 건설함으로써 소련의 남하를 막는 완충국 역할의 새 독립국가를 건설하려는 비밀계획이었다.

그것은 비현실적인 망상의 요소가 없지 않으나 용만의 생애 마지막 그가 승부를 걸었던 원대한 염원이었다.

북경으로 돌아오다

용만이 북경으로 돌아간 약 1년 후인 1927년 5월 22일 조선총독부가 파견한 밀정 목등극기는 '북경재류 조선인의 개황'이라는 보고서를 작성했다.

'5백여 명 한인 인구 중에 직업을 가진 자는 22명에 지나지 않고 (기녀妓女 제외) 그 생활 상태를 표현하려면 오로지 '비참'의 한 단어로다 할 수 있다. 연례 북경에 재주하는 배일선인(排日鮮人)의 영수 박용만이 작년 하와이에 가서 동지를 규합해 얻은 자금 1만여 불을 가지고 귀래해 영정하(永定河) 부근에서 수전(水田) 경영을 기도하는 한편 숭외문(崇外門) 밖에서 소규모의 정미소를 창설하고 북경 부근의 수전에서 나오는 벼를 사들여 수만 석의 정미를 만들었으나 중국인 측 미상(米商)과의 연락이 원만치 않아 그 판로에 궁해 어찌할 바를 모르는 상태라고 한다.'

약 3년 반 전 목등극기는 용만이 블라디보스토크로 갈 때 일본영사관의 지원을 얻어 주고 북경에서 상해, 나가사키, 서울, 신의주까지 동행하지 않았던가. 그런데도 용만이 일본을 배척하는 두목급 '배일선인'이라고 지칭함은 무엇을 뜻함인가.

그러면서 밀착감시를 하고 있는 것으로 봐 그 이후 다른 거래가 없었다는 얘기다.

몇 명을 빼놓고는 거의 모든 한인들이 직업도 없고 그날그날의 생계마저 잇기가 어려운 상황에서 용만이 하와이에서 1만여 불을 가지고 와서 수만 석의 정미를 싸놓고 있으니 부아가 날 동포들이 많았으리라.

그때의 1만 불은 요즘 돈으로 무려 1백만 불이 넘는 거액. 자연 그를 찾아오는 사람이 생기기 시작했다. 와서 손을 벌리는 사람이 부지기수 생기기 시작한 것이다.

그중엔 생계가 어려운 사람도 있었지만 독립운동 자금으로 쓰겠다며 거액을 요구하는 자들도 있었다.

그러나 용만은 그런 요구들을 다 들어줄 형편이 아니다. 계획했던 사업들이 번번이 성사가 안 되고 실패만 거듭했기 때문이다.

일본 측의 방해공작도 있었을 수 있다. 중국인 미상(米商)들이 담합을 하거나 농간을 부리면 하루아침에 낭패를 당할 수도 있다. 하지만 돈을 달라는 사람들의 요구는 끈질겼다. 가만 두지 않겠다고 대놓고 협박하는 자도 있었다. 재산가에게 독립운동의 군자금을 요구했다가 듣지 않으면 그 자리에서 총살을 해도 좋다는 게 당시 일부 무장 독립운동 단체들의 강령이기도 했다.

용만이 하와이에 1년 머물면서 3만여 불의 약정금을 받았으나 북경으로 귀환했을 때는 1만여 불을 가져간 듯하다. 하와이로 떠나기 전 그는 노모와 본처를 북경 시내로 이주시켰다. 하와이에서 제2부인 웅소청에게 1백 불을 송금하면서 본처와 나눠 쓰라는 편지를 보내기도 했다.

용만은 북경에 돌아와 대본농간공사(大本農墾公司)를 설립했다. 그해 겨울이 오기 전 그들은 작은 정미소를 사서 정미사업을 벌였다.

그리고 그 다음해인 1927년 봄서부터 일 년여 기간에는 영정하에 인접한 논을 사서 경작할 준비를 하고 있었다. 그래서 1928년 여름 하와이로부터 논농사 경험이 있는 동포 몇이 건너와 용만과 합류했다.

'북경에 체재하는 박용만 씨가 조직한 대본공사와 영정하 토지 개척을 시찰차로 거 4월경 중국 북경에 전왕했던 조선독립단 단장 이

복기씨는 7월 19일 프레지던트 태프트호를 타고 회환하였더라.'

1928년 8월 2일자 '신한민보'에 실린 기사다.

미루어 보건대 대본농간공사는 내몽고에 크게 벌이려던 둔전의 꿈이 어려워지자 중간 단계인 자체 농사를 시작한 것이다. 대조선독립단 단장이 시찰차 방문할 정도였으면 사업이 착착 진행되는 단계였음을 뜻한다.

그 기사가 난 후 약 2개월 반 만에 용만은 흉한의 총탄을 맞고 쓰러지는데 암살 직전까지 그가 주로 했던 일은 대본공사의 운영이다.

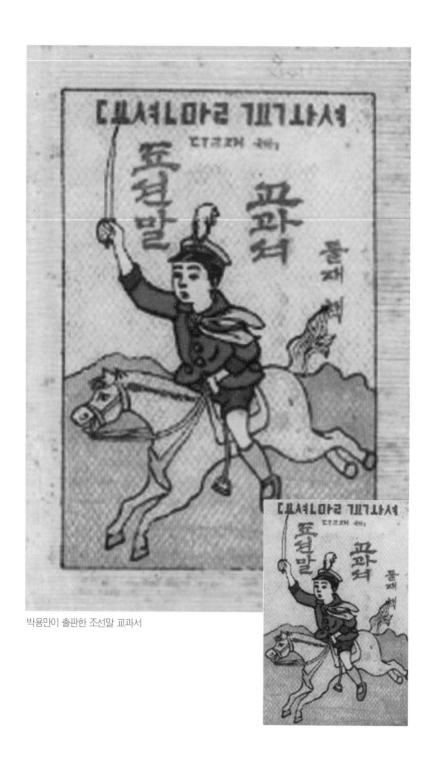

박용만이 출판한 조선말 교과서

아름다운 독립운동

암살되기 1년 전 용만은 아주 특별한 업적을 남긴다.

그 기간 동안 총이 아닌 펜으로 독립운동을 한 것이다. 원래 그는 펜으로 독립운동을 시작한 사람이 아니던가. '신한민보'와 '국민보'의 주필로서 독립운동의 로드맵을 그려 보이지 않았던가.

용만은 우리 민족에게 필요한 세 가지 혁명이 있는데, 첫째가 문화혁명이요, 둘째가 정치혁명이요, 셋째가 경제혁명이라고 주장했다. 비록 정치적으로 타민족에게 먹혔을지라도 민족문화(글과 말)를 보존하고 있으면 독립의 기회는 언제고 찾아온다는 것을 믿었다. 그런 식견을 아무나 갖기란 쉬운 일이 아니다.

1927년 6월 그는 하와이 청소년들을 위한 국어 교재 2권과 역사서 합본 1권을 '대조선독립단' 북경지부 실업부 인쇄국 이름으로 출판했다.

역사서 합본은 구한말에 나왔던 3편의 논문 '대한북여요선', '부간조선문화', '대동고 대사론'을 한데 묶은 것이다.

국어교재는 초등학교 수준에 맞게 지은 '됴선말 독본 첫 책'과 '됴선말 교과셔 둘째 책'이다. 두 권 다 재미있는 얘기들과 삽화들을 섞어 친밀감을 갖게 했다.

둘째 책의 2페이지의 공과는 '집안 김성딜(짐승들)의 음악회'다. 페이지 전체에 네 짐승들의 삽화가 그려져 있다. 스커트를 입은 고양이, 큰 개는 만돌린(바이올린을 잘못 그린 것 같음)을 켜고, 작은 개는 북을 치고 돼지는 악보를 보는 모양들이다.

3페이지의 본문은 이렇게 적혀 있다.

'우리 집 김성덜(짐승들)은 다 음악을 안다. 큰 개는 바이올인(바이올린)을 뜯고 작은 개는 북을 치고 괴양이(고양이)는 춤을 추고 또 도아지(돼지)는 노래를 불은다(부른다).'

1910년 조선이 일본에 의해 병합되자 한글로 된 교과서의 발행도 차츰 줄어 하와이에서는 어려움을 겪고 있었다.

언제 붙잡혀갈지 언제 눈먼 총알이 날아들지 모르는 게 독립운동가의 살벌한 일상이다. 자라나는 아이들을 생각하며 그가 지어낸 2권의 국어책은 전혀 다른 동심의 세계다. 책갈피마다 묻어나는 그의 다정다감함은 산등성이에 핀 찔레꽃처럼 순결하기만 하다.

역사서나 국어 교재나 둘 다 민족의 장래를 깊이 염려한 지사정신이 없다면 나올 수 없다. 총탄으로 적을 쓰러뜨리는 게 위대한 독립운동이라면 민족의 다음 세대에게 국어 교과서를 만들어주는 것은 이 또한 아름다운 독립운동이 아닌가. 1924년 두 번이나 조선을 드나듦으로써 변절을 했다면 민족의 장래를 염려하는 그 순수한 마음이 그처럼 이어질 수 있었을까.

그해 8월 3일 호놀룰루의 팔라마 지역 한인 자제들을 위한 초등학교는 용만을 기려 그의 아호를 따 '우성학교'로 명명됐다.

용만이 펴낸 두 권의 됴션말 책들 표지를 보면 맨 위의 한글은 가로쓰기와 풀어쓰기를 한 게 특이하다. 그의 주장은 한글을 가로쓰기함으로써 시간을 절약할 수 있다는 것이다. 본문은 글의 흐름이 왼쪽에서 오른쪽으로 향하게 배치돼 있다. 용만이 '국민보'의 주필이 됐을 때 다른 신문들과 다른 것은 글의 흐름을 왼쪽에서 오른쪽으로 향하게 한 것이다.

또 한글은 초서체(草書體)가 없으니 자음과 모음에 그가 창안한 초서체 알파벳을 대치하는 제안을 하기도 했다.

영어의 F, G, R, V, Z, Sh, Th 등의 발음이 한글로는 불가능하고 그에 맞는 자음들이 필요하므로 새로 12자를 창안했다. 그 시안을 '됴선말 독본' 첫 책과 '됴선말 교과셔' 둘째 책에 실었다.

'우리 백성으로 하여금 모다 열 살이 차지 못하야 외국말만 배호기 시작하면 결단코 됴선 국혼이 그 머리 가운대 업슬지라, 백성이 되어 그 나라 문학을 모르고 그 나라 말을 모르고 그 나라 력사를 모르면 그 나라 사랑할 마음이 어대로 좃차 나리오 나는 이것을 근심함이 깊고 또한 큰 고로 이다음 론문붓터는 우리 됴선말과 문학의 다쇼간 연구한 바를 차례로 시험코져 하노라.'

이것은 용만이 1909년 샌프란시스코에서 발간되던 기독교 월간잡지 '대도' 5월호에 실린 글이다. 여기서 이승만의 의견은 엇갈린다.

'조선말을 따로 배울 필요가 없습네다. 한인들이 모여 살기 때문에 조선말은 자연히 배우기 마련입네다. 영어야말로 주인 나라에 충성을 보이기 위해 의무적으로 열심히 배워야 합네다.'

조선말 교육에 너무 치중하다 보면 영어를 제대로 배우는 데 지장이 있을 수도 있다는 말은 일본의 식민정책과 동화정책에 부응하기 위해 조선말과 조선 이름을 버리고 일본말을 열심히 배워야 하며 창씨개명을 해야 한다는 친일파의 주장과 같은 맥락이다.

이중 언어 습득이 두뇌능력을 향상시킬 수 있다는 오늘날의 교육이론으로 볼 때도 이승만의 주장은 편견의 산물이 아닌가.

용만은 한성감옥에 갇혀 있을 때 한글을 연구하기 시작했다.

출옥 후 서울의 상동교회에서 우연히 주시경(周時經, 한글학자)을 만나 한글을 논하게 됐고 아무도 알아주지 않는 한글을 그렇게 깊이 연구한 것에 주시경은 울음을 터뜨렸다고 한다.

용만은 미국 체류 중에도 성대학, 주요 언어의 어원 연구 등 한글에 관련된 연구를 계속했다. 한글에 관한 글을 '신한민보'에 여럿 발표했는데, 1909년 4월 21일자 신문에 '국문자음모음약해(國文子音母音略解)'라는 논문과 1911년 '국문교정에 대하여'라는 글을 다섯 번에 걸쳐 발표했다.

용만이 1909년 4월 21일자 '신한민보'에 올린 '국문자모음약해'는 한글의 구성과 가치를 알리는 수준 높은 글이다.

'사람이 짐승과 같지 아니함은 능히 추리함과 능히 언어하는 두 가지 천부영능이 더함이니 이 두 가지 영능 중의 언어는 사람으로 하여금 단체사회를 결합케 하는 이로운 물건이라. 옛 희랍 철학사 아리스토텔레스가 가로되 사람은 사회상 교제하는 동물이라 함은 그 언어의 영능을 가진 효과를 말함이로다. (하략)'

그리고 아래와 같이 결론을 지었다.
"우리 국문은 그 조리의 정제함과 응용의 편리함이 참 문명국인 제일등 가는 문자라고 세계에 자랑할 만한지라."

한성감옥에서 시작해서 북경에서 암살되기 전까지 20년 이상 한글 사랑이 곧 나라 사랑임을 확신했다는 것은 당대에 극히 드문 지사(志士) 정신이 아닌가. 그것 하나만으로도 그가 마지막까지 민족의 장래를 결코 포기하지 않았다는 증거다.

돈을 요구하더니

"어디서 오셨는지?"

1928년 10월 17일 이른 아침이다. 응접실에 있던 김문팔은 인기척을 듣자 약간 의아했다. 응당 자기가 문을 열어줘야 들어오는 건데 누군가가 잠그지 않은 모양이다.

숭문문외(崇文門外) 상2조(上二條)에 소재한 대본농간공사 사옥에 두 사람의 사내가 들어섰다. 대본농간공사의 논농사를 돕기 위해 하와이에서 북경에 와 있는 김문팔은 중국어를 하지 못했다.

"박용만 씨를 만나러 왔소."

깡마른 얼굴의 사내가 대답했다. 이해명(이구연의 가명)이었다.

두 사내는 전일 두 번이나 용만을 만나려 했으나 면담을 못하고 돌아갔다. 돈을 달라고 찾아오는 사람이 한둘이 아니어서 용만은 생면부지의 그들을 만나주지 않은 것이다. 김문팔은 두 사내를 응접실 안에 들이고 한담을 나눴다. 용만이 응접실에 나타난 건 거의 점심때다.

"점심때가 됐으니 우선 요기라도 먼저 할까요?"

용만은 중국인 고용인 왕서(王書)를 불렀다. 호떡을 사오라고 동전 30개를 꺼내 건넸다.

"무슨 일로 오셨는지?"

점심이 끝나자 용만이 물었다. 같이 온 백(白)가가 대답했다.

"우리가 연해주로 가서 독립운동을 하려는데 노비가 없습니다. 1천 원의 노비를 부탁드리려고 온 것입니다."

이 말에 용만의 눈썹이 꿈틀했다.

"내가 중국에 온 후로 재정의 곤란이 막심하오. 그래서 우리의 운동하는 일에도 장애됨이 적지 아니하오. 일신의 곤궁도 심한 판이니 내

수중에 무슨 돈이 있겠소? 내 수중에 돈 없는 것은 일반 조선사람 사회가 다 아는 일이오. 만일 돈이 있으면 드리겠지만 돈이 없어 청을 못 들어드리니 섭섭할 뿐이오."

용만이 완강하게 말하자 이해명이 자리에서 불쑥 일어섰다. 그리고 언성을 높여 말했다.

"우리는 독립단에서 왔소. 이렇게 박대하면 안 되오."

그러나 용만의 표정엔 변화가 없었다. 독립단이니 혁명단이니 사칭하는 나부랭이들을 겪은 게 한두 번이던가. 나이 어린 자들과 더 이상 상대할 가치가 없다고 생각한 용만은 아무 말없이 일어나 몸을 돌렸다. 그 순간 이해명이 소리쳤다.

"당신은 왜 당을 배반하였소? 당의 명령을 받들어 당신을 죽이려 하오."

그 소리에 용만은 멈칫 돌아섰다. 그리고 노기 띤 눈으로 이해명을 쏘아봤다.

"당을 배반했다고? 무슨 당을 말하는 거야? 무슨 당의 명령을 받았다는 거야?"

용만이 소리를 높이자 이해명은 바로 대답하지 못했다. 그는 자기가 무슨 당에 속하는지도 모르는 자였다. 아니면 어떤 당에도 소속하지 않은 자다.

"당신이 군자금을 내고 우리와 같이 혁명공작을 하겠다면 나는 용서하겠소."

이해명은 가슴 속에서 권총을 꺼내 들었다. 용만은 일각의 지체도 없이 이해명에게 달려들었다. 왼손으로는 권총을 든 이해명의 팔목을 붙잡았고 오른손으로는 그의 머리털을 잡았다.

그동안 크고 작은 테러를 직접 몸으로 당한 경험이 있는 그였는지라 겁 없이 행동에 나선 거였다. 백가도 가만있지 않았다. 자리에 벌떡 일어선 그는 용만의 왼손 팔목을 두 손으로 붙잡았다.

놀란 사람은 이해명이다. 협박을 해서 돈을 뜯어내는 것이 목적이었는데 불시의 반격을 받자 순식간에 방아쇠를 당기고 말았다. 그 총알은 용만의 왼쪽 어깨 밑을 뚫었다.

팔에서 피가 뚝뚝 떨어지기 시작하는데도 용만은 이해명의 머리털을 움켜쥐고 놓지 않았다. 하지만 용만의 왼쪽 팔은 힘을 잃고 축 늘어졌다. 그때 그의 팔목에 찼던 금시계도 바닥에 떨어졌다. 백가는 얼른 그걸 집어 자기 호주머니에 넣었다. 이해명은 총구를 돌려 용만의 가슴에 대고 두 번 더 방아쇠를 당겼다. 그 순간 김문팔이 이해명에게 달려들었다. 권총을 빼앗으려 하자 이해명은 그의 손목에 대고 방아쇠를 잡아당겼다. 총소리를 듣고 내실에서 두 사람이 뛰쳐나왔다. 용만의 처 웅소청과 이만수다. 그와 동시에 백가는 응접실 문을 박차고 뛰어나갔다.

"저놈 잡아라."

용만이 소리쳤다.

"저놈이 내 시계를 훔쳐간다."

이 소리를 들은 웅소청은 백가를 잡겠다고 대문을 향해 돌진했다. 응접실에 뛰어든 이만수는 두 팔로 이해명의 두 발을 틀어쥐었다. 그때까지만 해도 용만은 이해명의 머리칼을 붙잡은 채 서 있었다.

이만수도 김문팔처럼 조선독립단 단원이다. 대륙농간공사의 농사일을 돕기 위해 두 달 전에 하와이에서 북경으로 와 용만의 집에서 같이 머물고 있던 참이다.

백가를 놓친 웅소청이 다시 집으로 돌아왔을 때 용만은 아직도 이해명의 머리털을 붙들고 있었다.

"이놈이 나를 죽이겠다고 권총을 쐈소. 경찰을 불러요. 어서."

용만이 소리치자 웅소청은 다시 집을 뛰쳐나갔다. 그녀가 두 사람의 경찰관을 데리고 왔을 때 이해명은 이미 요리사 조영왕에 의해 결박돼 있었다. 그 곁에는 두 사람이 누워 있었다. 용만과 김문팔이었다. 용만의 가슴 양쪽의 총알구멍에서는 피가 계속 솟고 있었다. 그는 오른팔을 베개 삼아 베고 총알 맞은 왼손으로 가슴의 총알구멍을 막고 있었다. 손가락 사이로 넘쳐흐른 피가 홍건히 바닥에 고이고 있었다.

"여보, 이게 무슨 일이다요? 세상에 이 무슨 날벼락이요? 아유, 이 피 좀 봐."

웅소청은 용만의 손을 그의 가슴에서 떼어내고 대신 손수건으로 덮어 눌렀다.

"내가 이 나이 되도록… 오직 이 아들… 하나만 두었으니… 내가 죽은 뒤… 부디 애들을 잘 양육하여 주오…."

용만은 곁에 바짝 다가선 웅소청에게 띄엄띄엄 말했다. 그리고 '푸… 후…' 하는 긴 한숨소리를 마지막으로 숨을 거두었다.

암살자 이해명

횡설수설하는 암살자

"원동 각처에서 당파의 형세가 한인과 일인 사이보다 더 심하다 하니 더 큰 일이므로 차라리 죽는 것만 못하다."

구한말 법무대신을 지낸 이범진이 남긴 유서다. 오죽하면 밧줄로 목을 맨 다음 권총 3발을 머리에 쏘고 자결했겠는가. 1911년 1월 13일 자살한 그는 헤이그 밀사로 간 이위종의 아버지이기도 하다.

독립운동은 분열의 역사다. 일사불란과는 거리가 먼 내부의 자중지란이다. 어쩌다 주장이 대립되면 성질을 참지 못하고 권총부터 뽑아드는 경우도 많다. 어제까지 동지였는데 바로 그 동지에 의해 어처구니없이 희생의 제물이 될 수도 있다.

김구 역시 임시정부가 일제의 침공을 피해 호남성 장사에 이르렀을 때 동족의 총격을 받고 쓰러졌다. 범인은 일본 경찰도 아니고 한인 밀정도 아니다.

김구의 목에는 일본 경찰이 내건 거액의 현상금이 걸려 있었다. 십수

년 동안 변장과 은신과 탈출을 거듭하며 체포와 암살을 용케 피해 다녔는데 어이없게 동족의 총격을 받고 쓰러진 것이다. 그것도 독립운동을 같이 하던 동지다.

총알이 심장 근처에 박히고 출혈이 심해 의사도 고개를 저었다. 상해에 가 있는 아들에게는 '피살당했다'는 전보를 쳤다.

범인은 조선혁명당 집행위원이었던 이운환. 남경에 있을 때 범인은 상해로 특무공작을 하러 가겠다고 김구에게서 자금을 얻어가기도 한 자다.

그날 저녁 조선혁명당과 한국독립당과 한국국민당의 통합과 연대를 위한 회의가 열렸다. 식사를 겸한 그 회의장에 뛰어든 이운환은 권총을 먼저 김구에게 발사했다. 이어 현익철을 즉사시킨 다음 유동열의 허리를 쏘았고 이청천의 손에 총격을 가한 후 달아났다. 조선혁명당 집행위원이었다가 분란을 일으켜 당에서 제적당하자 그 앙갚음으로 무차별 사격을 저지른 것이다.

이해명의 재판은 암살사건이 일어난 후 20일 만인 1928년 11월 7일 제1차 예심이 열렸다.

재판관 심문 : 총을 몇 번 쏘아서 박을 죽였는가?

이해명 답변 : 두 번 쏘니 죽었소.

문 : 후에 당신은 또 두 번 쏘지 않았소?

답 : 한 번뿐이었소.

문 : 박이 이미 당신에게 맞아 죽었는데 왜 총을 또 쏘았나?

답 : 이때 김(김문팔을 뜻함)이 내 머리칼을 잡으려 달려들었기에 또 한 번 쏘았소.

문 : 당신은 도합 네 번을 쏘지 않았소?

답 : 정말 세 번만 쏘았소.

문 : 당신이 휴대했던 권총은 총알 여섯 개가 있었던 것이 아니오?

답 : 그렇소.

문 : 당신은 세 방 놓았다고 말하니 마땅히 총알 세 개가 남을 터인데 어찌하여 두 개만 남았는가?

답 : 모르겠소.

문 : 당신은 용만과 원한관계가 있었던가?

답 : 개인 간에는 원한관계가 없었소.

문 : 원한관계가 없는데 왜 죽여야 했나?

답 : 그가 공(公)에 충성하지 않은 까닭에 내가 명령을 받고 죽이려 왔소.

문 : 그가 어떻게 공에 충성하지 않았는가?

답 : 그가 비밀을 외인에게 7천 원에 판 까닭이었소.

문 : 용만이 벌써 공(公)에 충(忠)하지 않았다면 어째서 현재에 이르러서야 죽이게 되나?

답 : 7, 8년 전에 벌써 죽였어야 옳았으나 기회가 없었소.

문 : 당신이 북경에 온 것은 용만을 죽이려고 해서 온 것인가?

답 : 아니오. 공부하러 왔소.

이해명은 1896년 생으로 용만을 암살한 것은 32세 때다.

그동안 유랑하다가 3년 전에 북경으로 돌아왔는데 그 나이에 공부하러 왔다고 위증하고 있다. 7, 8년 전에 죽였어야 했다고 하는데 그때는 용만이 중국에 갓 건너왔기 때문에 죽여야 할 과오를 미처 지을 수도 없었다.

비밀을 외인에게 7천 원에 판 까닭에 죽이려 했다고 하는데, 제2차 상고심에서는 길림에서 총살된 7인 때문이라고 번복한다.

사건의 내막이나 그 진위를 파악하지도 못 하고 동포사회에서 떠돌던 유언비어를 생각나는 대로 옮기는 모습이다.

1928년 10월 27일자 '동아일보'의 '사살당(射殺當)한 박용만 씨' 기사에는 '군자천원 거절관계(軍資千圓拒絶關係)'라는 부제가 붙어 있다.

다음날인 11월 8일 제2차 예심이 열렸다. 그 전날 자기 입으로 김이 내 머리칼을 잡으려 달려들었기에 또 한 번 쏘았소 했던 이해명이 김에게 발사하지 않았다고 멀쩡한 거짓말을 하고 했다.

'박씨의 권총에서 발사된 것이 남을 가능성이 있소' 한 것도 횡설수설의 극치다. 찾아온 손님을 응대하러 간 용만이 권총을 들고 갔겠는가. 단지 명령을 받들어 죽이려고 했다면 점심을 대접 받을 정도로 오래 있을 게 아니라 용만을 보자마자 사살했어야 하지 않는가.

11월 16일 재심이 열렸다.

8일 전 예심에서 박을 죽일 때 3방을 놓았다고 했는데, 재심에선 1발을 발사했다고 번복하고 있다. 자기가 한 말을 뒤집고도 거짓말할 줄 모른다고 우기는 걸 보면 양심하고는 거리가 먼 사람이다.

김문팔을 쏘지 않았다고 한 것은 변호사가 사주했기 때문일 것이다. 어쩐 영문인지 이해명을 위해 변호사가 셋이나 붙여졌다.

갑자기 돈 많은 후원세력이 등장한 것이다. 아니면 이해명을 자객으로 내보내면서 뒷일은 걱정하지 말라고 한 배후 세력이 있었다는 얘기인가.

지방법원은 이해명에게 5년 2개월 징역형을 언도했다.

해가 바뀌어 1929년 2월 21일 하북(河北) 고등법원에서 제1차 상고심이 열렸다.

제1차 예심에선 공부하러 왔다고 대답했는데 여기선 본국 독립당의 명령으로 혁명공작하러 왔다고 거짓말을 한다.

다음 제2차 상고심에서는 당시 만주에서 활동하던 이청천의 명령을 받들어 쏘아 죽이려고 했다고 둘러댄다.

세상을 놀라게 하는 암살 사건이 일어날 경우 배후에 대한 관심과 추적이 먼저다. 북경의 한인 밀정 김달하가 피살됐을 때 그와 접촉이 있었던 김창숙은 '다물단원'에 의한 것이었다고 밝혔다.

상해 홍구공원에서 일본인 백천 대장 등을 폭사시킨 윤봉길 의사의 경우 김구가 그를 한인애국단에 입단시켰음을 밝히고 의거 직전 주위 동지들에게 피신할 것을 미리 알렸다.

그러나 이해명의 경우 스스로 배후나 연관을 밝히는 개인이나 단체가 나서지 않았다. 대개 떳떳치 못한 정치적인 암살인 경우 배후는 영원히 미궁 속에 숨을 수도 있다. 그게 아니라면 이해명 개인의 우발적인 소행임을 의심케 하는 증거도 된다. 같은 달 27일 하북 고등법원에서 제2차 상고심이 열렸다.

전해 11월 16일 재심에선 1발만 발사하니 박은 곧 쓰러졌소 했는데 상고심에선 다시 3발을 발사했다고 말을 바꿨다. 물증이 뻔한데도 김문팔을 쏘지 않았다고 그는 한결같이 주장했다. 아마 변호사의 권고에 의해서였을 것이다. 그러나 재판부에서 그건 받아들여지지 않았다.

변호사는 말을 바꿨다. 김문팔이 이해명의 팔을 잡고 권총을 빼앗으려 하지 않았다면 이는 김을 다치려 하지 않았을 것이다. 정당방위로 다친 것은 죄로 인정할 수 없다는 것이다.

이 무슨 해괴한 논리인가. 외려 저격의 대상이 될 수도 있기 때문에 권총을 빼앗는 것이야말로 정당방어가 아니겠는가.

이청천의 명령이라고 했는데 회개하면 하필 쏘아죽여야만 됩니까 하고 이해명은 반문했다. 처단하라는 명령을 받고 온 사람이 아니라 돈만 쥐어 준다면 사살을 안 했을 것이라고 암시한 것이다. 처단이 우선적인 목적이었다면 대낮이 아니라 밤 시간에 결행하고 잠적하는 게 상식 아닌가.

'1919년 3·1 독립운동이 일어나자 중국으로 건너갔으며, 1927년 11월 황포군관학교를 제6기로 졸업하고 의열단에 가입했다. (중략)

그는 의열단의 명령으로 1928년 10월 17일 동지와 함께 북경에서 박용만을 사살했으며 이로 인해 중국 관헌에게 체포됐으나, 중국 법정에서는 애국자라 하여 정치범으로 인정, 징역 5년 1월에 처했다가 만기 전에 출옥하도록 했다.'

1980년 이해명은 독립운동 유공자로 '국민장'을 받았는데 그 공훈 기록이다.

드러난 자료에 의하면 박용만을 살해하기 전 이해명의 이력은 알려진 것이 거의 없다. 암살을 저지를 당시 그의 나이는 32세. 독립운동에 관여했다거나 무슨 교육을 받았다거나 무슨 직업을 가졌다는 이전 기록이 없다.

독립만세를 불렀다든가 무슨 단체에 소속했다는 기록이 전혀 없는 사람이 갑자기 정의감이 끓어올라 용만을 암살하려 했다는 것은 앞뒤가 맞지 않는다.

암살로 인해 특히 임시정부 고수파들에게는 영웅으로 부각됐으나 그들과 합류한 후의 이력은 서무주임 등의 미미한 직책이다.

부서의 장이 됐거나 아무리 작은 단위 부대의 지휘관마저 되지 못했다. 이처럼 주위의 낮은 신망은 대개의 암살범들이 그렇듯 사주를 받았거나 아니면 맹목적인 흉한의 소행이었음을 드러내는 게 아닌가.

공훈자료에 의열단 단원이라고 돼 있지만 신빙성이 없다.

1919년 말에 결성된 의열단은 1925년까지 테러활동을 벌였다. 그러나 단원들만 희생되고 성과가 적자 투쟁노선을 바꾸고 1926년서부터는 테러행위를 중지했다.

용만이 암살된 것은 1928년이니 연관성이 없는 것이다. 또 의열단의 명령에 의해 사살했다는 기록이나 전언도 따지고 보면 사실 확인을 제대로 할 수 없었던 당시 무책임하게 작성된 것들이다.

이해명 자신도 이청천의 명령을 받았다고 하기도 하고 본국 독립당의 명령을 받았다고 횡설수설했으며 재판 중 한 번도 의열단 단원이라고 말하지 않았다.

이해명이 1927년 11월 황포군관학교를 제6기로 졸업했다는 기록도 사실에 어긋난다. 암살 현장이나 재판정에서 황포군관학교는 본인이 언급하거나 기사화된 적이 전혀 없었음에도 이런 허위사실을 나열한 공훈기록은 환멸의 대상이다.

황포군관학교는 중국의 국민당 정부가 설립한 사관학교로 1924년 개교했고 3년 동안 약 7천 명의 장교들을 배출한 다음 1927년 폐교했다. '황포군관학교동학록'에 의하면 6기로 졸업한 조선인은 모두 9명인데 이해명의 이름은 기록에 없다. 임시정부 주석 김구의 비서였던 민석린이 작성한 '임시의정원 각 당파 명단'에 의하면 이해명의 학력이 중앙군교특훈반필업(中央軍校特訓班畢業)으로 기록돼 있다.

중앙군교특훈반은 1937년 12월 1일 중국 중앙육군군관학교 특별훈련반 6기를 뜻한다. 기록 상의 졸업연도보다 10년 후가 되고 그때 이해명의 나이는 41세다.

'……1927년 11월 황포군관학교를 제6기로 졸업하고 의열단에 가입했다. (중략) 그는 의열단의 명령으로 1928년 10월 17일 동지와 함께 북경에서 박용만을 사살했으며……' 라는 공훈자료가 따라서 엉터리라는 얘기다.

이건 국가기관의 공신력을 스스로 저버리는 것으로 수정이 요구되는 부분이다. 허위 경력은 본인이 아니고는 누가 일부러 지어서 작성해 줄 수 없는 법. 암살자로서 재판정에 섰을 때 횡설수설 거짓말을 둘러대던 이해명. 세상이 바뀌자 고국에 돌아와 그럴듯하게 자신의 경력을 변조하지는 않았는지 모른다.

이미 예비한 일평생 노정기(路程記)

'우리는 오천 년의 오랜 역사를 가진 조국을 사랑함과 동시에 오늘의 현상에 대해 통한해 마지않는다. 고로 광복사업은 일생이 아닌 영원한 목적으로 하고 소위 내정자치나 위임통치와 같은 완전하지 않은 주권은 단연코 그것을 희망해서는 안 된다. 우리가 주장하는 것은 완전한 독립을 회복함에 있고, 그것을 위해서는 군사행동을 감행하는 것을 사양하지 않는다.'

'조선독립단'의 강령이다.

'우리는 현재와 같이 섬약한 민족이 생존하는 소이를 탐구함에 국가주의와 민족주의가 기초가 됨을 확신한다. 이에 우리는 양 극단의 제국주의와 공산주의 등에 대해서는 절대 반대하는 것이다.'

제국주의와 공산주의를 반대한 것은 세계적인 두 조류에 편승함으로써 민족이 두 갈래로 분단될 위험을 예측하고 경계한 것이기도 하다.

범태평양년회대회에 참석하기 위해 1925년 7월 8일 용만은 하와이에 상륙한다. 나흘 만에 열린 환영회에는 3백여 명의 동포들이 모여들었다.

용만이 6년 전 중국으로 떠나기 전 조직했던 '조선독립단' 단원들과 그의 지지자들이다. 호놀룰루는 물론 단원들이 있는 여러 섬들을 찾아다니며 그는 연설회를 가졌다.

하와이에 와서도 그는 독립단의 가까운 동지들에게 진해와 나진 등 일본해군기지를 정탐했고 블라디보스토크를 다녀올 때 하얼빈 주재 일본영사와 접촉한 사실도 공개했다. 또한 풍옥상의 밀사로 서울에 가 조선호텔에서 묵은 사실도 알렸다. 그러한 행동들이 변절로 비쳐졌다면 하와이의 동지들이나 지지자들은 그 자리에서 그를 내치고 말았을 것 아닌가. 또한 북경에 둔전사업을 계속 추진하라고 3만 불이라는 거액의 헌금을 약정하는 현상은 일어나지 않았을 것 아닌가.

더욱이 용만 역시 "광복사업은 일생이 아닌 영원한 목적으로 해야 한다"고 그들 앞에서 당당하게 외치지 못했을 것 아닌가.

"제국주의와 공산주의 등에 대해서는 절대 반대하는 것이다"라고 굳이 다짐하는 것은 그가 몇 번에 걸쳐 소비에트 정권에 대해 실망과 배신을 경험했기 때문이다.

공산주의 소련의 팽창은 제국주의 일본의 통치 못지않게 우려되기 때문에 일본과 협력을 해서라도 막아야 하며 공산주의 동향에 관한 정보를 일본영사관에게 제공하는 행위가 불가피했다는 사실도 설명했다.

'우리는 정치적 혁명에 성공한 후에는 경제적 혁명에 착수하고 전 영토를 인구에 비례해 분산제도(分産制度)를 실행하기로 한다. 우리는 조선민족이 영구히 독립성을 양성하는 바로써 인생의 노력과 시간과 금전을 낭비하게 하는 것과 같은 일이 없도록 하게 하기 위해 국문개혁을 주장하고 우리의 국문 자모음을 속히 영문 또는 불문과 같은 모양인 가로쓰기로 개선하고, 또한 국세를 연구해 점차 순연한 조선 문화를 건설하기로 한다. (후략)'

'조선독립단'의 강령에 담긴 주장이다.

용만은 정치적 목표가 실현된 후의 경제적 문화적 목표가 무엇이라는 것도 제시했다. 문화의 주춧돌인 한글의 개선에도 포부를 밝힌 것이다.

전 영토를 인구에 비례해 분산제도를 실행하기로 한다는 경제적 혁명이 무엇을 뜻하는지는 자세치 않다. 대지주나 대자본가에 부가 너무 집중하는 것을 막아야 한다는 뜻이 아닐까.

어쨌든 조국의 미래를 그처럼 옹골지게 접근하려 했던 그의 자세를 보면 조국에 등을 돌렸다는 어떤 기미도 찾을 수 없지 않은가.

'형가와 같고 자방과 같은 사람이 하나도 없다는 말인가.(果無荊軻一人乎 又無子房一人乎)'는 1911년 10월 25일자 '신한민보'에 실린 용만의 논설문이다.

형가와 자방(장자방)은 진시황을 암살하려다 실패했던 사람들이다.

형가는 잡혀 죽고 자방은 초가 멸망된 후 유방을 도와 항우를 물리치고 한(漢)나라를 세운 책사다. 용만은 형가나 자방이 걸어갔던 길을 자신도 걸어가겠다는 단호한 각오를 일찌감치 세워두었다.

일본 천왕의 암살을 선동하고 자신의 궁극적인 목표도 거기에 있으며 나라의 원수를 없앤 다음 새 나라를 세우는 데 자신의 신명을 바치겠다는 거였다.

'이 글을 쓰는 자는 일찍이 글을 배우고 칼을 배우며 일평생 노정기(路程記)를 이미 예비한 바라. (중략) 만일 자기 일신을 버려 만승천자를 취하지 못할 때에는 응당 이 글을 쓰는 자의 용렬한 주의를 취해 십 년을 교육하고 십 년을 재물 모아 천만 명의 힘을 합한 후에 한 번 노기를 드러낼 것이다.'

만승천자인 천왕을 제거하거나 아니면 운동세력을 양성해야 하는 두 가지 노정이 있을 뿐이라는 확고한 결심을 밝히고 있다.

'두 가지 길이 원래 다 용이치 않거니 그 어려운 것을 피해 아무것도 생각지 않으면 이는 오늘 조선 사나이의 천직을 버리는 것이니 우리는 결단코 청천백일을 쓰고 원수와 함께 살기를 꾀하지 말지라. 오호라! 가을바람이 소소함이여! 장사의 머리털이 관을 찌르도다. 칼을 어루만지며 길게 노래함이여, 남은 회포가 끊기지 않도다.'

그렇다. 일찌감치 그는 일평생 노정기를 미리 써둔 사람이다.

당장 칼을 휘두를 수 없다 해서 포기하는 것이 아니라 어루만지는 것을 멈추지 않기 위해 노래도 길게 불러야 하겠다는 것이다.

또한 '광복사업은 일생이 아닌 영원한 목적으로 하고… 우리가 주장하는 것은 완전한 독립을 회복함에 있고, 그것을 위해서는 군사행동을 감행하는 것을 사양하지 않는다'고 '대조선독립단'의 강령을 스스로 작성한 사람이다.

다시 말해 용만은 스스로 택한 길에서 벗어날 생각이라곤 없는 사람이었다.

아시아의 세 선각자

용만이 암살됐다는 비보에 접하자 '동아일보' 기자와 인터뷰한 신홍 우는 '……그에게서 내가 찾아낸 것은 스스로 조선의 양계초(梁啓超) 돼 역사적 큰 사업을 해보겠다는 것이었습니다……'라고 회고했다. 1928년 10월 27일자 신문에서다.

세기가 바뀔 무렵 극동의 세 나라는 먹느냐 먹히느냐의 생존 게임을 벌이고 있었다. 서구 제국주의의 먹이가 되지 않으려면 하루라도 먼저 국민의 의식을 근대화하는 방법밖에 없었다.

비슷한 시기 세 나라에는 세 사람의 선각자들이 움직이고 있었다. 우연의 일치인지 세 사람은 한때 아주 가까운 거리에 있었다. 일본 근대화의 선각자 후쿠자와 유키치는 물론 동경에 있었다. 한국의 근대화를 위해 일본으로 유학 온 용만도 동경에 가 있었고, 중국 근대화의 선각자 양계초는 동경에서 멀지 않은 요꼬하마에 망명해 와 있었다.

세 사람은 자기 민족의 당면 과제를 고민하고 그 진로를 위해 각기 이정표를 제시했다. 후쿠자와 유키치는 일본이 하루 빨리 아시아를 벗어나 구라파의 일원이 돼야 한다든 '입구탈아론(入歐脫亞論)'을 주창했다.

양계초는 1902년 '중화민족(中華民族)'이라는 민족 개념을 중국 역사상 최초로 제시하면서 민족의식을 불러일으켰다.

용만은 조선이 망하자 망국민들이 나아갈 길로 누구보다 먼저 '무형국가론'을 주장하며 해외 한인들을 대한인국민회라는 자치기관 아래 결속시키려 했다.

양계초는 침몰하는 배 위에서 발을 동동 구르고 있는 조선의 지사들에게 '밧줄'과 같은 존재였다.

　용만이 일본으로 건너간 것은 1895년. 그의 나이 14세 때다.

　거기서 중학교를 졸업하고 후쿠자와가 세운 게이오 의숙으로 들어가 2년간 정치학을 공부했다. 그즈음 후쿠자와는 벌써 65세의 노인이었고, 1901년 용만이 귀국하던 해 세상을 떴다. 양계초는 용만보다 8살 더 많았는데 용만보다 3년 늦은 1898년 일본으로 건너왔다.

　용만은 두 큰 선각자들로부터 많은 영향을 받았다. 우선 세 나라가 다 한자(漢字)문화권에 속해 있다 보니 문자의 문제점에 대한 세 사람의 인식이 같았다.

　후쿠자와와 양계초는 자국어의 문법 연구는 물론 한자 수를 줄이고 표기를 표준화하는 데 노력을 기울였다. 그리고 근대화를 위해 국민을 계몽하려면 배우기 쉬운 글이 필요하고 그러자면 말과 글이 같아야 한다는 '언문일치 (言文一致)'를 주장했다. 용만이 일생 동안 한글에 깊은 애정과 연구심을 갖게 된 건 두 선각자들로부터 받은 언문일치 사상의 영향도 있었다.

　양계초는 14년 동안 주로 일본에 체류했다. 1902년 2월 요코하마에서 '신민총보(新民叢報)'를 발행하기 시작했다. 그는 중국 언론의 선구자로서 새로운 지평을 열어 보였다. 사실 보도나 하는 기사작성 위주가 아니라 민주주의와 공화주의 그리고 국민의 주권 의식을 일깨우는 명쾌한 논설들을 많이 썼다.

　양계초 못지않게 수준 높은 논설을 당대의 그 누구보다 많이 쓴 사람이 용만이다. 샌프란시스코의 '신한민보' 주필과 호놀룰루의 '국민보' 주필을 맡아 망국민의 의식을 일깨우고 독립운동의 나아가야 할 방향을 명쾌한 논설들로 제시했다.

　두 사람 다 광야에서 외치는 선지자의 역할을 수행한 것이다.

미주의 3대 독립운동가 이승만, 안창호, 박용만 세 사람 중 용만은 유일하게 묻히고 잊힌 존재다. 그러나 보석은 오래 묻힘과 상관없이 그 가치를 잃지 않는다.

1909년 2월 1일 샌프란시스코에서 대한인국민회가 창설됐으나 표류하는 연체동물이나 마찬가지였다. 결성 선포문과 정강을 작성함으로써 단체의 골격과 근육을 제공했던 사람이 용만이다.

그로 인해 대한인국민회는 비로소 정치단체로서의 위상을 강화하고 미주와 하와이, 멕시코, 시베리아, 만주 구석구석에 116개의 지방총회를 일궈낼 수 있었다.

'이제 우리 조선민족으로 말하면 이미 국가를 성립하여 4천여 년을 지켜왔거니와 4천 년 후에 나라가 한 번 망하고 4천 년 후에 우리 백성이 비로소 바다 밖에 나온 것은 이는 하늘이 우리로 하여금 한 새 나라를 만들게 함이라.'

용만의 '소년병학교' 출신들이 군사훈련을 실전에 옮기지 못한 건 사실이다. 하지만 거기서 배태된 씨앗들은 전장이 아닌 다른 분야에서 열매로 나타났다.

'소년병학교' 출신들은 졸업 후 사회 각 분야의 지도자들이 됐다. 이희경은 상해로 가 임시정부의 외무차장이 됐고, 정한경은 비록 '위임통치 청원서' 제출로 곤욕을 치렀으나 이승만과 함께 대미외교와 여론 조성에 기여가 컸다.

유일한은 공정한 기업경영이 어떤 것인가를 한국에서 보여주었다.

백일규는 '신한민보' 주필과 대한인국민회 총회장이 됐으며 김현구는 '국민보' 주필로 활동했다. 구영숙은 고국에서 의사로 일하다가 초대 보건사회부 장관이 됐다.

홍승국, 이노익, 박처후 등 고국에 돌아가 대학 강단에 섰다가 박해를 받거나 다시 망명의 길을 떠난 사람도 많았다. 이들 모두가 한때 용만의 구령에 따라 행군도 하고 사격훈련도 받으며 조국독립의 열망을 불태웠던 사람들이다.

칼을 어루만지며 길게 노래함이여

용만이 피살된 지 4일 만에 중국신문 '세계일보'는 북경 거주 한인들의 반응을 취재했다. 피살 사건이 일어났을 때 중국 내 한인들의 반응은 가혹했다.

한당(韓黨)의 간부는 곧 사형선고를 내렸다는 부분을 비롯해서 현지 한인들은 용만에 대해 제대로 아는 게 없다.

'박은 한인사회에 용납되지 못할 것을 알고 또 미 영토 호놀룰루에 도망가서 재미 한국인 영농단체들을 속여 수만금을 빼앗고 북평에 돌아와 소위 대륙농간공사를 조직하고 편안한 생활을 도모하고 있었다. 이번 피살사건이 일어나자 많은 한인들이 잘했다고 했다. 범인이 아무개가 돈을 꾸려다 못 꾸어 죽였다는 얘기는 마땅히 사실을 엄폐하려는 낭설일 것이다.'

호놀룰루에 도망가서 한국인 영농단체들을 속여 수만금을 빼앗고 북평에 돌아왔다는 기사는 사실 확인을 전혀 하지 않은 허위 기사다.

용만이 범인들에게 점심을 대접하고 또 노비 1000원을 요구했다는 증언이 현장에 있었던 여러 사람들의 입에서 나왔음에도 믿지 않겠다는 것은 어불성설이다.

중국에 건너간 용만은 무력항쟁 노선을 분명히 하고 임시정부에 합류하지 않았다. 또 임시정부를 새로 구성하자는 창조파의 한 사람이었다. 임시정부 초대 외무총장 김규식도 창조파다. 제2대 외무총장으로 임명됐던 그 역시 창조파였으니 창조파가 무개념의 과격파라는 등식은 성립되지 않는다. 하지만 김구를 비롯한 임정고수파들에게 용만은 증오의 대상이 됐다. 두 사람은 '박용만의 죽음은 암살'이라는 장문의 글을 게재하게 했다.

'…이번에 북경에서 이해명이 박용만을 처형한 것을 암살이라고 장편설(長篇說)을 기재한 것은 우리 독립운동자는 물론 모모주의자들도 '삼일신보'에 침을 뱉을 것입니다. 우리가 박용만이 적 총독부에 투항하고 목등(木藤) 놈과 동행하여 비밀 입국하여 철도여관(조선호텔)에서 묵으면서 기밀비를 받아가지고 나온 일이 발각돼 청년들이 총살하려고 함을 알고, 박은 비밀히 하와이에 가서 노동 동지들을 꾀어 자금을 긁어모아 가지고 북경에 몰래 와서 중국여자를 첩으로 두고 농간을 부리므로, 이해명이 총살하고 즉석에서 피포돼 중국법정에서 조사한 결과 정치범으로 5년 역을 선고받은 지라.'

피살사건이 일어난 지 한 달 만에 미국에 있는 이승만에게 김구가 편지를 보내 밝힌 견해다. 내몽고에 한인들을 이주시켜 소련의 팽창을 막는 완충국 건설이나 아니면 그걸 구실로 둔전기지의 건설을 모색하기 위해 용만이 군벌 풍옥상이며 일본 총독부며 심지어 워싱턴의 미육군 참모본부까지 접촉하려 했다는 사실을 그가 알 리 없다.

서재필과 이승만이 근거도 없이 용만을 기리며 애도의 뜻을 기고했겠나 말이다.

그러나 용만을 알고 그와 함께 고락을 같이 했던 미주 동포들의 반응은 정반대다. 놀라고 울분을 견디지 못하며 눈물로 밤을 새운 사람이 한둘이 아니었다. 피살 소식은 하와이 '조선독립단' 단원으로 '대본농간공사' 사업에 동참하기 위해 북경에 나가 있던 김홍범에 의해 독립단 본부에 전보로 알려졌다.

샌프란시스코에서 발간되던 1928년 11월 1일자 '신한민보'는 '조선독립단' 간부 중 한 사람이었던 정두옥 씨의 제보를 받아 암살 기사를

1881년 박용만이 태어났던 철원의 생가터

실었다.

'(북경 10월 17일) 북경에 거류하는 김홍범 씨가 하와이독립단 본부에 뎐보(전보) 하엿스되 박용만 션생이 자긔 사뎌(사저)에셔 암살을 당하엿고 암살을 단행한 흉한은 즉시 톄포(체포)되엇다, 하엿다더라. 하와이 정두옥 씨 통신에 의하면 이번 북경에셔 박용만 씨 암살한 소문을 듯은(들은) 일반 독립단우들은 놀나고 울분함을 견대지 못하야 10월 21일 져녁에 팔나마 집회실에셔 4백 명 사람이 모혀 일변 망인을 위하야 됴상(조상)하면셔 일변 박씨의 공익심을 찬양하면셔 일변 연조를 거두어 한 대표원을 즉시 북경으로 파송하여 박군 암살한 사실을 샹고(상고)도 할 뿐더러 그의가 하던 사업을 맛하(맡아) 쥬관(주관)할 계획인대 당시에 거둔 돈이 천여 원에 달하엿스며 대표원은 필시 리샹호 씨가 될 듯 하다더라.'

중국신문의 기사처럼 호놀룰루에 도망가서 재미 한국인 영농단체들을 속여 수만금을 빼앗고 북평에 돌아와 소위 대륙농간공사를 조직하고 편안한 생활을 도모하고 있었다는 게 사실이라면 하와이의 독립단에서 대표원을 뽑아 북경에 보내고 사업을 유지하려 했겠는가.

'당 식에 신국길 씨 사회 하에 전 총회장 김윤배 정두옥 리상호 제 씨가 끌는(끓는) 피에서 소사나는 열변을 기울넛스며(기울였으며) 부인들은 동정의 눈물로써 밤을 새웟다더라. 오호라! 박용만 션생은 평생에 계획하든 혁명사업을 셩취하지 못하고 불행히 흉한의게 암살을 당하엿도다. 박 션생은 과연 우리나라에 류 두문(드문) 애국쟈시엿다. 텬도(천도)가 무심하야 우리 애국자 즁에 또 한 분을 영결하엿스니 우리 한인 된 쟈 뉘 안이(아니) 동정의 눈물을 흘니리요 만은 박 션생과 일즉 인연이 깁던 본보난 더욱 애도의 뜻을 표하는 동시에 본 긔쟈 역시 평소부터 친절히 지나든 졍의라든지 교분이라든지 이 소식을 듯고 이 붓을 정지하고 일졍의 눈물을 뿌리지 안을 수 업나이다.' ― 편집자

여기서 널리 알려진 중국의 고사 '귤화위지(橘化爲枳)'를 꺼낼 수밖에 없다.

'귤나무는 회수(淮水)의 남쪽에서 자라면 귤이 열리지만 회수 북쪽에 심으면 탱자가 열린다고 한다'는 고사 말이다.

용만에게 중국은 척박한 무대였다. '탱자'가 되는 운명을 벗어나기 어려웠다. 하와이에서는 그가 움직이면 수백 명의 동지들이 따랐다. 독립운동을 실천할 수 있도록 당장 자금지원도 따랐다. 북경의 한인들이 끼니도 어려운 데 비해 하와이의 한인들은 비록 고소득은 아니지만 고정적인 수입들이 있었다.

용만이 하와이에서 머물고 있을 때 조선총독부 경무국장이 1926년 1월 25일자 작성한 보고서에 의하면 아래와 같다.

'(전략) 박(朴)이 하와이에서 활동한 상황 등을 보고하고 자금 등이

순조롭게 진척돼 이해 2월까지 2 내지 3만원의 자금과 약간의 부하, 인쇄기와 자동차(트럭)을 주어 귀연(歸燕. 북경귀환)하는 데 있어 열하(熱河)와 포두(包頭)에 상당한 토지를 조사할 것을 청하고…. (후략)'

이걸 보고 알 수 있는 것은 중국에 있는 동포들로부터는 아무것도 기대할 수 없으니 하나부터 열까지 하와이 동지들의 힘을 얻어 처음부터 다시 시작하려 했다는 점이다.

물론 목표는 둔전기지 건설이었다. 그에 필요한 자재는 하와이에서 아낌없이 대겠다는 정황도 보고서에 드러나 그에 대한 신임이 어떠했다는 것도 알 수 있지 않은가.

북경에서 몇 번이나 실패를 거듭하던 용만은 탱자의 신세나 다름없었다. 하지만 하와이 동포들에게 그는 언제나 보름달처럼 잘 익은 한 알의 귤이었다. 그 귤의 당도를 의심치 않듯 그의 인격을 한 번도 의심치 않았다. 한 번 귤이면 어디 가나 귤이듯 그들은 그의 일관된 진정성을 결코 의심치 않았다. 그래서 그의 지지자들은 그가 논이 필요하다면 논을 살 돈을 모아 주었고 농사지을 일꾼이 필요하다면 사람들을 뽑아 보내주었다.

그의 노래는 중단됐다. 자신의 의지에 의해서가 아니다. 출처불명의 눈먼 자에 의해서다. 살아남은 독립운동가들 역시 광복 후 갈등과 분열은 그치지 않았다. 용만을 매도했던 김구 역시 정당화되지 않는 테러범에 의해 암살됐다.

광복 후 70년이 지났지만 두 동강이 난 조국의 통일과 그로 인한 완전한 독립은 내일을 예측할 수가 없는 게 현실이다.

하지만 지하에서도 그는 노래하기를 멈추지 않는다. 칼을 어루만지고 길게 노래함은 독립에의 길은 아직 멀고 언제 끝날지 모른다는 것을 그는 이미 오래전서부터 알고 있었기 때문인지 모른다. ✤

| 참고문헌 |

'독립지사 우성 박용만 선생' 다음 카페(cafe.daum.net/woosung18810702)

방선주 저 – 재미한인의 독립운동

안형주 저 – 박용만과 한인소년병학교

김현구 저 – The Writings of Henry Cu Kim

유영식 저 – 게일의 삶과 선교

김도훈 저 – 미대륙의 항일무장투쟁론자 박용만

이영신 저 – 서왈보 이야기

조규태 – 박용만의 중국에서의 민족운동

배경식 – 임시정부 외무총장 박용만 암살사건. 공개처형인가, 암살인가?

신한국보, 국민보, 공립신보, 신한민보, 단산시보 등 1백 년 전 고신문들.

독립기념관, 국가보훈처 등 국가기관에서 제공하는 각종 자료들.

독립지사 박용만과 그의 시대

칼의 길

1쇄 발행일 | 2018년 05월 11일

지은이 | 이상묵
펴낸이 | 윤영수
펴낸곳 | 문학나무

편집 · 기획실 | 03085 서울 종로구 동숭4나길 28-1 예일하우스 301호
이메일 | mhnmoo@hanmail.net

출판등록 | 제312-2011-000064호 1991. 1. 5.
영업 마케팅부 | 전화 | 02-302-1250, 팩스 | 02-302-1251
ⓒ 이상묵, 2018

값 15,000원
잘못된 책은 바꾸어 드립니다
지은이와 협의로 인지는 생략합니다
무단 전재 및 복제를 금합니다
ISBN 979-11-5629-069-8 03810